U0754857

# 唐诗三百首

Tangshi
Sanbai Shou
Jianshang

余娥／编著

鉴赏

贵州出版集团
贵州民族出版社

**图书在版编目（CIP）数据**

唐诗三百首鉴赏 / 余娥编著. —— 贵阳: 贵州民族
出版社 , 2024.8. --ISBN 978-7-5412-2927-5

Ⅰ. I207.22

中国国家版本馆 CIP 数据核字第 2024WA9634 号

# 唐诗三百首鉴赏
## TANGSHI SANBAI SHOU JIANSHANG

余娥　编著

**出版发行：** 贵州民族出版社

**地　　址：** 贵阳市观山湖会展东路贵州出版集团大楼

**邮政编码：** 550081

**印　　刷：** 三河市天润建兴印务有限公司

**开　　本：** 880 毫米 × 1230 毫米　1/32

**版　　次：** 2024 年 8 月第 1 版

**印　　次：** 2024 年 8 月第 1 次印刷

**印　　张：** 12.5

**字　　数：** 330 千字

**书　　号：** ISBN 978-7-5412-2927-5

**定　　价：** 58.00 元

# 前　言

　　中国是诗歌的国度，而唐诗无疑是中国诗歌史上的巅峰。唐诗是中国文学的重要组成部分，在文学史上具有不可替代的地位。它反映了唐代的社会文化、思想观念和审美情趣，对后世文学发展产生了深远影响。唐朝诗人辈出，如李白、杜甫、白居易、李商隐等，他们创作了大量优美的诗作，一直流传至今。

　　《唐诗三百首》是一部经典的唐诗选集，它由清代蘅塘退士（孙洙）编选，以"温柔敦厚"为选诗标准，成为唐诗研究和诗歌创作的重要参考文献。本书以蘅塘退士的《唐诗三百首》为蓝本，精选了三百首唐代优秀的诗歌作品，它们代表了唐诗的辉煌成就和重要地位。本书通过精心编排和专业的注释、译文，使得读者能够更加方便地阅读和理解这些唐诗作品。这些注释和译文详细解释了诗中的词语和诗句，以帮助读者更全面地理解和欣赏这些诗歌。

　　除专业的注释和译文外，本书还配有赏析。这些赏析深入浅出，从诗的意境、写作背景、诗人的感想等不同层面对诗作进行了全方位解读。同时，本书也考虑到了不同层次读者的需求，对于一些比较复杂的诗歌，我们还会提供更加详

细的分析，以便读者对诗作有更深入的理解。

　　唐诗不仅是中国文学的重要组成部分，也是中华文明的瑰宝。通过阅读《唐诗三百首鉴赏》，读者可以领略到唐诗的独特魅力，了解唐代的社会文化、思想观念和审美情趣，同时也能够提升自己的文学素养和审美水平。总之，《唐诗三百首鉴赏》是一部非常有价值的唐诗选集，它不仅具有极高的文学价值，还能为读者提供丰富的文化滋养和精神享受。我们希望通过这本书，能够让更多的读者感受到唐诗的魅力，体验到中国传统文化的博大精深。让我们一起走进唐诗的世界，领略这座中国文学史上的丰碑吧！

# 目录

## 五言古诗　三十三首

# 乐　府 七首

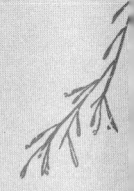

# 目录

## 七言古诗　二十八首

# 乐　府 十四首

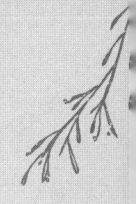

# 目 录

## 五言律诗 八十首

# 目录

# 目录

## 七言律诗　五十三首

# 目录

# 乐 府 一首

# 五言绝句 二十九首

# 目录

## 乐　府　八首

# 目录

# 乐　府 九首

# 五言古诗　三十三首

**导读**　　张九龄（678—740），字子寿，一名博物，韶州曲江（今广东韶关）人，后世敬称"张曲江"或"文献公"。代表作有《晚霁登王六东阁》《感遇》《望月怀远》《湖口望庐山瀑布水》等。

## 感　遇　二首

张九龄

### 其　一

兰①叶春葳蕤②，桂华③秋皎洁。

欣欣此生意④，自尔⑤为佳节。

谁知林栖者⑥，闻风坐⑦相悦。

草木有本心⑧，何求美人⑨折？

①兰：兰草，又名佩兰。一种多年生草本植物，常常作为一个人操守高洁的象征。②葳蕤：枝叶长势华茂的样子。③桂华：桂花。④生意：形容生机无限。⑤自尔：从此。⑥林栖者：归隐山林的世外高人。⑦坐：因。⑧本心：本性，秉性。⑨美人：观赏者，借指官府中的上层人士。

兰草在春天生长茂盛，桂花在秋天清新明净。它们都欣欣向荣，充满

着无限生机,在属于自己的美好季节中生长。有谁知道那些隐居避世的高人,因嗅闻到沁人心脾的芳香而更加喜悦。花木散发的芬芳是自身的本性展现,怎么会渴求观赏者来攀折呢?

**[赏析]**

　　张九龄这首《感遇》诗的开篇运用了比兴的手法,表达了诗人自我欣赏、不求人知的情感。诗中以兰草和桂花为主题,通过描绘它们的生机盎然,展现了诗人对生命力的赞美。同时,诗中也暗示了兰草和桂花不追求他人赞誉和独立自强的品质。

# 其　二

　　　　江南有丹橘①,经冬犹绿林。

　　　　岂②伊③地气暖?自有岁寒心④。

　　　　可以荐⑤嘉客,奈何阻重深⑥。

　　　　运命⑦唯所遇,循环不可寻。

　　　　徒言树⑧桃李,此木岂无阴⑨?

**[注释]**

　　①丹橘:红橘。②岂:难道。③伊,代指哪里,此处特指江南地区。④岁寒心:耐寒的特性。⑤荐:赠送,推荐。⑥阻重深:道路阻塞不通。⑦运命:命运。⑧树:种植。⑨阴:同"荫",绿荫。

**[译文]**

　　江南地区多产红橘,经历严寒后橘林依然苍翠葱绿。哪里是因为所处的地方气候温暖啊?它所凭借的是自身耐寒的本性。本来可以将红橘推荐给嘉宾,可是前路坎坷且路途遥远。命运难以预测只能随遇而安,好比是四季变更一样难以追寻。世人只知道去栽培桃树和李树,难道这橘树就没有绿荫吗?

[赏析]

　　作者借用丹橘来表达自己对社会不公的愤懑以及自身命运的感慨。诗中，张九龄赞美丹橘在寒冬中保持葱绿，展现顽强的生命力和坚韧的品质。通过质疑其他植物为何无法如此来揭示丹橘具有耐寒本性。诗人进一步点出了丹橘的优点，如生命力旺盛、对人类有益，却因地处偏远而无法得到重视。

　　在诗的结尾，张九龄以反诘的语气表达了对社会不公的愤怒，批判了世人只看重得势小人而轻视正直贤人的现象。诗人通过对丹橘的赞美，表达了自己的理想、追求以及对命运的不满和抗争。

导
读
　　李白（701—762），字太白，号青莲居士，又号谪仙人。祖籍陇西成纪（今甘肃秦安）。代表作有《静夜思》《蜀道难》《将进酒》《梦游天姥吟留别》《行路难》等。

## 下终南山过斛斯山人宿置酒①

李　白

暮②从碧山③下，山月随人归。
却顾④所来径⑤，苍苍⑥横翠微⑦。
相携⑧及⑨田家⑩，童稚开荆扉⑪。
绿竹入幽径，青萝⑫拂行衣⑬。
欢言得所憩⑭，美酒聊共挥⑮。
长歌吟松风⑯，曲尽河星稀⑰。
我醉君复乐，陶然⑱共忘机⑲。

**[注释]**

① 下终南山过斛（hú）斯山人宿置酒：这句话的意思是作者从终南山下来拜访斛斯山人，主人让他留宿，还摆上酒席，热情款待。终南山：又称南山，秦岭山峰之一，在今陕西省西安市南，唐代士子多隐居于此山。过：拜访。斛斯：复姓。山人：隐士。② 暮：傍晚。③ 碧山：终南山。④ 却顾：回头望。⑤ 所来径：下山的小路。⑥ 苍苍：苍为苍翠、苍茫，苍苍叠用是强调群山在暮色中的那种苍茫的样子。⑦ 翠微：青翠掩映的山峦深处，此处指终南山。⑧ 相携：下山时路遇斛斯山人，携手同去其家。⑨ 及：到。⑩ 田家：田野山村人家，此处指斛斯山人家。⑪ 荆扉：柴门，以荆棘编制。⑫ 青萝：攀缠在树枝上下垂的藤蔓。⑬ 行衣：行人的衣服。⑭ 得所憩：得到休息之所，此处指被人留宿。⑮ 挥：举杯。⑯ 松风：古乐府琴曲名，即《风入松》，此处也有歌声随风而入松林的意思。⑰ 河星稀：银河中的星光稀微，意思是夜已深。⑱ 陶然：欢乐的样子。⑲ 忘机：道家语，忘记世俗的机心。此处指心地旷达淡泊，与世无争。机：机巧之心。

**[译文]**

傍晚从终南山上走下来，山里的月亮好像随着行人归来。回望来时走过的山间小路，山林苍苍茫茫一片青翠。遇到斛斯山人携手到他家中，孩子出来急忙打开柴门。走进竹林穿过幽静的小路，青萝的枝叶轻轻擦过我们的衣裳。一路上欢声笑语来到这里放松休息，我们共同畅饮美酒，频频举杯。放声高歌《风入松》的曲调，唱完后银河里星星已经很稀少了。我喝醉酒主人非常高兴，欢乐让我们都忘了世间的机心。

**[赏析]**

李白这首诗以其独特的笔触和自然的风格，展现了田园生活的美好。他巧妙地运用情景交融的手法，将自然景色与饮酒放歌的场景融为一体，使得整首诗充满了浓厚的田园气息。尽管李白在长安供奉翰林时并未达到春风得意的境地，但他依然保持着倜傥不羁的性格。这种性格在他的诗篇中得到了充分的体现，使得这首诗洋溢着自由与欢乐，成为一首歌颂田园生活的赞歌。

# 月下独酌<sup>①</sup>

李　白

花间<sup>②</sup>一壶酒，独酌无相亲<sup>③</sup>。
举杯邀明月，对影成三人。<sup>④</sup>
月既<sup>⑤</sup>不解<sup>⑥</sup>饮，影徒<sup>⑦</sup>随我身。
暂伴月将<sup>⑧</sup>影，行乐须及春<sup>⑨</sup>。
我歌月徘徊<sup>⑩</sup>，我舞影零乱<sup>⑪</sup>。
醒时同交欢<sup>⑫</sup>，醉后各分散。
永结无情游<sup>⑬</sup>，相期邈云汉<sup>⑭</sup>。

【注释】

①独酌：一个人饮酒。酌：饮酒。②间："下""前"的意思。③无相亲：没有亲近的人。④这两句的意思是：我举起酒杯邀请明月共饮，明月和我以及我的影子恰恰组成三人。⑤既：已经。⑥不解：不懂，不理解。⑦徒：徒然，白白地。⑧将：和，共。⑨及春：趁着春光明媚之时。⑩月徘徊：明月随我来回移动。⑪影零乱：因起舞而身影纷乱。⑫同交欢：一起欢乐。⑬无情游：月、影没有知觉，不懂感情，李白与之结交，故称"无情游"。⑭相期邈（miǎo）云汉：约定在天上相见。期：约会。邈：遥远。云汉：银河，此处指遥远的仙境。

【译文】

我提着一壶美酒摆在花丛中，自斟自酌没有亲朋好友来陪伴。我举起

酒杯邀请明月，对着身影成为三人。明月不懂喝酒的欢乐，身影也只是伴随在我身旁。我只好和他们暂时结成酒伴，想要行乐就必须把美好的春光抓紧。我大声歌唱，明月跟着我徘徊；我跳起舞来，身影也随着我的舞步显得零乱起来。酒醒时，我们一起欢乐；喝醉后，我们各自分散。我多么想与他们永远结下忘掉伤情的友谊，一起相约在天上相见！

 【赏 析】

这是一首充满复杂情感的抒情诗。李白虽然在长安供奉翰林，但并没有实质性的权力，这让他感到困惑和沮丧。在这种情绪的影响下，他创作了这首诗。

诗人以丰富的想象力描绘了他因孤独而邀请月亮和影子为伴的场景。他时而与它们一起饮酒，时而与它们一起歌舞，将原本孤独的场面转化为热闹欢快的气氛。然而，诗人深知这种快乐只是暂时的，他的内心深处依然充满了深深的感慨。

这首诗以其波澜起伏、无中生有、静中有动、丝丝入扣的描写而闻名于世。诗人通过丰富的遐想和生动的描绘，展现了他内心的矛盾和挣扎。这种深刻的情感表达，使得这首诗成为一首具有高度艺术价值的作品。

# 春 思

李 白

燕草①如碧丝②，秦桑③低绿枝。

当君④怀归⑤日，是妾⑥断肠时。

春风不相识，何事入罗帏⑦？

 【注 释】

① 燕草：燕地的草。燕：河北省北部一带，此处泛指北部地区，征

夫所在之处。② 碧丝：染青绿色的蚕丝，形容初生细草或青年女子的头发。
③ 秦桑：秦地的桑树。秦，指陕西一带，此处指思妇所在之地。④ 君：征夫。
⑤ 怀归：想家。⑥ 妾：古代妇女自称，此处指思妇。⑦ 罗帏：丝织的帐子，
古代多指女子的闺房。

**[译文]**

　　燕地的小草就像碧丝那样青绿，秦地的桑树已垂下了绿色的枝叶。当
你怀念家园想回到家乡的时候，我早就思念你而愁肠百结。春风啊，你与
我素不相识，为何吹进我的帐子，激起我的愁思？

**[赏析]**

　　这是一首描绘女性思念远方亲人的抒情诗。诗中的女性形象，身处秦地，
却心系远戍边地的丈夫，展现她对丈夫的深深眷恋和无尽的忠诚。

**导读** 　　杜甫（712—770），字子美，被后人称为"诗圣"，唐代伟大的
现实主义诗人，与李白合称"李杜"。代表作有《登高》《春望》《北
征》《茅屋为秋风所破歌》等。

# 望　岳①

杜　甫

　　岱宗②夫如何？齐鲁③青未了。
　　造化④钟⑤神秀，阴阳⑥割昏晓。
　　荡胸生层云，决眦⑦入归鸟。
　　会当⑧凌绝顶，一览众山小。

**【注 释】**

①岳：东岳泰山，在今山东境内，五岳之一。②岱宗：泰山的别名。泰山是五岳之首，人们尊称它为岱宗。③齐鲁：古时齐鲁两国将泰山作为国土的分界线，泰山北面是齐国，泰山南面是鲁国。④造化：神奇的大自然。⑤钟：汇聚，聚集。⑥阴阳：方位名词，阴指代山的北面，阳指代山的南面。⑦决眦：眼睛睁得大大的，几乎要裂开一般。⑧会当：终将，定要。

**【译 文】**

高耸入云的泰山是这般雄伟，青翠浓绿的山色一眼望不到尽头。你的身上汇聚着大自然的秀美神奇，山南山北分隔出清晨黄昏。翻腾的云气层层叠叠，让人的心胸为之激荡开阔起来。我不由得极目远眺，看那晚归的鸟儿隐入山林深处。我终将要登上泰山的最高峰，将那些低矮渺小的众山环顾一番。

**【赏 析】**

这首诗是杜甫早期作品，创作于开元二十四年（736 年）。当时，杜甫在科举考试中未能及第，于是决定离开长安，开始游历齐、鲁两国。这首诗歌便是他在旅途中创作的。

诗中，杜甫以生动的笔触描绘了泰山的壮丽景色，表达了对泰山的敬仰之情。他运用对比的手法，突出了泰山的高大雄伟以及其险峻的山势和壮丽的云海。同时，他还抒发了自己积极向上、壮志凌云的豪情，展现了他年轻时期的豪情壮志和对未来的热切期望。

# 赠卫八处士①

杜 甫

人生不相见，动如参与商。

今夕复何夕，共此灯烛光。

少壮能几时，鬓发各已苍②。

访旧半为鬼，惊呼热中肠。

焉知二十载，重上君子③堂。

昔别君未婚，儿女忽成行④。

怡然⑤敬父执⑥，问我来何方。

问答未及已，儿女罗酒浆。

夜雨剪春韭，新炊⑦间黄粱⑧。

主称会面难，一举累⑨十觞⑩。

十觞亦不醉，感子故意长。

明日隔山岳，世事两茫茫。

[注释]

① 卫八处士：杜甫的朋友，姓卫，排行第八，真实姓名不可考。处士，即隐士。② 苍：灰白色。③ 君子，此处指卫八处士。④ 成行：子女众多的样子。⑤ 怡然：和悦的样子。⑥ 父执：父辈的好朋友。⑦ 新炊：刚煮好的饭食。⑧ 黄粱：一种谷物，即黄小米。⑨ 累：连续，接连。⑩ 十觞：形容喝酒喝得很多。觞：酒杯。

[译文]

人生分别后很难时常相见，这就好比天上的参星和商星，它们难得在同一时刻闪烁。今夜是什么美好的日子能够如此幸运，可以和你在烛光下畅叙友情。矫健奔放的青春岁月能有多少日子啊，转眼之间你我的鬓角已布满了白发。询问亲朋故友多半已不在这个世间了，内心不由得惊颤并升起无限的悲伤。谁又能够想到，二十年风雨之后，今天我又来到了你居住的地方。当年握手分别时你还未成亲，今日和你相见，你已儿女满堂。他

们一个个面带笑容欢迎父亲好友的到来，热情地询问我从什么地方来。和你交谈还意犹未尽，儿女已将菜肴、酒浆摆好。雨夜采割的春韭青嫩细长，刚刚做好的黄粱掺米饭香气四溢。你说彼此能够再次相逢极为难得，高兴之余一连饮下了十几杯美酒。十几杯美酒入肚还没有醉倒，我为你情真意切的举动而感动。天亮后，你我又要山河阻隔，茫茫的世事真令人愁绪难断。

[赏析]

　　这首诗是杜甫在乾元二年（759年）创作的。当时杜甫因替房琯辩护而被贬为华州（今陕西渭南华州）司功参军。在冬天，他回到洛阳探亲，然后在第二年的春天返回他的住处。这首诗就是在返回华州的途中偶然遇到他年轻时的朋友后写出来的。

　　整首诗以朴实的语言、真挚的情感和生动的描写，表达了作者对老友的思念和对时光流逝的思考。

# 佳　人

杜　甫

绝代①有佳人，幽居②在空谷。

自云良家子，零落依草木③。

关中④昔丧乱，兄弟遭杀戮。

官高何足论，不得收骨肉⑤。

世情恶衰歇，万事随转烛⑥。

夫婿轻薄儿，新人美如玉。

合昏⑦尚知时，鸳鸯不独宿。

但见新人笑，那闻旧人哭？

在山泉水清，出山泉水浊。

侍婢卖珠回，牵萝补茅屋。

摘花不插发，采柏动盈掬。

天寒翠袖薄，日暮倚修竹⑧。

## [注释]

①绝代：天下第一，举世无双。②幽居：隐居避世。③依草木：在山林之中居住。④关中：古称函谷关以西为关中。⑤收骨肉：将兄弟的尸骨找到并埋葬起来。⑥转烛：烛光被风吹得摇荡，此处形容世事无常。⑦合昏：夜合花，其花蕊白天开放，夜间闭合。⑧修竹：修长的竹枝。

## [译文]

当世有位举世无双、貌美如花的女子，一个人独居在空旷的山谷中。她说她曾是出身名门的清白女子，飘零流荡只能和草木相依为伴。早年间关中曾发生过兵祸战乱，她的亲兄弟都死在了乱军之中。身居高位又有什么用处呢，自身的尸骨都难以收埋。世事人情都鄙视那些衰败的人家，人间万事好比是随风摇荡的烛火一般。丈夫是一个浪荡子弟，抛弃了我又新娶了一位如花似玉的姑娘。夜合花尚且知道在白天开放，夜晚闭合，鸳鸯禽鸟成双成对地出入绝不独自栖息。丈夫的眼中只有新人的欢笑，哪里又听得到旧人的哭泣之声呢？泉水在山中能够清澈地流淌着，一旦奔腾下山就会变得混浊了。只好让侍女变卖珠宝来维持日常生计，找来一把青萝去修补破旧的茅屋。采摘的鲜花不愿戴在头上，只喜欢采折大把的柏枝。寒气逼人，衣衫就显得分外单薄，在日暮时分，我一个人倚靠在修长的青竹旁。

## [赏析]

这首诗描述了乾元二年（759年），关中地区遭受严重干旱，百姓生活困苦的情景。诗人因自身困境而辞官，举家迁往秦州（今甘肃天水）。在流

亡过程中，诗人目睹了社会动荡不安以及百姓家破人亡的悲惨景象。尽管诗人对国家无比忠诚，但他仍然无法改变自己的命运。

在这首诗中，诗人通过讲述一个美丽女子的不幸遭遇和她坚守贞节的感人故事，以寓言的形式表达了对自己所处时代的深深感慨。诗中的美丽女子象征着那些虽受到命运压迫但仍然坚定信念的人。她悲惨的命运和内心的痛苦在诗人的笔下得到了生动呈现。然而，尽管生活艰辛，她并没有被不幸击垮，而是选择了隐居山林，与草木为伴，在物质上和精神上都承受着巨大的压力。诗人还赞美了这位美丽女子的纯洁品质，将她比作竹子和高贵的柏树。

在诗歌的结构上，诗人采用了第一人称和第三人称交替的手法，一方面叙述美丽女子的命运，另一方面赞美她的品质。这种手法使得美丽女子的形象充满了悲剧色彩和高贵气质。整首诗抒发了诗人对时代命运的悲悯之情和对美丽女子坚定信念的赞美，同时也反映了他个人的流亡经历和家国情怀。

# 梦李白　二首

杜　甫

## 其　一

死别已吞声①，生别常恻恻②。

江南瘴疠③地，逐客④无消息。

故人⑤入我梦，明我长相忆。

恐非平生魂，路远不可测。

魂来枫林青，魂返关塞⑥黑。

君今在罗网，何以有羽翼？

落月满屋梁，犹疑照颜色⑦。

水深波浪阔，无使蛟龙<sup>⑧</sup>得。

【注 释】

①吞声：饮泣，泣不成声之意。②恻恻：哀痛，悲痛。③瘴疠：植物等腐烂后散发的毒气，古时候的江南是瘴疫集中的地方。④逐客：流放的人，此处指代李白。⑤故人：相识多年的老朋友，此处指代李白。⑥关塞：秦州。杜甫旅居在外的住所。⑦颜色：相貌，容貌。⑧蛟龙：古代传说中的一种恶龙，常兴风作浪，危害人间。此处形容那些为非作歹的恶人。

【译 文】

以为和他永别而哭到不能自已，回想往昔的生离又悲伤忧愁。江南山林湖泽处处都是瘴疠流行的地方，被远远流放的人一直没有消息。你也一定会知道我一直苦苦地思念着你，睡梦中你终于和我相见。恐怕现在已经不是生前的灵魂了，长路漫漫，世事难以预料。灵魂从西南方向的枫林悠悠飘来，又从关山的黑地返了回去。如今你身陷罗网被远远流放到千里之外，又如何能够插翅飞到我的身边？从梦中惊醒看到屋梁上洒满了月光，迷茫、朦胧之中我仿佛又看到了你憔悴的模样。深深的湖水、汹涌的波浪，旅途充满危险，一定要小心，别再遭人陷害！

【赏 析】

《梦李白》是杜甫在乾元二年（759 年）秋天创作的五言古诗。在本诗的开头，杜甫就表达了对于死别的悲痛和对未来生别的忧虑。他提到李白被流放在江南的瘴疠之地，没有消息传来，这让杜甫非常担忧。接着，杜甫写到李白出现在他的梦中，这说明李白也在想念他。然而，杜甫很快就开始质疑这个梦的真实性，因为他认为李白不可能从那么远的地方飞过来。这种疑虑和担忧反映了杜甫对李白命运的深切关心。

在接下来的诗句中，杜甫想象李白在夜晚独自返回，穿越黑暗的森林和险恶的风浪。他担心李白可能会被恶龙伤害，因此他祈祷李白能够安全地回到他的身边。这种担忧和祝愿表达了杜甫对李白深厚的友情和关爱。

整首诗情感真挚，充满了悲伤和忧虑的气氛。杜甫通过这首诗表达了对李白深深的担忧和思念之情，同时也展示了他对朋友身处困境时的坚定的支持和真切的关爱。

# 其 二

浮云①终日行，游子②久不至。

三夜频梦君，情亲见君意。

告归③常局促④，苦道⑤来不易。

江湖多风波，舟楫⑥恐失坠。

出门搔白首，若负平生志。

冠盖⑦满京华，斯人⑧独憔悴。

孰云⑨网恢恢，将老身反累。

千秋万岁名，寂寞身后⑩事。

[注释]

①浮云：天上游荡飘浮的白云。②游子，此处特指李白。③告归：辞行，辞别。④局促：神情不安的样子。⑤苦道：言辞恳切、反复诚恳地诉说。⑥楫：船桨。⑦冠盖：冠冕和车盖，此处指代京城那些达官显贵。⑧斯人：此人，此处特指李白。⑨孰云：谁说，哪个人说。⑩身后：去世之后。

[译文]

天上的浮云整日来回飘荡，远方的游子一直迟迟不归。一连好几个夜晚我都在梦中见到你，从中可以知道你对我的真挚感情。每次在梦里你都匆匆告别而去，反复诚恳地诉说相见是如此艰难。在江湖上行走常常会遇到各种险风恶浪，我也经常担心船只会被风浪掀翻。出门的时候抚摸着满头的白发，好像是为白白辜负了自己远大的志向而懊悔不已。京城里面处处是达官贵人，才华盖世的你却容颜憔悴。谁说天道公平不会出现不公正的现象，到了年老的时候还要遭受这些冤屈。纵然会有流芳千秋万世的美名，但也难以补偿你生前所遭受的种种冷落和悲凉。

【赏析】

在这首诗中，杜甫用"浮云"比喻李白，表达了李白如同浮云一样漂泊不定，流落天涯，这使得杜甫对李白的思念之情更加深切。杜甫连续几个晚上梦见李白，这充分表明他们的感情深厚，同时也显示出杜甫对李白的思念。

在梦境中，李白来时情深义重，别时却仓促不安。杜甫以李白深沉的叹息，描绘出江湖的艰险与忧虑，通过他出门时轻挠头顶的举止，捕捉到英雄失意的瞬间，再加上那若有所失的眼神，细致地勾勒出一个情深义重的英雄在人生道路的尽头感到迷茫与无助的生动画面。这怎能不令杜甫感慨万千呢？他不仅对李白的坎坷遭遇寄予深切的同情，更对李白所蒙受的冤屈抱以极大的不平。

最后，杜甫发出了"千秋万岁名，寂寞身后事"的深沉历史浩叹。他认为像李白这样的俊杰，应该在生前干一番惊天动地的伟业，而不是在死后才得到名声。这不仅是对李白一生的叹息，也是杜甫对自己一生的感慨。

**导读**

王维（701—761），字摩诘，号摩诘居士，有"诗佛"之称。河东蒲州（今山西运城）人，祖籍山西祁县。代表作有《相思》《山居秋暝》等，著作有《王右丞集》《画学秘诀》等。

# 送綦毋潜<sup>①</sup>落第还乡

王　维

圣代<sup>②</sup>无隐者，英灵<sup>③</sup>尽来归。

遂令东山客<sup>④</sup>，不得顾采薇<sup>⑤</sup>。

既至金门远<sup>⑥</sup>，孰云吾道非<sup>⑦</sup>。

江淮度寒食<sup>⑧</sup>，京洛<sup>⑨</sup>缝春衣。

置酒长安道<sup>⑩</sup>，同心<sup>⑪</sup>与我违<sup>⑫</sup>。

行当<sup>⑬</sup>浮桂棹<sup>⑭</sup>，未几<sup>⑮</sup>拂荆扉。

远树带行客，孤城<sup>⑯</sup>当落晖。

吾谋适不用<sup>⑰</sup>，勿谓知音稀<sup>⑱</sup>。

**[注释]**

①綦毋潜：綦毋为复姓，潜为名，字孝通（一作季通），荆南（今湖北江陵）人，王维好友。②圣代：政治开明、社会安定的时代。③英灵：英华灵秀的贤才。④东山客：东晋谢安曾隐居会稽东山，此处泛指隐居的贤才。⑤采薇：商末周初，伯夷、叔齐兄弟隐于首阳山，采薇而食，后世遂以采薇代指隐居生活。⑥金门远，指难以见到皇帝，比喻落第。金门，即金马门，汉代宫门名，汉代贤士等待皇帝召见的地方。⑦吾道非：孔子哀叹自己的政策不能实行，半途受到阻碍。⑧寒食：古人以冬至后一百零五天为寒食节，断火三日。⑨京洛：东京洛阳。⑩长安道：又称临安道。⑪同心：志同道合的朋友、知己。⑫违：分离。⑬行当：将要。⑭棹：划

船的用具，此处用以指代船。⑮ 未几：不久。⑯ 孤城：也称孤村。⑰ 吾谋
适不用：綦毋潜此次落第是偶然失败。适：偶然。⑱ 知音稀，出自《古诗
十九首》中的"不惜歌者苦，但伤知音稀"。

政治开明、社会稳定的年代，不会存在隐者，为朝政服务的有才能和
有德行的人纷纷站出来。连你这个像谢安的山林隐者，也不再效法伯夷、
叔齐去采薇过隐居的日子。你应试落第，未能跻身金马门，这并非你的主
张有误，而是命运不济。去年寒食的时候，你正经过江淮，滞留京洛，当
时人们正在缝制春衣。现在我们又在长安城外设酒饯别，同心知己又要与
我分开。你将驾驶着小船南下归去，没有几天就可以把自家柴门叩开。远
山的树木把你的身影遮住，夕阳的余晖映得孤城艳丽多彩。你暂不被录用
是纯属偶然的事，不要以为知音稀少就独自感慨。

**［赏析］**

《送綦毋潜落第还乡》是唐代诗人王维的一首五言古诗。这首诗是写给
一位名叫綦毋潜的朋友的，他在科举考试中失败，即将回到家乡。诗人对他
耐心劝慰，让他不要失去信心，等待着遇到欣赏自己才华的人。整首诗写得
委婉含蓄，感情充沛，表现了诗人对朋友壮志难酬的同情和深切关怀。

# 送 别

王 维

下马饮君酒①，问君何所之②？
君言不得意③，归卧南山④陲⑤。
但去莫复问，白云无尽时。

① 饮君酒：请君畅饮美酒。② 之：前往。③ 不得意：仕途不顺，才华得不到施展。④ 南山：终南山，秦岭主峰之一，位于今陕西西安南部一带，道教圣地。⑤ 陲：边缘。

**[译文]**

请君下马喝上一杯美酒吧，敢问朋友你要前往哪里去呢？你说自己郁郁不得志，想要前往终南山那里去隐居避世。尽情去吧，我无须多问，我想那山中飘忽不定的白云，一定会将你内心的愁闷驱散。

**[赏析]**

诗人擅长从生活中采撷片段，创作出富有韵味且触动人心的诗篇。作者巧妙地省略了从相送至送别完成，再到关上大门这一系列动作的时间间隔，使得原本平常的告别问候变得深沉而引人深思。这种处理极大地提升了诗的艺术表现力。整首诗语言质朴，情感真挚，展现了诗人与友人之间深厚的友谊，以及诗人对人生的深刻洞察。

# 青　溪①

王　维

言②入黄花川③，每逐青溪水。

随山将万转，趣途④无百里。

声⑤喧乱石中，色⑥静深松里。

漾漾⑦泛菱荇⑧，澄澄映葭苇⑨。

我心素⑩已闲⑪，清川澹⑫如此。

请留磐石⑬上，垂钓将已矣⑭。

【注 释】

① 青溪：在今陕西勉县之东。② 言：发语词，无义。③ 黄花川：在今陕西凤县的东北。④ 趣途：走过的路途。趣，同"趋"。⑤ 声：溪水声。⑥ 色：山色。⑦ 漾漾：水波动荡。⑧ 菱荇（língxìng），泛指水草。⑨ 葭（jiā）苇，泛指芦苇。⑩ 素：一向。⑪ 闲：悠闲淡泊。⑫ 澹（dàn）：恬静安然。溪水澄澈平静。⑬ 磐石：大石。⑭ 将已矣：将以此度过终生。已，即结束。

【译 文】

我乘船进入黄花川游览，每每都去追逐那条青溪。溪水随着山势，百转千回，经过的路途，却不足百里。溪水拍打着乱石，那声音在山间喧嚣。溪水流经松林时，那声音完全融进了幽静深沉的山色里。水草在溪水中轻轻摇荡，芦苇清晰地倒映在碧水之中。我的心一向悠闲平静，如同那清澈的溪水淡泊安宁。请把我留在溪边的磐石上，让我在垂钓中度过一生。

【赏 析】

这首山水诗是诗人在归隐之后创作的，它将自然景色与诗人的情感融为一体。每一句诗都可以被视为一幅独立的优美画面，而这些画面组合在一起，又构成了一幅绚丽多姿的山水画卷。诗人通过托物寄情的手法，将自己的情感融入自然景色之中，让读者在欣赏美景的同时，也能够感受到诗人的情感与心境。总体而言，这首山水诗不仅是一幅栩栩如生的自然景观画卷，更是一位诗人情感流露与精神寄托的杰作，其韵味深远，令人回味无穷。

# 渭川① 田家

王 维

斜光照墟落②，穷巷③牛羊归。
野老念牧童，倚杖候荆扉④。

雉⑤雊⑥麦苗秀，蚕眠桑叶稀。

田夫荷⑦锄至，相见语依依。

即此⑧羡闲逸，怅然⑨吟《式微》。

[注释]

①渭川：水域名，即渭水。②墟落：村庄,村落。③穷巷：深深的巷子。④荆扉：使用荆条编织的柴门。⑤雉：禽类，即野鸡。⑥雊：啼叫，鸣叫。⑦荷：放在肩头上扛着。⑧即此，指代上文所说的场景。⑨怅然：失意落魄的样子。

[译文]

落日的余晖映照着村落，牛羊也慢悠悠地返回了深深的小巷中。老人记挂着晚归的放牧小儿，静静地倚着竹杖站在门口向远处眺望。旷野中的野鸡在鸣叫着，田里的麦苗也已经吐出禾穗，小小的蚕儿开始休眠，桑叶也已稀少。从田里劳作归来的农夫肩上扛着锄头，见面后相互打着招呼亲切地闲聊着。我是多么羡慕这悠闲的农家生活啊，情不自禁地歌咏起《式微》的诗篇。

[赏析]

这首田园诗描绘了初夏时分的乡村傍晚和农耕景象。诗人以轻描淡写的笔触，勾勒出一幅宁静而闲适的农家生活画卷，充满了浓厚的田园风情。这首诗也从侧面反映了作者在官场的无奈和对归隐生活的渴望。

# 西施①咏

王 维

艳色天下重，西施宁久微？

朝为越溪女，暮作吴宫妃。

贱日岂殊众②，贵来方悟稀。

邀人傅脂粉③，不自著罗衣。

君宠益娇态④，君怜无是非。

当时浣纱⑤伴，莫得同车归。

持谢⑥邻家子⑦，效颦⑧安可希⑨？

**[注释]**

① 西施：春秋时期越国美女。② 殊众：不同于众，出众。③ 傅脂粉：搽脂敷粉。④ 娇态：妩媚的姿态。⑤ 浣纱：洗衣服。⑥ 持谢：奉告。⑦ 邻家子，一作邻家女，此指传说中的东施。⑧ 效颦（pín）：仿效西施皱眉，比喻胡乱模仿，效果极坏。⑨ 安可希：怎能希望别人的赏识？

**[译文]**

艳丽的姿色向来被天下人器重，美丽的西施怎么能长久低微地生活？原先她是越国溪边一个洗衣服的女子，后来却成了吴王宫里的爱妃。贫贱时的西施没有什么与众不同，在她当了贵妃以后，人们才惊讶地发现她是那么的美丽。做了贵妃，有多少宫女为她搽脂敷粉，穿衣打扮也从来不用自己打理。她更加娇美，吴王更加怜爱她，才不与她计较对错。原来一起在越国溪边洗衣服的女伴，再也没有人能与她同车来回。奉告那些盲目学习西施的人，只学西施皱眉的样子，但没有她的美貌，怎么能得到君王的爱恋呢？

**[赏析]**

这是王维早期写的一首诗。通过描述西施这个历史人物前后命运的变化，诗人感慨万千，感叹世事无常，人心冷暖。诗中暗示了地位的变迁，

就像君臣之间的关系一样，没有对错之分。而那些想凭借效仿他人而期待得到君王赏识和提拔的人，其实是在做白日梦。诗人的愤怒和不满，都体现在了他的字里行间。

**导读**

　　孟浩然（689—740），名浩，字浩然，号孟山人，祖籍襄州襄阳（今湖北襄阳）。代表作有《过故人庄》《春晓》《宿建德江》等。

# 秋登兰山①寄张五②

孟浩然

北山③白云里，隐者自怡悦。

相望试登高，心随雁飞灭。

愁因薄暮④起，兴是清秋⑤发。

时见归村人，沙行渡头⑥歇。

天边树若荠⑦，江畔洲如月。

何当⑧载酒来？共醉重阳节⑨。

【注释】

　　① 兰山：坐落于湖北襄阳西北十里，又称"万山"。② 张五：名为张湮，王维的好朋友，隐居在白鹤山。③ 北山：万山，在襄阳以北。④ 薄暮：傍晚。⑤ 清秋：明净爽朗的秋天。⑥ 渡头：犹渡口，过河的地方。⑦ 荠：荠菜。⑧ 何当：商量之辞，即何时能够。⑨ 重阳节：魏晋后，重阳节这一天有登高饮酒的风俗。古代以九为阳数之极，农历九月初九被称"重阳""重九"。

【译文】

　　北山上白云起伏缭绕，我这隐者能悠然自乐，充实地过好每一天。我

试着登上高山是为了遥望远方，心情早就随着鸿雁远去高飞。薄暮降临勾起我淡淡的愁思，清秋总激发兴致。我站在山上时而望见回村的人们，走过沙滩坐在渡口憩息。远看天边的树林像是荠菜一样细小，俯视江畔的沙洲好比是一轮明月。什么时候你能带着酒到这里来找我？重阳佳节的时候，我们一起畅饮共醉。

【赏析】

前人说，除了李白和杜甫，王维和孟浩然也是唐朝比较杰出的诗人。孟浩然的山水田园诗，以其洒脱的笔触、真挚的情感、清淡优美的景色描绘和淳朴隽永的语言表达独树一帜。

这首诗名为《秋登兰山寄张五》，但实际上是诗人隔着山川遥遥相望却无法相见的心情写照。诗人通过在清秋时节登高远眺，表达了对朋友的深切思念之情。他希望能在重阳节这天，与朋友一起登高赏菊，共饮美酒。这种情感表达亲切自然，体现了诗人对友情的珍视和怀念。

# 夏日南亭怀辛大①

孟浩然

山光②忽西落，池月③渐东上④。

散发⑤乘夕凉，开轩⑥卧闲敞⑦。

荷风送香气，竹露滴清响⑧。

欲取鸣琴⑨弹，恨⑩无知音赏。

感此⑪怀故人，终宵劳⑫梦想⑬。

【注释】

①辛大：孟浩然的朋友，排行老大。②山光：傍山的日影。③池月：映在池水中的月亮。④东上：从东面升起。⑤散发：古代男子平时束发戴帽，

此处表现的是诗人的放浪不羁。⑥ 开轩：开窗。⑦ 卧闲敞：躺在幽静宽敞的地方。⑧ 清响：清脆的声响。⑨ 鸣琴：弹琴。⑩ 恨：遗憾。⑪ 感此：有感于此。⑫ 劳：苦于。⑬ 梦想：想念。

山上，太阳慢慢向西落下，池塘上一轮明月渐渐从东方升起来。这时，我披散着头发尽享清凉，推开窗户，我悠闲地躺在幽静宽敞的地方休息。窗外微风吹拂荷花，散发着阵阵清香，庭院中竹叶上的露珠滴落下来，那声音清脆悦耳。如此惬意的夜晚，我想要取出琴弹奏一曲，可惜没有知音前来欣赏。想到这里，又看到如此美景，我更加思念自己的老朋友辛大，甚至在梦中都想念着他。

[赏析]

这首诗是诗人夏天夜晚在南亭休息时创作的，表达了诗人对友人辛大的深切怀念。诗人通过描绘隐居生活的悠闲舒适，同时也含蓄地表达了自己无法施展才华、怀才不遇的郁闷心情。此诗将情感与景物完美融合，令人感动。

# 宿<sup>①</sup> 业师<sup>②</sup> 山房<sup>③</sup> 待丁大<sup>④</sup> 不至

孟浩然

夕阳度西岭，群壑倏已暝⑤。

松月生夜凉，风泉满清听。

樵人归欲尽，烟鸟⑥栖初定。

之子期⑦宿来，孤琴候萝径。

**[注释]**

①宿：留宿，住宿。②业师：法名叫作"业"的僧人。③山房：山中的房屋，此处指代僧人的居所。④丁大：诗中人物，也是诗人的好友。⑤暝：昏暗不明。⑥烟鸟：暮霭中飞翔的小鸟。⑦期：约定时间。

**[译文]**

夕阳从西边的山岭悄然越过，千峰万谷忽然变得昏暗起来。月儿轻轻爬上松树的枝头，夜色中传来微微的寒意。泉水被风儿吹动，阵阵波涛声传入耳中。山中砍柴的樵夫几乎都回家了，在雾霭之中飞鸟也刚刚回巢栖息。我一个人静静地抱着琴，等候在青藤垂落的山间小径上，盼望丁大早些回来休息。

**[赏析]**

这首诗描绘了诗人在业师的山房中等待丁大的情景。在夜幕降临的黄昏时分，山间的风景给诗人带来了宁静和舒适。"松月生夜凉，风泉满清听"，这两句诗给人非常真实的感受。尽管丁大没有出现，诗人却依然"孤琴候萝径"，这种闲适的心情与清幽的自然景色和谐地融为一体。

**导读**

王昌龄（约694—约757），字少伯，河东晋阳（今山西太原）人，又一说京兆万年（今陕西西安）人。其诗以七绝见长，被后人誉为"七绝圣手"。代表作有《出塞》《从军行》《芙蓉楼送辛渐》《长信秋词》《闺怨》等。

# 同从弟南斋玩月忆山阴崔少府①

王昌龄

高卧南斋时，开帷②月初吐。

清辉澹③水木，演漾④在窗户。

荏苒⑤几盈虚⑥？澄澄⑦变今古。

美人⑧清江畔，是夜越吟⑨苦。

千里共如何？微风吹兰杜⑩。

【注释】

①题目意思是：我和堂弟在南斋赏月，于是想起了山阴的崔少府。从弟：堂弟。斋：书房。山阴：今浙江绍兴。崔少府：崔国辅，开元十四年（726年）进士及第，授职山阴（今浙江绍兴）县尉。少府：官名，秦置，为九卿之一，次于县令。②帷：帘幕。③澹（dàn）：水缓缓地流。④演漾：水流摇荡。⑤荏苒：渐渐。⑥几盈虚：月亮圆了又缺，缺了又圆。⑦澄澄：清亮透明，指月色。⑧美人，旧时也指自己思念的人，此处指崔少府。⑨越吟：楚国庄舄（xì）唱越歌以寄托乡思。⑩兰杜：兰花和杜若，都是香草。

【译文】

我和堂弟在南斋悠闲自在地躺着，掀开窗帘欣赏初升的月亮。淡淡的月光泻在水面上、树上，倒影在水中轻轻摇晃，轻悠悠的波光映照在窗户上。光阴流逝，这轮圆月不知道圆了几回，缺了几回，可是清澈的银光依旧洒满人间。德高望重的崔少府在清江河畔徘徊，今夜，他一定在苦苦思念着家乡的亲朋好友。虽然我们相隔千里，但我们是不是在共同欣赏着醉人的婵娟？微风吹拂着兰花和杜若的清香，那香味已经飘到了千里之外。

**[赏析]**

这是一首赏月怀友的诗。诗人由月亮想到友人，想象他们在江边赏月、咏怀的情景。这首诗表达了他对友人的深深眷恋和无尽怀念。特别是结尾两句"千里共如何？微风吹兰杜"，寓意深远，引人深思。

在艺术上，这首诗的特点是将写景、状物和抒情融为一体。情感随着景物的变化而生，景物也因情感的选择而存在。

此外，诗人紧扣"玩月"的主题，展开丰富的想象，跨越时空的界限，将古今之变、两地之苦融为一体。同时，诗人巧妙地运用了古代诗词中的典故和词语，使表达更加贴切、明快，同时又富有内涵，令人回味无穷。

**导读**

丘为（约703—约798），苏州嘉兴（今属浙江）人。考试多次都未中，于是隐居在山中继续读书数年。于天宝二年（743年）进士及第。他曾经担任太子右庶子，以左散骑常侍致仕，卒年九十六。他与刘长卿是好友，长卿有诗送给他。他与王维亦为友，经常吟诗切磋。

# 寻西山隐者不遇

丘为

绝顶一茅茨①，直上三十里。

扣关②无僮仆③，窥室唯案几④。

若非巾柴车⑤，应是钓秋水⑥。

差池⑦不相见，黾勉⑧空仰止⑨。

草色新雨中，松声晚窗里。⑩

及兹⑪契⑫幽绝，自足荡心耳⑬。

虽无宾主意，颇得清净理。

兴尽⑭方下山，何必待之子⑮？

## [注释]

①茅茨：草屋。②扣关：敲门。③僮仆：书童。④惟案几：只有桌椅茶几，表明居室简陋。⑤巾柴车：乘小车出游。⑥钓秋水：在秋水中垂钓。⑦差池：参差不齐，此处指此来彼往而错过。⑧龟俛：踌躇不定的样子。⑨仰止：仰望，仰慕。⑩"草色"二句：这是诗人经过观察后描写隐者居住的环境。⑪及兹：来此。⑫契：惬意。⑬荡心耳：涤荡心胸和耳目。⑭兴尽：典出《世说新语》晋王子猷雪夜访戴逵兴尽而返的故事。⑮之子：这个人，此处指西山隐者。

## [译文]

高高的山顶上有一座茅草屋，我从山下往上走足足有三十里。我轻轻地叩响柴门竟没有一个书童回应，从门缝往里看，室内只有桌案和茶几。我觉得主人不是戴着头巾驾着柴车外出就是去钓鱼了。可惜错过了时机不能与他见面，只剩下对他殷勤仰慕的一片心意。新雨后的草色多么青翠葱绿，晚风将松涛声吹进窗户里。这清幽境地非常适合我的雅兴，完全可以把我的身心和耳目涤荡。我虽然还没有和主人交谈，却已经领悟到清静的道理。我尽兴玩乐，直到满意地下山去，何必非要等待和这位隐者相聚呢？

## [赏析]

这是一首描绘隐逸生活的诗。诗的前八句描绘了隐士的居住环境和诗人拜访未遇的失落情绪。而后八句则表达了诗人对隐逸生活的理解和对佛家"清静"之理的领悟。诗人将失望的情绪转化为对山中美景的欣赏，从而体会到了另一种境界。此时，是否遇到朋友已经不再重要。特别是结尾

两句，诗人引用了《世说新语》的典故，将失望的情绪转变为满足，这种独特的构思，给人以新颖的感觉。

**导读**

綦毋潜（生卒年不详），字孝通，虔州南康（今江西赣州）人。开元十四年（726年）进士及第，授宜寿（今陕西周至）尉，迁右拾遗，终官著作郎，安史之乱后归隐游江淮一代。綦毋潜与许多著名诗人，如王维、张九龄、储光羲、孟浩然、卢象、高适、韦应物交往甚密。他的代表作《春泛若耶溪》选入《唐诗三百首》。

# 春泛若耶溪①

綦毋潜

幽意②无断绝，此去随所偶③。

晚风吹行舟，花路④入溪口。

际夜⑤转西壑⑥，隔山望南斗⑦。

潭烟⑧飞溶溶⑨，林月低向后。

生事⑩且弥漫⑪，愿为持竿叟⑫。

【注释】

①若耶溪：在今浙江绍兴东南，相传为西施浣纱处。②幽意：寻幽的心意。③偶：二人相遇。④花路：一路鲜花。⑤际夜：至夜。⑥壑（hè）：山谷。⑦南斗：星宿名称，夏季位于南方上空。古以二十八宿与地理相应来划分区域，称分野，南斗与吴越相应。⑧潭烟：水潭上如烟的雾霭。烟：雾气。⑨溶溶：形容雾气柔和迷离。⑩生事：世事。⑪弥漫：渺茫无尽。⑫持竿叟：持竿垂钓的老翁。竿：钓竿。

## [译文]

我寻幽探胜的心意没有停止过，随着小舟一路看见美丽的景色。晚风吹送着我的小舟，沿着开满鲜花的河岸驶进了溪口。晚上，小舟又转过西边的山岭，我隔着山仰望天上的南斗星。潭面上升起溶溶的烟雾，远处山林中的月亮仿佛低落在行舟的背后。人世间的事情何等的纷繁渺茫，还不如做一名隐居的垂钓老翁活得潇洒自在。

## [赏析]

整首诗以春泛若耶溪为线索，通过对自然景色的细腻描绘和人生感悟的表达，展现了诗人悠然自得、淡泊名利的生活态度。诗中运用了许多意象和比喻，使诗歌更具艺术魅力。此外，诗人的情感还在诗中自然流露，使读者在欣赏美景的同时，也能洞察诗人深邃的内心世界。

**导读** 常建，生卒年、字号均不详，邢州（今河北邢台）人。代表作有《题破山寺后禅院》《宿王昌龄隐居》等。

# 宿王昌龄隐居

常 建

清溪深不测，隐处①惟孤云。
松际露微月，清光犹为君。
茅亭宿②花影，药院③滋④苔纹。
余⑤亦谢时去，西山鸾鹤群⑥。

## [注释]

①隐处：诗人王昌龄隐居的地方。②宿：比喻夜深人静的时候，花影也好像睡去了一般。③药院：种满了芍药的庭院。④滋：生长，长满。⑤余：人称代词，我。⑥鸾鹤群：同鸾鸟、仙鹤为伴。

**[译文]**

清清的溪水幽深看不到底，诗人隐居的地方只有天上的白云在飘荡。松林之间明月微露，看着这清辉就好比是看到了你。茅亭里夜深人静，花影也好像是睡着了一般，种满芍药的庭院地上长满了青苔。我也想离开尘世隐居深山，前往西山和鸾鹤为伍。

**[赏析]**

这首诗描绘了王昌龄隐居地的景色和生活，表达了作者对隐逸生活的向往和对王昌龄的劝谏。首联描述了清溪流入石门山的景象，以及山中白云作为隐者居处的标志。中间两联则通过描绘王昌龄的居住环境，展现了他清贫而高雅的生活态度。尾联则表达了作者自己也将隐逸终生的意愿，同时也委婉地劝谏王昌龄回归隐逸之路。

这首诗歌的独特之处在于他用简单直接的描绘手法，传达了深刻的象征意义。画面生动鲜明，而诗的意境却深沉内敛，使得读者在欣赏美景的同时，也能思考其中所隐含的深层含义。这种表达方式既引人入胜，又启人心智。

**导读**

岑参 (717—770)，唐代边塞诗人，荆州江陵 (今湖北江陵) 人。岑参"早岁孤贫"，从兄就读，遍览史籍。唐玄宗天宝三年 (744 年) 进士，天宝八年 (749 年) 他在安西节度使高仙芝幕府任掌书记。天宝十三年 (754 年)，封常清为安西北庭节度使时，为其幕府判官。唐代宗时，曾官嘉州刺史 (今四川乐山)，世称"岑嘉州"。大历五年 (770 年) 卒于成都。现存古诗三百六十首，他对边塞风光、军旅生活以及少数民族的文化风俗有深切的感受，所以他的边塞诗佳作不少。

# 与高适薛据同登慈恩寺浮图<sup>①</sup>

岑 参

塔势如涌出<sup>②</sup>，孤高耸天宫。

登临出世界<sup>③</sup>，蹬<sup>④</sup>道盘<sup>⑤</sup>虚空。

突兀<sup>⑥</sup>压神州，峥嵘<sup>⑦</sup>如鬼工<sup>⑧</sup>。

四角碍<sup>⑨</sup>白日，七层摩苍穹。

下窥指高鸟，俯听闻惊风<sup>⑩</sup>。

连山若波涛，奔走似朝东。

青槐夹驰道<sup>⑪</sup>，宫观<sup>⑫</sup>何玲珑。

秋色从西来，苍然满关中<sup>⑬</sup>。

五陵<sup>⑭</sup>北原上，万古青濛濛。

净理<sup>⑮</sup>了可悟，胜因<sup>⑯</sup>夙所宗。

誓将挂冠<sup>⑰</sup>去，觉道<sup>⑱</sup>资无穷。

## 【注释】

① 慈恩寺浮图：今西安市的大雁塔。浮图，原是梵文佛陀的音译，此处指佛塔。② 涌出：形容拔地而起。③ 世界：宇宙。④ 蹬：石级。⑤ 盘：曲折。⑥ 突兀：高耸的样子。⑦ 峥嵘：形容山势高峻。⑧ 鬼工：非人力所能。⑨ 碍：阻挡。⑩ 惊风：疾风。⑪ 驰道：皇帝车驾专用的御道。⑫ 宫观：宫阙。⑬ 关中：今陕西中部地区。⑭ 五陵：汉代五个帝王的陵墓，即高祖长陵、惠帝安陵、景帝阳陵、武帝茂陵及昭帝平陵。⑮ 净理：佛家的清净之理。⑯ 胜因：佛教因果报应中极好的善因。⑰ 挂冠：辞官归隐。⑱ 觉道：佛教中达到消除一切欲念和物我相忘的大觉之道。

## 【译文】

慈恩寺大雁塔的气势就像从地底下平地涌出来一样，孤傲高峻地耸立着，好像直直插入天宫。登上大雁塔的顶端仿佛离开了人世间，沿着台阶盘旋攀登而上就像升上了太空。大雁塔高耸宏伟似乎镇守神州大地，挺拔高峻之势简直胜过鬼斧神工。塔的四角挺拔而出，塔顶把天空遮盖住了，七层的塔顶紧紧地连接着苍穹。站在塔顶往下看，飞鸟在自己脚下翱翔，俯下身子就能倾听到阵阵狂风怒吼。连绵的山像波涛一样起伏，像百川归海来朝见帝京。两行青槐夹着天子所行的道路，宫阙楼台也变得那么精巧玲珑。悲凉的秋色从西北地区弥漫开来，苍苍茫茫已经布满秦关。再看长安城北汉代的五陵，历经万古千秋依然是郁郁葱葱的。我顿时领悟了清净寂然的佛理，行善施道素来是我所信奉的。我发誓回去后将辞去官职归隐而去，我觉得佛、道的确能让自己其乐无穷。

## [赏析]

这首诗是天宝十一年（752年）秋天，岑参在安史之乱前夜所作。当时，他首次随军出征，深感唐朝的黄金时代已去，社会矛盾逐一显现。于是登上宝塔，眺望远方，心中涌起对大唐国运的忧虑。

诗的开篇描绘了宝塔的壮丽景象，令人惊叹。接着，诗人通过描绘飞鸟、风声等细节，展现了宝塔的高耸入云。随后，诗人转向四方远景，描述了东面的群山、南面的官道、西面的关中平原以及北面的五陵。这些景色充满了诗人的主观色彩，表达了他的忧国之情。

最后，诗人感叹自己无力救国，产生了挂冠归隐的念头。这首诗展示了岑参的政治敏锐性和忧国忧民之心，以及他在艺术上的独特造诣。

**导读**

元结（719—772），字次山，号漫郎、聱叟等，唐代学者。原籍河南（今河南洛阳），后迁鲁山（今河南鲁山）。天宝十三年（754年）进士及第。安禄山叛乱之时，他曾率族人避难于猗玕洞（今湖北大冶境内），故号猗玗子。乾元二年(759年)，任山南东道节度参谋，抗击史思明叛军。唐代宗时，任道州刺史，调容州，任御史中丞。约于大历七年(772年)入朝，后卒于长安。现有《元次山文集》十卷，《全唐诗》编其诗二卷。

# 贼退示官事　并序

元　结

癸卯岁①，西原贼入道州②，焚烧杀掠，几尽而去。明年③，贼又攻永破邵④，不犯此州边鄙⑤而退。岂力能制敌欤⑥？盖蒙其伤怜而已。诸使何为忍苦征敛？故作诗一篇，以示官吏。

昔岁⑦逢太平，山林二十年。

泉源在庭户⑧，洞壑⑨当门前。

井税⑩有常期，日晏⑪犹得眠。

忽然遭世变⑫，数岁亲戎旃⑬。

今来典⑭斯郡，山夷⑮又纷然。

城小贼不屠，人贫伤可怜。

是以陷邻境，此州独见全⑯。

使臣将王命⑰，岂不如贼焉。

今彼征敛者，迫之如火煎。

谁能绝⑱人命，以作时世贤？

思欲委符节⑲，引竿自刺船⑳。

将㉑家就㉒鱼麦，归老江湖㉓边。

[注释]

①癸卯岁：唐代宗广德元年（763年）。②道州：今湖南道县。③明

年：第二年。④ 邵：邵州，在今湖南邵阳。⑤ 边鄙：边境。⑥ 欤：通"与"，译为"吗"。⑦ 昔岁：从前。⑧ 庭户：庭院。⑨ 洞壑（hè）：山洞和沟壑。⑩ 井税：赋税。井：井田。⑪ 晏：晚。⑫ 世变：安史之乱。⑬ 戎旃（zhān）：战旗，军帐。⑭ 典：掌管、治理。⑮ 山夷：山中的少数民族。⑯ 见全：被保全。⑰ 将王命：奉皇上的旨意。⑱ 绝：断绝。⑲ 委符节：弃官。符节：古代朝廷传达命令或征调兵将用的凭证。⑳ 刺船：撑船。㉑ 将：带着。㉒ 就：靠近。㉓ 湖：又称作"海"。

[译文]

在唐代宗广德元年，广西境内的少数民族攻陷道州，他们把城内的财物抢光了才肯离开。第二年，盗贼又攻破永州和邵州，没有进犯道州的边境就退兵了。难道是道州的兵力能够克敌吗？这只不过是他们怜悯城内百姓罢了。各位官吏为什么这样忍心苦苦地搜刮百姓呢？因此给官吏们作诗一首。早年正逢太平盛世，我在山林中隐居了二十年。院内有一口清澈的井泉，山洞山沟就在家门前。那时收取赋税有一定的期限，百姓们能安居乐业。忽然间赶上战乱，我放弃隐居生活，亲临前线作战。现在到这里来掌管这个州郡，山中的少数民族又开始作乱。城内小盗贼没有来屠掠，那是因为百姓实在是贫穷、可怜啊！相邻的州郡前后都陷落了，唯独剩下这个州郡保全下来。使臣奉皇上的命令，难道还不如盗贼心善吗？百姓被这些使臣逼迫就像在火上煎一样。谁又能忍心断绝百姓的生路，去做个能干的官员呀？我真想辞了官职，拿起竹竿自己撑船，带全家去打鱼种麦，到老都自由自在地住在江河湖边。

[赏析]

唐代宗广德元年，元结赴任道州刺史，面对着道州遗户仅四千且生活困窘的现状，他写了这首诗，痛斥朝廷官吏的横征暴敛，表达了对人民的

深切同情。

这首诗分为四段，首段写"昔"，回顾元结隐居生活，歌颂了没有额外负担的"太平"盛世。其次写"今"，描述了"西原蛮"叛乱后，元结出任道州刺史的情况。诗人通过对比"贼"和"官"，揭露了官吏不顾人民死活、横征暴敛的恶行。然后，元结表达了自己不愿成为"时世贤"的决绝态度，宁愿弃官归隐，也绝不去做残忍邀功的所谓贤臣。最后一段，诗人向官吏们袒露自己的心志，表达了对统治者征敛无度的抗议，展示了他关心民瘼的炽热之心。

这首诗以质朴简古的语言，直抒胸臆，没有雕琢的痕迹。诗中忧时爱民的深挚感情自然倾泻，显示出元结诗的典型特色——平直切正，浑厚感人。同时，这首诗也是元结政治观念和文学观念的体现，他作为一位清正官吏，仁政爱民，反对浮艳诗风，主张发挥文学的社会功用，救时劝俗。

导读

韦应物（约737—约792），字义博。京兆万年（今陕西西西安）人。因曾出任苏州刺史，故又称"韦苏州"。代表作有《寄全椒山中道士》《学仙》《韦苏州集》《观田家》等。

# 郡斋①雨中与诸文士燕②集

韦应物

兵卫③森④画戟⑤，燕寝⑥凝清香⑦。

海上⑧风雨至，逍遥池阁凉。

烦疴⑨近消散，嘉宾复满堂。

自惭居处崇⑩，未睹斯民康⑪。

理会⑫是非遣，性达⑬形迹⑭忘。

鲜肥属时禁⑮，蔬果幸⑯见尝。

俯饮一杯酒，仰聆⑰金玉章⑱。

神欢⑲体自轻，意欲凌风翔。

吴中⑳盛文史，群彦㉑今汪洋㉒。

方知大藩㉓地，岂曰财赋强㉔。

**[注释]**

①郡斋：苏州刺史官署中的房舍。②燕：通"宴"。③兵卫：持执兵器的侍卫。④森：众多，密集。⑤画戟：因饰有彩画，称画戟，常用作仪仗。唐刺史常由皇帝赐戟。戟，一种能直刺横击的兵器。⑥燕寝，本指休息安寝的地方，此处指私室，即上"郡斋"。此"燕"字也通"宴"，但意为休息。⑦清香：室中所焚之香。⑧海上：苏州东边的海面。⑨烦疴（kē）：因暑热产生的烦躁。疴，本指疾病。⑩居处崇：地位显贵。⑪斯民康：此地的百姓安居乐业。⑫理会：领悟通达事物的道理。⑬达：旷达。⑭形迹：世间俗务。⑮时禁：当时正禁食荤腥。⑯幸：希望，此处是谦辞。⑰聆：听。⑱金玉章：文采华美、声韵和谐的好文章，此处指客人们的诗篇。⑲神欢：精神欢悦。⑳吴中：苏州的古称。㉑群彦：群英。㉒汪洋，原意是水势浩大，此处指人才济济。㉓大藩，此处指大郡、大州。藩，原指藩王的封地。㉔财赋强：安史之乱后，天下财赋，仰给于东南。苏杭一带是中央财政的重要支撑。

**[译文]**

侍卫的画戟密密麻麻地排列着，室内散发的是焚香的芬芳。初夏，海上忽然一阵狂风暴雨，池阁变得适意而清凉。夏天的烦热和疾病一下子消散了，更有嘉宾坐满了高堂。惭愧啊，我的居室竟这样华丽，却看不到百姓有多少安康！通晓自然之理能分辨是非，天性通达就物我两忘。荤腥不

宜于盛夏的时光，请大家多品尝蔬菜和水果。我俯下身子喝下一杯酒，抬头敬听每个人像金玉一般声韵优美的文章。听完后，我的心情欢畅，身子也变得轻捷，我真想插上翅膀凌风飞翔。苏州有众多才士，俊秀的人物济济一堂。我现在明白了，都市如此宏大有名，并不是因为这里物产丰富，而是这里汇集了名人志士。

[赏析]

　　这首诗描绘了作者在担任苏州刺史时宴请当地文人的场景，展现了浓厚的文化氛围与和谐的人际关系。诗人通过赞美苏州地区的文化繁荣和文人墨客的才华，表达了自己身处高位却未能深入了解民间疾苦的遗憾。整首诗以叙事、抒情和议论相结合的方式，展现了一位具有宽广胸怀的长官形象。同时，诗歌的结构安排得井然有序，使读者能够更好地理解诗人的情感和思想。

# 初发扬子<sup>①</sup> 寄元大校书<sup>②</sup>

韦应物

凄凄去<sup>③</sup>亲爱<sup>④</sup>，泛泛<sup>⑤</sup>入烟雾。

归棹<sup>⑥</sup>洛阳人，残钟广陵<sup>⑦</sup>树。

今朝<sup>⑧</sup>此<sup>⑨</sup>为别<sup>⑩</sup>，何处还<sup>⑪</sup>相遇。

世事<sup>⑫</sup>波上舟，沿洄<sup>⑬</sup>安得住<sup>⑭</sup>？

[注释]

　　①扬子：扬子津，在长江北岸，近瓜洲。②校书：官名。唐代的校书郎，掌管校理典籍。③去：离开。④亲爱：相亲相爱的朋友，此处指元大。⑤泛泛：行船漂浮。⑥归棹（zhào）：归去的船，此处指从扬子津出发乘船北归洛阳。棹：船桨。⑦广陵：江苏扬州的古称。在唐代，由扬州

经运河可以直达洛阳。⑧ 今朝（zhāo）：现在，今天。⑨ 此：此处。⑩ 为别：作别。⑪ 还：再。⑫ 世事：世上的事。⑬ 沿洄（huí）：顺流而下为沿，逆流而上为洄，此处指处境的顺逆。⑭ 安得住：怎能停得住。

[译文]

　　我凄然地告别了好朋友元大，乘着船驶向烟雨蒙蒙的江心。在乘船返回洛阳的时候，远处传来广陵树间断断续续的钟声。此时，我们在扬州这里依依惜别，不知何时何地才能再相逢。人世间的事就像浪里的小船，不论顺流、逆流，怎么能停下来呢？

[赏析]

　　这首诗是韦应物在离开广陵回归洛阳的路途中，感怀与元大的深厚友情而写下的。刚刚驶离广陵的他，心中已经充满了对好友元大的思念与不舍，这足以见证他们之间的情谊深厚如海。

# 寄①全椒②山中道士

韦应物

今朝郡斋③冷，忽念山中客④。
涧⑤底束⑥荆薪⑦，归来煮白石⑧。
欲持一瓢⑨酒，远慰风雨夕⑩。
落叶满空山⑪，何处寻行迹⑫。

[注释]

　　① 寄：寄赠。② 全椒：今安徽全椒，唐时属滁州。③ 郡斋：滁州刺史衙署的房舍。④ 山中客：全椒西三十里神山上的道士。⑤ 涧：山间流水的沟。⑥ 束：捆。⑦ 荆薪：柴草。⑧ 白石，此处喻指山中道士。⑨ 瓢：将干的葫芦挖空，分成两瓣，叫作瓢，用来做盛酒浆的器具。⑩ 风雨夕：风

040/

雨之夜。⑪ 空山：空寂的深山。⑫ 行迹：道士的踪迹。

**［译文］**

今天我的居所里很清冷，忽然想起了山中隐居的友人。你现在一定在涧底打柴，回来以后就煮一些清苦的饭菜。我想带着一瓢酒去看你，在这风雨夜里能给你带去一些安慰。可是，如今秋叶落满了空寂的深山，不知道去哪儿能找到你的踪迹。

**［赏析］**

韦应物的《寄全椒山中道士》描写了他在秋天夜晚的官署中感受到冷寂，并对山中道士产生了思念。

诗的前两句描绘了道士生活的幽寂，流露出诗人对这种生活的向往。而后两句则表达了诗人对道士生活的担忧和思念，语言充满哀伤。"落叶满空山，何处寻行迹"这两句诗如同山谷中的回声，余音绕梁，表达了诗人无尽的思念之情。

韦应物在这首诗中创造了一种冷寂的诗境，这或许是他当时心境的真实写照。他从早年的生活放浪转变为后来的沉静读书人，这种转变可能让他感受到了一种内心的孤独和冷寂。他对那位隐居之士的想念，或许正是源自他对内心孤寂的渴望，寻求一份抚慰。

# 长安遇冯著 ①

韦应物

客从东方来，衣上灞陵②雨。
问客③何为来？采山因买斧。④
冥冥⑤花正开，飏飏⑥燕新乳⑦。
昨别⑧今已春，鬓丝⑨生几缕？

**[注释]**

①冯著：韦应物的友人。②灞（bà）陵：灞上，又写作"霸陵"。长安东郊山区，在今西安市东。因汉文帝葬在此处，所以改名灞陵。③客，此处指冯著。④采山因买斧，意指归隐山林。采山：进山砍柴。⑤冥冥：昏暗，形容下雨。⑥飐飐：形容鸟儿飞翔。⑦燕新乳：小燕初生。⑧昨别：去年分别。⑨鬓丝：两鬓白发如丝。

**[译文]**

你从东方回到长安的时候，衣裳上沾满了灞陵的春雨。请问你来到这里是为了什么呢？你说为开山砍伐树木，买一把斧头。春雨悄悄地洒在百花上，然后鲜花盛开，微风吹拂，刚出生不久的小燕子快乐地飞翔。我们去年分别后又到了春天，现在双鬓的白发不知道又添了多少缕。

**[赏析]**

冯著是韦应物的挚友，他们的友谊在《韦苏州集》中得到了充分体现。在这些诗歌中，包括《送冯著》《赠冯著》《寄冯著》等，展示了他们之间深厚的友情。

其中，一首五言古诗描绘了冯著为了砍柴而来到长安城买斧头的情景。在这个过程中，他与韦应物意外相遇，进行了一次愉快的交谈。这首诗以其"高雅闲淡"的艺术风格而著称，通过简洁的文字，展现了诗人与友人之间的深厚感情，以及他们对于宁静生活的共同追求。

在这首诗中，韦应物通过描绘冯著买斧、上山采樵的情景，表达了他们对自然生活的热爱和对友情的珍视。同时，他也通过这首诗传达出自己高雅、闲适的生活态度，以及对友人的深深眷恋。

# 夕次<sup>①</sup>盱眙<sup>②</sup>县

韦应物

落帆逗<sup>③</sup>淮镇<sup>④</sup>，停舫<sup>⑤</sup>临<sup>⑥</sup>孤驿<sup>⑦</sup>。

浩浩<sup>⑧</sup>风起波，冥冥<sup>⑨</sup>日沉夕。

人归山郭暗，雁下芦洲<sup>⑩</sup>白。

独夜忆秦关<sup>⑪</sup>，听钟未眠客<sup>⑫</sup>。

**[注释]**

①次：止宿。②盱眙：今属江苏，地处淮水南岸。③逗：停留。④淮镇：盱眙。⑤舫：船。⑥临：靠近。⑦驿：供邮差和官员旅宿的水陆交通站。⑧浩浩：盛大的样子。⑨冥冥：昏暗，昏昧。⑩芦洲：芦苇丛生的水泽。⑪秦关：长安。秦：今陕西的别称，因战国时为秦地而得名。⑫"听钟"句意为孤独之夜，怀念家乡。客：诗人自称。

**[译文]**

卸下船帆，我把小船停靠在淮水岸边，并在小镇上留宿，这里靠近一家孤零零的旅驿。波浪浩荡的淮河上突然刮起了大风，太阳落下去了，天色渐渐暗了下来，人们都回家休息了。月亮照在芦洲上，一群大雁也飞下来栖息。这样凄凉的夜晚我不禁想起长安，听到岸上的钟声，我更加想念自己的家乡，不能安然入睡。

**[赏析]**

此诗写出了诗人行旅时的思乡之情。傍晚，诗人将船停靠在岸边，看到了一片萧索冷落的气象，夜晚听到钟声，由此引发了对故乡的思念，于是彻夜难眠。诗人将自己的忧愁融入了对自然景色的描绘之中。

# 东 郊

韦应物

吏舍跼①终年，出郊旷清曙②。

杨柳散和风，青山澹③吾虑④。

依丛⑤适自憩⑥，缘⑦涧⑧还复去⑨。

微雨霭⑩芳原，春鸠鸣何处。

乐幽心屡止，遵事迹犹遽。

终罢斯结庐，慕陶⑪直⑫可庶⑬。

【注释】

① 跼：拘束。② 旷清曙：在清朗的曙色中得以精神舒畅、心境开阔。
③ 澹：澄净。④ 虑：思绪。⑤ 丛：树林。⑥ 憩：休息。⑦ 缘：沿着。⑧ 涧：
山沟。⑨ 还复去：徘徊往来。⑩ 霭：云气，此处作动词，笼罩。⑪ 慕陶：
归隐。⑫ 直：或写作"真"，意为就。⑬ 庶：庶几，差不多。

【译文】

多年的官场生活让我终年烦闷。我漫步来到郊野，曙光涤荡我的胸襟，
使我心情愉悦。杨柳依依，在微风中摇曳。远处的青山美得就像一幅画，
让我忘了官场中的尘念俗情。斜倚树丛，我休息得多么适意。沿着山涧，
我继续信步前行，却不想回去。一阵小雨过后，芬芳的原野更加滋润清新，
阵阵斑鸠声却不知道是从哪里传出来的。我一直喜爱幽静安宁，可惜总是
事与愿违。我平时公务缠身，生活常常感到压迫。我终将辞去官职，去山
中营造居住的茅屋，像陶渊明那样，过上那清雅、悠闲的生活。

【赏析】

诗人在作品中通过描绘景物来隐喻自己的愁绪，表达了对被公务束缚

的无奈和失意。他直接倾诉了对官署生活的厌倦，同时表达了对自由郊游生活的向往。通过动态化的景物描绘，诗人的烦恼似乎随风消散。在细雨中，诗人置身花香四溢、鸟鸣嘤嘤的自然美景中，感受到了视觉、嗅觉和听觉上的愉悦。尽管诗人被公务困扰，但他仍渴望过上陶渊明般的田园生活。这首诗深刻揭示了诗人内心的纠结与冲突，其语言简朴自然，显然受到了陶渊明诗歌风格的深刻熏陶。

# 送杨氏女①

韦应物

永日②方戚戚③，出行④复悠悠⑤。

女子今有行，大江溯⑥轻舟。

尔辈⑦苦无恃⑧，抚念益慈柔。

幼为长所育，两别泣不休。

对此结中肠⑨，义往⑩难复留。

自小阙⑪内训⑫，事姑⑬贻⑭我忧。

赖兹托令门⑮，任恤⑯庶⑰无尤⑱。

贫俭诚所尚⑲，资从⑳岂待周㉑。

孝恭遵妇道，容止㉒顺其猷㉓。

别离在今晨，见尔㉔当何秋㉕。

居闲㉖始自遣㉗，临感㉘忽难收。

归来视幼女，零泪㉙缘㉚缨㉛流。

**[注释]**

①杨氏女：嫁到杨家的女儿，此女为韦应物之长女。②永日：整天。③戚戚：悲伤忧愁的样子。④行：出嫁。⑤悠悠：遥远。⑥溯：逆流而上。

⑦ 尔辈：你们，此处指两个女儿。⑧ 无恃：幼时无母失去依靠。⑨ 结中肠：心中哀伤之情郁结。⑩ 义往：女大出嫁，理应前往夫家。⑪ 阙：通"缺"。⑫ 内训：母亲的训导。⑬ 事姑：侍奉婆婆。⑭ 贻：留。⑮ 令门：好的人家或是对其夫家的尊称，此处指女儿的夫家。⑯ 任恤：信任体恤。⑰ 庶：希望。⑱ 尤：过失。⑲ 尚：崇尚。⑳ 资从：嫁妆。㉑ 周：周全，完备。㉒ 容止：此处是行为举止的意思。㉓ 猷：规矩礼节。㉔ 尔：你，此处指大女儿。㉕ 当何秋：当在何年。㉖ 居闲：闲暇时日。㉗ 自遣：自我排遣。㉘ 临感：临别感伤。㉙ 零泪：落泪。㉚ 缘：沿着。㉛ 缨：帽的带子，系在下巴处。

## [译文]

我每天忧郁而悲伤，现在女儿要嫁到遥远的地方，这让我对她更加惦念。今天她就要远行去杨家做新娘了，将要乘坐小船沿着长江逆流而上。从小她们姐妹俩失去了母亲，所以我就加倍关心爱护她们。妹妹从小靠姐姐照顾，现在姐姐要远嫁他乡，妹妹和她相拥而泣。看到这场景，我内心无比悲伤，女儿大了，当然要出嫁，我不能再留她在家住了。孩子啊，自小就缺少母亲的教诲，嫁入杨家去侍奉婆婆，这让我很担忧。幸好杨家是个好人家，他们是不会因为一些小事为难女儿的。安贫乐俭是我一贯的崇尚，给女儿的嫁妆不是那么周全丰厚。以后你要孝敬长辈，遵守妇道，仪容举止都要得体。今天早上我们父女就要离别，下次再见到你不知道是什么时候了。独自一人忧伤的时候能自我排遣，临别时一想到你要远嫁，感伤情绪一发难收。你走后，我回到家中看到小女儿，泪水沿着帽带流了下来。

## [赏析]

这篇诗歌是诗人为了送别即将远嫁的长女而创作的。诗人早年间失去了妻子，只留下了两个女儿与他相依为命。他的大女儿不仅需要照顾自己，

还要抚养她的小妹妹。当大女儿即将出嫁时，父女三人之间的离别之情愈加浓烈，令人倍感忧伤。

这首诗真实地描绘了别离的场景，展现了父女之间深厚的亲情。诗人用真挚的情感和恳切的言辞表达了他们之间的骨肉情深，使人心生感动。

**导读**

柳宗元（773—819），字子厚，河东（今山西永济一带）人，唐宋八大家之一。与韩愈并称为"韩柳"，与刘禹锡并称"刘柳"，与王维、孟浩然、韦应物并称"王孟韦柳"。代表作有《溪居》《江雪》《渔翁》等。

# 晨诣① 超师院② 读禅经③

柳宗元

汲④井漱寒齿，清心拂⑤尘服。
闲持贝叶书⑥，步出东斋⑦读。
真源⑧了⑨无取，妄迹⑩世所逐。
遗言⑪冀⑫可冥⑬，缮性⑭何由熟⑮？
道人⑯庭宇静，苔色连深竹。
日出雾露余，青松如膏沐⑰。
澹然⑱离言说，悟悦⑲心自足。

**[注释]**

①诣：到，往。②超师院：永州龙兴寺净土院。超师：住持僧人重巽。③禅经：佛教经典。④汲：从井里取水。⑤拂：掸去。⑥贝叶书：在贝多树叶上写的佛经，也作佛经之泛称。⑦东斋：净土院的东斋房。⑧真源：佛理"真如"之源，即佛家的真谛。⑨了：懂得，明白。⑩妄迹：迷信荒

诞的事迹,此处指世俗事务。⑪ 遗言:佛家先贤的遗言。⑫ 冀:希望。⑬ 冥:暗合。⑭ 缮性:修养本性。⑮ 熟:精通而有成。⑯ 道人:僧人重巽。⑰ 沐:湿润。⑱ 澹然:亦写作"淡然",恬静、冲淡、宁静状。⑲ 悟悦:悟道的快乐。

我从井中取来水漱口刷牙,然后再拂去衣服上的尘土,此时心里清爽。我悠闲地捧起佛门贝叶经,漫步走出东斋吟咏朗读。佛经真谛世人没有领悟,荒诞的事情却被人们追逐。佛儒精义原也可望暗合,但我的修养本性怎么能深刻地领悟呢?道人的禅院那么幽雅清静,绿色的苔藓连接起来,直到竹林深处。太阳出来后照着早晨的晨雾与余露,苍翠松树像沐浴后涂过油脂。如此清静的环境使我恬淡难以言说,悟出佛理,我内心无比畅快。

这首诗记录了诗人在担任永州司马期间,面对政治挫折,他选择沉浸于佛学之中,寻求精神上的解脱和内心的平静。诗人早起入寺诵经,表现出虔诚的礼佛之心。在禅院中,他摒除杂念,气定神闲地领悟佛理。通过描绘雅静的禅院环境和晨阳映照的景色,诗人表达了自己对佛学的领会和超脱物境的愿望。诗中以物我合一的手法,巧妙地传达了诗人超脱、旷达的情怀,呈现出"外枯而中膏,似淡而实美"的审美境界。尽管诗人起初是为了寻求解脱而礼佛,但全诗却未流露出懊悔和惆怅之情。

# 溪 居

柳宗元

久为簪组①累,幸此南夷谪。

闲依农圃邻,偶似山林客。

晓耕翻露草,夜榜②响溪石。

来往不逢人，长歌楚天碧。

**【注释】**

① 簪组：官员头上帽子的装饰，此处指代为官生涯。② 榜：船桨，此处指划船。

**【译文】**

长期为官场所束缚，没有任何的自由，庆幸这次被流放到了南方民族地区。闲暇的时候常常和相邻的农户聊天，偶尔也像隐士一般在山林中漫步。早晨的时候，耕田除草。日暮降临的时候，又可以独自划船荡漾在青山绿水之间。我独自游荡，没遇见任何的行人，不由得仰望着蔚蓝的天空放声高歌。

**【赏析】**

这首诗深刻反映了诗人在被放逐至偏远之地时的内心挣扎。表面上，他可能显得庆幸，但实际上却透露出对政治挫败的无奈和对现实境遇的不满。为了缓解心中的郁闷，他将情感投射到眼前的山水之间，从自然风光中寻求心灵的慰藉。这首诗是诗人被贬永州时所作，其中提到的"溪"指的是位于永州西南部的愚溪，诗人在这里找到了抒发情感的灵感。

# 乐 府 七首

## 塞上曲

王昌龄

蝉鸣空桑林，八月萧关①道。

出塞入塞寒，处处黄芦草。

从来幽并②客，皆共尘沙老。

莫学游侠儿，矜③夸紫骝④好。

**〖注释〗**

①萧关：古关塞名，在今宁夏境内。②幽并：幽州和并州的合称。③矜：自夸。④紫骝：古代一种骏马名。

**〖译文〗**

寒蝉在空荡的桑林里不断鸣叫着，八月的萧关道上，一队队威武的戍边战士正昂首向前。出塞后再返回塞内时气候已经变得寒冷了，放眼望去，关内关外处处是枯黄的芦草。自古以来，幽州和并州两个地方多出勇猛的战士，但他们最后都伴着黄沙尘土征战一生到老。不要羡慕那自恃勇武的游侠儿，自鸣得意地夸耀胯下的骏马。

**〖赏析〗**

这是一首关于反对战争的乐府诗。诗人通过描绘那些在边疆坚守、无法回家的士兵形象，告诫那些盲目炫耀武力的年轻人要谨慎行事。诗人以秋天的边塞为背景，展现了宁静而悲壮的氛围，表达了强烈的反战情绪和深深的忧虑。

# 塞下曲

王昌龄

饮马渡秋水，水寒风似刀。

平沙日未没，黯黯<sup>①</sup>见临洮<sup>②</sup>。

昔日长城战，咸言意气高。

黄尘足今古，白骨乱蓬蒿。

**[注释]**

① 黯黯：同"暗暗"，昏暗不明。② 临洮：古长城西边的起点，在今甘肃岷县一带。

**[译文]**

牵马饮水渡过了那冰凉的秋水，冰凉的河水寒冷刺骨，好似锋利的刀剑一样。在一眼望不到边的沙漠里，夕阳还没有完全落下，在昏暗的光线下，远远望见了前方的临洮城。想当年在长城这里的一次鏖战中，人们纷纷赞扬守卫边疆的战士意志坚决。自古以来这里黄沙遍地，满地的白骨夹杂在乱蓬蓬的蒿草之中。

**[赏析]**

整首诗以简洁明了的语言，生动的意象，展现了边塞的荒凉景象和战争的残酷。诗人通过对塞外景物和战争遗迹的描绘，表达了自己对战争的看法，以及对戍边战士的敬意与同情。这首诗具有强烈的现实主义色彩，既反映了边塞生活的艰苦，也表达了对和平生活的渴望，堪称边塞诗中的佳作。

# 关山月<sup>①</sup>

李 白

明月出天山<sup>②</sup>，苍茫云海间。

长风几万里，吹度玉门关<sup>③</sup>。

汉下④白登⑤道，胡⑥窥⑦青海湾⑧。

由来⑨征战地，不见有人还。

戍客⑩望边邑⑪，思归多苦颜。

高楼⑫当此夜，叹息未应闲。

**【注释】**

① 关山月：乐府旧题，属横吹曲辞，多抒离别哀伤之情。《乐府古题要解》中指出："'关山月'，伤离别也。"② 天山：祁连山，在今甘肃、新疆之间，连绵数千里。因汉时匈奴称"天"为"祁连"，所以祁连山也叫作天山。③ 玉门关：故址在今甘肃敦煌西，古代通向西域的交通要道。④ 下：出兵。⑤ 白登：今山西大同东有白登山。汉高祖刘邦领兵征匈奴，曾被匈奴在白登山围困了七天。⑥ 胡，此处指吐蕃。⑦ 窥：有所企图，窥视，侵扰。⑧ 青海湾：今青海省的青海湖，湖因青色而得名。⑨ 由来：自始以来，历来。《周易·坤》载，"臣弑其君，子弑其父，非一朝一夕之故，其所由来者渐矣"。⑩ 戍客：征人，驻守边疆的战士。⑪ 边邑，古代指边境地区。⑫ 高楼，古代多用高楼来指闺阁，此处指戍边士兵的妻子。

**【译文】**

一轮明月从祁连山上缓缓升起，穿行在苍茫的云海之间。浩荡的长风吹越几万里，吹过边疆将士驻守的玉门关。当年汉兵到白登山道，现在吐蕃觊觎着青海大片的河山。这里就是历代征战之地，出征的将士很少有生还的。戍守兵士远望边城荒凉的景象，不禁思归家乡，满面愁容。此时将士的妻子正站在高楼上，哀叹着什么时候才能见到远方的亲人。

**【赏析】**

唐朝，国家实力强大，但边境上的战事一直没停。李白的这首诗，表达了对战争中生死未卜的士兵和家里担心亲人安全的妇女的同情。诗前四句描绘了玉门关附近的广阔战场，展现了李白独特的诗歌风格。在这荒凉

的战场上，寒风呼啸，战争是无奈的选择，士兵生死未卜，家人在后方思念。诗人想象那些向北眺望的妇女，心中充满哀愁和叹息。在这种两地的思念之夜，李白深感同情和理解。

# 子夜吴歌①

李　白

长安一片月，万户捣衣②声。

秋风吹不尽，总是玉关情③。

何日平胡虏④？良人⑤罢远征。

**【注释】**

①子夜吴歌：古乐府名。相传是东晋一位名叫子夜的女子所作，因起于吴地，故以此命名。②捣衣：深秋时，家家少妇捣衣，准备冬衣，同时寄托对远戍边关丈夫的思念。③玉关情：对玉门关外戍边丈夫的思念之情。④胡虏：侵扰边境的敌人。⑤良人：古时妻子对丈夫的尊称。

**【译文】**

长安城头悬挂一轮明月，千家万户传来一片捣衣声。阵阵秋风吹个不停，声声都是思念征人之情。什么时候平定了作乱的敌人，丈夫才可归家停止远征。

**【赏析】**

这是《子夜吴歌》的第三首诗。诗中描绘了妇女们在月夜为远行的亲人制作冬衣的场景，诗中"长安一片月"描绘了秋月的季节特点，引发了对远行亲人的思念。月光下的捣衣声和秋风入窗，进一步触动了思妇们的心弦。最后两句"何日平胡虏？良人罢远征"直接表达了她们对和平生活的渴望。全诗以月色、砧声、秋风为背景，描绘了思妇们的心情，展现了作者对她们的深切同情以及她们对和平生活的向往。

# 长干行①

李　白

妾发初覆额，折花门前剧。

郎骑竹马来，绕床②弄青梅。

同居长干里③，两小无嫌猜，

十四为君妇，羞颜未尝开。

低头向暗壁，千唤不一回。

十五始展眉，愿同尘与灰。

常存抱柱信④，岂上望夫台。

十六君远行，瞿塘滟滪堆⑤。

五月不可触，猿声天上哀。

门前迟行迹，一一生绿苔。

苔深不能扫，落叶秋风早。

八月蝴蝶黄，双飞西园草。

感此伤妾心，坐愁红颜老。

早晚⑥下三巴⑦，预将书报家。

相迎不道远，直至长风沙⑧。

**[注释]**

①长干行：乐府《杂曲歌辞》调名。②床：井栏，后院水井的围栏。③长干里：在今南京市，当年系船民聚居之地，故《长干曲》多抒发船家女子的感情。④抱柱信：典出《庄子·盗跖》，写尾生与一女子相约于桥下，女子未到而突然涨水，尾生守信而不肯离去，抱着柱子被水淹死。⑤滟滪堆：三峡之一瞿塘峡口的一块大礁石，农历五月涨水没礁，船只易触礁翻沉。⑥早晚：多早多晚，犹何时。⑦三巴：地名，即巴郡、巴东、巴西，在今

重庆东部。⑧长风沙：地名，在今安徽安庆的长江边上，距南京约700里。

【译文】

我的头发刚刚盖过额头时，就和你一起在门前做折花的游戏。你骑着竹马过来，我们一起绕着水井的围栏，互掷青梅做游戏。我们都在长干里居住，两个人从小一起玩耍，互相都没什么猜忌。十四岁的时候，我嫁给你成为你的妻子，害羞之意还没有释然。总是低着头对着墙壁的暗处，你多次呼唤我也不敢回头。到了十五岁，我舒展眉头不再害羞，愿意永远和你在一起。我常常抱着至死不渝的信念，哪里想到会走上望夫台，期盼着你早些归来。十六岁的时候，你离开家要远行，要去瞿塘峡滟滪堆。五月的江水上涨时，滟滪堆不可相触，行船十分危险，两岸的猿猴不停地啼叫，声音传到天上，就像上天的哀鸣。那时，你就要离开，门前留下了你徘徊的足迹，渐渐地长满了绿苔。绿苔太厚，不好清扫，树叶飘落，秋天早早来到，把绿苔全部覆盖住了。八月里，黄色的蝴蝶飞舞，双双飞到西园草地上。看到这种情景我伤心流泪，因而满脸惆怅，容颜渐渐衰老。无论什么时候你想离开三巴回家，请提前给我写家书。不管道路多么遥远，我都会去迎接你，即使一直走到长风沙。

【赏析】

作者用第一人称的写作手法，生动描绘了商妇对久别丈夫的真挚思念。这首诗的前四句，女子回忆了童年时与丈夫的美好时光，展现了两小无猜的情感。接着，诗人描绘了新婚时的羞涩和甜蜜。随后，诗人以细腻的笔触描绘了女子对丈夫的深深思念，将其置于险峻的三峡环境中，展现了她那担忧和惶恐的心情。

诗的后半部分进一步描绘了女子独守空闺的痛苦，她对丈夫的盼归之情与日俱增，甚至愿意长途跋涉七百里去迎接丈夫。这首诗描绘了女子温柔细腻的感情，展现了她性格的发展史。同时，诗中展现了商人家儿女的婚姻和爱情，从中也透露出一定程度的解放色彩。

这首诗以丰富的情感和生动的画面，展现了古代女子对爱情的执着和真挚。

**导读**

孟郊（751—814），字东野，湖州武康（今浙江德清）人，祖籍平昌（今山东安丘）。因其诗多写世态炎凉、民间苦难，故有"诗囚"之称。代表作有《游子吟》《登科后》等。

# 列女操①

孟　郊

梧桐②相待老③，鸳鸯会④双死。

贞妇贵殉⑤夫，舍生亦如此。

波澜⑥誓不起，妾心古井水⑦。

**[注释]**

① 列女操：古乐府中《琴曲》歌词。列女，"列"同"烈"，指贞洁女子。操，琴曲中的一种体裁。② 梧桐：传说梧为雄树，桐为雌树，其实梧桐树是雌雄同株。③ 相待老：梧和桐并立而生，相伴到老。④ 会：总是。⑤ 殉：以死相从。⑥ "波澜"两句："我"的心如同古井之水，永远不会泛起情感波澜。⑦ 古井水：井水波澜不起，比喻人心不会动摇。

**[译文]**

雄梧雌桐总是同生同死，枝叶覆盖相守终老。鸳鸯成双成对，至死相随。贞洁的妇女贵在为丈夫殉节，为此舍去生命才称得上至善至美。对天发誓，我的心永远忠贞不渝，就像不起波澜的古井之水。

[赏析]

这首诗通过梧桐树共同生长、鸳鸯生死相随、古井水面平静无波等比喻，赞美了烈女对丈夫的忠诚和坚定。同时，诗人也借此表达了自己高尚的品质和坚定的信念。

# 游子吟

孟　郊

慈母手中线，游子身上衣。

临行密密缝，意恐迟迟归。

谁言寸草①心，报得三春晖②。

[注释]

①寸草：小草。②三春晖：形容母爱如春天和煦的阳光。三春：春天的孟春、仲春、季春三个阶段。晖：阳光。

[译文]

慈爱的母亲双手不停地飞针走线，她要为即将远行的儿子赶制衣裳。儿子临行之前，她又一针针地仔细缝补，生怕儿子出门太久衣服破损。谁说小草的一点儿心意，能报答得了春天的阳光的恩情呢？

[赏析]

这首诗是歌颂母爱的经典之作，通过描绘母亲为远方的游子细心缝补衣服的场景，展现了母亲对孩子深深的关爱和无私的付出。诗人以寸草难以回报阳光之恩的情境，形象地表达了母亲对孩子的深厚恩情，令人感动。

# 七言古诗　二十八首

**导读**

　　陈子昂（661—702），字伯玉，梓州射洪（今四川射洪）人，因曾官右拾遗，故世称"陈拾遗"。代表作有《感遇》《登幽州台歌》《登泽州城北楼宴》等。

## 登幽州台①歌

陈子昂

前不见古人，后不见来者。

念天地之悠悠②，独怆然③而涕下。

**[注释]**

　　① 幽州台：蓟北楼，遗址在今北京市。② 悠悠：无穷无尽的样子。③ 怆然：悲伤凄凉的样子。

**[译文]**

　　向前看不见古之贤君，向后看不见当今明主。想到时间的久远和空间的广大，我深感人生短暂，独自凭吊，我涕泪交零，凄恻悲愁！

**[赏析]**

　　《登幽州台歌》是唐代诗人陈子昂创作的一首抒发壮志难酬的诗歌。诗中通过登高远眺的场景，表达了作者对历史变迁、时光流转以及自身命运的感慨。

**导读**

李颀（生卒年不详），赵郡（今河北赵县）人，著名诗人。唐开元二十三年（735年）进士，曾做过新乡县尉的小官，后来辞去官职隐居在颖阳。他喜欢结交朋友，其中高适、王昌龄、王维等人都是他的朋友。他的诗以写边塞题材为主，风格豪放，慷慨悲凉。今存《李颀诗集》，《全唐诗》存其诗三卷。

# 古 意①

李 颀

男儿事长征②，少小幽燕③客。

赌胜④马蹄下⑤，由来轻七尺⑥。

杀人莫敢前，须如猬毛磔⑦。

黄云⑧陇⑨底白云飞，未得报恩不得归。

辽东小妇⑩年十五，惯弹琵琶解歌舞⑪。

今为羌笛⑫出塞⑬声，使我三军⑭泪如雨。

[注释]

①古意：拟古诗，托古喻今之作。②事长征：从军远征。③幽燕：今河北、辽宁一带。古代幽燕地区游侠之风盛行。④赌胜：逞强争胜。⑤马蹄下：驰骋疆场之意。⑥七尺：七尺之躯。古时尺短，七尺相当于一般成人的高度。⑦磔（zhé）：分张。⑧黄云：战场上升腾飞扬的尘土。⑨陇，泛指山地。⑩小妇：少妇。⑪解歌舞：擅长歌舞。解，懂得、通晓。⑫羌笛：羌族人所吹的笛子。羌：古代西北地区的少数民族。⑬塞：边塞的意思。⑭三军：军队的通称。

**【译文】**

男子汉应该以国事为重，从军远征，他们从小就在幽燕纵横驰骋。他们经常与人骑马比试，从不顾惜七尺身躯。他们奋勇搏杀，敌人都不敢上前招应。他们气宇轩昂，脸上的胡子像刺猬的硬刺一样张开。陇下黄沙弥漫，天空中白云飘飞，未报朝廷恩情怎能轻易言归。辽东少妇年龄才十五岁，她擅长弹奏琵琶，还能歌善舞。今日，她用羌笛吹了一支出塞乐曲，感动得全军将士泪如雨下。

**【赏析】**

这首诗是边塞诗的代表作，通过描绘战士们勇敢无畏、奋勇杀敌的英雄行为，展现了他们为国家献身的爱国主义精神。全诗气势磅礴，激情澎湃，充满了强烈的爱国情怀。

# 送陈章甫①

李　颀

四月南风大麦黄，枣花未落桐叶②长。

青山朝别暮还见，嘶③马出门思旧乡。

陈侯④立身何坦荡，虬须⑤虎眉仍大颡⑥。

腹中贮⑦书一万卷，不肯低头在草莽。

东门酤酒⑧饮⑨我曹⑩，心轻万事如鸿毛⑪。

醉卧不知白日暮，有时空望孤云高。

长河浪头连天黑，津吏⑫停舟渡不得。

郑国游人⑬未及家，洛阳行子⑭空叹息。

闻道故林⑮相识多，罢官昨日今如何？

**【注释】**

① 陈章甫：江陵（今湖北江陵）人。② 叶：又写作"阴"，同"荫"。③ 嘶：马鸣。④ 陈侯：对陈章甫的尊称。⑤ 虬须：卷曲的胡子。虬：蜷曲。⑥ 大颡：宽大的脑门。颡：前额。⑦ 贮：保存。⑧ 酤酒：买酒。⑨ 饮：使……喝。⑩ 曹：辈，侪。⑪ 鸿毛：大雁的羽毛，比喻极轻之物。⑫ 津吏：又称"津口"，掌管渡口的官员。⑬ 郑国游人：李颀自称，是春秋时郑国故地，故自称"郑国游人"。⑭ 洛阳行子：陈章甫，他经常在洛阳、嵩山一带活动，故有此称。⑮ 故林：故乡。陶渊明《归园田居》："羁鸟恋故林。"

**【译文】**

四月的南风吹得大麦一片金黄，枣花还没有落，梧荫渐长。早晨辞别青山，到了晚上又看见了，出门就听到马鸣让我不禁思念故乡。陈侯的立身处世襟怀坦荡，虬须虎眉，前额宽大，仪表堂堂。你胸藏群书万卷，学问深广，不能低头埋没在草莽之中。我们在城东门买酒一同畅饮，我劝慰你把心放宽，万事都如鸿毛一样。我喝醉酒酣睡，不知不觉天已黄昏，有时独自眺望天上的孤云。今日黄河波浪汹涌，行船在渡口停留，不敢过江。你这郑国的游子不能返家，我这洛阳的行人独自叹息。听说你在家乡老朋友很多，罢官回去后他们会怎样看待你呢？

**【赏析】**

这是一首充满深情的送别诗，也是李颀的杰作之一。诗人通过对陈章甫的外貌、动作和内心世界的描绘，展现了陈章甫坦荡的胸怀和不羁的性格。同时，诗人也对陈章甫被贬谪的命运表达了深深的同情，以及对他这位朋友的深厚友谊。

# 琴　歌①

李　颀

主人②有酒欢今夕，请奏鸣琴广陵客③。

月照城头乌④半飞⑤，霜凄万木⑥风入衣。

铜炉⑦华烛⑧烛增辉，初弹《渌水》后《楚妃》⑨。

一声已动物皆静，四座无言星欲稀⑩。

清淮⑪奉使⑫千余里，敢告⑬云山⑭从此始！

## 【注释】

①琴歌：听琴有感而歌。歌是诗体名，《文体明辨》称"其放情长言，杂而无方者曰歌"。②主人：东道主。③广陵客，本指嵇康，因其曾作琴曲《广陵散》，故称。此处指善于弹琴的人。④乌：乌鸦。⑤半飞：纷飞。⑥霜凄万木：夜霜使树林带有凄意。⑦铜炉：铜制熏香炉。⑧华烛：饰有文采的蜡烛。⑨《渌水》《楚妃》：都是古琴曲。⑩星欲稀：夜深了。⑪清淮：淮水。当时李颀即将赴任新乡尉，新乡临近淮水，故称"清淮"。⑫奉使：奉命出使。⑬敢告：敬告。⑭云山：高耸入云的山岭，代指归隐。

## 【译文】

主人摆酒设宴，今晚大家欢聚一堂，琴师拨动琴弦，为酒宴助兴。明月照向城头，没有归巢的乌鸦到处乱飞，寒霜降临，草木枯冷，阵阵寒风吹透衣衫。炉火暖融融，明亮的华烛增添了不少光辉。琴师先弹奏了一曲《渌水》，然后又弹奏了一曲《楚妃》。他的琴声一响，万物寂静，大家屏气凝神认真聆听他演奏的曲子，直到夜半星稀。我奉命远离家乡来到这千里迢迢的淮北，听到这优美的曲子，让我不禁想起了我的家乡，多想辞官归隐！

**[赏析]**

这首诗在赞美琴音美妙的同时，抒发了诗人想辞官归隐的愿望。诗中通过对比室内欢快饮酒与室外乌鸦纷飞、霜摧万木的悲凄景象，表达了诗人内心的忧虑。接着，诗人以琴声使万物静寂、四座无言，突显琴声的强烈表达效果。通过环境描写，以静衬动，诗人将琴音的美妙意境展现得淋漓尽致。

结尾，作者将"奉使"与"云山"对举，说明仕途之累与归隐之愿皆因琴声激起。诗人借此抒发了对归隐生活的向往，以及对琴音所传递的美好意境的赞美。整首诗寓意深刻，展现了诗人内心的归隐之情与对琴音的热爱。

## 听董大弹胡笳弄<sup>①</sup> 兼寄语房给事<sup>②</sup>

李　颀

蔡女<sup>③</sup>昔造胡笳声，一弹一十有<sup>④</sup>八拍。

胡人落泪沾边草，汉使断肠对归客。

古戍<sup>⑤</sup>苍苍<sup>⑥</sup>烽火<sup>⑦</sup>寒，大荒<sup>⑧</sup>阴沉<sup>⑨</sup>飞雪白。

先拂商弦后角羽，四郊秋叶惊摵摵<sup>⑩</sup>。

董夫子，通神明，深山窃听来妖精。

言<sup>⑪</sup>迟更<sup>⑫</sup>速皆应手，将<sup>⑬</sup>往复旋如有情。

空山百鸟散还合，万里浮云阴且<sup>⑭</sup>晴。

嘶酸<sup>⑮</sup>雏雁失群夜，断绝<sup>⑯</sup>胡儿恋母声。

川为静其波，鸟亦罢其鸣。

乌珠<sup>⑰</sup>部落家乡远，逻娑<sup>⑱</sup>沙尘哀怨生。

幽音变调忽飘洒，长风吹林雨堕瓦。

迸泉<sup>⑲</sup>飒飒<sup>⑳</sup>飞木末<sup>㉑</sup>，野鹿呦呦<sup>㉒</sup>走堂下。

长安城连东掖㉓垣，凤凰池㉔对青琐门㉕。

高才㉖脱略㉗名与利，日夕望君抱琴至。

## [注释]

①弄：秦曲的名称。②房给事：姓房名琯,任"给事中"之职。③蔡女：蔡琰(蔡文姬)。④有：通"又"。⑤戍：边戍哨所。⑥苍苍：衰老、残破貌。⑦烽火,代指烽火台。⑧荒：边陲、边疆。⑨阴沉：低沉貌。⑩摵摵：同"瑟瑟",落叶之声。⑪言：语助词。⑫更：连词,与、和。⑬将：语助词,表示动作、行为的趋向或进行。⑭且：表选择关系的连词,抑或,或者。⑮酸：悲痛、悲伤。⑯断绝：不连贯,时断时续。⑰乌珠：匈奴乌珠留若鞮单于,名囊知牙斯。⑱逻娑：唐时吐蕃首府,即今西藏拉萨。文成公主、金城公主皆远嫁吐蕃。⑲迸泉：喷涌出的泉水。⑳飒飒：形容雨声。㉑木末：树梢。㉒呦呦：鹿鸣声。㉓东掖：门下省。门下省为左掖,在东。㉔凤凰池：中书省。㉕青琐门：汉时宫门,此处指唐宫门。㉖高才：房琯。㉗脱略：不受拘束。

## [译文]

当年蔡琰曾作胡笳琴曲,弹奏这首曲子总共有十八节。胡人听了泪流满面,泪水沾湿了路边的野草,汉使面对着归客蔡琰也是肝肠欲断。边城苍苍茫茫,古老的烽火已经熄灭,看不到一点烟雾,草原阴沉,漫天白雪飘落下来,大地白茫茫一片。董大先弹轻快的曲子,然后弹奏低沉调,四周秋叶好像受到了惊吓,瑟瑟凋零。董夫子好像通神明一样,琴技十分高妙,深林鬼神也都出来偷听。他慢揉快拨十分得心应手,往复回旋仿佛声中寓情。琴声就像山中百鸟散了又集,曲子似万里浮云暗了又明。像失群的雏雁在夜里嘶叫,又像匈奴的儿子思念母亲痛绝的哭声。江河听到曲子就平息了波澜,百鸟听到了曲声也停止了啼鸣。琴声仿佛乌孙公主远怀故乡,又宛

如文成公主远嫁吐蕃的幽怨的声音。低微的琴声突然转变成轻松潇洒的调子，就像大风吹进树林，又像大雨落在瓦片上的声音。琴声有如迸泉飒飒射向树梢的声音，又如野鹿在堂下鸣叫。长安城比邻给事中庭院，皇宫门正对中书省宅第。房琯非常有才华，但不为名利拘束，他日夜盼望着董大技艺更加娴熟，再来家中抚琴。

【赏析】

　　这首诗高度评价了董大（董庭兰）卓越的琴艺和美妙乐曲。诗开篇以大胆想象、形象比喻、巧妙构思和丰富语言，生动描述了蔡女琴声的感人魅力。诗人接着描绘了董庭兰演奏时，感人至深的场景，以及荒凉凄寂的环境，使琴声显得更为动人。

　　诗的第二段，诗人对董庭兰的琴技进行了正面叙述，以"先拂商弦后角羽"至"野鹿呦呦走堂下"的描绘，表现了董庭兰的演奏如神助般精彩。诗人通过各种形象比喻，展示了琴声的巨大魅力，使读者感受到琴音的美妙。诗的结尾部分，诗人以琴写人，表达了对董庭兰才华的赞美，以及对知音的渴求。

　　整首诗情感真挚，描绘细腻，展示了诗人对琴艺的热爱和对知音的渴求，以及对董庭兰才华的钦佩。

# 听安万善吹觱篥歌

李 颀

南山截竹为觱篥①，此乐本自龟兹②出。
流传汉地曲转奇③，凉州④胡人为我吹。
傍⑤邻闻者多叹息，远客⑥思乡皆泪垂。
世人解⑦听不解赏，长飙⑧风中自⑨来往。
枯桑老柏寒飕飀⑩，九雏鸣凤⑪乱啾啾。

龙吟虎啸一时发，万籁⑫百泉⑬相与⑭秋。

忽然更作《渔阳掺》⑮，黄云⑯萧条⑰白日暗。

变调如闻杨柳⑱春，上林⑲繁花照眼新⑳。

岁夜㉑高堂列明烛，美酒一杯声㉒一曲。

**[注释]**

① 觱篥（bì lì）：亦写作"筚篥"，又名"笳管"。簧管古乐器，似唢呐，以竹为主，上开八孔，管口插有芦制的哨子。汉代由西域传入，今已失传。② 龟兹：古西域城国名，在今新疆库车、沙雅一带。③ 曲转奇：曲调变得更加新奇、精妙。④ 凉州：在今甘肃一带。⑤ 傍：靠近、临近，意同"邻"。⑥ 远客：漂泊在外的旅人。⑦ 解：懂得。⑧ 飙：暴风，此处用作形容词。⑨ 自：本来、自然。⑩ 飕飗：拟声词，风声。⑪ 九雏鸣凤：典出古乐府"凤凰鸣啾啾，一母将九雏"，形容琴声清越。⑫ 万籁：自然界的各种天然音响。⑬ 百泉：百道流泉之声音。⑭ 相与：共同、一起。⑮《渔阳掺》：渔阳一带的民间鼓曲名，此处借代悲壮、凄凉之声。⑯ 黄云：日暮之云。⑰ 萧条：寂寥、冷落。⑱ 杨柳：古曲名《折杨柳》，曲调轻快热闹。⑲ 上林：上林苑，古宫苑名。⑳ 新：清新。㉑ 岁夜：除夕。㉒ 声：动词，听。

**[译文]**

　　我从南山截段竹筒做成了觱篥，这种乐器本来是出自龟兹。后来流传到了汉地，曲调变得更加新奇起来，凉州来的胡人安万善用它为我吹奏。旁边的听众个个感慨叹息，思乡的游客人人开始悲伤落泪。一般人们只知道听曲子，却不懂得欣赏曲中的美妙，乐人就感觉自己像独行于暴风之中。又像呼啸的寒风吹得枯桑老柏沙沙作响，还像九只雏凤啾啾啼。乐声好似龙吟虎啸同时爆发，又如秋天里万籁齐响在百泉汇集。忽然吹奏变作《渔阳掺》低沉悲壮，顿时感觉白日转昏暗，乌云翻飞。又变成如同杨柳枝热

闹欢快，仿佛看到上林苑繁花似锦。除夕夜高堂上明烛释放光芒，喝杯美酒再欣赏一曲觱篥。

这首诗以感受音乐为主题，通过描绘安万善吹奏觱篥的过程，展现了音乐的魅力。诗以"南山截竹为觱篥"开篇，介绍了乐器原材料和出处。接着，诗人以流畅的笔触描述了音乐的流传、吹奏者以及音乐效果，表现了乐曲的美妙动听和强烈的感染力。

诗的中段，诗人通过提高音节和生动的形象比喻，描绘了觱篥声的变化多端。然后，诗人从音乐的陶醉中回到现实，表达了人生短暂如梦，要珍惜欢乐时光的情感。最后，诗人以"美酒一杯声一曲"作结，强调了诗人对音乐的热爱，与世人形成鲜明对比。

整首诗描绘细腻，感受深刻，展示了诗人对音乐的热爱和对生活的独特感悟。通过渲染音乐的感人效果，诗人表达了自己与世人的不同，使这首诗成为诗苑中一朵独特的奇葩。

# 夜归鹿门<sup>①</sup>歌

孟浩然

山寺钟鸣昼已昏，渔梁<sup>②</sup>渡头争渡喧<sup>③</sup>。
人随沙岸向江村，余亦乘舟归鹿门。
鹿门月照开烟树，忽到庞公栖隐处。
岩扉松径<sup>④</sup>长寂寥，惟有幽人<sup>⑤</sup>自来去。

【注释】

①鹿门：地名，在今湖北襄阳境内。②渔梁：地名，在今湖北襄阳境内。③喧：吵闹喧哗之声。④岩扉松径：岩壁为门户，沿路长满松林。⑤幽人：避世隐居的人，此处指代诗人自己。

【译文】

日暮时分，山寺那边传来了悠远的钟声，渔梁渡口处人声喧哗，大家纷纷抢着上船渡河。人们顺着沙岸朝着江村走去，我也乘坐小船，悠闲地摇橹返回鹿门的住所。鹿门这里，明亮的月光笼罩着烟雾缭绕的树木。忽然，我好像不知不觉来到了庞公避世隐居的地方。这里山岩当作门户，沿路长满了松林，小路空旷寂寥，只有我这个孤单的人在此处徘徊。

【赏析】

这首诗表达了诗人对归隐生活的向往和热爱。虽然诗人歌颂了归隐生活的宁静和淡泊，但他仍然无法忘怀尘世的繁华和热闹。这首诗就像一幅随意勾勒的山水画，情感真挚而飘逸。

# 庐山谣①寄卢侍御虚舟②

李　白

我本楚狂人③，凤歌笑孔丘。

手持绿玉杖④，朝别黄鹤楼。

五岳⑤寻仙不辞远，一生好入名山游。

庐山秀出南斗⑥傍，屏风九叠⑦云锦张，

影落⑧明湖青黛⑨光。

金阙⑩前开二峰长，银河⑪倒挂三石梁⑫。

香炉⑬瀑布⑭遥相望，回崖沓嶂⑮凌⑯苍苍⑰。

翠影红霞映朝日，鸟飞不到吴天[18]长。

登高壮观天地间，大江[19]茫茫去不还。

黄云[20]万里动风色，白波九道[21]流雪山[22]。

好为庐山谣，兴因庐山发。

闲窥石镜[23]清我心[24]，谢公[25]行处苍苔没。

早服[26]还丹[27]无世情，琴心三叠[28]道初成。

遥见仙人彩云里，手把芙蓉朝玉京[29]。

先期[30]汗漫[31]九垓[32]上，愿接卢敖[33]游太清[34]。

**[注释]**

①谣，本指不入乐的歌曲。②卢侍御虚舟：卢虚舟，字幼真，范阳（今北京大兴）人，曾与李白同游庐山。③楚狂人：春秋时楚人陆通，字接舆，因不满楚昭王的政治，佯狂不仕，时人谓之"楚狂"。④绿玉杖：镶有绿玉的杖，相传为仙人所用。⑤五岳：东岳泰山、西岳华山、南岳衡山、北岳恒山、中岳嵩山的总称，此处泛指中国名山。⑥南斗：星宿名，二十八宿中的斗宿。此处指秀丽的庐山之高，突兀而出。⑦屏风九叠：庐山五老峰东的九叠屏，因山峦重叠如屏而得名。⑧影落：庐山倒映在明澈的鄱阳湖中。⑨青黛：青黑色。⑩金阙：位于香炉峰西南面的金阙岩。⑪银河：瀑布。⑫三石梁：三叠泉的水势三折而下，如银河倒挂于石梁。⑬香炉：南香炉峰。⑭瀑布：黄岩瀑布。⑮回崖沓嶂：曲折的山崖，重叠的险峰。⑯凌：直逼，直达。⑰苍苍：青色的天空。⑱吴天：庐山春秋时属吴国，故称此地天空为吴天。⑲大江：长江。⑳黄云：昏暗的云色。㉑白波九道：九道河流。古书多说长江至九江附近分为九道。㉒雪山：白色的浪花。㉓石镜：古代关于石镜有多种说法，诗中的石镜应指庐山东面悬崖上的原石。㉔清我心：涤除心中的污浊。㉕谢公：谢灵运。㉖服：

服食。㉗还丹：道家炼丹，将丹砂烧成水银，炼久又还原成丹砂，故谓"还丹"。㉘琴心三叠：道家修炼术语，一种心神宁静的境界。㉙玉京：道教称元始天尊居住的仙山，名玉京山。㉚先期：预先约好。㉛汗漫：渺茫不可知。《淮南子·道应训》："吾与汗漫期于九垓之外。"后附会为仙人的名字。㉜九垓：九天。㉝卢敖：战国时燕国人，周游至蒙谷山，见一古怪之士迎风而舞。㉞太清：天空最高层。

## 【译文】

　　我本来就像名叫接舆的楚国狂人，高声唱着凤歌去嘲笑孔丘。我手里拿着一根镶着绿玉的棍杖，大清早辞别著名的黄鹤楼。我攀登五岳寻找仙道，不畏路远，这一生我就喜欢踏上名山游览天下。秀美的庐山挺拔在南斗旁，九叠云屏像锦绣云霞铺展开来，湖光山影相互映照着，泛起青光。在金阙岩前双峰矗立着，直入云端，三叠泉就像银河倒挂在三石梁上。香炉峰瀑布与它遥遥相望，重重山崖叠嶂耸立于云霄，苒苒苍苍。翠云红霞与朝阳相互辉映，鸟儿也飞不过吴天。我登高远望这天地间壮观的景象，大江悠悠向东流去，永远不会回来。天上的万里黄云变动着风色，江流波涛九道就像雪山奔淌。我喜欢为这雄伟的庐山歌唱，这兴致因为庐山的美丽风光而滋长。闲暇时，我观看石镜，它使我心神清净，谢灵运足迹早已经被青苔掩藏。我要早服仙丹忘掉尘世情，修炼仙丹和积极学道已初成。远远望见仙人正在彩云里，手里捧着芙蓉花朝拜玉京。我早已约好神仙在九天会面，希望迎接你一同畅游太清。

## 【赏析】

　　这首诗是李白在安史之乱期间离开武昌前往庐山时所作，以楚狂人自比，表达了对政治前途的失望和对隐居生活的向往。诗中描绘了庐山和长江的壮丽景色，展示了大自然的雄伟气魄。诗人还表达了寻仙访道的愿望，

希望超脱现实，解决内心的矛盾。诗歌融合了儒家和道家的思想，情感豪迈，想象丰富，境界开阔。在音韵方面，诗人运用了多种韵律，使诗篇节奏鲜明、富有变化。这首诗是李白晚年之作，反映了诗人内心的矛盾与挣扎，以及对美好生活的向往。在描绘大自然美景的同时，诗人表达了自己对现实的不满和追求自由的决心。整首诗具有很高的艺术价值，展现了李白独特的浪漫主义风格。

# 梦游天姥<sup>①</sup>吟留别

李 白

海客<sup>②</sup>谈瀛洲<sup>③</sup>，烟涛<sup>④</sup>微茫<sup>⑤</sup>信<sup>⑥</sup>难求<sup>⑦</sup>。

越人<sup>⑧</sup>语天姥，云霓明灭<sup>⑨</sup>或可睹。

天姥连天向天横<sup>⑩</sup>，势拔五岳掩赤城<sup>⑪</sup>。

天台四万八千丈，对此欲倒东南倾。

我欲因之<sup>⑫</sup>梦吴越，一夜飞度镜湖<sup>⑬</sup>月。

湖月照我影，送我至剡溪<sup>⑭</sup>。

谢公<sup>⑮</sup>宿处今尚在，渌<sup>⑯</sup>水荡漾清<sup>⑰</sup>猿啼。

脚著谢公屐，身登青云梯<sup>⑱</sup>。

半壁见海日，空中闻天鸡。

千岩万壑路不定，迷花倚石忽已暝<sup>⑲</sup>。

熊咆龙吟殷<sup>⑳</sup>岩泉，栗深林兮惊层巅。

云青青<sup>㉑</sup>兮欲雨，水澹澹兮生烟。

列缺<sup>㉒</sup>霹雳，丘峦崩摧。

洞天石扉，訇然中开<sup>㉓</sup>。

青冥<sup>㉔</sup>浩荡不见底，日月照耀金银台<sup>㉕</sup>。

霓为衣兮风为马，云之君<sup>㉖</sup>兮纷纷而来下。

虎鼓瑟兮鸾回车㉗，仙之人兮列如麻。

忽魂悸以魄动，恍㉘惊起而长嗟。

惟觉时㉙之枕席，失向来之烟霞㉚。

世间行乐亦如此，古来万事东流水。

别君去兮何时还？且放白鹿青崖间，

须㉛行即骑访名山。

安能摧眉折腰㉜事权贵，使我不得开心颜？

**[注释]**

①天姥：在今浙江新昌东五十里，东接天台山。相传曾有登此山者听到天姥（老妇）歌谣之声而得名。②海客：浪迹海上之人。③瀛洲：传说中的东海仙山。④烟涛：波涛渺茫，远看像烟雾笼罩的样子。⑤微茫：景象模糊不清。⑥信：实在。⑦难求：难以寻访。⑧越人：古代在今浙江绍兴一带的人。⑨云霓明灭：云霞忽明忽暗。⑩向天横：遮住天空。横，遮蔽。⑪势拔五岳掩赤城：山势超过五岳，遮掩住了赤城。拔：超出。五岳：东岳泰山、西岳华山、中岳嵩山、北岳恒山、南岳衡山的总称。赤城，山名：在今浙江天台北，为天台山的南门，土色皆赤。⑫因之：因，依据。之，代指前段越人的话。⑬镜湖：鉴湖，在绍兴，唐朝最有名的城市湖泊。⑭剡溪：水名，在今浙江嵊州南，曹娥江上游。⑮谢公：南朝宋诗人谢灵运。谢灵运喜欢游山。他游天姥山时，曾在剡溪居住。⑯渌：清澈。⑰清：凄清。⑱青云梯：直上云霄的山路。⑲暝：昏暗。⑳殷，此处作动词用，震动。㉑青青：黑沉沉的。㉒列缺：闪电。列通"裂"，分裂。缺，指云的缝隙。电光从云中迸裂而出，故称"列缺"。㉓洞天石扉，訇（hōng）然中开：仙府的石门，訇的一声从中间打开。洞天，神仙所居的洞府，意谓洞中别有天地。石扉，即石门。訇然，形容声音很大。㉔青冥：天空。㉕金银台：神仙所居之处。㉖云之君：乘驾着云彩的神仙。㉗鸾回车：鸾鸟驾着车回转。鸾：

传说中凤凰一类的鸟。回：回旋、运转。㉘恍：恍然，猛然。㉙觉时：醒时。
㉚失向来之烟霞：刚才梦中所见的烟雾云霞都不见了。向来：原来。烟霞：
前面所写的仙境。㉛须：等待。㉜摧眉折腰：低头弯腰，即卑躬屈膝。摧眉，
即低眉。

　　海外来的客人谈起瀛洲，他们都说大海烟波渺茫，瀛洲实在难以寻求。
绍兴一带的人谈起天姥山，在云雾霞光中有时还能看见。天姥山高耸入云，
连着天际，横向天外。山势高峻超过五岳，遮掩住了赤城山。天台山高
一万八千丈，对着天姥山好像要向东南倾斜拜倒一样。我根据越人说的话
梦游到了绍兴，一天夜里，飞渡过了明月映照的镜湖。镜湖的月光照着我
的影子，一直送我到了剡溪。谢灵运住的地方现在还在，清澈的湖水荡漾，
山上的猿猴清啼着。脚上穿着谢公当年特制的木鞋，攀登直上云霄的山路。
我上到半山腰就看见了从海上升起的太阳，空中传来天鸡的叫声。山路盘
旋弯曲，辨别不了方向，我迷恋着花，倚着石头，不觉天色已经晚了。熊
在怒吼，龙在长鸣，岩中的泉水在震响，使森林让人战栗，使山峰让人惊颤。
云层黑沉沉的，像是要下雨，水波动荡生起了烟雾。电光闪闪，雷声轰鸣，
山峰好像要被崩塌似的。仙府的石门，訇的一声从中间打开。天色昏暗看
不到洞底，日月照耀着金银做的宫阙。用彩虹做衣裳，将风当作马来乘，
云中的神仙们纷纷下来。老虎弹琴，鸾鸟拉车。仙人们排成列，密密麻麻。
忽然惊魂动魄，恍然惊醒起来长长地叹息。醒来时只有身边的枕席，刚才
梦中所见的烟雾云霞都消失了。人世间的欢乐也是如此，自古以来万事都
像东流的水一样一去不复返。与君分别何时才能回来？暂且把白鹿放牧在
青崖间，等到游览时就骑上它拜访名川大山。我岂能卑躬屈膝，去侍奉权贵，
使我心中郁郁寡欢，极不舒坦？

**【赏析】**

这首诗描绘了诗人游天姥山之旅的奇幻经历，通过丰富的想象，展现天姥山的雄伟壮丽和如仙境般的美丽景色。在这个绚丽多彩的世界中，诗人追寻着光明、自由和理想的世界，以此来表达对黑暗、丑恶现实的反抗。同时，诗人更以蔑视的态度面对那些反动的权贵，坚守着自己的信念和追求。

# 金陵①酒肆留别

李　白

风吹柳花满店香，吴姬②压酒劝客尝。
金陵子弟来相送，欲行不行③各尽觞④。
请君试问东流水，别意与之谁短长？

**【注释】**

①金陵：今江苏南京。②吴姬：酒店中服务的侍女。③不行：送行之人。
④尽觞：喝尽杯中的酒。

**【译文】**

春风吹起柳絮漫天飞舞，酒店内飘满令人迷醉的芳香，吴姬捧出醇香的美酒请客人品尝。金陵一批彼此相识的年轻人，纷纷前来为我送别，将要动身上路的我，和朋友们开怀畅饮。请你们试问一下这东流的江水，离别的情意和它比起来，谁短谁长？

**【赏析】**

李白在吴越地区漫游期间，金陵给他留下了独特的记忆。短暂的停留后，他又将踏上新的旅程，而金陵的年轻朋友们纷纷前来送他，这一幕幕温馨的告别，都成为李白心中的珍贵画面。

春天的金陵城，空气中弥漫着清新的气息。春风轻拂，柳丝舞动，酒

店的侍女热情地招待着大家，然而这热闹之中难掩离别的忧郁。李白与朋友们彼此间依依不舍，深厚的友情在分别的那一刻显得尤为珍贵。

面对朋友们的深情，李白心中涌起一股感动。他看着门前东流的江水，心中灵光一闪。他向那东流的江水发问："江水啊，你流向东方，滔滔不绝。然而，我们的离别之情，是否比你的流动还要长久？"这一疑问，勾画出了李白对友情的感慨之情。

## 宣州<sup>①</sup> 谢朓楼<sup>②</sup> 饯别<sup>③</sup> 校书<sup>④</sup> 叔云<sup>⑤</sup>

李 白

弃我去者昨日之日不可留；

乱我心者今日之日多烦忧。

长风<sup>⑥</sup>万里送秋雁，对此<sup>⑦</sup>可以酣高楼<sup>⑧</sup>。

蓬莱<sup>⑨</sup>文章建安骨，中间小谢<sup>⑩</sup>又清发<sup>⑪</sup>。

俱怀<sup>⑫</sup>逸兴<sup>⑬</sup>壮思<sup>⑭</sup>飞，欲上青天揽<sup>⑮</sup>明月。

抽刀断水水更流，举杯销愁愁更愁。

人生在世不称意<sup>⑯</sup>，明朝<sup>⑰</sup>散发<sup>⑱</sup>弄扁舟<sup>⑲</sup>。

【注释】

①宣州：今安徽宣城一带。②谢朓楼：又名北楼、谢公楼，在陵阳山上，谢朓任宣城太守时所建，并改名为叠嶂楼。③饯别：以酒食送行。④校书：官名，即秘书省校书郎，掌管朝廷的图书整理工作。⑤叔云：李白的叔叔李云。⑥长风：远风，大风。⑦此：上句的长风秋雁的景色。⑧酣高楼：畅饮于高楼。⑨蓬莱，此处指东汉时藏书之东观。⑩小谢：谢朓，字玄晖，南朝齐诗人，后人将他和谢灵运并称。此处用以自喻。⑪清发：清新秀发的诗风。发：秀发，此处指诗文俊逸。⑫俱怀：两人都怀有。⑬逸兴：飘

逸豪放的兴致，多指山水游兴，超远的意兴。⑭ 壮思：雄心壮志，豪壮的意思。⑮ 揽：摘取。⑯ 称意：称心如意。⑰ 明朝：明天。⑱ 散发：不束冠，意谓不做官。此处是形容狂放不羁。⑲ 弄扁舟：乘小舟归隐江湖。扁舟：小舟、小船。

弃我而去的，就像昨天一样已不可挽留；扰乱我心绪的，今天使我非常烦忧。万里长风吹送南归的鸿雁，面对此景，正可以登上高楼开怀畅饮。你的文章就像汉代文学作品一般刚健清新，而我的诗风，也像谢朓那样清新秀丽。我们都满怀豪情逸兴，飞跃的神思像要腾空跃上高高的青天，去摘取那皎洁的明月。好像抽出宝刀去砍流水一样，水不但没有被斩断，反而流得更湍急了。我举起酒杯痛饮，本想借酒消去烦忧，结果反倒愁上加愁。啊！人生在世竟然如此不称心如意，还不如明天就披散了头发，乘一只小舟在江湖之上自在地漂流。

[赏析]

这首诗描绘了李白在宣州与他的族叔李云相聚时一同登上了谢朓楼，以此作为他们告别时的留念。诗人叙述了自己对社会现象的不满，以及对自己未能实现远大抱负和才能被埋没的无奈与愤懑。整首诗充满了雄浑的情感和飘逸的风格，给人一种高不可攀的感觉。这首诗融入了诗人慷慨激昂的情感，同时也表达了诗人对黑暗社会的反感，以及对光明世界的追求。

# 走马川 ① 行 ② 奉送封大夫 ③ 出师西征 ④

岑 参

君不见走马川行雪海⑤边，平沙莽莽黄入天。

轮台⑥九月风夜吼，一川碎石大如斗，随风满地石乱走。
匈奴草黄马正肥，金山⑦西见烟尘飞，汉家大将⑧西出师。
将军金甲夜不脱，半夜军行戈相拨⑨，风头如刀面如割。
马毛带雪汗气蒸，五花连钱⑩旋作冰，幕中草檄⑪砚水凝。
虏骑闻之应胆慑，料知短兵⑫不敢接，车师⑬西门伫⑭献捷⑮。

【注释】

①走马川：车尔成河，又名左未河，在今新疆境内。②行：古代诗歌的一种体裁。③封大夫：封常清，唐朝将领，蒲州猗氏人。④西征：一般认为是出征播仙。⑤雪海：在天山主峰与伊塞克湖之间。⑥轮台：地名，在今新疆库车东。封常清在此处驻军。⑦金山：阿尔泰山。⑧汉家大将：封常清，当时任安西节度使兼北庭都护，岑参在他的幕府任职。汉家：唐代诗人多以汉代唐。⑨戈相拨：兵器互相碰击。⑩五花连钱：马斑驳的毛色。五花，五花马。连钱，马身上斑驳如钱的花纹。⑪草檄：起草讨伐敌军的文书。⑫短兵：刀剑一类的短兵器。⑬车师：古国名，为唐北庭都护府治所庭州，今新疆乌鲁木齐东北。⑭伫：久立，此处是等待之意。⑮献捷：献上贺捷诗章。

【译文】

您难道不曾看见吗？那辽阔的走马川紧靠着雪海边缘，茫茫无边的黄沙连接云天。轮台九月整夜里狂风怒号，到处的碎石块大如斗，狂风吹得斗大的乱石满地走。这时匈奴牧草繁茂军马肥，侵入金山西面烟尘滚滚，汉家的大将率兵开始西征。将军身着铠甲在夜里也不脱，半夜行军戈矛彼此相互碰撞，凛冽寒风吹到脸上如刀割。马毛挂着雪花还汗气蒸腾，五花马的身上转眼结成冰，营幕中写檄文砚墨也冻凝了。敌军听到大军出征应胆战心惊，料他们不敢与我们短兵相接，我就在车师西门等待捷报。

[赏析]

这首诗通过描绘边疆地区的险恶环境，展现了士兵们英勇无畏的精神风貌。诗人运用比喻、夸张等写作手法，生动形象地描绘出战场的紧张气氛，使整首诗充满了激情和斗志。此外，全诗采用句句押韵的方式，每三句一转韵，使得诗歌节奏紧凑，朗朗上口。

## 轮台歌奉送封大夫① 出师西征②

岑 参

轮台城头夜吹角③，轮台城北旄头落④。
羽书⑤昨夜过渠黎⑥，单于⑦已在金山⑧西。
戍楼⑨西望烟尘黑，汉军屯在轮台北。
上将⑩拥旄⑪西出征，平明吹笛大军行。
四边伐鼓雪海⑫涌，三军⑬大呼阴山⑭动。
虏塞⑮兵气⑯连云屯，战场白骨缠草根。
剑河⑰风急云片阔，沙口石冻马蹄脱。
亚相⑱勤王⑲甘苦辛，誓将报主静边尘。
古来青史⑳谁不见，今见功名胜古人。

[注释]

①封大夫：封常清，唐朝将领，蒲州猗氏人。②西征：此次西征事迹未见史书记载。③角：古时军中的乐器。④旄头落：为胡人失败之兆。旄头，星宿名，二十八宿中的昴星。古人认为它主胡人兴衰。⑤羽书：羽檄，军中的紧急文书，上插羽毛，以示加急。⑥渠黎：汉代西域国名，在今新疆轮台东南。⑦单于：汉代匈奴君长的称号，此处指西域游牧民族的首领。⑧金山：乌鲁木齐东面的博格多山。⑨戍楼：军队驻防的城楼。

⑩ 上将：大将，此处指封常清。⑪ 旄：旄节，古代君王赐给大臣用以标明身份的信物。⑫ 雪海：在天山主峰与伊塞克湖之间。⑬ 三军，泛指全军。⑭ 阴山：山名，此处指天山，在今内蒙古自治区中部。⑮ 虏塞：敌国的军事营垒。⑯ 兵气：战斗的气氛。⑰ 剑河：唐时西域水名。⑱ 亚相：御史大夫封常清。⑲ 勤王：为王事效力。⑳ 青史：史籍。古代以竹简记事，色泽为青色，故称青史。

**[译文]**

　　轮台城头在夜里吹起了号角，轮台城北旄头星正在降落。军情紧急，昨夜连夜派遣使者前往渠黎，报告单于已经率领大军越过金山，向西进犯。从哨楼向西望去，烟尘滚滚，汉军就屯扎在了轮台北境。上将手持符节率兵西征，黎明笛声响起大军起程。战鼓四起就像雪海浪涌，三军呐喊震得阴山发出回声。敌营阴沉杀气直冲云霄，战场上，白骨还缠着草根。剑河寒风猛烈下起了鹅毛大雪，沙口的石头都被冻住了，马蹄也被冻脱了。亚相勤于王政，立誓报效国家平定边境。自古以来名垂青史的人屡见不鲜，如今将军的功名已经胜过古人。

**[赏析]**

　　这是唐朝诗人岑参创作的一首边塞诗。这首诗描绘了封常清将军率领军队出征西域的壮丽场景，表达了诗人对战争的忧虑和对将领英勇精神的赞美。

　　首句"轮台城头夜吹角，轮台城北旄头落"，通过描绘夜晚的号角声和旄头的降落，营造出紧张的战争氛围。

　　"羽书昨夜过渠黎，单于已在金山西"，传达了战况紧急的信息，表现出敌我双方激烈的战斗态势。

　　"戍楼西望烟尘黑，汉军屯在轮台北"，描述了戍楼上的士兵遥望远方

战场，看到滚滚烟尘，感受到战争的残酷。

"上将拥旄西出征，平明吹笛大军行"，则表现了统帅封将军身先士卒、鼓舞士气的英勇形象。

接下来的四句"四边伐鼓雪海涌，三军大呼阴山动。虏塞兵气连云屯，战场白骨缠草根"，进一步渲染了战争的激烈与悲壮，展现了将士们视死如归的精神风貌。

最后六句"剑河风急云片阔，沙口石冻马蹄脱。亚相勤王甘苦辛，誓将报主静边尘。古来青史谁不见，今见功名胜古人"，既表达了对封将军的敬仰之情，又强调了此次出征的重要性和历史意义。

整首诗语言雄浑，意境开阔，充满了强烈的爱国主义情怀。诗人通过对战争的描绘揭示了边疆战士的艰苦生活，同时也赞扬了封将军的英勇精神和忠诚品质。

# 白雪歌送武判官①归京

岑 参

北风卷地白草②折，胡天③八月即飞雪。

忽如一夜春风来，千树万树梨花④开。

散入珠帘⑤湿罗幕⑥，狐裘⑦不暖锦衾⑧薄。

将军角弓⑨不得控⑩，都护⑪铁衣⑫冷难著⑬。

瀚海⑭阑干⑮百丈冰，愁云惨淡⑯万里凝。

中军⑰置酒饮归客⑱，胡琴琵琶与羌笛⑲。

纷纷暮雪下辕门⑳，风掣㉑红旗冻不翻㉒。

轮台㉓东门送君去，去时雪满㉔天山路。

山回路转㉕不见君，雪上空留马行处。

**[注释]**

①武判官：名不详。判官：官职名。②白草：西域牧草名，干熟时变白色。③胡天：塞北的天空。胡：古代汉民族对北方各少数民族的通称。④梨花：春天开放，花为白色。此处比喻雪花积在树枝上，像梨花开了一样。⑤珠帘：用珍珠串成的帘子，形容帘子的华美。⑥罗幕：用丝绸织成的帐幕，形容帐幕的华美。⑦狐裘：狐皮袍子。⑧锦衾：锦缎做的被子，形容天气很冷。⑨角弓：两端用兽角装饰的硬弓。⑩不得控：天太冷而冻得拉不开弓。控：拉开。⑪都护：镇守边镇的长官，此处为泛指，与上文的"将军"是互文。⑫铁衣：护身铁甲衣。⑬著：穿。⑭瀚（hàn）海：沙漠。这句说大沙漠里到处都结着很厚的冰。⑮阑干：纵横交错的样子。⑯惨淡：昏暗无光。⑰中军：主将或指挥部。古时兵分为中、左、右三军，中军为主帅的营帐。⑱饮归客：宴请归京的人，此处指武判官。饮：动词，宴饮。⑲羌笛：羌族的管乐器。⑳辕门：领兵将帅的营门。古代军队扎营，用车环围，出入处以两车车辕相向竖立，状如门。此处指帅衙署的外门。㉑风掣：红旗因雪而冻结，风都吹不动了。掣：拉，扯。㉒冻不翻：旗被风往一个方向吹，给人以冻住之感。㉓轮台：轮台县。㉔满：铺满。形容词活用为动词。㉕山回路转：山势回环，道路盘旋曲折。

**[译文]**

北风席卷大地把白草吹折，胡地天气八月就大雪纷飞。忽然间宛如一夜春风吹来，好像是千树万树梨花开。雪花散入珠帘打湿了罗幕，狐裘穿不暖，锦被也显单薄。将军的手冻得拉不开弓，铁甲冰冷得让人难以穿着。沙漠结冰百丈纵横有裂纹，万里长空凝聚着惨淡愁云。主帅帐中摆酒为归客饯行，胡琴、琵琶、羌笛合奏来助兴。傍晚辕门前大雪下个不停，红旗冻僵了风也无法牵引。轮台东门外欢送你回京去，你去时大雪盖满了天山路。山路迂回曲折已看不见你，雪上只留下一行马蹄印。

诗人以生动的笔触描绘了边塞地区风雪交加的奇特景象，同时也展现了在艰苦环境中送别友人的豪情壮志。整首诗的意境雄伟壮观，语言雄壮豪放，比喻独特，色彩鲜明，形象生动。它表达了诗人对边塞生活的深刻理解和体验，也展示了他在诗歌创作上的独特才情和艺术造诣。

## 韦讽录事宅观曹将军画马图

杜 甫

国初已来画鞍马，神妙独数江都王。

将军得名三十载，人间又见真乘黄。

曾貌先帝①照夜白②，龙池③十日飞霹雳。

内府殷红马脑盘，婕好④传诏才人索。

盘赐将军拜舞归，轻纨细绮相追飞。

贵戚权门得笔迹，始觉屏障生光辉。

昔日太宗拳毛䯄，近日郭家狮子花。

今之新图有二马，复令识者久叹嗟。

此皆骑战一敌万，缟素⑤漠漠开风沙。

其余七匹亦殊绝，迥⑥若寒空动烟雪。

霜蹄蹴踏长楸间，马官厮养森成列。

可怜⑦九马争神骏，顾视清高气深稳。

借问苦心爱者谁，后有韦讽前支遁⑧。

忆昔巡幸新丰宫，翠华⑨拂天来向东。

腾骧磊落三万匹，皆与此图筋骨同。

自从献宝朝河宗，无复射蛟江水中。

君不见金粟堆⑩前松柏里，龙媒去尽鸟呼风。

**【注释】**

①先帝：唐玄宗。②照夜白：马名。③龙池：古时以龙喻神马，此用以比喻曹霸画的马如龙在池中腾跃飞舞。④婕妤：唐代宫中女官名。⑤缟素：白色的画绢。⑥迥：远。⑦可怜：可爱的意思。⑧支遁：东晋名僧，养马数匹，有人说道人养马不清高，支遁回复说"贫道爱其神骏"。此处比喻韦讽极爱曹霸画的马。⑨翠华：皇上出行时的仪仗队。⑩金粟堆：玄宗的陵墓，在今陕西蒲城金粟山。

**【译文】**

开国以来善画鞍马的画家中，画技最精妙传神的只数江都王。曹将军画马出名已有三十载，人间又见古代真正神马"乘黄"。他曾描绘玄宗先帝的"照夜白"，画得像池龙腾飞十日声如雷。皇宫内库珍藏的殷红玛瑙盘，婕妤传下御旨才人将它取来。将军接受赐盘叩拜皇恩回去，轻纨细绮相继赐来快速如飞。贵戚们谁得到曹将军的亲笔迹，谁就觉得府第增加光辉。当年唐太宗著名宝马"拳毛𬴐"，近代郭子仪家中好驹"狮子花"。而今新画之中就有这两匹马，使得识马的人久久感慨夸赞。其余七匹也都是特殊而奇绝，远远看去像寒空中飘动的烟雪。霜蹄骏马蹴踏在楸树夹映的大道，专职马官和役卒肃立排成列。可爱的九匹马神姿争俊竞雄，昂首阔步显得高雅深沉稳重。请问有谁真心喜爱神姿骏马？后世韦讽、前代支遁名传天下。想当年玄宗皇上巡幸新丰宫，车驾上羽旗拂天浩荡朝向东。腾飞跳跃精良好马有三万匹，匹匹与画图中马的筋骨相类。譬如河宗献宝之后穆王归天，唐玄宗再也不能去射蛟江中。你没看见金粟堆前松柏林里，良马去尽徒闻林鸟啼雨呼风。

【赏析】

　　《韦讽录事宅观曹将军画马图》是唐代诗人杜甫的一首题画诗。这首诗通过对曹将军画马图的观赏，表达了对画家高超技艺的赞美，同时也抒发了自己对国家命运的忧虑以及对英雄豪杰的敬仰之情。整首诗语言优美，感情深沉。

## 丹青①引　赠曹将军霸②

杜　甫

将军魏武③之子孙，于今为庶④为清门⑤。

英雄割据今已⑥矣，文采风流今尚存。

学书初学卫夫人⑦，但恨无过王右军⑧。

丹青不知老将至，富贵于我如浮云。

开元⑨之中常引见⑩，承恩⑪数上南熏殿。

凌烟⑫功臣少颜色⑬，将军下笔开生面⑭。

良相头上进贤冠⑮，猛将腰间大羽箭⑯。

褒公鄂公毛发动，英姿飒爽来酣战。

先帝⑰天马玉花骢⑱，画工如山⑲貌不同⑳。

是日牵来赤墀㉑下，迥立阊阖㉒生长风。

诏㉓谓将军拂绢素，意匠㉔惨澹㉕经营㉖中。

斯须九重㉗真龙㉘出，一洗万古凡马空。

玉花却在御榻上，榻上庭前屹相向。

至尊含笑催赐金，圉人㉙太仆㉚皆惆怅。

弟子韩干㉛早入室，亦能画马穷殊相㉜。

干惟画肉不画骨，忍使骅骝气凋丧。

将军画善盖有神㉝，必逢佳士亦写真㉞。

即今漂泊干戈<sup>㉟</sup>际，屡貌<sup>㊱</sup>寻常行路人。

途穷反遭俗眼白，世上未有如公贫。

但看古来盛名下，终日坎壈<sup>㊲</sup>缠其身。

**[注释]**

①丹青，代指绘画。②曹将军霸：曹霸，唐代名画家，以画人物及马著称，颇得唐高宗的宠幸，官至左武卫将军，故称他为曹将军。③魏武：魏武帝曹操。④庶：庶人、平民。⑤清门：寒门，清贫之家。⑥已：止、去。⑦卫夫人：名铄，字茂漪。⑧王右军：晋代书法家王羲之，官至右军将军。⑨开元：唐玄宗的年号。⑩引见：皇帝召见臣属。⑪承恩：获得皇帝的恩宠。⑫凌烟：凌烟阁，唐太宗为了褒奖文武开国功臣，于贞观十七年（643年）命阎立本等在凌烟阁画二十四功臣图。⑬少颜色：功臣图像色彩因年久而暗淡。⑭开生面：曹霸画像又开创了新的意境。⑮进贤冠：古代成名，文儒者之服。⑯大羽箭：大杆长箭。⑰先帝：唐玄宗。⑱玉花骢：玄宗所骑的骏马名。骢是青白色的马。⑲山：众多的意思。⑳貌不同：画得不一样，即画得不像。貌，在此处作动词用。㉑赤墀：也叫丹墀。宫殿前的台阶。㉒闾阖：宫门。㉓诏：皇帝下令。㉔意匠：画家的立意和构思。㉕惨澹：用心良苦。㉖经营：绘画的经营位置，结构安排。㉗九重，代指皇宫，因天子有九重门。㉘真龙，古人称马高八尺为龙，此处喻所画的玉花骢。㉙圉人：养马人。㉚太仆：管理皇帝车马的官吏。㉛韩干：唐代名画家。善画人物，更擅长画鞍马。㉜穷殊相：画尽各种不同的姿形变化。㉝盖有神：大概有神明之助，极言曹霸画技高超。㉞写真：画人像。㉟干戈：战争，此处指安史之乱。㊱貌：描画。㊲坎壈：贫困失意。

【译文】

曹将军是魏武帝曹操后代子孙，而今却沦为平民百姓。英雄割据的时代一去不复返了，曹家文章的风采却在你身上留存。当年为学书法你先拜卫夫人为师，只恨没有超过王羲之。你毕生专攻绘画不知老之将至，荣华富贵对于你却如空中浮云。开元年间你常常被唐玄宗召见，承恩载德你曾多次登上南薰殿。凌烟阁的功臣画像年久褪色，曹将军你挥笔重画使其别开生面。良相们的头顶都戴上了进贤冠，猛将们的腰间皆佩带着大羽箭。褒公、鄂公的毛发似乎都在抖动，他们英姿飒爽好像是正在酣战。开元时先帝的天马名叫玉花骢，多少画家都画得与原貌不同。当天玉花骢被牵到殿中红阶下，昂首屹立宫门更增添它的威风。皇上命令你展开丝绢准备作画，你匠心独运、惨淡经营。片刻间九天龙马就在绢上显现，一下比得万代凡马皆成了平庸。玉花骢图如真马倒在皇帝榻上，榻上马图和阶前屹立真马相同。皇上含笑催促左右赏赐你黄金，太仆和马官们个个都迷惘发怔。将军的门生韩干画技早学上手，他也能画马且有许多不凡形象。韩干只画外表但画不出内在精神，常使骅骝好马的生机凋敝丧失。将军的画精美，画中有神韵，偶逢真名士才肯为其动笔写真。而今你漂泊沦落在战乱的社会，平常所画的却是普通的行路人。你到晚年反而遭受世俗的白眼，人世间还未有人像你这般赤贫。只要看看历来那些极负盛名的人，最终坎坷穷愁缠绕其身了。

【赏析】

《丹青引赠曹将军霸》是杜甫的一首赞美与感慨并存的诗歌。它通过描绘曹霸的绘画才华和人生经历，既表达了对曹霸的深深赞美，又透露出对人生荣枯兴衰的无奈感慨。整首诗以雄浑悲怆的笔触，生动展现了艺术家的辉煌与落寞，以及对艺术永恒价值的追求和期待。在曹霸的人生经历中，

我们看到了艺术家的坚韧与执着，也感受到了人生的无常与变迁。杜甫的诗歌语言简练且意蕴深远，通过对曹霸的描绘，引发读者对艺术、历史和人生的深刻思考，是一首极具感染力和思想性的杰作。

# 寄韩谏议<sup>①</sup>注

杜 甫

今我不乐<sup>②</sup>思岳阳，身欲奋飞病在床。

美人<sup>③</sup>娟娟<sup>④</sup>隔秋水，濯足洞庭望八荒。

鸿飞冥冥<sup>⑤</sup>日月白，青枫叶赤天雨霜。

玉京<sup>⑥</sup>群帝集北斗，或骑麒麟翳凤凰。

芙蓉旌旗烟雾落，影动倒景摇潇湘。

星宫<sup>⑦</sup>之君醉琼浆，羽人<sup>⑧</sup>稀少不在旁。

似闻昨者赤松子，恐是汉代韩张良。

昔随刘氏定长安，帷幄未改神惨伤。

国家成败吾岂敢，色难腥腐餐枫香。

周南留滞古所惜，南极老人应寿昌。

美人胡为隔秋水，焉得置之贡玉堂<sup>⑨</sup>。

①谏议：官名，掌侍从规谏，谏议起于后汉。②不乐：心情不好。③美人，喻指君子，此处指韩注。④娟娟：美好的样子。⑤鸿飞冥冥：韩注已遁世。⑥玉京：玉京山，道家仙山。玉京之下，乃昆仑之都。⑦星宫：天宫。⑧羽人：穿羽衣的仙人。⑨玉堂：朝廷。

【译文】

眼下我心情不佳是因为思念岳阳，身体想要奋飞但疾病却逼我卧床。

隔江的韩注他的品行多么美好！常在洞庭洗脚放眼望八方。鸿鹄已远飞高空在日月之间，枫叶已变红，秋霜已降下。玉京山众仙们聚集追随北斗，有的骑着麒麟，有的驾着凤凰。芙蓉般的旌旗为烟雾所淹没，潇湘荡着涟漪倒影随波摇晃。星宫中的仙君沉醉于琼浆玉液，羽衣仙人稀少况且不在近旁。听说他仿佛是昔日的赤松子，恐怕是更像汉初韩国的张良。当年他随刘邦建业定都长安，运筹帷幄之心未改、精神上惨伤。国家事业成败岂敢坐视观望，厌恶腥腐的世道宁可餐食枫香。太史公留滞周南自古以来被痛惜，但愿他像南极寿星长泰永昌。品行高洁之人为何远隔江湖，怎么才能将他置于未央宫里？

**【赏析】**

　　这首诗表达了作者对友人韩注的思念和对国家大事的关注。诗人以浪漫的笔触描绘了韩注在洞庭湖畔过着宁静生活的场景，同时也表达了他对韩注才能的赞美。接下来，诗人通过比喻和象征，描绘了朝廷中的权贵和隐居高人鲜明的对比，表达了对韩注重返朝廷的期待。

　　诗人巧妙地运用了神话传说和历史人物，如张良、南极老人等，来表达对韩注的敬仰和期许。同时，诗人也通过对《诗经·周南》的引用，暗示了韩注虽然身处江湖，但心系国家。

　　全诗情感深沉，语言优美，充满了对友情的珍视和对国家的责任感。诗人通过丰富的想象和巧妙的修辞手法，使得整首诗充满了诗意和哲理，令人回味无穷。

# 古柏行

杜　甫

孔明庙前有老柏，柯①如青铜根如石。
霜皮溜雨②四十围，黛色参天二千尺。

君臣已与时际会，树木犹为人爱惜。

云来气接巫峡长，月出寒通雪山白。

忆昨路绕锦亭③东，先主④武侯同闷宫⑤。

崔嵬枝干郊原古，窈窕⑥丹青户牖空。

落落⑦盘踞虽得地，冥冥⑧孤高多烈风。

扶持自是神明力，正直原因造化功。

大厦如倾要梁栋，万牛回首丘山重。

不露文章⑨世已惊，未辞翦伐谁能送⑩。

苦心岂免容蝼蚁，香叶⑪终经宿鸾凤。

志士幽人莫怨嗟，古来材大难为用。

**[注释]**

①柯：枝干。②溜雨：形容树皮的光滑。③锦亭：杜甫在成都的草堂近锦江，草堂有亭，故有此称。④先主：刘备。⑤宫：祠庙。⑥窈窕：深邃的样子。⑦落落：树挺拔的样子。⑧冥冥：高空深远的样子。⑨不露文章：古柏没有炫耀花纹之美。⑩送：就木说，是移送；就人说，是保送或推荐。⑪香叶：柏叶有香气，故曰"香叶"。

**[译文]**

孔明庙前有一株古老的柏树，枝干色如青铜，树根固如磐石。树皮洁白润滑树干有四十围，青黑色朝天耸立足有两千尺。刘备孔明君臣遇合与时既往，至今树木犹在仍被人们爱惜。柏树高耸云雾飘来气接巫峡，月出寒光高照寒气直通岷山。想昔日小路环绕我的草堂东，先生庙与武侯祠在一个闷宫。柏树枝干崔嵬郊原增生古致，庙宇深邃、漆绘连绵、门窗宽空。古柏独立高耸虽然盘踞得地，但是位高孤傲必定多招烈风。它得到扶持自然是神明伟力，它正直伟岸源于造物者之功。大厦如若倾倒要有梁栋支撑，古柏重如丘山，万年也难拉动，它不露纹理使世人震惊，它不辞砍伐又有谁能够采送？它虽有苦心但难免被蝼蚁侵蚀，树叶芳香曾经招来宿鸾凤。天下志士幽人请你不要怨叹，自古以来大材一贯难得重用。

《古柏行》是杜甫的一首描绘古老柏树的诗歌。在这首诗中，杜甫以生动的语言和细腻的笔触刻画了古柏的雄伟壮丽和岁月沧桑。古柏作为大自然的象征，经历了风霜雨雪的洗礼，却依然屹立不倒，展现出生命的顽强和坚韧。同时，古柏的形象也引发了杜甫对人生的思考，表达了对长久与坚韧品质的赞美。整首诗气韵生动，意境深远，通过对古柏的描写，彰显了自然与生命的伟大，以及诗人对坚韧品质的追求和对人生的深沉感慨。

# 观公孙大娘① 弟子② 舞剑器③ 行　并序

杜　甫

大历二年十月十九日，夔府别驾元持宅，见临颍李十二娘舞剑器，壮④其蔚跂⑤，问其所师⑥，曰："余公孙大娘弟子也。"开元三载，余尚童稚⑦，记于郾城⑧观公孙氏⑨舞剑器浑脱，浏漓顿挫⑩，独出⑪冠时⑫。自高头⑬宜春、梨园二伎坊⑭内人⑮，洎⑯外供奉，晓⑰是舞者，圣文神武皇帝初⑱，公孙一人而已。玉貌⑲锦衣⑳，况㉑余㉒白首㉓，今兹㉔弟子，亦匪盛颜㉕。既辨㉖其由来，知波澜㉗莫二，抚事慷慨㉘，聊为《剑器行》。往者㉙吴人张旭，善草书书帖，数㉚常㉛于邺县见公孙大娘舞西河剑器，自此草书长进。豪荡感激㉜，即㉝公孙可知矣。

昔有佳人㉞公孙氏，一舞剑器动四方㉟。

观者如山色沮丧㊱，天地为之久低昂。

爆如羿射九日落，矫<sup>㊲</sup>如群帝骖龙翔。

来<sup>㊳</sup>如雷霆收震怒<sup>㊴</sup>，罢<sup>㊵</sup>如江海凝<sup>㊶</sup>清光。

绛唇<sup>㊷</sup>珠袖<sup>㊸</sup>两寂寞<sup>㊹</sup>，晚有弟子传芬芳<sup>㊺</sup>。

临颍美人在白帝，妙舞此曲神扬扬<sup>㊻</sup>。

与余问答既有以<sup>㊼</sup>，感时抚事增惋伤。

先帝侍女八千人<sup>㊽</sup>，公孙剑器初<sup>㊾</sup>第一。

五十年间似反掌，风尘<sup>㊿</sup>颓动昏王室。

梨园弟子散如烟，女乐余姿映寒日。

金粟堆前木已拱，瞿塘石城草萧瑟。

玳弦急管曲复终，乐极哀来月东出。

老夫不知其所往，足茧<sup>51</sup>荒山转愁疾。

## [注释]

①公孙大娘：唐玄宗时的舞蹈艺人。②弟子：李十二娘。③剑器：唐代流行的"武舞"，舞者为戎装女子。④壮：作动词，表赞赏、钦佩。⑤蔚跂：容光焕发、身姿矫健。⑥问其所师：询问她的技艺是向谁学习的。师，学习。⑦童稚：年幼。开元三年（715年），杜甫四岁。⑧郾城：今河南郾城。⑨公孙氏：公孙大娘。⑩浏漓顿挫：流利欢畅同时曲折有致。浏漓，流利顺畅。顿挫，舞蹈姿势跌宕起伏，曲折有序。⑪独出：独特，超群出众。⑫冠时：当时排名第一。⑬高头：前头，御前。⑭伎坊：教坊，训练歌舞的机构。⑮内人：宫中的女伎，又称"前头人"。⑯泊：及。⑰晓：知道、知晓。⑱初：初年、第一年。⑲玉貌：如玉般无瑕的容貌。⑳锦衣：颜色华丽、布料名贵的服饰。㉑况：何况。㉒余：我。㉓白首：白头，此处指年老。㉔兹：这个。㉕盛颜：年轻时的美丽容颜。㉖辨：明白、清楚。㉗波澜：事物起伏变化不定，泛指舞蹈的节奏和变化。㉘慷慨：情绪高昂，心情跌宕起伏不定。㉙往者：从前、以前。㉚数：数次，屡次，多次。㉛尝：曾经。㉜豪荡感激：形

容意态饱满的书法，笔触之中可见激情。感激，激动、兴奋。㉝即：则，那么。㉞佳人：美人。㉟动四方：轰动了四面八方。㊱色沮丧：因为震惊而大失所色。㊲矫：矫捷，形容动作有力而敏捷。㊳来：上场。㊴震怒：盛怒，大怒。㊵罢：结束，完毕，此处指下场。㊶凝：凝聚、凝固，此处指舞蹈结束时演员们静止不动。㊷绛唇：大红嘴唇，代指青年时代的公孙大娘。㊸珠袖：珍珠装饰的衣袖，代指公孙大娘的曼妙舞姿。㊹两寂寞：人舞俱亡。寂寞：悄无声息。㊺芬芳：芳香、香气，比喻舞艺美妙，超凡脱俗。㊻神扬扬：神采飞扬、神采奕奕。㊼以：原因、缘由、原委。㊽八千人：形容人多，概数。㊾初：本。㊿风尘：战乱、乱世。51茧：脚掌因摩擦而皮质增厚。

**[译文]**

唐大历二年十月十九日，我在夔府别驾元持家里，观看临颍李十二娘跳剑器舞，觉得舞姿矫健多变非常壮观，就问她是向谁学习的？她说："我是公孙大娘的学生。"玄宗开元三年，我还年幼，记得在郾城看过公孙大娘跳剑器舞和浑脱舞，流畅飘逸而且节奏明朗，超群出众，当代第一，从皇宫内的宜春、梨园子弟到宫外供奉的舞女中，懂得此舞的，在玄宗皇帝初年，只有公孙大娘一人而已。当年她服饰华美，容貌漂亮，如今我已是白首老翁，眼前她的弟子李十二娘，也已经不是年轻女子了。既然知道了她舞技的渊源，看来她们师徒的舞技一脉相承，抚今追昔，心中无限感慨，姑且写了《剑器行》这首诗。听说过去吴州人张旭，他擅长书写草书字帖，在邺县经常观看公孙大娘跳西河剑器舞，从此草书书法大有长进，豪放激扬，放荡不羁，由此可知公孙大娘舞技之高超了。

从前有个漂亮女人，名叫公孙大娘，每当她跳起剑舞来，就要轰动四方。观看人群多如山，心惊魄动脸变色，天地也被她的舞姿感染，起伏震荡。剑光璀璨夺目，有如后羿射落九日，舞姿矫健敏捷，恰似天神驾龙飞翔，起舞时剑势如雷霆万钧，令人屏息，收舞时平静，好像江海凝聚的波光。

鲜红的嘴唇、绰约的舞姿都已逝去，到了晚年，有弟子把这种艺术继承发扬。临颍美人李十二娘，在白帝城表演，她和此曲起舞，精妙无比、神采飞扬。她和我谈论很久，关于剑舞的来由，我忆昔抚今，更增添无限惋惜哀伤。当年玄宗皇上的侍女，约有八千人，剑器舞姿数第一的，只有公孙大娘。五十年的光阴，真好比翻一下手掌，连年战乱烽烟弥漫，朝政昏暗无常。那些梨园子弟，一个个烟消云散，只留李氏的舞姿，掩映冬日的寒光。金粟山玄宗墓前的树木，已经合抱，瞿塘峡白帝城一带，秋草萧瑟荒凉。玳弦琴瑟急促的乐曲，又一曲终了，明月初出乐极生悲，我心中惶惶。我这老夫，真不知哪里是要去的地方，荒山里迈步艰难，越走就越觉凄伤。

[赏析]

　　这是唐代诗人杜甫创作的一首描绘公孙大娘舞艺的诗歌。诗中，杜甫首先回顾了在夔州观看李十二娘表演剑器舞的场景，进而引发了对童年时在郾城观看公孙大娘舞剑器的记忆，以及对开元盛世的遐想。全文分为四段，分别描绘了公孙大娘舞姿的优美，她去世后，舞蹈也随之消失了，五十年人事变迁的感慨，以及世事荒凉和自身无路的哀伤。整首诗歌结构层次分明，情感起伏跌宕，以舞为载体，揭示了时代的沧桑巨变，展示了诗人的沉郁悲壮之情。

# 石鱼湖上醉歌　并序

元　结

　　漫叟①以公田米酿酒，因休暇②则载酒于湖上，时取一醉。欢醉中，据湖岸引臂③向鱼取酒，使舫载之，遍饮坐者。意疑倚巴丘④酌于君山⑤之上，诸子环洞庭⑥而坐，酒舫泛泛⑦然触波涛而往来者，乃作歌以长⑧之。

石鱼湖，似洞庭，夏水欲满君山青。

山为樽，水为沼⑨，酒徒历历⑩坐洲岛。

长风连日作大浪，不能废⑪人运酒舫⑫。

我持长瓢⑬坐巴丘，酌饮⑭四坐以散愁。

**[注释]**

①漫叟：元结自号。②休暇：休假。③引臂：伸臂，举臂。④巴丘：山名，在湖南岳阳洞庭湖边。⑤君山：山名，在洞庭湖中。⑥洞庭：湖名，洞庭湖。⑦泛泛：漂荡的样子。⑧长：助兴。⑨沼：酒池。⑩历历：分明可数。清晰貌。⑪废：阻挡，阻止。⑫酒舫：供客人饮酒游乐的船。⑬长瓢：长柄的舀酒器。⑭酌饮：抱取流质食物而饮，此处指饮酒。

**[译文]**

我用公田产出的粮食来酿酒，常借休假之闲，载酒到石鱼湖上，暂且博取一醉。在酒酣欢快之中，靠着湖岸，伸臂向石鱼取酒，叫船载着，使所有在座的人都痛饮。好像靠着巴陵山，而伸手向君山上舀酒一般，同游的人，也像绕洞庭湖而坐。酒舫慢慢地触动波涛，来来往往地添酒。于是作了这首醉歌，歌咏此事。

湖南道州的石鱼湖，真像洞庭湖，夏天水涨满了，君山翠绿苍苍。且把山谷作酒杯，湖水作酒池，酒徒济济，围坐在洲岛的中央。管他连日狂风大作，掀起大浪，也阻遏不了我们运酒的小舫。我手持酒葫芦瓢，稳坐巴丘山，为四座斟酒，借以消散那愁肠！

**[赏析]**

这是一首描绘诗人饮酒取乐、乐中遣忧的感怀诗。诗中描述了一个独特的饮酒环境——石鱼湖。湖水环绕着一块形状像鱼的巨石，人们可以在

石头上坐下，用小船载着酒，围绕着石头航行。诗人将这个环境与洞庭湖和君山相联系，创造出一种奇幻的氛围。

诗人以山为杯，以水为酒，尽情地享受这独特的饮酒体验。他以浪漫的笔触描绘了这种体验的乐趣，充满了浓厚的浪漫色彩。

在诗的结尾部分，诗人以借酒消愁的方式，委婉地表达了他对国家和社会的忧虑。他用浅显易懂的语言，写出了自己内心的真实感受，清新自然。

**导读** 韩愈（768—824），字退之，河南河阳（今河南省孟州市）人，被后人尊为"唐宋八大家"之首。代表作有《山石》《芍药》《晚春》等。

# 山 石

韩 愈

山石①荦确②行径③微④，黄昏到寺蝙蝠⑤飞。

升堂⑥坐阶⑦新雨⑧足，芭蕉叶大支子肥。

僧言古壁佛画⑨好，以火来照所见稀⑩。

铺床拂席置⑪羹⑫饭，疏粝⑬亦足饱我饥⑭。

夜深静卧百虫绝⑮，清月⑯出岭⑰光入扉。

天明独去无道路⑱，出入高下⑲穷烟霏⑳。

山红涧碧㉑纷㉒烂漫㉓，时见松枥㉔皆十围㉕。

当流㉖赤足踏涧石，水声激激风生衣。

人生如此自可乐，岂必局促为人靰？

嗟哉吾党二三子，安得㉗至老不更归㉘？

【注释】

①山石：这是取诗的首句开头二字为题，乃旧诗标题的常见用法，它与诗的内容无关。②荦确：山石险峻不平的样子。③行径：路径。④微：狭窄。⑤蝙蝠：哺乳动物，夜间在空中飞翔，捕食蚊、蛾等。⑥升堂：进入寺中厅堂。⑦阶：厅堂前的台阶。⑧新雨：刚下过的雨。⑨佛画：画的佛画像。⑩稀：依稀，模糊，看不清楚。⑪置：供。⑫羹：菜汤，此处泛指菜蔬。⑬疏粝：糙米饭，此处指简单的饭食。⑭饱我饥：给我充饥。⑮百虫绝：一切虫鸣声都没有了。⑯清月：清朗的月光。⑰出岭：清月从山岭那边升上来。⑱无道路：因晨雾迷茫，不辨道路，随意步行的意思。⑲出入高下：进进出出于高高低低的山径的意思。⑳穷烟霏：空尽云雾，即走遍了云遮雾绕的山径。㉑山红涧碧：山花红艳、涧水清碧。㉒纷：繁盛。㉓烂漫：光彩四射的样子。㉔枥：同"栎"，落叶乔木。㉕十围：形容树干非常粗大。㉖当流：对着流水。㉗安得：怎能。㉘不更归：不再回去了，表示对官场的厌弃。

【译文】

山石峥嵘险峭，山路狭窄像羊肠，蝙蝠穿飞的黄昏，来到这座庙堂。登上庙堂坐在台阶上，刚下透雨一场，经雨芭蕉枝粗叶大，栀子更肥壮。僧人告诉我说，古壁佛画真堂皇，用火把照看，迷迷糊糊看不清爽。为我铺好床席，又准备米饭菜汤，饭菜虽粗糙，却能够填饱我的饥肠。夜深清静好睡觉，百虫停止吵嚷，明月爬上了山头，清辉透进门窗。天明我独自离去，无法辨清路向，出入雾霭之中，我上下摸索踉跄。山花鲜红、涧水碧绿，光泽又艳繁，时见松枥粗大十围，郁郁苍苍。遇到山涧的溪流当道，光着脚板踏石过，水声激激风飘飘，掀起我的衣裳。人生在世能如此，也应自得其乐，何必受到约束，宛如被套上缰绳的马？哎呀，我那几个情投

意合的伙伴，怎么能到年老，还不返回故乡？

【赏析】

　　这首诗创作于唐德宗贞元十七年（801 年）。诗人韩愈在从徐州前往洛阳的旅途中，在位于洛阳北部的惠林寺短暂停留，并写下了这篇游记诗篇。这首诗描述了诗人从傍晚抵达寺庙、在深夜安静地休息、到天明独自离去的所见所感。诗中的叙述顺序遵循了诗人在旅途中的行程。

# 八月十五夜赠张功曹

韩　愈

纤云①四卷天无河②，清风吹空月舒波③。

沙平水息声影绝，一杯相属④君当歌。

君歌声酸辞正苦，不能听终泪如雨。

洞庭⑤连天九疑⑥高，蛟龙出没猩⑦鼯⑧号。

十生九死到官所，幽居默默如藏逃⑨。

下床畏蛇食畏药⑩，海气⑪湿蛰⑫熏腥臊。

昨者州前捶大鼓，嗣皇⑬继圣登夔皋。

赦书⑭一日行千里，罪从大辟⑮皆除死。

迁者⑯追回流者⑰还，涤瑕⑱荡垢清朝班⑲。

州家⑳申名使家抑，坎轲㉑只得移荆蛮㉒。

判司㉓卑官不堪说，未免捶楚㉔尘埃间。

同时流辈多上道㉕，天路㉖幽险㉗难追攀。

君歌且休听我歌，我歌今与君殊科㉘。

一年明月今宵多，人生由命非由他，

有酒不饮奈明何？

[注释]

①纤云：微云。②河：银河。③月舒波：月光四射。④属：劝酒。⑤洞庭：洞庭湖。⑥九疑：又名苍梧山，在今湖南宁远境内。⑦猩：猩猩。⑧鼯：鼯鼠，老鼠的一种。⑨如藏逃：犹如躲藏的逃犯。⑩药：蛊毒。⑪海气：潮湿的空气。⑫蛰：潜伏。⑬嗣皇：接着做皇帝的人，此处指唐宪宗。⑭赦书：皇帝发布的大赦令。⑮大辟：死刑。⑯迁者：被贬谪的官吏。⑰流者：流放在外的人。⑱瑕：玉石的杂质。⑲班：臣子上朝时排的行列。⑳州家：州刺史。㉑坎轲，此处指人生困顿失意。㉒荆蛮：今湖北江陵。㉓判司：唐时对州郡诸曹参军的统称。㉔捶楚：鞭打。㉕上道：上路回京。㉖天路：进身于朝廷的道路。㉗幽险：幽昧险碍。㉘殊科：不一样，不同类。

[译文]

薄云四处飘散还不见银河，清风吹开云雾月光放清波。沙滩里水平波息声影消失，斟杯美酒相劝请你唱支歌。你的歌声充满辛酸悲苦，我没有听完热泪就纷纷下落。洞庭湖水连天九疑山高峻，湖中蛟龙出没、猩鼯哀号。九死一生到达这被贬官所，默默地幽居远地好像潜逃。下床怕被蛇咬，吃饭又怕毒药，潮气与毒气相杂到处腥臊。昨日州衙前忽然擂动大鼓，新皇继位要举用夔和皋陶。大赦文书一日万里传四方，犯有死罪的一概免除死刑，被贬谪的召回，被放逐的回朝，革除弊政要剪除朝中奸佞。州刺史提名赦免观察使扣压，命运坎坷只能够迁调荒漠。判司原本是小官不堪一提，未免跪地挨打有苦向谁说。一起被贬谪的大都已回京，进身朝廷之路比登天难攀。你的歌声暂且停止听我唱，我的歌声和你绝不相同。一年的明月今夜月色最好，人生由命又何必归怨其他，有酒不饮怎么对得起天上的明月？

[赏析]

在唐贞元十九年（803年），韩愈和张署因关中地区的大旱而向皇帝

建议减轻赋税，但遭到诽谤，被同时贬谪。韩愈被任命为阳山令，张署则成为临武令。两年后，唐顺宗继位并宣布大赦，两人因此有机会前往郴州等待新的任命。然而，湖南观察使杨凭的反对使他们无法回到首都，而是分别被任命为江陵府的法曹参军和功曹参军。这使得他们再次遭受沉重的打击。

这首诗传达了韩愈和张署的愤怒和不满。诗中，张署的悲伤之歌描绘了他们被贬至南方的艰苦历程以及南方荒凉地区的恶劣环境。然后，诗人转向赞美大赦令的发布，表达了他对期望重返首都的喜悦。但是，由于"使家"的阻碍，他们仍然无法回到朝廷任职，这使得他们对政治状况发出了深深的叹息。

整首诗充满了丰富的情感，起伏跌宕，曲折多变，展现了一唱三叹的美妙。在结构上，首尾呼应，简洁完整，进一步增强了诗歌的悲凉氛围。

# 谒<sup>①</sup> 衡岳<sup>②</sup> 庙遂宿岳寺题门楼

**韩 愈**

五岳祭秩<sup>③</sup>皆三公<sup>④</sup>，四方环镇嵩当中<sup>⑤</sup>。

火维<sup>⑥</sup>地荒足妖怪，天假神柄专其雄。

喷云泄雾藏半腹，虽有绝顶谁能穷<sup>⑦</sup>。

我来正逢秋雨节<sup>⑧</sup>，阴气晦昧<sup>⑨</sup>无清风。

潜心默祷若有应，岂非正直能感通。

须臾静扫<sup>⑩</sup>众峰<sup>⑪</sup>出，仰见突兀<sup>⑫</sup>撑青空。

紫盖连延接天柱，石廪腾掷<sup>⑬</sup>堆祝融。

森然<sup>⑭</sup>魄动<sup>⑮</sup>下马拜<sup>⑯</sup>，松柏一径趋<sup>⑰</sup>灵宫<sup>⑱</sup>。

粉墙丹柱<sup>⑲</sup>动光彩<sup>⑳</sup>，鬼物图画填青红。

升阶伛偻荐脯酒，欲以菲薄<sup>㉑</sup>明其衷<sup>㉒</sup>。

庙令<sup>㉓</sup>老人识神意，睢盱侦伺<sup>㉔</sup>能鞠躬。

手持杯珓<sup>㉕</sup>导我掷，云此最吉余难同。

窜逐蛮荒幸不死，衣食才足甘长终<sup>㉖</sup>。

侯王将相望久绝，神纵<sup>㉗</sup>欲福难为功<sup>㉘</sup>。

夜投佛寺上高阁<sup>㉙</sup>，星月掩映云曈朦<sup>㉚</sup>。

猿鸣钟动<sup>㉛</sup>不知曙，杲杲<sup>㉜</sup>寒日生于东。

**[注释]**

①谒：拜见。②衡岳：南岳衡山，在今湖南。③祭秩：祭祀仪礼的等级次序。④三公：周朝的太师、太傅、太保称三公，以示尊崇，后来用作朝廷最高官位的通称。⑤四方环镇嵩当中：东、西、南、北四岳各镇守中国一方，环绕着中央的中岳嵩山。⑥火维：古代五行学说以金、木、水、火、土分属五方，南方属火，故火维属南方。⑦穷：到头，此处用作动词。⑧秋雨节：韩愈登衡山，正是南方的秋雨季节。⑨晦昧：阴暗无光。⑩静扫：形容清风吹来，驱散阴云。⑪众峰：衡山有七十二峰。⑫突兀：高峰耸立的样子。⑬腾掷：形容山势起伏。⑭森然：敬畏的样子。⑮魄动：心惊的意思。⑯拜：拜谢神灵应验。⑰趋：朝向。⑱灵宫：神宫。⑲丹柱：红色的柱子。⑳动光彩：光彩闪耀。㉑菲薄：微薄的祭品。㉒明其衷：表明内心的诚意。㉓庙令：官职名。㉔侦伺：形容注意察言观色。㉕杯珓（jiào）：古时的一种卜具。㉖甘长终：甘愿如此度过余生。㉗纵：纵使。㉘难为功：很难成功。㉙高阁：题中的"门楼"。㉚曈朦：朦胧隐约的样子。㉛钟动：古代寺庙打钟报时，用于作息。㉜杲杲：形容日光明亮。

**[译文]**

祭五岳典礼如同祭祀三公，五岳中四山环绕嵩山居中。衡山地处荒远多妖魔鬼怪，上天授权南岳神赫赫称雄。半山腰云雾喷泄，虽然有绝顶，

谁能登上？我来这里正逢秋雨绵绵，天气阴暗没有半点儿清风。心里默默祈祷仿佛有应验，岂非为人正直能感应灵通？片刻云雾扫去显出众峰峦，抬头仰望，山峰突兀，插入云空。紫盖峰绵延连接着天柱峰，石廪山起伏不平连着祝融。山峰险峻，惊心动魄，沿着松柏小径直奔神灵宫。粉墙映衬红柱光彩夺目，壁柱上鬼怪图画或青或红。登上台阶弯腰奉献上酒肉，想借微薄的祭品表示虔诚。主管神庙老人能领会神意，凝视窥察连连地为我鞠躬。手持杯珓教导我掷占方法，说此卜兆最吉他人难相同。我被放逐蛮荒能侥幸不死，衣食充足甘愿在此至死，而做王侯将相的欲望早已断绝，神纵使赐福于我也难成功。此夜投宿佛寺住在高阁上，星月交辉山间云雾朦胧。猿猴啼、时钟响，不知不觉到了天亮，东方一轮寒日冉冉升上高空。

[赏析]

　　这首诗是诗人在唐贞元二十一年（805年）游历衡山时创作的。诗中，诗人通过描绘衡山的险峻山峰和壮丽的景观，赞美了祖国壮丽山河的惊人魅力和美丽风景，同时也含蓄地表达了自己的不满和愤怒。

　　诗的前六句概述了五岳时特别提到了衡山，强调了它在五岳中的崇高地位。接下来，诗人描述了登山的情景，通过"喷""泄""藏"这三个动词生动地描绘了衡山云雾弥漫的景象。之后，诗人描述了自己登山的感受以及山中景色的迅速变化，这些变化给人豁然开朗、惊险刺激的感觉。

　　随后，诗人描述了自己拜神的场景，通过向神明祈求，倾诉了自己的忧虑和不安。在庙里，诗人祈求有一个美好的未来，但对神明的庇佑表示怀疑，这表明他对朝廷的政治斗争有着深刻的理解，并对自己的未来感到担忧。

　　最后四句，诗人描述了在衡山寺庙过夜的场景，以及自己被贬谪后的冷漠态度。整首诗将写景、叙事和抒情完美地融合在一起，展示了诗人广阔的视野和严谨的结构，生动地展现了诗人内心的世界。

# 石鼓歌

韩　愈

张生手持石鼓文，劝我试作石鼓歌。

少陵①无人谪仙②死，才薄将奈石鼓何。

周纲陵迟③四海沸，宣王愤起挥天戈。

大开明堂受朝贺，诸侯剑佩鸣相磨。

蒐④于岐阳骋雄俊，万里禽兽皆遮罗⑤。

镌功勒成告万世，凿石作鼓隳⑥嵯峨。

从臣才艺咸第一，拣选撰刻留山阿。

雨淋日炙野火燎，鬼物守护烦㧑呵。

公从何处得纸本，毫发尽备无差讹。

辞严义密读难晓，字体不类隶与蝌。

年深岂免有缺画，快剑斫断生蛟鼍。

鸾翔凤翥⑦众仙下，珊瑚碧树交枝柯。

金绳铁索锁钮壮，古鼎跃水龙腾梭。

陋儒编诗不收入，二雅褊迫无委蛇。

孔子西行不到秦，掎摭⑧星宿遗羲⑨娥⑩。

嗟余好古生苦晚，对此涕泪双滂沱。

忆昔初蒙博士征，其年始改称元和。

故人从军在右辅，为我度量掘臼科。

濯冠沐浴告祭酒，如此至宝存岂多。

毡包席裹可立致，十鼓只载数骆驼。

荐诸太庙比郜鼎，光价岂止百倍过。

圣恩若许留太学，诸生讲解得切磋。

观经鸿都尚填咽，坐见举国来奔波。

剜苔剔藓露节角，安置妥帖平不颇。

大厦深檐与盖覆，经历久远期无佗。

中朝大官老于事，讵肯⑪感激徒婩娿⑫。

牧童敲火牛砺角，谁复着手为摩挲。

日销月铄就埋没，六年西顾空吟哦。

羲之俗书趁姿媚，数纸尚可博白鹅。

继周八代⑬争战罢，无人收拾⑭理则那⑮。

方今太平日无事，柄任儒术⑯崇丘轲⑰。

安能以此上论列⑱，愿借辩口如悬河⑲。

石鼓之歌止于此⑳，呜呼吾意其㉑蹉跎㉒。

【注释】

①少陵，此处指杜甫。②谪仙，此处指李白。③陵迟：衰败。④蒐：打猎。⑤遮罗：围捕。⑥隳：毁坏。⑦翥：飞。⑧捯摭：采取。⑨羲：羲和，此处指日。⑩娥，此处指月。⑪讵肯：岂肯。⑫婩娿：无主见。⑬八代，所指不明，泛指秦汉之后诸朝。⑭收拾，此处指将石鼓收集，好好保存。⑮则那（nuó）：又奈何。⑯柄任儒术：重用儒学之士。柄：权柄。任：用。⑰崇丘轲：尊崇孔丘、孟轲之学。⑱论列：议论、讨论。⑲悬河，比喻口才好，即善辩。⑳止于此：到此为止。㉑其：将。㉒蹉跎，此处为白费心思之意。

【译文】

张生手拿周朝石鼓文的拓本，劝我写一首咏赞它的石鼓歌。杜甫李白才华盖世但都作古，薄才之人面对石鼓无可奈何。周朝政治衰败全国动荡不安，周宣王发愤起兵挥起了天戈。庆功之时大开明堂接受朝贺，诸侯接踵而至，剑佩叮噹撞磨。宣王田猎驰骋岐阳多么英俊，四方禽兽无处躲藏都被网罗。为把英雄功业刻石扬名万世，凿山石、雕石鼓、毁坏高山。随从之臣才艺都是世上第一，挑选优秀的人撰写后将刻石放在山坡上。任凭长年日晒雨淋、野火焚烧，仗着鬼神守护，石鼓永不湮没。你从哪里得来这拓本的底稿？十分完备，没有一点差错。言辞严谨、内容奥秘，难以理解，字体不像隶书、蝌蚪文，自成一体。年代久远难免受损，笔画残缺，仍像用剑斩断的活生生的蛟鼍。字迹有如鸾凤飞翔、众仙飘逸，笔画恰似珊瑚碧枝交错。苍劲钩连像金绳铁索穿锁钮，浑然又像织梭化龙、九鼎沦没。儒士编纂的短浅经典不收入，大雅、小雅内容狭窄并不壮阔。孔子周游未到秦地难怪无知，采诗不全像取星宿却漏羲娥。啊，我虽好古却苦于生得太晚，对着石鼓文我哭得涕泪滂沱。想当年我蒙召做国子监博士，那年正改纪元年号称作元和，我的朋友在凤翔府任职从事，曾经为我设计挖掘石鼓坑窝。我洗帽沐浴禀告国子监祭酒："如此至宝文物世上能存多少？只要包毡裹席就能立即运到，十个石鼓运载只需几匹骆驼。进献太庙把它比作文物郜鼎，那声价百倍于郜鼎岂是太过？皇恩浩荡如果准许留在太学，诸生就能钻研解说一起切磋。汉朝时鸿都门观经尚且拥塞，将会看见全国上下为此奔波。剜剔藓苔泥尘露出文字棱角，把它放得平平稳稳不偏不倚。高楼大厦深檐厚瓦把它覆盖，经历久远不受意外损坏挫伤。"朝中的大官个个都老于世故，他们空无主见，岂肯奔波？牧童在鼓上敲火牛用它磨角，谁能再用手把这个宝物抚摸？长年累月风化销铄将被埋没，六年来向西遥望我空叹吟哦。王羲之书法时俗趁机显秀媚，书写数张还可换回一群白鹅。继周之后八代争战已经结束，至今无人收拾整理又无可奈何。如今正是天下太平国泰民安，皇上重视儒术推崇孔丘、孟轲。怎么才能把此事向皇帝说明？愿借善辩之人口若悬河。石鼓歌写到这里就结束吧，哎呀，我的意愿大概是白说！

**[赏析]**

　　这首诗创作于唐元和六年（811年），表达了诗人对文物的珍视。诗中所描述的石鼓文是我国最早的石刻文字，被视为我国珍贵的古代文物。诗

人认为这些文字是周宣王时期的，但经过近人的考证，实际上是秦朝的篆文。

诗人以他文学家和史学家的敏锐眼光，看到了石鼓文对于研究我国古代文字学和历史学的重要意义，并大声疾呼，希望朝廷能够给予足够的重视。同时，诗中还讽刺了朝中的权臣和"陋儒"，对他们的无知和狭隘进行了无情揭露。在描绘石鼓文的书法之美时，诗人运用了许多生动的比喻，淋漓尽致地展现了其艺术魅力。

# 渔　翁

柳宗元

渔翁夜傍①西岩②宿，晓汲③清湘④燃楚⑤竹。

烟销⑥日出不见人，欸乃⑦一声山水绿。

回看天际下中流⑧，岩上无心⑨云相逐。

**[注释]**

①傍：靠着。②西岩：今湖南永州境内的西山。③汲：取水。④湘：湘江。⑤楚：西山当时属于楚地。⑥销：消散。亦可写作"消"。⑦欸乃：象声词，桨声。⑧下中流：由中流而下。⑨无心：形容白云自由自在地飘浮。

**[译文]**

渔翁夜晚靠着西山岩石歇息，天亮后他汲取湘水、燃起楚竹。日出烟消忽然不见他的人影，只听见摇橹歌声从绿水中飞出。回看渔舟已在天边顺流直下，山上白云漫无目的地飘游追逐。

**[赏析]**

这首诗是诗人在被贬至永州时创作的。西山位于今天的湖南永州西部。诗中展示了一幅由诗人眼中的飘逸风情构成的画面，充满了活力。诗人描

绘了渔翁的活动，就像渔翁在"烟销日出不见人"的情景中一样，我们并没有直接看到他的身影。一切都像悬崖上的白云一样自然，只要我们用心去追寻，就能进入诗人所描绘的世界。

**导读**

白居易（772—846），字乐天，号香山居士，又号醉吟先生，祖籍山西太原，生于河南新郑县，有"诗魔"和"诗王"之称。代表诗作有《长恨歌》《卖炭翁》《琵琶行》等。

## 长恨歌

白居易

汉皇①重色②思倾国③，御宇④多年求不得。

杨家有女初长成，养在深闺人未识。

天生丽质⑤难自弃，一朝选在君王侧。

回眸一笑百媚生，六宫粉黛⑥无颜色⑦。

春寒赐浴华清池⑧，温泉水滑洗凝脂⑨。

侍儿⑩扶起娇无力，始是新承恩泽⑪时。

云鬓⑫花颜金步摇⑬，芙蓉帐⑭暖度春宵。

春宵苦短日高起，从此君王不早朝。

承欢侍宴无闲暇，春从春游夜专夜。

后宫佳丽三千人，三千宠爱在一身。

金屋妆成娇侍夜，玉楼宴罢醉和春。

姊妹弟兄皆列土⑮，可怜⑯光彩生门户。

遂令天下父母心，不重生男重生女。

骊宫⑰高处入青云，仙乐风飘处处闻。

缓歌慢舞凝丝竹⑱，尽日君王看不足。

渔阳鼙鼓动地来，惊破《霓裳羽衣曲》。

九重城阙烟尘生，千乘万骑西南行。

翠华⑲摇摇行复止，西出都门百余里。

六军⑳不发无奈何，宛转㉑蛾眉㉒马前死。

花钿㉓委地㉔无人收，翠翘金雀玉搔头。

君王掩面救不得，回看血泪相和流。

黄埃散漫风萧索，云栈㉕萦纡㉖登剑阁。

峨嵋山下少人行，旌旗无光日色薄。

蜀江水碧蜀山青，圣主朝朝暮暮情。

行宫㉗见月伤心色，夜雨闻铃肠断声。

天旋地转㉘回龙驭㉙，到此踌躇不能去。

马嵬坡下泥土中，不见玉颜空死处。

君臣相顾尽沾衣，东望都门信马㉚归。

归来池苑皆依旧，太液芙蓉未央柳。

芙蓉如面柳如眉，对此如何不泪垂？

春风桃李花开夜，秋雨梧桐叶落时。

西宫南苑多秋草，落叶满阶红不扫。

梨园弟子㉛白发新，椒房㉜阿监青娥㉝老。

夕殿萤飞思悄然，孤灯挑尽未成眠。

迟迟㉞钟鼓初长夜，耿耿㉟星河欲曙天㊱。

鸳鸯瓦冷霜华重，翡翠衾㊲寒谁与共？

悠悠生死别经年，魂魄不曾来入梦。

临邛道士鸿都客，能以精诚致魂魄㊳。

为感君王辗转思，遂教方士㊴殷勤㊵觅。
排空驭气奔如电，升天入地求之遍。
上穷㊶碧落㊷下黄泉㊸，两处茫茫皆不见。
忽闻海上有仙山，山在虚无缥缈间。
楼阁玲珑㊹五云起，其中绰约㊺多仙子。
中有一人字太真，雪肤花貌参差㊻是。
金阙西厢叩玉扃，转教小玉报双成。
闻道汉家天子使，九华帐里梦魂惊。
揽衣推枕起徘徊，珠箔㊼银屏㊽迤逦㊾开。
云鬓半偏新睡觉㊿，花冠不整下堂来。
风吹仙袂(51)飘飖举，犹似霓裳羽衣舞。
玉容寂寞(52)泪阑干(53)，梨花一枝春带雨。
含情凝睇(54)谢君王，一别音容两渺茫。
昭阳殿里恩爱绝，蓬莱宫中日月长。
回头下望人寰(55)处，不见长安见尘雾。
惟将旧物表深情，钿合金钗寄将去。
钗留一股合一扇，钗擘黄金合分钿。
但令心似金钿坚，天上人间会相见。
临别殷勤重寄词，词中有誓两心知(56)。
七月七日长生殿(57)，夜半无人私语时。
在天愿作比翼鸟(58)，在地愿为连理枝(59)。
天长地久有时尽，此恨(60)绵绵(61)无绝期。

【注释】

① 汉皇，原指汉武帝刘彻，此处指唐玄宗李隆基。② 重色：爱好女

色。③ 倾国：绝色女子。④ 御宇：驾御宇内，即统治天下。⑤ 丽质：美丽的姿容。⑥ 六宫粉黛：宫中所有嫔妃。⑦ 无颜色：意谓相形之下，宫内妃嫔都黯然失色。⑧ 华清池：华清池温泉，在今西安市临潼区南的骊山下。⑨ 凝脂：形容皮肤白嫩滋润，犹如凝固的脂肪。⑩ 侍儿：宫女。⑪ 新承恩泽：刚得到皇帝的宠幸。⑫ 云鬓：形容女子鬓发浓密如云。⑬ 金步摇：一种金首饰，用金银丝盘成花之形状，上面缀着垂珠之类，插于发鬓，走路时摇曳生姿。⑭ 芙蓉帐：绣着并蒂莲的帐子。⑮ 列土：分封土地。⑯ 可怜：可爱，值得羡慕。⑰ 骊宫：骊山华清宫。⑱ 凝丝竹：弦乐器和管乐器伴奏出舒缓的旋律聚而不散。⑲ 翠华：用翠鸟羽毛装饰的旗帜，皇帝仪仗队用。⑳ 六军：天子军队。㉑ 宛转：形容美人临死前哀怨缠绵的样子。㉒ 蛾眉：古代美女的代称，此处指杨贵妃。㉓ 花钿：用金翠珠宝等制成的花朵形首饰。㉔ 委地：丢弃在地上。㉕ 云栈：高入云霄的栈道。㉖ 萦纡：栈道萦回盘绕。㉗ 行宫：皇帝离京出行在外的临时住所。㉘ 天旋地转：时局好转。㉙ 回龙驭：皇帝的车驾归来。㉚ 信马：意思是无心鞭马，任马前进。㉛ 梨园弟子：唐玄宗当年训练的乐工舞女。㉜ 椒房：后妃居住之所，因以花椒和泥抹墙，故有此称。㉝ 青娥：年轻的宫女。㉞ 迟迟：迟缓。此处用以形容玄宗彻夜难眠时的心情。㉟ 耿耿：微明的样子。㊱ 欲曙天：长夜将晓之时。㊲ 翡翠衾：布面绣有翡翠鸟的被子。㊳ 致魂魄：招来杨贵妃的亡魂。㊴ 方士：有法术的人，此处指道士。㊵ 殷勤：尽力。㊶ 穷：穷尽，找遍。㊷ 碧落：天界。㊸ 黄泉：地下。㊹ 玲珑：华美精巧。㊺ 绰约：体态轻盈柔美。㊻ 参差：仿佛，差不多。㊼ 珠箔：珠帘。㊽ 银屏：饰银的屏风。㊾ 迤逦：接连不断地。㊿ 新睡觉：刚睡醒。觉：醒。51 袂：衣袖。52 玉容寂寞：神色黯淡凄楚。53 阑干：纵横交错的样子。此处形容泪痕满面。54 凝睇：凝视。55 人寰：人间。56 两心知：只有玄宗、贵妃二人心里明白。57 长生殿：在骊山华清宫内，天宝元年（742 年）造。58 比翼鸟：传说中的鸟名，据说只有一目一翼，雌雄并在一起才能飞。⑤⑨连理枝：两株树木树干相抱。古人常用此二物比喻情侣相爱、永不分离。⑥⑩恨：遗憾。⑥⑪绵绵：连绵不断。

**[译文]**

　　唐明皇偏好美色，当上皇帝后多年来一直在寻找美女，却都是一无所获。杨家有个女儿刚刚长大，十分娇艳，养在深闺中，外人不知她美艳绝伦。天生丽质、倾国倾城让她很难埋没于世间，果然没多久便成了唐明皇身边的一个妃嫔。她回眸一笑时，千姿百态、娇媚横生。六宫妃嫔，一个个都黯然失色。春寒料峭时，皇上赐她到华清池沐浴，温润的泉水洗涤着凝脂一般的肌肤。侍女搀扶着她，如出水芙蓉柔弱娉婷，由此开始得到皇帝恩宠。鬓发如云容颜似花，头戴着金步摇。温暖的芙蓉帐里，与皇上共度春宵。情深只恨春宵短，一觉睡到太阳高高升起。君王贪恋儿女情、温柔乡，从此再也不早朝。承受君欢侍君饮，忙得没有闲暇。春日陪皇上一起出游，晚上夜夜侍寝。后宫中妃嫔不下三千人，却只有她独享皇帝的恩宠。在金屋中梳妆打扮，夜夜撒娇，与君王形影不离。玉楼上酒酣宴罢，醉意更添几许风韵。兄弟姐妹都因她获得了土地，杨家门楣光耀令人羡慕。这使得天下的父母都改变了心意，变成重女轻男。骊山上华清宫内玉宇琼楼高耸入云，清风过处仙乐飘向四面八方。轻歌曼舞多合拍，管弦旋律尽传神，君王终日观看，却百看不厌。

　　渔阳叛乱的战鼓震耳欲聋，宫中停奏《霓裳羽衣曲》。九重宫殿霎时尘土飞扬，君王带着大批臣工美眷向西南逃亡。车队走走停停，西出长安才百余里。六军就停滞不前，要求赐死杨玉环。君王无可奈何，只得在马嵬坡下缢杀杨玉环。贵妃头上的饰品，散落满地无人收拾。君王欲救不能，掩面而泣，回头看贵妃惨死的场景，血泪止不住地流。

　　秋风萧瑟扫落叶，黄土尘埃已消遁，回环曲折穿栈道，车队踏上了剑阁古道。峨嵋山下行人稀少，旌旗无色，日月无光。蜀地山清水秀，引得君王相思情浓。行宫里望月满目凄然，雨夜听到的曲子也带着悲伤之情。叛乱平息后，君王重返长安，路过马嵬坡，睹物思人，徘徊不前。马嵬坡下，荒冢中，不再见佳人容颜，唯有坟茔躺山间。君臣相顾，泪湿衣衫，东望京都心伤悲，信马由缰归朝堂。回来一看，池苑依旧，太液池边芙蓉仍在，未央宫中垂柳依旧。芙蓉开得像玉环的脸，柳叶儿好似她的眉，面对此情此景如何不心生悲戚？春风吹开桃李花，物是人非不胜悲。秋雨滴落梧桐叶，场面寂寞更凄惨。兴庆宫和甘露殿，处处萧条，秋草丛生。宫内落叶满台阶，长久不见有人扫。戏子头发已雪白，宫女红颜尽褪。晚上宫殿中流萤飞舞，孤灯油尽君王仍难以入睡。细数迟迟钟鼓声，愈数愈觉夜漫长。遥望耿耿星河天，直到东方吐曙光。鸳鸯瓦上霜花丛生，冰冷的翡翠被里谁与君王同眠？阴阳相隔已一年，为何你从未在我梦里来过？

临邛道士正客居长安，据说他能以法术招来贵妃魂魄。君王思念贵妃的情意令他感动。他接受君王的命令，不敢怠慢，八面御风，殷勤地寻找。驾驭云气入空中，横来直去如闪电，升天入地遍寻天界地府，都毫无结果。忽然听说海上有一座被白云围绕的仙山。亭台楼阁玲珑剔透，五彩祥云将其承托。天仙神女数之不尽，个个风姿绰约。当中有一人字太真，肌肤如雪貌似花，好像就是君王要找的杨贵妃。道士来到金阙西边，叩响用玉石雕刻成的院门轻声呼唤，让小玉叫侍女双成去通报。太真听说君王的使者到了，从帐中惊醒。穿上衣服推开枕头出了睡帐。逐次地打开屏风放下珠帘。半梳着云鬟刚刚睡醒，来不及梳妆就走下厅堂来，还歪带着花冠。轻柔的仙风吹拂着衣袖微微飘动，就像霓裳羽衣的舞姿，袅袅婷婷。寂寞忧愁颜，面上泪水长流，犹如春天带雨的梨花。含情凝视天子使，托他深深谢君王。马嵬坡上长别后，音讯颜容两渺茫。昭阳殿里的姻缘早已断绝，蓬莱宫中的孤寂，时间还很漫长。回头俯视人间，长安已隐，只剩尘雾。只有用当年的信物表达我的深情，钿盒金钗你带去给君王留作纪念。金钗留下一股，钿盒留下一半，金钗劈开黄金，钿盒分了宝钿。但愿我们相爱的心，就像黄金宝钿一样，天上人间总有机会再相见。临别一再拜托方士，寄语君王表情思，语中誓言只有君王与我知。当年七月七日长生殿中，夜半无人，我们一起山盟海誓。在天愿为比翼双飞鸟，在地愿为并生连理枝。即使是天长地久，也总会有尽头，但这生死遗憾，却永远没有尽期。

**[赏析]**

这首诗是唐宪宗元和元年（806年）十二月，诗人在游仙游寺时被唐明皇和杨贵妃的爱情故事所感动而创作的。全诗分为四段，歌颂了爱情的真挚与专一，并表达了对爱情悲剧的深切同情。

第一段描述了杨贵妃的出身、美貌和唐明皇的宠爱，以及因她而引发的政治动荡。第二段讲述了在安史之乱背景下，唐明皇出奔、贵妃惨死以及唐明皇在蜀中的悲伤。第三段描绘了唐明皇回京后，因怀念贵妃而引发的感伤。第四段讲述道士在仙境中找到贵妃，并带回她的信物，重申永世为夫妻的誓言。

整首诗结构完整，语言形象生动，以叙述为主，抒情气氛浓厚。诗人巧妙地结合了历史事实和传说，充满了浪漫主义色彩。

# 琵琶行　并序

白居易

元和十年，余左迁①九江郡司马。明年②秋，送客溢浦口，闻舟中夜弹琵琶者。听其音，铮铮③然有京都声④。问其人，本长安倡女⑤，尝学琵琶于穆、曹二善才⑥。年长色衰，委身⑦为⑧贾人⑨妇。遂命酒⑩使快⑪弹数曲，曲罢悯然⑫，自叙少小时欢乐事，今漂沦⑬憔悴，转徙于江湖间。余出官二年，恬然⑭自安；

感斯人言，是夕始觉有迁谪⑮意。因为⑯长⑰歌⑱以赠之，凡⑲六百一十六言⑳，命㉑曰《琵琶行》。

浔阳江头夜送客，枫叶荻花秋瑟瑟㉒。

主人㉓下马客在船，举酒欲饮无管弦。

醉不成欢惨将别，别时茫茫江浸月。

忽闻水上琵琶声，主人忘归客不发。

寻声暗问弹者谁，琵琶声停欲语迟。

移船相近邀相见，添酒回灯㉔重开宴。

千呼万唤始出来，犹抱琵琶半遮面。

转轴拨弦㉕三两声，未成曲调先有情。

弦弦掩抑㉖声声思㉗，似诉平生不得志。

低眉信手㉘续续弹㉙，说尽心中无限事。

轻拢㉚慢捻㉛抹复挑，初为《霓裳》后《六幺》。

大弦㉜嘈嘈㉝如急雨，小弦切切㉞如私语。

嘈嘈切切错杂弹，大珠小珠落玉盘。

间关㉟莺语花底滑，幽咽泉流冰下难㊱。

冰泉冷涩弦凝绝㊲，凝绝不通声暂歇。

别有幽愁暗恨生，此时无声胜有声。

银瓶乍破水浆迸㊳，铁骑突出刀枪鸣。

曲终㊴收拨㊵当心画㊶，四弦一声如裂帛。

东船西舫㊷悄无言，唯见江心秋月白。

沉吟放拨插弦中，整顿衣裳起敛容㊸。

自言本是京城女，家在虾蟆陵下住。

十三学得琵琶成，名属教坊第一部。

曲罢曾教善才服，妆成每被秋娘妒。
五陵年少争缠头，一曲红绡㊹不知数。
钿头银篦击节碎，血色罗裙翻酒污。
今年欢笑复明年，秋月春风等闲度。
弟走从军阿姨死，暮去朝来颜色故。
门前冷落鞍马稀，老大嫁作商人妇。
商人重利轻别离，前月浮梁买茶去。
去来㊺江口守空船，绕船明月江水寒。
夜深忽梦少年事，梦啼妆泪红阑干㊻。
我闻琵琶已叹息，又闻此语重㊼唧唧㊽。
同是天涯沦落人，相逢何必曾相识！
我从去年辞帝京，谪居卧病浔阳城。
浔阳地僻无音乐，终岁不闻丝竹声。
住近湓江地低湿，黄芦苦竹绕宅生。
其间旦暮闻何物？杜鹃啼血猿哀鸣。
春江花朝秋月夜，往往取酒还独倾。
岂无山歌与村笛，呕哑嘲哳㊾难为听。
今夜闻君琵琶语㊿，如听仙乐耳暂(51)明。
莫辞更坐弹一曲，为君翻作《琵琶行》。
感我此言良久立，却坐(52)促弦(53)弦转急。
凄凄不似向前声(54)，满座重闻皆掩泣(55)。
座中泣下谁最多？江州司马青衫(56)湿。

【注释】

① 左迁：贬官，降职。② 明年：第二年。③ 铮铮：形容金属、玉器

等撞击发出的声音。④ 京都声：唐代京城流行的乐曲声调。⑤ 倡女：歌女。倡：古时歌舞艺人。⑥ 善才：当时对琵琶师或曲师的通称。⑦ 委身：托身，此处指出嫁的意思。⑧ 为：做。⑨ 贾人：商人。⑩ 命酒：叫手下人摆酒。⑪ 快：畅快。⑫ 悯然：忧郁的样子。⑬ 漂沦：漂泊沦落。⑭ 恬然：淡泊宁静的样子。⑮ 迁谪：贬官降职或流放。⑯ 为：创作。⑰ 长：七言诗。⑱ 歌：作歌。⑲ 凡：总共。⑳ 言：字。㉑ 命：命名，题名。㉒ 瑟瑟：形容枫树、芦荻被秋风吹动的声音。㉓ 主人：诗人自称。㉔ 回灯：重新拨亮灯光。㉕ 转轴拨弦：将琵琶上缠绕丝弦的轴转动，以调音定调。㉖ 掩抑：掩蔽，遏抑。㉗ 思：悲，伤。㉘ 信手：随手。㉙ 续续弹：连续弹奏。㉚ 拢：左手手指按弦向里（琵琶的中部）推。㉛ 捻：揉弦的动作。㉜ 大弦：最粗的弦。㉝ 嘈嘈：声音沉重抑扬。㉞ 切切：细促轻幽，急切细碎。㉟ 间关：莺语流滑叫"间关"。㊱ 冰下难：泉流冰下阻塞难通，形容乐声由流畅变为冷涩。㊲ 凝绝：凝滞。㊳ 迸：溅射。㊴ 曲终：乐曲结束。㊵ 拨：弹奏弦乐时所用的工具。㊶ 当心画：用拨子在琵琶的中部划过四弦，是一曲结束时经常用到的右手手法。㊷ 舫：船。㊸ 敛容：收敛深思时悲愤深怨的面部表情。㊹ 绡：精细轻美的丝织品。㊺ 去来：走了以后。㊻ 阑干：纵横散乱的样子。㊼ 重：重新。㊽ 唧唧：象声词，叹声。㊾ 呕哑嘲哳：形容声音噪杂。㊿ 琵琶语：琵琶声，琵琶所弹奏的乐曲。51 暂：突然。52 却坐：退回到原处。53 促弦：把弦拧得更紧。54 向前声：刚才奏过的单调。55 掩泣：掩面哭泣。56 青衫：唐朝八品、九品文官的衣服的颜色。白居易当时的官阶是将侍郎，从九品，所以服青衫。

**[译文]**

　　唐宪宗元和十年，我被贬为九江郡司马。第二年秋季的一天，送客到湓浦口，夜里听到船上有人弹琵琶。听那声音，铮铮铿铿有京都流行的声韵。探问这个人，原来是长安的歌女，曾经向穆、曹两位琵琶大师学艺。后来年纪大了，红颜褪尽，嫁给商人为妻。于是命人摆酒叫她尽情地弹几曲。她弹完后，有些闷闷不乐，自己说起了少年时的欢乐之事，而今漂泊沉沦，形容憔悴，在江湖之间辗转流浪。我离京任职两年来，随遇而安，自得其乐，而今被这个人的话所感触，这天夜里才有被降职的感觉。于是撰写一首长诗赠送给她，共六百一十六字，题为《琵琶行》。

秋夜我到浔阳江头送一位归客，秋风吹着枫叶和芦花十分萧瑟。我和客人下马在船上饯别设宴，举起酒杯要饮却无助兴的音乐。酒喝得不痛快更伤心将要分别，临别时夜茫茫江水倒映着明月。忽听得江面上传来清脆的琵琶声。我忘却了回归、客人也不想动身。寻着声源探问弹琵琶的是何人。琵琶声停了许久却迟迟没有动静。我们移船靠近邀请她出来相见，叫下人添酒回灯重新摆起酒宴。千呼万唤她才缓缓地走出来，怀里还抱着琵琶半遮着脸。转紧琴轴拨动琴弦试弹了几声，尚未成曲调那形态就非常有情了。弦弦凄楚悲切声音隐含着沉思，似乎在诉说着她平生的不得志。她低着头随手弹个不停，用琴声把心中无限的往事说尽。轻轻地拢，慢慢地捻，一会儿抹，一会儿挑。初弹《霓裳羽衣曲》接着再弹《六幺》。大弦浑宏悠长嘈嘈如暴风骤雨，小弦和缓轻幽如有人窃窃私语。嘈嘈声切切声互为交错地弹奏，就像大珠小珠一串串掉入玉盘。琵琶声一会儿像花底下婉转流畅的鸟鸣声，一会儿又像水在冰下流动受阻艰涩低沉、呜咽断续的声音。好像泉水冰冷琵琶声开始凝结，凝结而不通畅声音渐渐地中断。像另有一种愁思幽恨暗暗滋生，此时无声却比有声更动人。突然间好像银瓶撞破、水浆四溅，又好像铁甲骑兵厮杀刀枪齐鸣。一曲终了她对准琴弦中心划拨，四弦一声轰鸣好像撕裂了布帛。东船西舫的人们都静悄悄地聆听，只见江心中映着白白的秋月影。她沉吟着收起拨片插在琴弦中，整顿衣裳依然显出庄重的颜容。她说她原是京城负有盛名的歌女，老家住在长安城东南的虾蟆陵。弹奏琵琶，技艺十三岁就已学成，教坊乐团第一队中列有我的姓名。

每曲弹罢都令艺术大师们叹服，每次梳妆都被同行歌伎们嫉妒。京都豪富子弟争先恐后来献彩，弹完一曲收来的红绡不计其数。钿头银篦打节拍常常断裂粉碎，红色罗裙被酒渍弄脏也不后悔。年复一年都在欢笑打闹中度过，秋去春来美好的时光白白消磨。兄弟从军姊妹死，家业已经破败，暮去朝来我也渐渐地年老色衰。门前车马减少，光顾者稀稀落落，青春已逝我只得嫁给商人为妻。商人重利不重情常常轻易别离，上个月他去浮梁做茶叶生意。他去了留下我在江口独守空船，秋月与我做伴，绕船的秋水凄寒。深夜常梦见少年时狂欢作乐，梦中哭醒涕泪交零污损了粉颜。我听琵琶的悲泣早已摇头叹息，又听到她这番诉说更叫我悲凄。我们俩同是天涯沦落的可悲之人，今日相逢何必问是否曾经相识。自从去年我离开繁华的京城长安，被贬居住在浔阳江畔常常卧病。浔阳这个地方荒凉偏僻，没有音乐，一年到头听不到管弦之声。住在湓江这个低洼潮湿的地方，宅第周围黄芦和苦竹缭绕丛生。在这里早晚能听到的是什么呢？尽是杜鹃、猿猴那些悲凄的哀鸣。即使面对春江花朝、秋江月夜那样好的光景，我也无可奈何常常取酒独酌。难道这里就没有山歌和村笛吗？只是那音调嘶哑粗涩实在难听。今晚我听你弹奏琵琶诉说衷情，就像听到仙乐，眼也亮来耳也明。请你不要推辞坐下来再弹一曲，我要为你创作一首新诗《琵琶行》。被我的话所感动她站立了良久，回身坐下再转紧琴弦拨出声。凄凄切切不再像刚才那种声音，在座的人重听都掩面哭泣。在座之中谁流的眼泪最多？我江州司马的泪水湿透青衫。

【赏析】

　　这首诗描绘了诗人在唐宪宗元和十一年（816年）秋，因武元衡被刺杀的事件受到牵连，被贬为江州司马时，在浔阳江头与琵琶女相遇的情景。诗歌通过琵琶女的出场、弹奏技艺和她身世的叙述，以及诗人自身的遭遇，

表达了对人生沧桑、世态炎凉的感慨。

　　诗歌开头描绘了琵琶女的出场，通过环境烘托和细腻描绘，展现了她超凡的琵琶技艺。接下来，诗人叙述了琵琶女的身世，揭示了她的内心世界。然后，诗人以自己的遭遇与琵琶女产生共鸣，抒发了对命运无常的哀叹。

　　全诗结构紧凑，描绘生动，情感真挚。诗人将琵琶女与自己的命运相比较，展现了封建社会底层人物的悲惨命运和对美好生活的渴望。这首诗突破了传统的爱情题材，展现了诗人对命运与人性的深刻思考。

**导读**

　　李商隐（813—858），字义山，号玉溪生，又号樊南生，祖籍怀州河内（今河南沁阳），和杜牧合称"小李杜"。代表作有《池边》《板桥小别》《嫦娥》等。

# 韩　碑

李商隐

元和①天子神武姿，彼何人哉轩与羲②。
誓将上雪列圣③耻，坐法宫④中朝四夷⑤。
淮西有贼⑥五十载，封狼⑦生貙貙生罴⑧。
不据山河据平地，长戈利矛日可麾⑨。
帝得圣相相曰度，贼斫不死神扶持。
腰悬相印作都统⑩，阴风惨澹天王旗⑪。
愬武古通⑫作牙爪，仪曹外郎⑬载笔随。
行军司马⑭智且勇，十四万众犹虎貔⑮。
入蔡⑯缚贼⑰献太庙，功无与让⑱恩不訾⑲。
帝曰汝度功第一，汝从事⑳愈㉑宜为辞㉒。

愈拜稽首㉓蹈且舞，金石刻画臣能为。

古者世称大手笔㉔，此事不系于职司㉕。

当仁自古有不让，言讫屡颔天子颐。

公㉖退斋戒㉗坐小阁，濡染㉘大笔何淋漓。

点窜㉙《尧典》《舜典》字，涂改《清庙》《生民》诗。

文成破体书在纸，清晨再拜铺丹墀㉚。

表曰臣愈昧死㉛上，咏神圣功㉜书之碑。

碑高三丈字如斗，负以灵鳌蟠以螭。

句奇语重喻㉝者少，谗㉞之天子言其私。

长绳百尺拽碑倒，粗砂大石相磨治。

公之斯文若㉟元气，先时已入人肝脾。

汤盘孔鼎有述作，今无其器存其辞。

呜呼圣王及圣相，相与㊱烜赫㊲流淳熙。

公之斯文不示后，曷㊳与三五相攀追。

愿书㊴万本诵万遍，口角流沫右手胝㊵。

传之七十有二代，以为封禅玉检明堂基。

[注释]

①元和：唐宪宗年号。②轩与羲：轩辕氏黄帝和伏羲，泛指三皇五帝。③列圣：前几位皇帝。④法宫：君王主事的宫殿。⑤四夷：四方边地。⑥淮西有贼：盘踞蔡州的藩镇势力。⑦封狼：大狼。⑧ 生翚：野兽，喻指叛将。⑨日可麾：鲁阳公与韩人相争援戈挥日的典故，比喻反叛作乱。麾：通"挥"。⑩都统：讨伐藩镇的军事统帅。⑪天王旗：皇帝仪仗的旗帜。⑫愬武古通：裴度手下大将。愬：李愬。武：韩公武。古：李道古。通：李文通。⑬仪曹外郎：礼部员外郎李宗闵。⑭行军司马：韩愈。⑮虎貔，原指凶猛的野兽，此处指善战的勇士。⑯蔡：蔡州。⑰贼：叛将吴元济。

⑱ 无与让：无人可及。⑲ 不訾：不可估量。⑳ 从事：州郡官自举的僚属。
㉑ 愈：韩愈。㉒ 为辞：撰《平淮西碑》。㉓ 稽首：叩头。㉔ 大手笔，朝
廷重要的诏令文书或代指著名的作家。㉕ 职司：掌管文笔的翰林院。㉖ 公，
此处指韩愈。㉗ 斋戒：沐浴更衣。㉘ 濡染：浸沾。㉙ 点窜：同涂改，为运
用的意思。㉚ 丹墀：宫中红色台阶。㉛ 昧死：冒死，上书用谦语。㉜ 圣功：
平定淮西的战功。㉝ 喻：领悟，理解。㉞ 谗：进言诋毁。㉟ 若：像。㊱ 相
与：相互。㊲ 赫：显耀。㊳ 曷：何，怎么。㊴ 书：抄写。㊵ 胝：因摩擦而
生成的厚皮，俗称老茧。

【译文】

　　元和天子禀赋神武英姿，可比古来的轩辕、伏羲。他立誓要洗雪历代
圣王的耻辱，坐镇皇宫接受四夷的贡礼。淮西逆贼为祸五十年，割据一方
世代绵延。自恃强大，不去占有山河却来割据平地。梦想挥戈退日，胆敢
反叛作乱。圣君得到贤相名叫裴度，自有神灵卫护，逆贼暗杀未成。他腰
悬相印，统兵上战场，天子的军旗在寒风中飘扬。得力的大将有愬、武、古、
通，仪曹外郎任书记随军出征。还有那智勇双全的行军司马韩愈，十四万
大军，龙腾虎跃冲锋陷阵，攻下了蔡州，擒住叛贼献俘太庙，功业盖世皇
上加恩无限。天子宣布裴度功劳第一，命令韩愈撰写赞辞。韩愈在朝堂拜
舞行礼接受诏命，说歌功颂德的文章他能够胜任。从来撰述都推崇大手笔，
此事本不属佐吏的职司。既然自古有当仁不让的箴言，韩愈欣然领受圣上
的旨意。天子听完这番言辞，频频点头大加赞许。韩公退朝后沐浴斋戒坐
于小阁，笔蘸饱墨挥洒淋漓。推敲《尧典》《舜典》的古奥文字，化用《清
庙》《生民》的庄严诗笔。一纸雄文别具一格，朝拜时铺展在玉陛丹墀。上
表说"臣韩愈冒死呈览"，歌颂圣君贤相的功业，刻写在石碑之上。碑高三丈，
字大如斗，灵鳌驮负，螭龙盘围。文句奇特语意深长，世俗之人难以理解。
有人便向皇上进谗，诬蔑此文偏私失实。用百尺长绳把韩碑拽倒，用粗砂

大石磨去了字迹。韩公此文的浩浩真气却无法磨灭，已经深入众人的肝脾，正像那汤盘孔鼎的铭文，古器虽早就荡然无存，世间却永远流传着文辞。啊，圣王与贤相的不朽功勋，显耀人寰辉煌无比！韩公碑文倘若不能昭示百代，宪宗的帝业，又怎得与三皇五帝遥相继承？我甘愿抄写一万本、吟诵一万遍，哪怕是我嘴角流沫，右手磨出茧皮，也要让它流传千秋万代，好作封禅的祭天玉检、明堂的万世基石！

**[赏析]**

　　唐宪宗时，藩镇割据成为唐朝的严重问题，裴度作为宰相坚决主张平定藩镇。元和十二年（817年），他亲自率领大军前往淮西，而韩愈则担任行军司马，协助裴度参谋军事。在成功平定淮西之后，韩愈随同裴度返回京城，宪宗命令他撰写《平淮西碑》。

　　韩愈认为淮西的平定是裴度执行宪宗旨意的成果，他在战争中起到了关键的作用。尽管李愬在雪夜攻破蔡州、生擒吴元济的行动确实是一次重要的协同作战，但从全局来看，这只是战争中的一个环节。然而，由于李愬的妻子是唐安公主的女儿，她在宫中拥有一定的影响力，她对碑文内容的质疑使得宪宗下令推倒韩碑，磨去韩愈的文章，改由翰林学士段文昌重新撰写碑文。段文昌的碑文将主要的功劳归给了李愬。

　　对于推倒韩碑的行为，李商隐深感不满，他极力称赞韩碑，热情赞颂裴度的统帅功绩，与韩愈的观点一致。这表明作者坚决维护国家统一、反对国家分裂的立场，也表达了进步的思想。

　　整首诗采用散文的写作方式，按照事件的原委进行叙述和评论，高度评价了韩碑。同时，文笔雄健，风格奇特，情感深沉，在唐诗中独树一帜。

# 乐 府 十四首

**导读**

　　高适（700—765），字达夫，一字仲武，渤海蓨（今河北景县）人，后迁居宋州宋城（今河南商丘）。与岑参并称"高岑"，与岑参、王昌龄、王之涣合称"边塞四诗人"。代表作有《铜雀妓》《塞下曲》《别董大》等。

## 燕歌行　并序

高　适

　　开元十六年，客有从元戎出塞而还者，作《燕歌行》以示适。感征戍之事，因而和焉。

汉家①烟尘②在东北，汉将③辞家破残贼。

男儿本自重横行④，天子非常⑤赐颜色⑥。

摐金伐⑦鼓下榆关⑧，旌旗⑨逶迤⑩碣石⑪间。

校尉⑫羽书⑬飞瀚海⑭，单于⑮猎火⑯照狼山⑰。

山川萧条极⑱边土，胡骑凭陵⑲杂风雨⑳。

战士军前半死生㉑，美人帐下犹歌舞。

大漠穷秋塞草衰㉒，孤城落日斗兵稀㉓。

身当恩遇㉔常轻敌，力尽关山未解围。

铁衣远戍辛勤久，玉箸㉕应啼别离后。

少妇城南㉖欲断肠，征人蓟北空回首。

边庭飘飖㉗那可度㉘，绝域㉙苍茫更何有㉚。

杀气三时作阵云㉛，寒声一夜传刁斗㉜。

相看白刃血纷纷，死节㉝从来岂顾勋？

君不见沙场争战苦，至今犹忆李将军。

**[注释]**

①汉家：唐人诗中经常借汉说唐，此处指唐朝。②烟尘，代指战争。③汉将：张守珪将领。④横行：任意驰走，无所阻挡。⑤非常：超过平常。⑥颜色：厚赐礼遇。⑦伐：敲击。⑧榆关：山海关，通往东北的要隘。⑨旌旗，此处泛指各种旗帜。旌是竿头饰羽的旗。⑩逶迤：连绵不绝的样子。⑪碣石：山名。⑫校尉：武官官名。⑬羽书：（插有鸟羽的、军用的）紧急文书。⑭瀚海：沙漠，此处指内蒙古东北西拉木伦河上游一带的沙漠。⑮单于：匈奴首领称号，泛指北方少数民族首领。⑯猎火：打猎时点燃的火光。古代游牧民族出征前，常举行大规模校猎，作为军事性的演习。⑰狼山：又称狼居胥山，在今内蒙古自治区克什克腾旗西北。⑱极：穷尽、尽头。⑲凭陵：仗势侵凌。⑳杂风雨：形容敌人来势凶猛，如风雨交加。一说，敌人乘风雨交加时冲过来。㉑半死生：战死的和生还的各占一半，形容伤亡惨重。㉒衰：病，枯萎。㉓斗兵稀：作战的士兵越打越少了。㉔身当恩遇：主将受朝廷的恩宠厚遇。㉕玉箸：白色的筷子（玉筷），比喻思妇的泪水如注。㉖城南：京城长安的住宅区在城南。㉗边庭飘飘：形容边塞战场动荡不安。㉘度：越过相隔的路程，回归。㉙绝域：更遥远的边陲。㉚更何有：更加荒凉。㉛阵云：战场上象征杀气的云，即战云。㉜刁斗：军中夜里巡更敲击报时用的，煮饭时用的器具，两用铜器。㉝死节：为国捐躯。节：气节。

**[译文]**

唐玄宗开元十六年，有个跟随主帅出塞回来的人，写了《燕歌行》诗

一首给我看。我感慨于边疆戍守的事情，因而写了这首《燕歌行》应和他。

　　唐朝东北边境战事又起，将军离家前去征讨寇贼。战士们在战场上本来就所向无敌，皇帝又特别给予他们丰厚的赏赐。军队擂击金鼓，浩浩荡荡开出山海关外，旌旗连绵不断飘扬在碣石山间。校尉紧急传羽书，飞奔沙海，匈奴单于举猎火光照已到我狼山。山河荒芜多萧条，满目凄凉到边土，胡人骑兵来势凶猛，如风雨交加。战士在前线厮杀得昏天黑地，不辨死生；将军依然逍遥自在地在营帐中观赏美人的歌舞。深秋季节，塞外沙漠上草木枯萎。日落时分，边城孤危，士兵越打越少，主将身受朝廷的恩宠常常轻敌，战士筋疲力尽仍难解关山之围。身披铁甲的征夫，不知道守卫边疆多少年了，那家中的思妇自丈夫被征走后，应该一直在悲痛啼哭吧！思妇独守故乡悲苦地牵肠挂肚，征夫在边疆遥望家园空自回首。边塞战场动荡不安哪里能够轻易归来，绝远之地尽苍茫，更加荒凉。早晚杀气腾腾、战云密布，整夜里只听到巡更的刁斗声声悲伤。战士们互相观看，雪亮的战刀上染满了斑斑血迹。坚守节操，为国捐躯，岂是为了个人的名利功勋？你没看见拼杀在沙场战斗多悲惨，人们至今还在思念有勇有谋的李将军。

【赏析】

　　这首诗是诗人在开元十六年（728年）受征戍之事所触动而写下的一首脍炙人口的边塞诗。全诗深入描绘了边疆战争的残酷现实，赞美了战士们为国家和民族英勇献身的崇高精神，同时也揭示了统治者的腐败无能给士兵和人民带来的深重苦难。

　　全诗运用丰富的对比手法，通过对事实的客观陈述，使得诗歌的艺术效果更加鲜明生动。

# 古从军行

李 颀

白日登山望烽火<sup>①</sup>，黄昏饮马<sup>②</sup>傍交河。

行人刁斗<sup>③</sup>风沙暗，公主琵琶<sup>④</sup>幽怨多。

野云万里无城郭，雨雪纷纷连大漠。

胡雁哀鸣夜夜飞，胡儿眼泪双双落。

闻道玉门犹被遮，应将性命逐轻车。

年年战骨埋荒外，空见蒲桃<sup>⑤</sup>入汉家！

**[注释]**

①烽火：古代作战时的一种警报。②饮马：给马喂水。③刁斗：古代军中铜制炊具，容量一斗。④公主琵琶：汉武帝时江都王刘建之女刘细君远嫁乌孙国王昆弥，恐其途中烦闷，故弹琵琶以娱之。⑤蒲桃：葡萄。

**[译文]**

白天，将士登山观望报警的烽火台；黄昏时，又牵马到交河边饮水。风沙弥漫，一片漆黑，只听得见军中巡夜的打更声，还有那如泣如诉的幽怨的琵琶声。旷野云雾茫茫，万里不见城郭，雨雪纷纷笼罩着无边的沙漠。哀鸣的胡雁夜夜从空中飞过，胡人士兵也触景生情，潸然泪下。听说玉门关已经挡住了回乡的路，战士只有追随将军去与敌军拼命。年年战死的尸骨埋葬在了荒野，换来的只不过是把西域葡萄种子送回汉家。

**[赏析]**

《古从军行》是一首充满哲理和批判精神的诗歌。它通过对边疆战争的描绘，表达了诗人对战争的深刻反思和对士兵的深切同情。同时，它也通过皇帝的一意孤行和士兵的勇敢牺牲的对比，表现出了诗人强烈的社会责任感和人文关怀。

# 洛阳女儿行

王 维

洛阳女儿对门居，才可①颜容十五余②。

良人③玉勒④乘骢马，侍女金盘脍鲤鱼⑤。

画阁朱楼尽相望，红桃绿柳垂檐向。

罗帷⑥送上七香车⑦，宝扇⑧迎归九华帐⑨。

狂夫⑩富贵在青春，意气骄奢剧⑪季伦⑫。

自怜碧玉⑬亲教舞，不惜珊瑚持与人。

春窗曙⑭灭九微火⑮，九微片片⑯飞花璁⑰。

戏罢曾无⑱理⑲曲时，妆成只是熏香⑳坐。

城中相识尽繁华，日夜经过赵李家㉑。

谁怜越女㉒颜如玉，贫贱江头自浣纱。

**【注释】**

①才可：恰好。②十五余：十五六岁。③良人：古代妻对夫的尊称。④玉勒：玉饰的马笼头。⑤脍鲤鱼：切细的鲤鱼肉。脍，把鱼、肉切细。⑥罗帷：丝织的帘帐。⑦七香车：旧注为以七种香木制成的车。⑧宝扇：古代贵妇出行时遮蔽之具，用鸟羽编成。⑨九华帐：鲜艳的花罗帐。⑩狂夫：犹拙夫，古代妇女自称其丈夫的谦辞。⑪剧：甚，超过。⑫季伦：晋石崇，字季伦，家甚豪富。⑬碧玉：《乐府集》以为刘宋汝南王妾名，此处指洛阳女儿。⑭曙：天明。⑮九微火：汉武帝供王母使用的灯，此处指平常的灯火。⑯片片：灯花。⑰花璁：雕花的连环形窗格。⑱曾无：从无。⑲理：温习。⑳熏香：用香料熏衣服。㉑赵李家：汉成帝的皇后赵飞燕、婕妤李平，此处泛指贵戚之家。㉒越女：春秋时期越国美女西施。越，此处指今浙东地区。

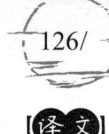

【译文】

　　洛阳有一位女子住在我家对门，正值十五六的芳年，容貌非常美丽。她的丈夫骑一匹青白相间的骏马，马具上镶嵌着珍贵的美玉。她的婢女捧上黄金的盘子，里面盛着烹制精细的鲤鱼。她家彩绘朱漆的楼阁一幢幢遥遥相望，红桃绿柳在廊檐下排列成行。她乘坐的车子是用七种香木做成的，精美帷幔装在车上。仆从们举着羽毛的扇子，把她迎回绣着九花图案的彩帐。她的丈夫青春年少正得志，骄奢更胜过石季伦。他亲自教授心爱的姬妾学习舞蹈，名贵的珊瑚树随随便便就送给别人。他们彻夜寻欢作乐，窗上现出曙光才熄去灯火，灯花的碎屑片片落在雕镂的窗棂。她成天嬉戏游玩，竟没有温习歌曲的空暇，打扮得整整齐齐，只是熏着香整天闲话。相识的全是城中的豪门大户，日夜来往的都是些贵戚之家。有谁怜惜貌美如玉的越女，身处贫贱，只好在江头独自洗纱。

【赏析】

　　这是一首采用比兴手法的讽喻诗。诗中以洛阳女儿的奢华生活和贫贱的浣纱越女的朴素生活作对比，揭示了那些因为偶然的机会而获得富贵的人，一旦得势就会变得骄纵奢侈，以此讽刺那些权贵的腐败堕落，表达了诗人对当时社会现实的深刻反思和不满。

# 老将行

王　维

少年十五二十时，步行夺得胡马骑。
射杀山中白额虎，肯数邺下黄须儿[①]。
一身转战三千里，一剑曾当百万师。
汉兵奋迅如霹雳，虏骑奔腾畏蒺藜[②]。

卫青③不败由天幸，李广无功缘④数⑤奇⑥。

自从弃置便衰朽，世事蹉跎成白首。

昔时飞箭无全目，今日垂杨生左肘。

路傍时卖故侯瓜，门前学种先生柳。

苍茫古木连穷巷，寥落寒山对虚牖。

誓令疏勒⑦出飞泉，不似颖川空使酒⑧。

贺兰山下阵如云，羽檄交驰日夕闻。

节使三河募年少，诏书五道出将军。

试拂铁衣如雪色，聊持⑨宝剑动星文⑩。

愿得燕弓射大将，耻令越甲鸣⑪吾君。

莫嫌旧日云中守，犹堪一战立功勋。

**[注释]**

①邺下黄须儿：曹彰，曹操第二子，须黄色，性刚猛，曾亲征乌丸，颇为曹操所疼爱器重。邺下：曹操封魏王时，定都邺城（今河北临漳）。②蒺藜：本是有三角刺的植物，此处指铁蒺藜，战地所用障碍物。③卫青：汉代名将，汉武帝皇后卫子夫之弟，征伐匈奴，官至大将军。④缘：因为。⑤数：命运。⑥奇：单数，与偶对称，不吉利。⑦疏勒：汉疏勒城，非疏勒国。⑧使酒：纵酒逞意气。⑨聊持：且持。⑩星文：剑上所嵌的七星纹饰。⑪鸣：惊动。

**[译文]**

当年十五、二十岁青春之时，徒步就能夺得胡人的战马骑。年轻力壮射杀山中白额虎，数英雄岂止邺下的黄须儿。身经百战驰骋疆场三千里，曾以一剑抵挡了百万雄师。汉军声势迅猛如惊雷霹雳，虏骑互相践踏害怕遇上铁蒺藜。卫青不败是由于天神辅助，李广无功是因为命运不济。自从

被摈弃不用便开始衰朽，世事随时光流逝人成白首。当年像后羿飞箭射雀无目，如今不操弓赘瘤生于左肘。像故侯流落为民在路旁卖瓜，学陶令在门前种上绿杨垂柳。古树苍茫一直延伸到深巷，寥落寒山空对冷寂的户牖。誓学耿恭在疏勒祈井得泉，不做颍川灌夫为发牢骚而酗酒。贺兰山下战士们列阵如云，告急的军书日夜频频传闻。持节使臣去三河招募兵丁，诏书令大将军分五路出兵。老将揩拭铁甲光洁如雪色，且持宝剑闪动剑上七星纹饰。愿得燕地的好弓射杀敌将，绝不让敌人甲兵惊动国君。莫嫌当年云中太守又复职，还堪一战为国建立功勋。

## [赏析]

《老将行》是一首描绘老兵生涯的诗。这位老兵一生都在战场上战斗，立下了赫赫战功，但最终却因为"无功"而被抛弃，不得不靠耕种和贩卖为生。当边境烽火再起时，他不计前嫌，主动请缨报效国家。

这首诗深刻地揭露了统治者的赏罚不明和冷酷无情，同时也赞美了老兵的高尚品质和爱国情怀。在人物塑造上，诗人运用了大量的典故，以英雄写英雄，成功再现了这位老兵年轻时的英勇善战，以及他晚年的悲惨境遇。

特别是诗的后半部分，"试拂铁衣如雪色""愿得燕弓射大将"的细节描绘和心理揭示，使这位老兵的忠君报国之心跃然纸上。然而，尽管诗人极力推荐这位老兵"犹堪一战立功勋"，但又有谁能关心地问一句"廉颇老矣，尚能饭否"呢？这种将典故、赞美、哀怜和讽刺融为一体的手法，使得全诗的情感起伏明显，爱憎分明。

# 桃源行

王 维

渔舟逐水①爱山春，两岸桃花夹古津②。

坐③看红树不知远，行尽青溪忽值人。

山口潜行始隈④隩，山开旷望⑤旋⑥平陆。

遥看一处攒云树⑦，近入千家散花竹⑧。

樵客⑨初传汉姓名，居人未改秦衣服。

居人共住武陵源⑩，还从物外⑪起田园。

月明松下房栊⑫静，日出云中鸡犬喧⑬。

惊闻俗客⑭争来集，竞引⑮还家问都邑⑯。

平明⑰闾巷⑱扫花开⑲，薄暮⑳渔樵乘水入。

初因避地㉑去㉒人间，更问神仙遂不还。

峡里谁知有人事，世中遥望空云山。

不疑灵境㉓难闻见，尘心㉔未尽思乡县㉕。

出洞无论隔山水，辞家终拟长游衍㉖。

自谓㉗经过旧不迷㉘，安知峰壑㉙今来变。

当时只记入山深，青溪几度到云林㉚。

春来遍是桃花水㉛，不辨仙源何处寻。

[注释]

①逐水：顺着溪水。②津：溪流。③坐：聊且。④隈：山、水弯曲的地方。⑤旷望：远望。⑥旋：忽然。⑦攒云树：云树相连。攒：聚集。⑧散花竹：到处都有花和竹林。⑨樵客，原本指打柴人，此处指渔民。⑩武陵源：桃花源，相传在今湖南桃源县（晋代属武陵郡）西南。武陵：今湖南常德。⑪物外：世外。⑫房栊：房屋的窗户。⑬喧：叫声嘈杂。⑭俗客：误入桃花源的渔人。⑮引：领。⑯都邑：桃源人原来的家乡。⑰平明：天刚亮。⑱闾巷：街巷。

⑲开：开门。⑳薄暮：傍晚。㉑避地：迁居此地以避祸患。㉒去：离开。㉓灵境：仙境。㉔尘心：普通人的感情。㉕乡县：家乡。㉖游衍：游乐。㉗自谓：自以为。㉘不迷：不再迷路。㉙峰壑：山峰峡谷。㉚云林：云中山林。㉛桃花水：春水。桃花开时河流涨溢。

【译文】

　　渔舟顺溪而下，追寻那美妙的春景，夹岸桃花映红了溪流两旁。花树缤纷，忘记了路程远近。行到青溪尽头处，忽然隐约似见人烟。走入了幽深曲折的山口，再往前，豁然开朗一马平川。远远望去丛丛绿树有如云霞攒聚，进村后看见家家门前翠竹鲜花掩映。第一次听说汉以后的朝代，村民穿戴的还是秦代衣装。他们世代聚居在武陵源，在这里共建了世外桃源。明月朗照，松下房栊寂静。旭日东升，村中鸡犬声响起。村人惊讶地把外客迎接，争相邀请，询问世上的消息。清晨的街巷，家家打扫花间的小路。傍晚的溪边，渔民乘船回村。当初因避乱世逃出尘寰，寻到这桃源仙境便不归还。从此隐居峡谷，再不管外面变化。世人求访异境，不过是空望云山。渔人不怀疑这是难得的仙境，但凡心未尽只把家园牵挂。出洞后他不顾隔山隔水，又决定辞家来此仙源。自认为来过的地方不会迷路，怎知道眼前的峰壑全然改变。当时曾记得山径幽深，沿青溪多次弯曲才到桃林。此时又逢春天，依然遍地桃花水。仙源在何处，我已不辨道路，杳杳难寻。

【赏析】

　　这是一首描绘桃源生活的长诗。全诗以陶渊明的《桃花源记》为基础，通过丰富地想象和生动地描绘，展现了桃花源的美丽景色和生活场景。这首诗意境优美，既展现了人间烟火，又具有仙境般的神秘魅力，与《桃花源记》的主题思想基本一致，反映了王维青年时代美好的生活理想。

# 蜀道难①

李 白

噫吁嚱②，危乎高哉！

蜀道之难，难于上青天！

蚕丛及鱼凫③，开国何茫然④！

尔来⑤四万八千岁⑥，不与秦塞⑦通人烟⑧。

西当⑨太白⑩有鸟道⑪，可以横绝⑫峨嵋巅⑬。

地崩山摧⑭壮士死，然后天梯⑮石栈⑯相钩连。

上有六龙回日之高标⑰，下有冲波⑱逆折⑲之回川⑳。

黄鹤㉑之飞尚㉒不得㉓过，猿猱㉔欲度愁攀援。

青泥㉕何盘盘㉖，百步㉗九折萦㉘岩峦㉙。

扪㉚参历㉛井仰胁息㉜，以手抚膺㉝坐㉞长叹。

问君㉟西游何时还？畏途㊱巉岩㊲不可攀。

但见㊳悲鸟号古木㊴，雄飞雌从㊵绕林间。

又闻子规㊶啼夜月，愁空山。

蜀道之难，难于上青天，使人听此凋朱颜㊷！

连峰去㊸天不盈㊹尺，枯松倒挂倚绝壁。

飞湍㊺瀑流争喧豗㊻，砯崖㊼转石万壑㊽雷。

其险也如此，嗟㊾尔㊿远道之人胡为①乎来哉！

剑阁峥嵘而崔嵬②，一夫当关③，万夫莫开④。

所守⑤或匪亲⑥，化为狼与豺。

朝⑦避猛虎，夕避长蛇，磨牙吮⑧血，杀人如麻。

锦城虽云乐，不如早还家。

蜀道之难，难于上青天，侧身西望长咨嗟⑨！

[注释]

①《蜀道难》：古乐府旧题，属《相和歌·瑟调曲》。②噫吁嚱：蜀方言，惊叹声，表示惊讶的声音。③蚕丛及鱼凫：传说中古蜀国两位君主的名字。④何茫然：难以考证。何：多么。茫然：渺茫遥远的样子，此处指古史传说悠远难详。⑤尔来：从那时以来。⑥四万八千岁：极言时间之漫长，夸张而大约言之。⑦秦塞：秦的关塞，此处指秦地。⑧通人烟：人员往来。⑨西当：西对。当，对着，向着。⑩太白：太白山，又名太乙山，在长安西，今陕西眉县、太白一带。⑪鸟道：连绵高山间的低缺处，只有鸟能飞过，人迹所不能至。⑫横绝：横越。⑬峨嵋巅：峨嵋顶峰。⑭摧：倒塌。⑮天梯：非常陡峭的山路。⑯石栈：栈道。⑰高标：高耸的山峰。⑱冲波：水流冲击腾起的波浪，此处指激流。⑲逆折：水流回旋。⑳回川：有漩涡的河流。㉑黄鹤：黄鹄，善高飞的大鸟。㉒尚：尚且。㉓得：能。㉔猿猱：蜀山中最善攀援的猴类。㉕青泥：青泥岭，在今甘肃徽县南。㉖盘盘：曲折回旋的样子。㉗百步九折：百步之内拐九道弯。㉘萦：盘绕。㉙岩峦：山峰。㉚扪：用手摸。㉛历：经过。㉜胁息：屏气不敢呼吸。㉝膺：胸部。㉞坐：徒，空。㉟君：入蜀的友人。㊱畏途：可怕的路途。㊲巉岩：险恶陡峭的山壁。㊳但见：只听见。㊴号古木：在古树木中大声啼鸣。㊵从：跟随。㊶子规：杜鹃鸟。㊷凋朱颜：红颜带忧色，如花凋谢。凋：使动用法，使……凋谢，此处指脸色由红润变成铁青。㊸去：距离。㊹盈：满。㊺飞湍：飞奔而下的急流。㊻喧豗：喧闹声，此处指急流和瀑布发出的巨大响声。㊼砯崖：水撞石之声。砯：水冲击石壁发出的响声。此处用作动词，指冲击的意思。㊽壑：山谷。㊾嗟：感叹声。㊿尔：你。(51)胡为：为什么。(52)峥嵘而崔嵬：峥嵘、崔嵬都是形容山势高大雄峻的样子。(53)当关：守关。(54)莫开：不能打开。(55)所守：把守关口的人。(56)或匪亲：倘若不是可信赖的人。匪，同"非"。(57)朝：早上。(58)吮：吸。(59)咨嗟：叹息。

【译文】

啊！何其高峻，何其险要！蜀道太难走呵，简直难于上青天！传说中蚕丛和鱼凫建立了蜀国，开国的年代实在久远无法详谈。那时至今约有四万八千年，秦、蜀两地被秦岭所阻从不沟通往返。西边太白山仅有飞鸟能过的小道，从那小路走可横越峨嵋山顶端。山崩地裂，蜀国五壮士被压死了，两地才有天梯栈道开始相通连。上有挡住太阳神六龙车的山巅，下有激浪排空迂回曲折的大川。善于高飞的黄鹤尚且无法飞过，即使猢狲要想翻过也愁于攀援。青泥岭多么曲折绕着山峦盘旋，百步之内萦绕岩峦转九道弯。屏住呼吸仰头过参井皆可触摸，用手抚胸惊恐不已长吁短叹。好朋友啊请问你西游何时回来？可怕的岩山栈道实在难以攀登！只听见那悲鸟在古树上哀鸣啼叫，雌雄相随飞翔在原始森林之间。又听见月夜里杜鹃的声声哀鸣，悲鸣声回荡在空山中更添愁情。蜀道太难走呵，简直难于上青天，叫人听到这些怎么不脸色突变？山峰座座相连离天还不到一尺，枯松老枝倒挂倚贴在绝壁之间。漩涡飞转，瀑布飞泻，争相喧闹着，水石相击转动像万壑雷鸣一般。那去处恶劣艰险到了这种地步，哎呀，你这个远方而来的客人，为了什么而来到这险要的地方？剑阁那地方崇峻巍峨高入云端，只要一人把守，千军万马也难攻占。驻守的官员若不是自己的近亲，难免要变为豺狼踞此造反。清晨你要提心吊胆地躲避猛虎，傍晚你要警觉防范长蛇之灾。豺狼虎豹磨牙吮血真叫人不安，毒蛇猛兽杀人如麻令人胆寒。锦官城虽然说是快乐所在，蜀道如此险恶还不如早早地把家还。蜀道太难走啊，简直难于上青天，侧身西望令人不免感慨与长叹！

【赏析】

《蜀道难》是唐代著名诗人李白创作的一首描绘蜀地险峻山道的诗篇。这首诗以丰富的想象、生动的描绘和豪放的语言，展现了蜀道之艰险，表

达了作者对自然界的敬畏之情。同时，通过蜀道的艰难，也隐喻了人生的艰辛和世事的无常。全诗情感充沛，意境深远。

# 长相思 二首
## 其 一

李 白

长相思①，在长安。

络纬②秋啼金井阑③，微霜凄凄簟④色寒。

孤灯不明⑤思欲绝，卷帷望月空长叹。

美人如花隔云端，上有青冥⑥之高天⑦，下有渌⑧水之波澜。

天长地远魂飞苦，梦魂不到关山难⑨。

长相思，摧心肝。

**[注释]**

①长相思：属乐府《杂曲歌辞》，常以"长相思"三字开头和结尾。②络纬：昆虫名，又名"莎鸡"，俗称"纺织娘"。③金井阑：精美的井栏。④簟：坐卧时用的竹席。⑤不明：不寐，不眠。⑥青冥：高远的青天。⑦高天，一作"长天"。⑧渌：清澈。⑨关山难：关山难越。

**[译文]**

日日夜夜地思念啊，我思念的人在长安。秋夜里纺织娘在井栏啼鸣，微霜浸透了竹席格外清寒。孤灯昏暗情思无限浓烈，卷起窗帘望月仰天长叹。相爱的人相隔在九天云端，上面有长空一片渺渺茫茫，下面有清水卷起万丈波澜。天长地远日夜跋涉多艰苦，梦魂也难飞越这重重关山。日日夜夜地思念啊，相思之情痛彻心肝。

**[赏析]**

　　这首诗通过对自然景色的描绘和氛围的营造，深刻地表达了即使有千重梦境也无法抵达的刻骨铭心的思念之情。有人认为这是李白在被诽谤后离开长安时思君之作，以及对自己失意的无奈与愁苦。

# 其　二

　　日色欲尽花含烟，月明如素①愁不眠。

　　赵瑟②初停凤凰柱，蜀琴③欲奏鸳鸯弦。

　　此曲有意无人传，愿随春风寄燕然④，忆君迢迢隔青天。

　　昔时横波⑤目，今作流泪泉。

　　不信妾肠断，归来看取明镜前。

**[注释]**

　　①素：洁白的绢。②赵瑟：弦乐器，相传古代赵国人善于弹瑟。③蜀琴：弦乐器，古人诗中以蜀琴喻佳琴。④燕然：燕然山，又名"杭爱山"，在今蒙古国境内。此处指塞北。⑤横波：眼波顾盼生辉的样子。

**[译文]**

　　日色将尽，花儿如含着烟雾，月光如水，心中愁闷难眠。刚停止弹拨凤凰柱的赵瑟，又拿起蜀琴拨动鸳鸯弦。只可惜曲虽有意但无人相传，但愿它随着春风飞向燕然山。思念你却隔着远天不能相见。过去那双顾盼生辉的眼睛，今天已成泪水奔淌的清泉。假如不相信我多么痛苦，请回来看明镜里憔悴的容颜。

**[赏析]**

　　这首诗运用白描的手法，描绘了思妇弹琴寄托情感，借助音乐传递思念，泪流满面的场景，展现了女子对出征在外的丈夫深深的怀念之情。

# 行路难①

李　白

金樽②清酒③斗十千④，玉盘⑤珍羞⑥直⑦万钱。

停杯投箸⑧不能食⑨，拔剑四顾心茫然⑩。

欲渡黄河冰塞川，将登太行⑪雪满山。

闲来垂钓碧溪上，忽复⑫乘舟梦日边。

行路难，行路难，多歧路，今安在⑬？

长风破浪⑭会⑮有时，直挂云帆⑯济⑰沧海。

**【注释】**

①行路难：乐府旧题。②金樽：古代盛酒的器具。③清酒：清醇的美酒。④斗十千：一斗值十千钱（即万钱），形容美酒价高。⑤玉盘：精美的食具。⑥珍羞：珍贵的菜肴。羞：同"馐"，美味的食物。⑦直：通"值"，价值。⑧投箸：丢下筷子。箸：筷子。⑨不能食：咽不下。⑩茫然：无所适从。⑪太行：太行山。⑫忽复：忽然又。⑬多歧路，今安在：岔道这么多，如今身在何处？歧路：岔路。安：哪里。⑭长风破浪：比喻实现政治理想。⑮会：当。⑯云帆：大海中的船帆。⑰济：渡。

**【译文】**

杯里装的名酒，每斗要价十千；玉盘中盛的精美菜肴，收费万钱。胸中郁闷啊，我停杯投箸食不下咽！拔剑环顾四周，我心里委实茫然。想渡黄河，冰雪堵塞了这条大川；要登太行山，莽莽的风雪早已封山。像吕尚溪边在西边垂钓，闲待东山再起。伊尹乘舟梦日，受聘在商汤身边。何等艰难！何等艰难！歧路纷杂，真正的大道究竟在哪边？相信总有一天，能乘风破浪，高高挂起云帆，在沧海中勇往直前！

[赏析]

《行路难》是李白在天宝三年（744年）被唐玄宗免去"翰林"职务，愤然离开京城长安时所创作的三首诗中的第一首。这首诗反映了李白当时矛盾复杂的思想感情。整首诗情感跌宕起伏，既有对现实的不满和无奈，又有对未来的憧憬和信心。李白以其独特的艺术手法，成功塑造了一个在困境中不断奋斗的诗人形象，使这首诗成为中国古典诗歌中的佳作。

# 将进酒①

李　白

君不见②黄河之水天上来③，奔流到海不复回。

君不见高堂④明镜悲白发，朝如青丝暮成雪⑤。

人生得意⑥须⑦尽欢⑧，莫使金樽空对月。

天生我材必有用，千金⑨散尽还复来⑩。

烹羊宰牛且为乐⑪，会须⑫一饮三百杯。

岑夫子，丹丘生⑬，将进酒，杯莫停。

与君⑭歌一曲，请君为我倾耳⑮听。

钟鼓⑯馔玉⑰不足贵，但愿长醉不愿醒。

古来圣贤皆寂寞，惟有饮者留其名。

陈王昔时宴平乐，斗酒十千恣⑱欢谑⑲。

主人何为言少钱，径须⑳沽㉑取对君酌。

五花马㉒、千金裘㉓，呼儿将出㉔换美酒，与尔㉕同销㉖万古愁㉗。

[注释]

①将进酒：属乐府旧题。将：愿，请。②君不见：你没有看见吗，是乐府体诗中的常用语。君：你，此为泛指。③天上来：黄河发源于青

海，因那里地势极高，故称天。④ 高堂：高大的厅堂。⑤ 朝如青丝暮成雪：在高堂上面对明镜，深沉悲叹那一头白发。青丝：黑发。⑥ 得意：有兴致。⑦ 须：应当。⑧ 尽欢：纵情欢乐。⑨ 千金：大量钱财。⑩ 还复来：还会再来。⑪ 且为乐：姑且作乐。⑫ 会须：应当。⑬ 岑夫子：岑勋。丹丘生：元丹丘。两人均为李白的好友。⑭ 与君：给你们，为你们。君，此处指岑、元二人。⑮ 倾耳：表示注意去听。⑯ 钟鼓：富贵人家宴会中奏乐使用的乐器。⑰ 馔玉：美好的食物。形容食物如玉一样精美。馔：食物。玉：像玉一般美好。⑱ 恣：放纵，无拘无束。⑲ 欢谑：欢笑。⑳ 径须：直须，应当。㉑ 沽：买来。㉒ 五花马：名贵的马。㉓ 千金裘：价值千金的皮衣。㉔ 将出：拿去。㉕ 尔：你们，此处指岑夫子和丹丘生。㉖ 销：同"消"。㉗ 万古愁：无穷无尽的愁闷。

**[译文]**

　　你难道看不见？那黄河之水从天上奔腾而来，波涛翻滚直奔东海，再也没有回来！你难道看不见？在高堂上对着明镜悲叹自己的衰老，年轻时的满头青丝如今已是一片雪白！人生得意之时就应当纵情欢乐，不要让这金杯无酒空对明月。每个人的出生都有自己的价值和意义，黄金千两就算一挥而尽，它也还是能够再得来。我们烹羊宰牛姑且作乐，今天一次性痛快地饮三百杯也不为多！岑夫子，丹丘生啊，请二位快点喝酒吧，举起酒杯不要停下来！让我来为你们高歌一曲，请你们为我倾耳细听。整天吃山珍海味的豪华生活有何珍贵，只希望醉生梦死而不愿清醒。自古以来圣贤无不是寂寞的，只有那会喝酒的人才能够留传美名。陈王曹植当年宴设平乐观的事迹你可知道？斗酒万千同豪饮，让宾主尽情欢乐。主人呀，你为何说我的钱不多？只管买酒来让我们一起痛饮。那些名贵的五花马，昂贵的千金狐裘，把你的小儿喊出来，让我们一起来消除这无穷无尽的愁闷！

**[赏析]**

这是一首抒情长诗。在这首诗中，李白以其独特的豪放风格和深沉的情感，展现了他对人生的深刻理解和独特见解。

首先，李白以黄河之水喻人生，表达了岁月匆匆、悲伤催人老的感慨。这种比喻生动形象，让人深深地感受到人生的短暂和无常。同时，这也反映了李白对时间的珍视和对生活的热爱。

接着，李白发出了"天生我材必有用，千金散尽还复来"的豪言壮语。这句话充满了自信和豪情，展现了李白对生活的乐观态度和对未来的坚定信念。他认为，每个人都有自己的价值和作用，即使现在的生活不尽如人意，但只要坚持下去，总会有出头之日。

随后，李白鼓励朋友们尽情畅饮，以酒为乐，寄托情感。他主张抛弃世俗的荣华富贵，追求内心的真实和快乐。这种思想体现了他对人性的深刻理解和对生活的独特见解。

最后，李白以"与尔同销万古愁"作为结尾，表达了他的深切哀愁。这里的忧愁，是李白在政治上未能施展抱负的苦闷。虽然可以通过喝酒暂时消愁，但醉酒时的欢乐总是短暂的，清醒时仍要面对令人痛苦的现实。

# 兵车行

杜 甫

车辚辚①，马萧萧②，行人③弓箭各在腰。

爷④娘妻子走⑤相送，尘埃不见咸阳桥。

牵衣顿足拦道哭，哭声直上干⑥云霄。

道旁过者⑦问行人，行人但云⑧点行频⑨。

或⑩从十五北防河，便至四十西营田。

去时里正与裹头⑪，归来头白还戍边。

边庭⑫流血成海水，武皇开边⑬意未已。

君不闻汉家山东二百州，千村万落生荆杞⑭。

纵有健妇把锄犁，禾生陇亩⑮无东西⑯。

况复⑰秦兵耐苦战，被驱不异犬与鸡。

长者虽有问，役夫⑱敢⑲申恨？

且如⑳今年冬，未休关西卒。

县官急索租，租税从何出？

信知生男恶，反是生女好。

生女犹得嫁比邻㉑，生男埋没随百草。

君不见青海头，古来白骨无人收。

新鬼烦冤㉒旧鬼哭，天阴雨湿声啾啾㉓！

**[注释]**

①辚辚：车轮声。②萧萧：马嘶叫声。③行人：被征出发的士兵。④爷：父亲。⑤走：奔跑。⑥干：冲。⑦过者：过路的人，此处是杜甫自称。⑧但云：只说。⑨点行频：频繁地点名征调壮丁。⑩或：不定指代词，有的、有的人。⑪裹头：男子成丁就裹头巾，犹古之加冠。⑫边庭：边疆。⑬开边：用武力开拓边疆。⑭荆杞：荆棘与杞柳，都是野生灌木。⑮陇亩：田地。陇：通"垄"，在耕地上培成一行的土埂、田埂，中间种植农作物。⑯无东西：不分东西，意思是庄稼长得不整齐。⑰况复：更何况。⑱役夫：行役的人。⑲敢：岂敢，怎么敢。⑳且如：就如。㉑比邻：近邻。㉒烦冤：愁烦冤屈。㉓啾啾：象声词，形容凄厉的哭叫声。

**[译文]**

大路上车轮滚滚，战马嘶叫，出征的青年弓箭挂在腰间。爹娘妻子儿女奔跑来相送，行军时扬起的尘土遮天蔽日，以致看不见咸阳桥。拦在路上拉着士兵衣服踩着脚哭，哭声直上天空冲入云霄。路旁经过的人问出征士兵怎么样，出征士兵只是说按名册征兵很频繁。有的人十五岁到黄河以北去戍守，纵然到了四十岁还要到西部边疆去屯田。到里长那里用头巾把头发束起来，他们回时已经白头还要去守边疆。边疆无数士兵流血形成了海水，武皇开拓边疆的念头还没停止。您没听说汉家华山以东两百州，上千个村落长满了草木。即使有健壮的妇女手拿锄犁耕种，田土里的庄稼也长得不成行列。更何况秦地的士兵又能够苦战，被驱使去作战与鸡狗没有区别。尽管长辈有疑问，服役的人们怎敢申诉怨恨？就像今年冬天，还没有停止征调函谷关以西的士兵。县官紧急地催逼百姓交租税，租税从哪里出？确实知道生男孩是坏事情，反而不如生女孩。生下女孩还能够嫁给近邻，生下的男孩只能死于沙场埋没在荒草间。你没看见，在那青海的边上，自古以来白骨遍野无人收。新鬼烦恼地怨恨旧鬼哭泣，天阴雨湿时众鬼凄厉地发出啾啾的哭叫声。

这首诗是杜甫的代表作之一，通过描绘自己在咸阳桥边的见闻，以及和役夫的对话，深刻地反映了普通百姓在当时战乱中的痛苦生活和对统治者的强烈不满。诗人以强烈的情感和质朴的语言，表达了对民生疾苦的深切关注，同时也对当时的军事扩张政策进行了尖锐的批判。整首诗充满了真挚的情感，具有很高的艺术价值和历史价值。

# 丽人行

杜 甫

三月三日①天气新，长安水边多丽人。
态浓②意远③淑且真④，肌理细腻⑤骨肉匀⑥。

绣罗衣裳照暮春，蹙金孔雀银麒麟。

头上何所有？翠微<sup>⑦</sup>匐叶<sup>⑧</sup>垂鬓唇<sup>⑨</sup>。

背后何所见？珠压腰衱<sup>⑩</sup>稳称身。

就中<sup>⑪</sup>云幕<sup>⑫</sup>椒房亲<sup>⑬</sup>，赐名大国虢与秦。

紫驼之峰出翠釜<sup>⑭</sup>，水精<sup>⑮</sup>之盘行<sup>⑯</sup>素鳞<sup>⑰</sup>。

犀箸<sup>⑱</sup>厌饫<sup>⑲</sup>久未下，鸾刀<sup>⑳</sup>缕切<sup>㉑</sup>空纷纶<sup>㉒</sup>。

黄门<sup>㉓</sup>飞鞚不动尘，御厨络绎送八珍<sup>㉔</sup>。

箫鼓哀吟感鬼神，宾从<sup>㉕</sup>杂遝<sup>㉖</sup>实要津。

后来鞍马何逡巡<sup>㉗</sup>，当轩下马入锦茵。

杨花雪落覆白蘋，青鸟<sup>㉘</sup>飞去衔红巾。

炙手可热势绝伦，慎莫近前丞相<sup>㉙</sup>嗔<sup>㉚</sup>。

**[注释]**

①三月三日：为上巳节，唐代长安士女多于此日到城南曲江游玩踏青。②态浓：姿态浓艳。③意远：神情高雅。④淑且真：娴静端庄。⑤肌理细腻：皮肤细嫩光滑。⑥骨肉匀：身材匀称适中。⑦翠微：青翠色。⑧匐叶：一种首饰。⑨鬓唇：鬓边。⑩腰衱：裙带。⑪就中：其中。⑫云幕：宫殿中的云状帷幕。⑬椒房亲：汉代皇后居室，以椒和泥涂壁。后世因称皇后为椒房，皇后家属为椒房亲。⑭翠釜：形容锅的色泽。釜：古代的一种锅。⑮水精：水晶。⑯行：传送。⑰素鳞：白鳞鱼。⑱犀箸：用犀牛角制作的筷子。⑲厌饫：吃腻了。⑳鸾刀：带鸾铃的刀。㉑缕切：细细地切肉。㉒空纷纶：厨师们白白忙乱一番，贵人们吃不下。㉓黄门：宦官。㉔八珍：形容珍美食品之多。㉕宾从：宾客侍从。㉖杂遝：众多杂乱。㉗逡巡：原意为欲进不进，此处是顾盼自得的意思。㉘青鸟：神话中鸟名，西王母的使者。㉙丞相，此处指杨国忠。㉚嗔：发怒。

【译文】

　　三月三日阳春时节空气清新，长安曲江河畔聚集了许多美人。神态凝重，神情高远文静自然，肌肤丰润，胖瘦适中，身材匀称。绫罗衣裳映衬暮春风光，金丝绣的孔雀，银丝刺的麒麟。头上戴的是什么珠宝首饰呢？翡翠玉做的花饰垂挂在两鬓。在她们的背后能看见什么呢？珠宝镶嵌的裙腰多稳当合身。其中有几位都是后妃的亲戚，里面有虢国夫人和秦国夫人。翡翠蒸锅端出香喷喷的紫驼峰，水晶圆盘送来肥美的白鱼。她们拿着犀角筷子久久不动，厨师们快刀细切空忙了一场。宦官骑马飞驰不敢扬起灰尘，御厨络绎不绝送来山珍海味。笙箫鼓乐缠绵婉转感动鬼神，宾客侍从满座都是达官贵人。有一个骑马的官人是何等骄横，车前下马从绣毯上走进帐门。白雪似的杨花飘落覆盖浮萍，青鸟飞去衔起地上的红丝帕。杨家气焰很高，权势无与伦比，切勿近前以免丞相发怒斥人！

 【赏析】

　　这首诗创作于唐朝天宝十二年（753 年），正值杨贵妃和她的家人受到唐玄宗宠爱的时候。诗中描述了杨氏兄妹在曲江春游时的奢华生活和他们因受宠而骄傲自大的态度，揭示了封建统治阶级的荒淫无度和政治上的黑暗。

　　整首诗采用了民间歌曲中常见的夸张和叙述手法，十分含蓄。

# 哀江头

杜　甫

少陵①野老吞声哭②，春日潜行③曲江曲④。
江头宫殿锁千门，细柳新蒲为谁绿⑤。
忆昔霓旌⑥下南苑⑦，苑中万物生颜色⑧。

昭阳殿里第一人⑨，同辇⑩随君侍君侧。

辇前才人⑪带弓箭，白马嚼啮⑫黄金勒⑬。

翻身向天仰射云⑭，一箭正坠双飞翼⑮。

明眸皓齿今何在？血污游魂⑯归不得。

清渭东流剑阁深，去住彼此⑰无消息。

人生有情泪沾臆，江水江花岂终极⑱！

黄昏胡骑⑲尘满城，欲往城南望城北⑳。

**【注释】**

①少陵：杜甫祖籍长安杜陵。②吞声哭：哭时不敢出声。③潜行：因在叛军管辖之下，只好偷偷地走到此处。④曲江曲：曲江的隐曲角落之处。⑤为谁绿：意思是国家破亡，连草木都失去了故主。⑥霓旌：云霓般的彩旗，此处指天子之旗。⑦南苑：曲江东南的芙蓉苑。⑧生颜色：万物生辉。⑨第一人：最得宠的人。⑩辇：皇帝乘坐的车子。古代君臣不同辇，此句指杨贵妃的受宠超出常规。⑪才人：宫中的女官。⑫嚼啮：咬。⑬黄金勒：用黄金做的衔勒。⑭仰射云：仰射云间飞鸟。⑮正坠双飞翼：亦暗寓唐玄宗和杨贵妃的马嵬驿之变。⑯血污游魂：杨贵妃缢死马嵬驿。⑰去住彼此：此处指唐玄宗、杨贵妃。⑱终极：犹穷尽。⑲胡骑：叛军的骑兵。⑳望城北：走向城北。北方口语，说向为望。

**【译文】**

祖居少陵的野老（杜甫自称）无声地痛哭，春天偷偷地来到了曲江边。江岸的宫殿千门闭锁，细细的柳丝和新生的水蒲为谁而绿？回忆当初皇帝的彩旗仪仗下了南苑，苑里的万物都生出光辉。昭阳殿里的第一美人也同车出游，随侍在皇帝身旁。车前的宫中女官带着弓箭，白马套着带嚼子的黄金马笼头。翻身朝天上的云层射去，一笑之间双飞的一对鸟儿便坠落在地。

杨贵妃明亮的眼睛和洁白的牙齿在哪里呢？鲜血玷污了她的游魂，再也不能归来！清清的渭水向东流去，而玄宗所在的剑阁是那么远。离开的和留下的彼此没有消息。人生有情，泪水沾湿了胸前，江水的流淌和江花的开放哪里会有尽头呢？黄昏时，胡骑扬起满城的尘土，我想去城南，却走向城北。

 **[赏析]**

　　这首诗是诗人被安史叛军俘虏到长安期间创作的。诗中描述了诗人在曲江的潜行经历以及他在抚事伤怀时的感受。诗人回忆了江头宫殿过去的繁华，皇帝和妃子们的游乐欢快，也描绘了现在的曲江的荒凉和冷清。通过将过去和现在进行对比，表达了他对国家衰败的深深感慨和悲愤之情。整首诗的意境悲伤凄凉，如同哭泣一般，令人感动。

# 哀王孙

杜　甫

长安城头头白乌①，夜飞延秋门②上呼。
又向人家啄大屋，屋底达官走避胡。
金鞭断折③九马④死，骨肉不得同驰驱。
腰下宝玦⑤青珊瑚，可怜王孙泣路隅⑥！
问之不肯道姓名，但道困苦乞为奴。
已经百日窜荆棘，身上无有完肌肤。
高帝子孙⑦尽隆准⑧，龙种自与常人殊。
豺狼在邑⑨龙在野⑩，王孙善保千金躯。
不敢长语临交衢⑪，且为王孙立斯须⑫。
昨夜东风吹血腥⑬，东来橐驼满旧都。

朔方健儿好身手，昔何勇锐今何愚？

窃闻天子已传位，圣德北服南单于。

花门⑭劈面请雪耻，慎勿出口他人狙⑮!

哀哉王孙慎勿疏，五陵⑯佳气⑰无时无⑱!

## [注释]

①白头乌：白头乌鸦，被看成一种不祥之物。②延秋门：唐宫苑西门，唐玄宗曾由此出逃。③金鞭断折：唐玄宗以金鞭鞭马快跑而金鞭断折。④九马：皇帝御马。⑤宝玦：玉佩。⑥隅：角落。⑦高帝子孙：汉高祖刘邦的子孙。⑧隆准：高鼻。⑨豺狼在邑：安禄山占据长安。邑：京城。⑩龙在野：唐玄宗奔逃至蜀地。⑪临交衢：靠近交通要道。衢，大路。⑫斯须：一会儿的意思。⑬东风吹血腥：安史叛军到处屠杀。⑭花门：回纥。⑮狙，此处指伺察，窥伺。⑯五陵：五帝陵。⑰佳气：兴旺之气。⑱无时无：时时都会存在。

## [译文]

长安城头，伫立着一只白头乌鸦，暮色降临了，还飞进延秋门上哇哇叫。这怪物，又向官邸啄个不停，吓得达官们为避胡人逃离了家。唐玄宗出奔，折断金鞭又累死九马，皇亲国戚，来不及和他一同驱驾。有个少年，腰间佩带玉玦和珊瑚，可怜呵，他在路旁哭得嗓子嘶哑！千问万问，总不肯说出自己的姓名，只说生活困苦，求人收他做奴仆！已经有一百多天，逃窜于荆棘丛下，身上无完肤，遍体是裂痕和伤疤。凡是高帝子孙，大多是鼻梁高直，龙种与布衣相比，自然显得高雅。豺狼在城称帝，龙种却流落荒野，王孙呵，你一定要珍重自己的身体！在十字路口，不敢与你长时交谈，只能站立片刻，交待你重要的话。昨天夜里，东风吹来阵阵血腥味，长安东边，来了很多骆驼和车马。北方军队，一贯是交战的好手，往日勇猛，如今何以就流水落花？私下听说，皇上已把皇位传给太子，南单于派使臣拜服，圣德安定天下。他们个个割面，请求雪耻上前线，你要守口如瓶，以防被暗探缉拿。多可怜的王孙，你万万不要疏忽，五陵之气葱郁，大唐中兴有望呀！

**[赏析]**

　　这是一首哀悼战乱中的王子皇孙的叙事诗。在安史之乱中，唐玄宗逃往四川，长安陷入混乱。安禄山的部下杀害了数百名皇室成员，王子皇孙四处躲藏，处境非常艰难。诗人通过听闻和目睹这些悲惨场景，写下了这首诗，反映了当时真实的历史事件。

　　诗人对王子皇孙的不幸命运表达了深深的同情，同时鼓励他们要坚强地生活，相信国家的复兴就在眼前。这首诗表达了诗人渴望国家和平统一的愿望，情感真挚，令人感动。

148/

# 五言律诗　八十首

导读

　　唐玄宗李隆基是陇西成纪（今甘肃秦安）人，是睿宗的第三子。李隆基于景云三年（712年）即位，他励精图治，国力昌盛，历史上称这个时期为"开元盛世"。后来唐玄宗厌倦了国事，错用奸臣，后发生了"安史之乱"。至德元年（756年），太子李亨即位，李隆基成了太上皇。上元二年(761年)李隆基病逝。被后世称为"唐明皇"，庙号"玄宗"。唐玄宗多才多艺，通晓音乐，擅长书法，工诗能文。

## 经鲁祭孔子<sup>①</sup>而叹之

李隆基

夫子何为者，栖栖<sup>②</sup>一代中。

地犹鄹<sup>③</sup>氏邑，宅即鲁王宫。

叹凤嗟身否<sup>④</sup>，伤麟<sup>⑤</sup>怨道穷。

今看两楹<sup>⑥</sup>奠<sup>⑦</sup>，当与梦时同。

【注释】

　　① 经鲁祭孔子：开元十三年( 725 年 )，唐玄宗到泰山祭天,途经孔子宅,派出使者祭孔子墓。鲁：今山东曲阜，为春秋时鲁国都城。② 栖栖：忙碌不安的样子，形容孔子奔走四方，无处安身。③ 鄹：春秋时鲁地，在今山东曲阜东南。④ 否：不通畅，不顺。身否：生不逢时。⑤ 麟：瑞兽，象征

太平盛世。⑥ 两楹：殿堂的中间。楹：堂前直柱。⑦ 奠：祭奠。

【译文】

　　孔老夫子一生奔波，究竟有何所求？忙忙碌碌周游列国，疾恶鄙陋世俗。先圣诞生于鄹氏邑，后来迁居曲阜。这宅院鲁王原想毁它，用来扩建宫殿。孔子曾经叹息凤凰不至、生不逢时，见麒麟时他伤心哭泣说："我已穷途末路！"而今到此，瞻仰两楹间对他的祭奠，与他当年所梦见的并无不同。

【赏析】

　　这是一首唐玄宗李隆基在封禅泰山之后祭拜孔子时的感怀之作。诗人以深沉的情感，表达了对孔子生平的敬仰和对其不幸遭遇的同情。尽管鲁迅批评这首诗为"恶诗"，但我们不能否认这首诗所传达的思想和情感。它展现了政治家唐玄宗对先贤的同情和理解，这种情感是感人至深的。

# 望月怀远①

张九龄

　　海上生明月，天涯②共此时。
　　情人怨遥夜，竟夕起相思。
　　灭烛怜③光满，披衣觉露滋④。
　　不堪盈手⑤赠，还寝梦佳期。

【注释】

　　① 怀远：思念远方亲人。② 天涯：天边，远方。③ 怜：爱，怜爱。④ 滋：生，滋生。⑤ 盈手：双手捧。

【译文】

　　海上升起一轮明月，此时此刻，明月照着我也照着远方的亲人。天各

一方的有情之人怨恨月夜的漫长，彻夜难眠，苦苦思念彼此。熄灭蜡烛，怜惜月光洒满房间。穿上衣服，感觉到露水沾湿了衣裳。无法将这满手的月光送给你。还是回去睡觉吧，希望在梦中与你相聚！

**[赏析]**

　　以"望月怀远"为题，第一联描绘了仰望明亮的月亮，第二联则表达了思念远方的人。这两联相互交织，情景交融，形成了一种缠绵悱恻的氛围。

**导读**

　　王勃（650—676），字子安，绛州龙门（今山西河津）人，与杨炯、卢照邻、骆宾王并称为"王杨卢骆""初唐四杰"。代表作有《送杜少府之任蜀州》《江亭夜月送别》《别薛华》《郊兴》等。

# 送杜少府之任蜀州

王 勃

城阙①辅②三秦③，风烟望五津④。
与君离别意，同是宦游人。
海内存知己，天涯若比邻。
无为在歧路⑤，儿女共沾巾。

**[注释]**

　　①城阙：唐朝都城长安。②辅：护卫，护持。③三秦，指代今天的陕西地区。④津：河道渡口。⑤歧路：分别的路上。

**[译文]**

　　三秦大地拱卫着都城长安，遥望蜀州五津，眼前是一片烟雾茫茫的景象。我们两个同是远离家乡的宦游人，分别的时候更加感到彼此之间真挚的友谊。人世间只要心灵相通、志同道合，即使远在天涯，也像近在咫尺一般。不要在彼此分手的路口悲伤痛哭，像多情的男女那样使得泪水沾湿了衣衫。

【赏析】

《送杜少府之任蜀州》是唐代诗人王勃创作的一首五言律诗。这首诗以送别为题材，表达了作者对友人的不舍之情，同时也抒发了作者对友谊的珍视和对人生道路的思考。其中，"海内存知己，天涯若比邻"是这首诗的名句，道出了友谊的真谛，成为千古传颂的佳句。

**导读** 骆宾王（627—684），字观光，婺州义乌（今浙江）人，与王勃、杨炯、卢照邻合称"初唐四杰"。代表作有《于易水送人》《骆宾王文集》等。

# 在狱咏蝉

骆宾王

西陆①蝉声唱，南冠②客思侵。

那堪玄鬓③影，来对《白头吟》④。

露重⑤飞难进⑥，风多响易沉⑦。

无人信高洁⑧，谁为表予心？

【注释】

①西陆：秋天。②南冠：楚冠，此处是囚徒的意思。③玄鬓：蝉的黑色翅膀，此处比喻自己正当盛年。④《白头吟》：乐府曲名。⑤露重：秋露浓重。⑥飞难进：是说蝉飞不快。⑦沉：沉没，掩盖。⑧高洁：清高洁白。古人认为蝉栖高饮露，是高洁之物。作者因以自喻。

【译文】

深秋季节西墙外寒蝉不停地鸣唱，蝉声把我这囚徒的愁绪带到远方。怎能忍受正当盛年的好时光，独自吟诵《白头吟》这么哀怨的民歌。露重翅薄欲飞不能，世态多么炎凉，风多风大声响易沉，难保自身芬芳。无人知道我像秋蝉般的清廉高洁，有谁能为我表白冰清玉洁的衷肠？

【赏析】

这首诗是一首咏物诗，诗人通过对蝉的描绘，表达了自己对于世道艰险、高洁受冤的深切感慨。据悉，此诗作于诗人蒙难之时，可见诗人对于自身境遇的悲愤和不平之情深深倾注其中。

这首诗采用了比兴的手法，言辞简练，却意蕴深厚，极富感染力，展现了诗人的才华和学识。

**导读**

杜审言（约645—708），字必简，祖籍湖北襄阳（今湖北襄阳），后来又迁至巩县（今河南境内）。"诗圣"杜甫的祖父。唐咸亨元年（670年），他擢进士第，后任隰城尉、洛阳丞。圣历元年（698年），他被贬为吉州司户参军，后来又被武后召回，成了著作佐郎。神龙元年（705年），他因依附张易之被流放，但第二年任国子监主簿，修文馆直学士。他曾与苏味道、崔融、李峤并称"文章四友"。

# 和<sup>①</sup>晋陵<sup>②</sup>陆丞早春游望

杜审言

独有宦游人<sup>③</sup>，偏惊物候<sup>④</sup>新。

云霞出海曙，梅柳渡江春。

淑气<sup>⑤</sup>催黄鸟，晴光转绿蘋<sup>⑥</sup>。

忽闻歌古调<sup>⑦</sup>，归思欲沾巾<sup>⑧</sup>。

**[注释]**

① 和：用诗应答。② 晋陵：今江苏常州。③ 宦游人：离家做官的人。④ 物候：自然界的气象和季节的景物变化。⑤ 淑气：暖和、舒适的天气。⑥ 绿蘋：水中绿色的水草。⑦ 古调：陆丞写的诗，即题目中的《早春游望》。⑧ 巾：同"襟"。

**[译文]**

只有远离故里外出做官的人，才对自然物候的更新特别敏感。海上云霞灿烂，旭日即将东升，江南梅红柳绿，江北却才回春。和暖的春气催促着黄莺歌唱，晴朗的阳光下水草颜色转深。忽然听到你歌吟古朴的曲调，勾起归思情怀令人落泪沾襟。

**[赏析]**

这首诗通过对江南早春景色的描绘，展现了诗人对家乡的深切思念。在艺术表现上，诗人运用丰富的修辞手法，营造出优美的意境，令人陶醉。同时，诗中还蕴含着诗人宦游他乡的感慨，使之作为一首抒情佳作，传颂千古。

**导读**　沈佺期（约656—713），字云卿，相州内黄（今属河南）人。诗与宋之问齐名，多应制之作。

# 杂 诗

沈佺期

闻道<sup>①</sup>黄龙戍<sup>②</sup>，频年<sup>③</sup>不解兵<sup>④</sup>。

可怜闺里月，长在汉家营。

少妇今春<sup>⑤</sup>意，良人<sup>⑥</sup>昨夜<sup>⑦</sup>情。

谁能将<sup>⑧</sup>旗鼓<sup>⑨</sup>，一为取龙城<sup>⑩</sup>？

**[注释]**

①闻道：听说。②黄龙戍：黄龙，也就是今辽宁开原西北，是唐朝边防要地。③频年：多年。④解兵：撤兵。⑤今春：今年，此处指年年，与"频年"照应。⑥良人：古代妻子对丈夫的称呼。⑦昨夜，此处指夜夜。⑧将：率领。⑨旗鼓：旗和鼓，军中表示号令之务。此处指代军队。⑩龙城：匈奴祭天的地方，在今蒙古国境内。

**[译文]**

早就听说黄龙城有战争，连续多年不见双方撤兵。可怜闺中少妇独自看月，她们的思念之心长在汉营。今晚少妇的相思情意，正是昨夜征夫的想家之情。何时高举战旗擂鼓进军？但愿一鼓作气夺取龙城。

**[赏析]**

这首诗以边疆戍守为背景，通过描绘士兵的生活和思乡之情，表达了诗人对战争的深深忧虑，以及对和平的热切期盼。诗人的情感表达得十分深沉，使人感受到了他对和平的深深向往。

导读

宋之问（656—712），一名少连，字延清，汾州（今山西汾阳）人，与沈佺期并称"沈宋"。代表作有《度大庾岭》《渡汉江》《息夫人》《夏日仙萼亭应制》等。

# 题大庾岭①北驿②

宋之问

阳月③南飞雁，传闻④至此回。

我行殊未已⑤，何日复归来？

江静潮初落，林昏瘴⑥不开。

明朝望乡处⑦，应见陇头梅⑧。

**[注释]**

①大庾岭：五岭之一，在今江西大庾。②北驿：大庾岭北面的驿站。③阳月：阴历十月。④传闻：传说，听说。⑤殊未已：远远没有停止。殊：还。⑥瘴：南方湿热气候下山林中一种对人有害的毒气。⑦望乡处：站在大庾岭处远望自己故乡。⑧陇头梅：大庾岭地处南方，气候和暖，故十月即可见梅，旧时红白梅夹道，故有"梅岭"之称。陇头，即"岭头"。陇，山陇。

**[译文]**

十月份，南飞的大雁，听说到这就往回飞。我的行程远没停止，不知道什么时候才能回来？潮水刚刚退去，江面非常平静，山林内昏暗，瘴气浓重，还没有散开。明天早晨我登高眺望故乡，应该能看到岭头初绽的梅花。

**[赏析]**

这首诗以优美的笔触描绘了诗人在旅途中的所见所感，通过对环境的描绘和对心情的抒发，展现了诗人内心的孤独、迷茫和思念。全诗情感真挚，意境优美，给人留下了深刻的印象。

**导读** 王湾（生卒年不详），洛阳（今河南洛阳）人。代表作有《次北固山下》《奉使登终南山》《奉和贺监林月清酌》等。

# 次①北固山②下

王 湾

客路青山外，行舟绿水前。
潮平两岸阔，风正③一帆④悬。
海日生残夜，江春入旧年。
乡书⑤何处达？归雁洛阳边。

**[注释]**

①次：休息，住宿。此处指泊船。②北固山：地名，在今江苏镇江境内。③风正：大风正对着船帆吹。④一帆：孤舟。⑤乡书：家书，家信。

**[译文]**

一条蜿蜒曲折的小路出现在青山脚下，山前的绿水上有一只小船漂荡。潮水上涨后，和江岸持平，一眼望去视野开阔，长风猎猎，船帆高悬。残夜还未完全过去，江上的红日就已经升上了天空；旧岁还未过完，便早已感受到浓浓的春意了。已经书写好的家信如何才能寄回家乡呢？看来只有托往北飞的大雁带到洛阳去了。

**[赏析]**

这首诗是作者在游历吴、楚时，途中船只停泊在北固山下所创作的。诗中描绘了作者在北固山下所见的美景，表达了诗人对家乡的思念之情。这首五言律诗将写景、议论和抒情融为一体，协调而幽美，充满了美妙的趣味。情感表达积极向上，尽管末尾提到了乡愁，但只是略微提及，全诗对仗工整且富有灵动之感。

# 题破山寺①后禅院

常 建

清晨入古寺②，初日③照④高林⑤。

曲径通幽处，禅房花木深。

山光悦鸟性⑥，潭影空人心⑦。

万籁⑧此都寂，但余钟磬音。

**[注释]**

①破山寺：古寺名，即兴福寺，在今江苏常熟一带。②古寺：破山寺。③初日：清晨的太阳。④照：照射，照耀。⑤高林：高大的树林。⑥悦鸟性：使鸟儿欢悦。⑦空人心：使人心充满空明洁净的感觉。⑧万籁：周围的各种声音。籁，从孔穴内部发出的声响。

**[译文]**

清晨就进入了这座古老的寺院中，朝阳初升，光芒映照着山间的树林。竹林中弯弯曲曲的小路，通向清幽的处所，远处的禅房隐没在花木深处。山光明媚灿烂，使飞鸟欢悦跳动；潭水清澈，令人们爽神静心。突然间一切声响全部沉寂下来，只有那寺庙的钟磬余音在空中悠悠地回荡着。

**[赏析]**

这是唐代诗人常建的一首五言律诗。这首诗以游览破山寺为主线，通过对寺庙周围景色的描绘，展现了诗人对自然的热爱和对隐逸生活的向往。

开篇，诗人以清晨的阳光和鸟鸣声为背景，引导读者进入古寺。接着，诗人通过描绘高耸的林木，营造出一种宁静的氛围。在踏入禅房的过程中，诗人感受到了寺院钟声带来的心灵净化。

整首诗情感深沉，语言质朴。诗人通过对山水的赞美，表达了他对大自然的热爱和对隐逸生活的向往。同时，也反映出他在官场上的失意和对

现实的不满。这种情感与景色的交融，使得诗歌具有很高的艺术价值。

常建在唐朝时期仅担任过盱眙县尉一职，尽管才华横溢，却始终无法在官场上施展抱负。因此，他选择了寄情山水，投身佛门，以寻求心灵的慰藉。这首诗正反映出他的这种心境，让我们感受到诗人对浑浊尘世的无奈和对美好生活的渴望。

# 寄左省①杜拾遗②

岑 参

联步趋丹陛③，分曹④限⑤紫微⑥。
晓随天仗⑦入，暮惹⑧御香⑨归。
白发悲花落，青云羡鸟飞⑩。
圣朝无阙事⑪，自⑫觉谏书⑬稀。

**[注释]**

①左省：门下省，居左署，故称"左省"。②杜拾遗：杜甫，曾担任左拾遗。③丹陛：皇宫的红色台阶，借指朝廷。④曹：官署。⑤限：阻隔，引申为分隔。⑥紫微：古人以紫微星比喻皇帝居处，此处指朝会时皇帝所居的宣政殿。⑦天仗：仙仗，皇家的仪仗。⑧惹：沾染。⑨御香：朝会时殿中设炉燃香。⑩鸟飞，喻指那些飞黄腾达者。⑪阙事：缺点，过错。⑫自：当然。⑬谏书：劝谏的奏章。

**[译文]**

上朝时齐步同登红色台阶，分署办公又和你相隔紫微。早晨跟着天子的仪仗入朝，晚上身染御炉的香气回归。满头白发悲叹春花凋落，遥望青云万里美慕鸟高飞。圣明的朝堂大概没有错事，规谏皇帝的奏章日渐稀疏。

[赏析]

这首诗创作于唐肃宗乾元元年（758年）。诗人与杜甫是好友，两人在朝中担任职务。诗人表达了对友情的珍视和对共同理想的追求，同时也揭示了当时政治环境的黑暗和腐化。他以独特的艺术手法，传达了对于现实的不满和对未来的期待。

# 赠孟浩然

李　白

吾爱孟夫子①，风流②天下闻。
红颜③弃轩冕④，白首卧松云⑤。
醉月频中圣⑥，迷花不事君。
高山安可仰，徒此揖清芬。

[注释]

① 孟夫子：唐代诗人孟浩然。② 风流：古代为赞美词语，形容有才学，风度潇洒。③ 红颜：孟浩然青壮年时期。④ 轩冕：古时官员的车乘和冕服。⑤ 卧松云：比喻隐居避世。⑥ 圣：此处有一则典故，三国时期，曹魏的徐邈喜欢饮酒，他将清酒称为"圣人"，将浊酒称为"贤人"。

[译文]

我非常仰慕孟夫子，他风流高雅，闻名天下。年轻时候的他就厌倦了那些功名富贵，等到年老的时候就归隐在深山之中与白云为伴。仰望着明月畅饮美酒，常常沉醉其中。迷恋自然之中的花草，不去做侍奉君王的事。他的品行好像巍巍高山一样挺立，我自愧不如，只能在此拱手致意，以表达对他高洁品格的敬慕之情。

160/

[赏析]

这首诗以简练的语言展现了孟浩然独特的气质，描绘出他超凡脱俗的形象，栩栩如生。诗的开头和结尾都充满了深情，深刻地表达了对孟浩然的敬仰和喜爱。整首诗如行云流水般流畅，情感真挚自然。

# 渡荆门<sup>①</sup>送别

李　白

　　渡远荆门外，来从楚国<sup>②</sup>游。
　　山随平野尽，江入大荒<sup>③</sup>流。
　　月下飞天镜<sup>④</sup>，云生结海楼<sup>⑤</sup>。
　　仍怜<sup>⑥</sup>故乡水<sup>⑦</sup>，万里送行舟。

[注释]

　　①荆门：山名，即荆门山，在今湖北宜都境内。②楚国：古代称为楚地，大致指今天的湖北一带。③大荒：原野广阔。④天镜：比喻明月。⑤海楼：海市蜃（shèn）楼，这是形容江上云霞的美丽景象。⑥怜：怜爱。⑦故乡水：从诗人的故乡四川流来的江水。

[译文]

　　我从遥远的荆门山顺着江流而下，前往楚地游览。四周的山岭随着平原的逐步展开而渐渐消失，但见滚滚的江水在辽阔的原野上汹涌地奔流不息。江水中的月影，好比那天上飞来的明镜一般，抬头观望，空中美丽多姿的云彩，又幻化成绮丽的海市蜃楼。我仍然无比珍爱这来自故乡的江水，万里的路途，它默默地送我的船儿前行。

[赏析]

　　这首五言律诗以其雄壮的风格和广阔的视野吸引了人们的注意，描绘了一幅生动的画面。其中，"山随平野尽，江入大荒流"这两句诗，将江流穿越荆门山的壮丽景象描绘得如诗如画，成为流传千古的经典名句。在诗的最后，作者通过对江水的拟人化描绘，使得景物中蕴含了深厚的情感，让人回味无穷。

# 送友人

李　白

青山横北郭①，白水绕东城。

此地一为别，孤蓬万里征。

浮云游子意，落日故人情。

挥手自兹②去，萧萧③班马④鸣。

## [注释]

①郭：古时在城外修筑的墙。②自兹：自此以后，从此。③萧萧：马儿嘶鸣的声音。④班马：离群的马儿。

## [译文]

巍巍的青山在北城外矗立着，明亮干净的水流将东城环绕。今天你和我在这里分别，很快你就会像那孤零的蓬草一样飘荡万里。游子如浮云一样行踪不定，夕阳徐徐落下，似乎有挽留之意。彼此挥手告别，从此天各一方，身边的马儿也因为离别而发出难舍的嘶鸣声。

## [赏析]

这是一首送别诗，描述了作者与友人告别的场景。诗中的语句重现了告别时的感人瞬间，充满了深厚的感情。这首五言律诗以开阔的视野和豪放的风格，生动地描绘了离别的情感，在大自然的美景中融入了作者的不

舍之情。诗的节奏清晰流畅，情感热烈真诚，直接而积极，没有丝毫的悲伤气氛，展现了其独特的魅力。

# 听蜀僧濬弹琴

李　白

蜀僧抱绿绮①，西下峨嵋峰。
为我一挥手②，如听万壑松。
客心洗流水③，余响入霜钟。
不觉碧山暮，秋云④暗几重⑤。

**[注释]**

①绿绮：一种琴名。②挥手：弹琴。③流水：形容音乐带给人的感受。④秋云：秋季天上的云彩。⑤暗几重：形容光线更加昏暗了。

**[译文]**

蜀地的僧人抱着名琴绿绮弹奏着，他来自西面的峨嵋峰。感谢他用心地为我弹奏一曲清音，琴声中仿佛听到万山峰峦中松涛澎湃地响动。我内心的情怀被这高山流水的音调清洗了一番，袅袅的余音中还有秋天霜钟的声响融入。

**[赏析]**

这首诗描绘了作者聆听琴声的体验，强调了个人对琴声的感受。琴声悠扬悦耳，如同万壑松声和高山流水，让聆听者的心灵得到净化，沉醉其中。通过琴声，作者表达了自己高雅的品味和情趣，同时也展示了其精湛的写作技巧和对典故的熟练运用。整首诗结构紧凑，一气呵成，没有丝毫雕琢的痕迹。

# 夜泊牛渚①怀古

李 白

牛渚西江②夜，青天无片云。

登舟望秋月，空忆谢将军③。

余亦能高咏，斯人④不可闻。

明朝挂帆⑤席，枫叶落纷纷。

**[注释]**

①牛渚：山川名，在今安徽当涂西北一带。②西江，指代从南京至江西这一段流域内的长江，牛渚就在这段江面上。③谢将军：东晋谢尚，曾担任过镇西将军。他在牛渚驻扎的时候，经常荡舟赏月。④斯人：这个人，此处指代谢尚。⑤挂帆：挂起船帆，指代乘船。

**[译文]**

秋夜时分漫游长江，在牛渚山这里停靠下来，夜空澄净没有一丝浮云。上船仰望夜空中那轮明亮的秋月，不由得怀念起当年的谢尚将军。我虽然还可以高歌吟唱，但是再也遇不到当年的谢将军了。天亮的时候我将乘船离开牛渚，想必那一刻，这里唯余满天的枫叶纷纷扬扬地洒落在江面上。

**[赏析]**

这首诗表达了对晋代袁宏被谢尚赏识的怀念，同时也感叹自己虽有才华却无法得到赏识，因此产生了深深的感慨。诗的主题明确而简单，没有复杂的内涵，却有一种引人入胜的魅力。整首诗不受格律的限制，不用对仗，语言自然清新，形成了一种潇洒自然、自我欣赏的意境。

# 春　望

杜　甫

国①破②山河在③，城④春草木深⑤。
感时⑥花溅泪⑦，恨别⑧鸟惊心。
烽火⑨连三月⑩，家书抵⑪万金。
白头⑫搔⑬更短，浑⑭欲⑮不胜⑯簪⑰。

**[注释]**

　　① 国：国都，此处指长安（今陕西西安）。② 破：陷落。③ 山河在：山河依旧。④ 城：长安城。⑤ 草木深：草木茂盛。⑥ 感时：为国家的时局而感伤。⑦ 溅泪：流泪。⑧ 恨别：怅恨离别。⑨ 烽火：古时边防报警的烟火，此处指安史之乱的战火。⑩ 三月：正月、二月、三月。⑪ 抵：值，相当。⑫ 白头，此处指白头发。⑬ 搔：用手指轻轻地挠。⑭ 浑：简直。⑮ 欲：想要，就要。⑯ 不胜：经受不住，不能。⑰ 簪：一种束发的首饰。古代男子蓄长发，成年后束发于头顶，用簪子横插住，以免散开。

**[译文]**

　　长安沦陷，国家破碎，只有山河依旧。春天来了，人烟稀少的长安城里草木茂密。感伤于国事，我不禁涕泪四溅，鸟鸣惊心，徒增离愁别恨。连绵的战火已经延续到了现在，家书难得，一封抵得上万两黄金。愁绪缠绕，挠头思考，白发越挠越短，简直插不了簪子。

**[赏析]**

　　这首诗是诗人在安史之乱期间，被困在长安城的第二年春天创作的。诗中描绘了战争中山河破碎和荒凉的景象，反映了诗人在战争中的忧虑和痛苦。同时，也表达了他对国家、家乡深深的热爱和思念之情。这首诗的意境充满了悲伤和哀愁，深深地打动了人们的心。

# 月 夜

杜 甫

今夜鄜州①月，闺中②只独看。

遥怜小儿女，未解③忆长安。

香雾云鬟湿，清辉④玉臂寒。

何时倚虚幌⑤，双照泪痕干？

【注 释】

①鄜州：古地名，即今陕西富县。②闺中，此处借指妻子。③未解：不明白，不懂。④清辉：皎洁的月光。⑤虚幌：薄薄的帷幔。

【译 文】

今夜皎洁的月色和家乡鄜州的同样明亮，家中只有妻子一个人在静静地观赏。身处异乡的我思念那几个乖巧的幼小儿女，他们还不能够明白母亲为什么会思念长安。蒙蒙的雾气，也许会沾湿了妻子头上的鬟发；冷冷的月光，或许会照着妻子的玉臂吧！什么时候可以和你温馨地相互依偎在薄薄的帷幔前，让明亮的月光将你我脸上的泪水照干啊？

【赏 析】

这首诗创作于安史之乱时期，当时叛军攻占了长安，作者在唐肃宗至德元年（756年）的秋天被叛军俘虏并带到了长安。在这首诗中，作者通过表达对故乡的思念，传达了自己的情感。这首诗的语言简洁而富有力量，结构严谨，想象力丰富，笔触真挚动人，情感深沉而诚挚。作者通过对比和设问等修辞手法巧妙地构思了这首诗。虽然这首诗是通过望月来表达分离的情感，但它也揭示了现实社会的状况以及作者内心无限的忧虑。

# 春宿<sup>①</sup>左省<sup>②</sup>

杜 甫

花隐掖垣<sup>③</sup>暮，啾啾栖鸟过。

星临万户动，月傍九霄多。

不寝听金钥<sup>④</sup>，因风想玉珂<sup>⑤</sup>。

明朝有封事<sup>⑥</sup>，数问夜如何？

【注释】

①宿，此处指值夜。②左省：左拾遗所属的门下省，和中书省同为掌机要的中央政府机构，因在殿庑之东，故称"左省"。③掖垣：门下省和中书省位于宫墙的两边，像人的两腋。④金钥：金锁。⑤珂：马铃。⑥封事：臣下上书奏事，用黑色袋子密封，因此称"封事"。

【译文】

左偏殿矮墙遮隐在花丛中，夜幕降临，一群群投宿的鸟儿鸣叫着飞过。星临宫中，千门万户似乎在闪烁，靠近天庭，所得的月光应该更多。晚上我不敢睡觉，听到宫门开启的锁，晚风飒飒，我想起上朝时马铃的声音。明天早晨上朝，还有重要的大事要做，心里非常不安，多次探问：现在是什么时候了？

【赏析】

这首诗是杜甫在唐肃宗乾元元年（758年）担任左拾遗时，在长安所作。描绘了他在春夜值班时的所见所思。这首诗以其深沉的情感和细腻的描绘，展现了一幅宫廷生活画卷。诗人以其敏锐的观察力和深厚的情感，描绘了春夜的美景，表达了诗人对职责的敬畏和对国家的忠诚。

# 至德二载甫自京金光门出间道归凤翔乾元初从左拾遗移华州掾与亲故别因出此门有悲往事

杜 甫

此道①昔归顺②，西郊胡③正繁。

至今残破胆④，应有未招魂⑤。

近侍⑥归京邑⑦，移官⑧岂至尊？

无才日衰老，驻马望千门⑨。

## [注释]

① 此道：金光门之路。② 昔归顺，此处指至德二年（757 年）投奔凤翔时，长安西边的胡骑正甚繁乱。归顺，指逃脱叛军归凤翔，投奔唐肃宗。③ 胡：安禄山部队。④ 破胆：丧胆，惊骇。⑤ 未招魂，此处指活人的神魂，叛军占据时，臣民心有余悸，仍然魂不守舍。⑥ 近侍：左拾遗之职。⑦ 京邑：华州，因系畿县，距京城长安不远。⑧ 移官：调动官职，此处指由左拾遗外放为华州司功参军。⑨ 千门，原指宫中的门户，此处借代宫殿，形容其建筑宏伟，门户很多。

## [译文]

当年由金光门这条路去投奔凤翔，长安西郊到处是安史叛军作乱。直到如今想起来，仍叫人心惊胆战，有人依然心有余悸，魂不守舍。我最近拜得左拾遗之职回到了京畿之地，贬我为华州掾，这旨意难道出自至尊？算了吧，我这庸才已逐日衰老，告别长安，驻马回望千门宫殿。

## [赏析]

在安史之乱期间，杜甫曾不幸被叛军俘虏。直到至德二年（757 年），杜甫才从金光门成功逃离长安城，前往凤翔拜见唐肃宗，并被任命为左拾遗。同年十月，长安城被收复后，杜甫随唐肃宗返回京城。然而，乾元元年（758 年），杜甫因上疏替好友房琯求情而获罪，被贬为华州司功参军。上任时，

他再次从金光门离开，回想起当年的艰辛历程和寻找皇帝的情景，杜甫感慨万分，于是创作了这首诗。

这首诗回顾了杜甫当年艰苦逃亡、寻找皇帝的过程，对自己目前的处境感到愤怒和不平，但他只是以婉转的方式表达了这些情感。

## 月夜忆舍弟①

杜 甫

戍鼓断人行，边秋一雁②声。

露从今夜白，月是故乡明。

有弟皆分散，无家问死生。

寄书长③不达，况乃④未休兵。

**[注释]**

① 舍弟：谦辞，对自己弟弟的一种称呼。② 一雁：孤单的大雁，此处比喻兄弟分离。③ 长：一直，总是。④ 况乃：何况，况且。

**[译文]**

戍楼上更鼓敲响，路途上行人断绝，在清冷的边塞秋夜，孤雁的哀鸣声时不时地传到耳中。从今夜起就进入了白露节气，月亮还是故乡的最明亮。自家的兄弟在战乱中都离散不见了，没有地方可以去探问他们的生死。寄给他们的书信长时间不能抵达，何况此时战火还没有停息下来。

**[赏析]**

这首诗是在战争时期，作者在秦州创作的一首怀念弟弟、抒发情感的诗歌。它描绘了在一个月光皎洁的夜晚诗人对故乡和兄弟的深切思念。由于无法得知兄弟们的安全状况，诗人感到忧心忡忡。这首诗不仅表达了诗人对国家大事的关切，更展现了兄弟之间深厚的亲情。

# 天末<sup>①</sup>怀李白

杜 甫

凉风起天末，君子意如何？

鸿雁<sup>②</sup>几时到？江湖秋水多。

文章憎命达，魑魅<sup>③</sup>喜人过。

应共冤魂语，投诗赠汨罗<sup>④</sup>。

【注释】

① 天末：天的边际，文中指代秦州。② 鸿雁：古时对亲朋音信的一种别称。③ 魑魅：山神或山中精怪。④ 汨罗：汨罗江。

【注释】

凉爽的风儿从天边吹来，我的老朋友，你现在的心境是什么样的呢？什么时候鸿雁才能够将你的消息送到这里来？你被放逐后前途充满了凶险。你才华出众但是命途多舛，容易遭人嫉恨，那些山精水怪最喜欢吞食过路的人。你和古代的屈原应该有共同的心声和诉求，不如赋诗一首，投到汨罗江中向他倾诉吧！

【赏析】

这首诗是诗人在秦州怀念李白的作品。诗人对李白因爱国而被陷害的悲惨遭遇深感悲痛和同情，对那些陷害李白的邪恶小人以及丑陋的社会现象表现出极大的愤怒。整首诗充满了真挚的情感，深深地打动了人们的心。

# 奉济驿<sup>①</sup> 重送严公<sup>②</sup> 四韵

杜　甫

远送从此别，青山空复情。

几时杯重把？昨夜月同行。

列郡<sup>③</sup>讴歌惜，三朝<sup>④</sup>出入荣。

江村独归处，寂寞养残生。

【译文】

　　①奉济驿：古地名，在今四川绵阳境内。②严公：严武。唐朝时期官员，曾两任剑南节度使一职。③列郡：东川、西川管辖的地区。④三朝：唐玄宗、肃宗、代宗三位君主当政的时代。

【译文】

　　将你远送到这里就要分别了，人离开之后显得青山更空，平添无数挂念之情。什么时候才能重新相聚在一起开怀畅饮啊？昨夜我们还在月下携手同行。你前后担任过三朝的高官，身居高位荣宠无以复加。分别后我独自一个人返回溪边的草房中，在寂寞、冷清中度过自己的余生。

【赏析】

　　这首诗创作于杜甫与挚友严武即将分别的时刻。严武被任命为剑南节度使时，杜甫成为他的得力助手，严武对杜甫关怀备至，让杜甫深怀感激。如今，严武奉召返回京城，杜甫心中充满了难舍难分的离愁别绪。这首诗结构严谨，语言深沉，情感真挚，在质朴中展现了独特的韵味，于平淡中流露出深深的忧郁。

# 别房太尉①墓

杜 甫

他乡复行役②，驻马别孤坟。

近泪无干土，低空有断云。

对棋③陪谢傅④，把剑觅徐君。

唯见林花落，莺啼送客闻。

**[注释]**

①太尉：唐朝宰相房琯。②复行役：再三地奔波求职。③对棋：下棋。④谢傅，晋代名臣谢安。

**[译文]**

我又要动身前往外地独自漂泊，在太尉坟前下马停留，和他做最后的告别。哀悼的泪水浸湿了坟上的泥土，阴暗的低空中笼罩着淡淡的愁云。先前的时候我和你下棋谈心，就好像是在陪伴潇洒的谢安一样。现在我若是有季子的宝剑，又能够到哪里去寻找我的徐君呢？放眼望去，只见林花纷纷飞落。离去的时候，黄莺凄厉的叫声又传到耳边。

**[赏析]**

这首诗是诗人经过阆州去祭拜他的故友房琯的墓地时创作的。诗人在诗中表达了他对这位故友的深切怀念和对国家命运的忧虑。他与房琯之间的友谊非常深厚，甚至曾为他向皇帝求情而被贬官。这首诗以其委婉的表达和深沉的情感引人入胜，语言充满了深情厚意。

# 旅夜书怀<sup>①</sup>

杜 甫

细草微风岸<sup>②</sup>，危樯<sup>③</sup>独夜舟<sup>④</sup>。

星垂平野阔<sup>⑤</sup>，月涌<sup>⑥</sup>大江<sup>⑦</sup>流。

名<sup>⑧</sup>岂文章著<sup>⑨</sup>？官应老病休<sup>⑩</sup>。

飘飘<sup>⑪</sup>何所似？天地一沙鸥。

## [注释]

① 书怀：书写胸中意绪。② 岸：江岸边。③ 危樯：高高的桅杆。④ 独夜舟：是说自己孤零零一个人夜泊江边。⑤ 星垂平野阔：星空低垂，原野显得格外广阔。⑥ 月涌：月亮倒映，随水波涌动。⑦ 大江，此处指长江。⑧ 名：名声。⑨ 文章著：因文章而著名。⑩ 官应老病休：因为年老多病而被罢官。应：应该是。⑪ 飘飘：飞翔的样子，此处借沙鸥以写人的漂泊，有"飘零""漂泊"的意思。

## [译文]

微风吹拂着江岸的细草，那立着高高桅杆的小船在夜里孤独地停泊着。星星垂在天边，平野显得宽阔；月光随波涌动，大江滚滚东流。我难道是因为文章而著名？年老病多也应该辞官了。自己到处漂泊像什么呢？就像天地间的一只孤零零的沙鸥。

## [赏析]

这首诗是杜甫在离开成都乘船东下的旅途中创作的。诗中描绘了他在停船靠岸时看到的江边夜景，表达了他在年老多病、壮志未酬的情况下，因漂泊不定而产生的痛苦心情。这首诗以宏大的视野和深沉的情感展现了广阔的世界，同时通过含蓄的表达方式，传达了深刻的内涵。

# 登岳阳楼 ①

杜　甫

昔闻洞庭水，今上岳阳楼。

吴楚东南坼，乾坤②日夜浮。

亲朋无一字，老病有孤舟③。

戎马关山北，凭轩涕泗④流。

## [注释]

① 岳阳楼：古代名楼，在今湖南岳阳境内，与洞庭湖相邻。② 乾坤：天和地的别称。③ 老病有孤舟：此句诗的背景是年老病重的杜甫和家人一起乘船出蜀，过着艰辛的漂泊生活。④ 涕泗：眼泪和鼻涕。

## [译文]

很早的时候就听说过洞庭湖的大名，今天终于有幸能够登上这湖边的岳阳楼。当年吴、楚被分隔成东南两个地方，天地日月和星辰在这里昼夜沉浮。我的亲朋好友如今都没有任何的音信，自己又年老多病，乘着孤舟流浪天涯。关山以北的地区战火连天，站在这里凭栏远望，我不由得涕泪交加。

## [赏析]

这首诗描述了岳阳楼的壮丽景色，它位于吴楚两地的交界处，仿佛可以吞云吐日，气势磅礴。诗人在这首诗中表达了他对自己漂泊不定的生活以及对国家大事的忧虑。岳阳楼的壮丽景色与诗人的宽广胸怀完美地融合在一起，形成了一幅宏伟的画面，意境深远。

# 辋川 ① 闲居赠裴秀才 ② 迪

王　维

寒山转③苍翠，秋水日潺湲。

倚杖柴门外，临风听暮蝉。

渡头余落日，墟里④上孤烟。

复值接舆醉，狂歌五柳前。

**【注释】**

① 辋川：河名，在今陕西蓝田境内，诗人一直隐居的地方。② 秀才：古时候对士子的泛称。③ 转：转变。④ 墟里：村庄，村落。

**【译文】**

黄昏时分，山色又变得分外苍翠碧绿。秋季的江水日夜缓缓流动，奔向远方。我拄着木杖，一个人静静地伫立在柴门外，迎着微风，聆听日暮时蝉儿动人的吟唱。落日的余晖从渡口边降了下来，村落里又升起袅袅的炊烟。又遇到裴迪这个像接舆一样的醉酒狂人，在我面前无拘无束地高歌狂吟。

**【赏析】**

这首诗描述了在深秋时分，诗人隐居在山中的生活和心境。诗人将自己比作陶渊明，将裴迪比作接舆，巧妙地将自己的生活与自然风光融合，展现了超脱世俗的志向。

在这首诗中，群山变得翠绿，溪水潺潺流淌，流露出诗人对秋天山水的深深眷恋。诗人手持拐杖，站在柴门前，迎着秋风聆听傍晚的蝉鸣，展现了悠然自得、无拘无束的生活态度。此外，诗人还描绘了渡口夕阳西下、村落炊烟袅袅的景象，生动地勾勒出一幅山村黄昏图。

在诗的结尾部分，诗人与朋友裴迪相逢，共同放声歌唱，展示了他们之间深厚的友谊。这首诗将自然风景、人物活动和情感融为一体，创造出一个物我两忘、情景交融的艺术世界。

# 山居秋暝①

王维

空山新雨后，天气晚来秋。

明月松间照，清泉石上流。

竹喧②归浣女③，莲动下渔舟。

随意春芳歇④，王孙⑤自可留。

【注释】

①暝：傍晚，日暮时分。②喧：喧嚣的声音。③浣女：洗涤衣服的女子。④歇：消失，消散。⑤王孙，原指贵族子弟，后泛指隐居的人。

【译文】

一场新雨过后，山谷里空气清新宜人，在这深秋的傍晚，天气凉爽舒适。向四周望去，皎洁的月光照射到松林中间，潺潺的溪流从石头上面缓缓流过。竹林深处的喧响声是洗衣姑娘归来，莲叶轻摇像是上游荡下的轻舟。春天的芬芳不妨任它消逝，王孙可在这秋天的山中长久隐居。

【赏析】

这首诗描绘了山村的秋天傍晚，月光照着清澈的泉水，竹林在晚风中摇曳，莲花在水面上轻轻舞动，充满了生机与活力。这种景象展现了山居生活的宁静与舒适，让人感受到浓郁的诗情画意。

# 归嵩山①作

王维

清川②带长薄③，车马去④闲闲⑤。

流水如有意，暮禽⑥相与⑦还。

荒城临古渡，落日满秋山。

迢递⑧嵩高⑨下，归来且闭关⑩。

**【注释】**

① 嵩山：五岳之一，在今河南登封境内。② 清川：清澈的河流。③ 薄：草木生长旺盛的地方。④ 去：走动，行走。⑤ 闲闲：悠然自得的样子。⑥ 暮禽：傍晚回巢的鸟儿。⑦ 相与：彼此相伴。⑧ 迢递：形容距离遥远。⑨ 嵩高：嵩山。⑩ 闭关：佛家闭门静修。此处有闭户不与人来往之意。

**【译文】**

清澈的山涧环绕着一片丛生的草木，我驾驶着车马悠闲自得缓缓归去。那潺潺的流水好像对我充满了无限的情意，日暮时分回巢的鸟儿伴着我一同回去。荒凉没有人烟的城池紧紧地靠着古老的渡口，落日的余晖将金色的秋山全部洒满了。在那遥远而又雄伟险峻的嵩山脚下，我关闭院门，谢绝世俗，安静地度过自己的晚年。

**【赏析】**

这首诗描述了诗人辞去官职、回归田园时的心情。

首联表达了诗人离开官场时的平静心情。接下来的四句，诗人描绘了沿途的风景。这些景象都传达了诗人对归隐生活的向往。颈联诗人通过描绘傍晚时分荒野的景象，表达了他内心的起伏波动。尾联诗人明确了自己的归隐之地，并表达了要与世隔绝，不再关心世俗事务的决心。

整首诗结构清晰，展示了诗人从平静到忧伤，再到平静的心境变化，以及他坚定的归隐信念。

# 终南山①

王 维

太乙②近天都③，连山接海隅。

白云回望合，青霭④入看无。

分野中峰变，阴晴众壑⑤殊⑥。

欲投人处⑦宿，隔水问樵夫⑧。

## [注释]

①终南山：山名，又名太乙山，秦岭主峰之一，位置在今陕西西安南部一带，道教圣地之一。②太乙：终南山别名。③天都：文中指代唐朝都城长安。④青霭：颜色清淡的云气。⑤壑：山谷，山沟。⑥殊：不同。⑦人处：有人居住的地方，村落。⑧樵夫：砍柴的人。

## [译文]

终南山高耸入云，靠近都城长安，山势连绵，一直延伸到大海的边缘。轻轻走入白云的深处，回首望去，但见山中的云雾若隐若现，时有时无。终南山雄奇巍峨，险峻的中峰可以将星宿州国分割开来，高山低谷千差万别，阴晴凉热各不相同。我想要在山中找一户人家去投宿，于是隔水询问一位樵夫。

## [赏析]

本诗描绘了诗人在终南山山庄的田园生活中，人们与自然和谐共处，享受宁静与自由的美好时光。这首诗展现了作者对回归自然、追求简单生活的向往和热爱。

# 酬<sup>①</sup> 张少府<sup>②</sup>

王 维

晚年<sup>③</sup>惟好<sup>④</sup>静，万事不关心。
自顾<sup>⑤</sup>无长策<sup>⑥</sup>，空知<sup>⑦</sup>返旧林<sup>⑧</sup>。
松风吹解带<sup>⑨</sup>，山月照弹琴。
君问穷<sup>⑩</sup>通<sup>⑪</sup>理<sup>⑫</sup>，渔歌<sup>⑬</sup>入浦深<sup>⑭</sup>。

**[注释]**

①酬：以诗词酬答。②少府：唐人称县尉为少府。③晚年：年老之时。④好：爱好。⑤自顾：自念，自视。⑥长策：犹良计。⑦空知：只知道。⑧旧林：禽鸟往日栖息之所。此处比喻旧日曾经隐居的园林。⑨解带：表示熟不拘礼，或表示闲适。⑩穷：不得志。⑪通：得志。⑫理：道理。⑬渔歌：隐士的歌。⑭浦深：河岸的深处。

**[译文]**

人到了晚年特别喜好安静，对人间万事都漠不关心。我自知没有高策可以报效国家，只要求归隐家乡的山林。宽衣解带对着松风乘凉，山间的明月高照正好弄弦弹琴。您如果要问得失的道理，请听河岸深处渔民的歌声。

**[赏析]**

本诗是作者晚年的作品，描绘了诗人在晚年享受宁静和舒适的生活，展示了诗人超脱世俗的淡泊心境。这种心境与诗人晚年在安禄山的压力下失去气节以及被治罪并降职的情绪低落有关，同时也受到了佛教思想的影响。

# 过香积寺①

王　维

不知香积寺，数里入云峰②。

古木无人径，深山何处钟③。

泉声咽危石④，日色冷青松。

薄暮空潭曲⑤，安禅制毒龙⑥。

**【注释】**

　　① 香积寺：古寺名，在今陕西西安境内。② 入云峰：登上高耸入云的山峰。③ 钟：寺庙大钟的声音。④ 危石：高耸的崖石。⑤ 曲：隐僻之处。⑥ 毒龙：佛家教义中，常把人们内心中的邪念比作毒龙。

**【译文】**

　　不知道香积寺具体的位置，我在山中前行了几里路，最终登上高耸入云的山峰。这里古木参天，将无人行走的山间石径遮蔽，又不知道从什么地方传来寺庙的钟声。山中流淌的泉水冲撞着高而险的山石，发出幽咽的响声，松林深处，即使有阳光的照射也显得有些寒冷。天色逐渐晚了，我独自伫立在清幽的水潭边，好像禅定一般身心安然，脑海中的一切邪念都消失得无影无踪。

**【赏析】**

　　这首诗描述了诗人探访香积寺的过程。他以"不知"开篇，表达了探访寺庙的愿望。在攀登白云缭绕的山峰时，诗人感受到了香积寺的静谧。沿途，他看到了参天的古树、杳无人烟的深山，以及听见隐约传来的钟声。这些元素共同勾勒出了香积寺的神秘与宁静。

　　诗人巧妙地运用了倒装句，强调了山中潺潺流水和夕阳照射下的松树。泉水在崎岖的岩石间流淌，发出低沉的声音；夕阳的余晖洒在幽深的松林

上，给人一种寒冷的感觉。尽管诗中没有直接描绘香积寺的景象，但通过声音和色彩，诗人成功地展现了寺庙的深邃氛围。

结尾处，诗人赞美了禅定的境界，为香积寺增添了神秘的气息。在整首诗中，诗人皆是用平静的心态营造出了山林古寺的幽静环境，展示了一幅清幽脱俗的画面。

# 送梓州<sup>①</sup> 李使君<sup>②</sup>

王 维

万壑树参天，千山响杜鹃。
山中一夜雨，树杪<sup>③</sup>百重泉。
汉女输<sup>④</sup>橦布，巴人讼芋田。
文翁翻教授，不敢倚先贤。

**【注释】**

①梓（zǐ）州：古地名，在今四川三台境内。②使君：古时人们对刺史的一种尊称。③树杪：树梢。④输：交出，献出。

**【译文】**

这里千峰叠嶂、万谷纵横，处处古木参天，每一座山峦上都有啼鸣不绝的杜鹃。山中春雨一夜没有停歇，连树梢都流淌着潺潺的百道泉水。川中妇女在辛勤地纺织着橦布，以当作赋税交给官府，巴蜀人常常会因为争夺芋田引起诉讼。希望您能够效仿文翁，前去那里重振教化的事宜，不能够倚仗有先贤的遗德而暗自偷闲。

**【赏析】**

这首诗以独特的写法，表达了诗人对友人前往梓州的向往和鼓舞。首联通过描绘山川景色，营造出生机勃勃的氛围。颔联进一步展现了梓州的山川风貌。颈联描述了当地的风土人情，与使君的职责紧密相连。尾联以文翁治蜀的典故，勉励友人在新岗位上做出贡献。诗歌语言优美，情感真挚，充满了积极向上的力量。

# 汉江①临眺

王　维

楚塞②三湘接，荆门③九派④通。

江流天地外，山色有无中。

郡邑⑤浮前浦⑥，波澜动⑦远空。

襄阳好风日⑧，留醉与山翁。

**[注释]**

①汉江：汉水流经陕西汉中、安康和湖北多地，到汉口流入长江。②楚塞：汉水流域，属于楚国边境。③荆门：山名，荆门山，在今湖北宜都西北的长江南岸，战国时为楚之西塞。④九派：长江的九条支流，长江至浔阳分为九支。此处指江西九江。⑤郡邑：襄阳城。⑥浦：水边。⑦动：震动。⑧好风日：好风光。

**[译文]**

汉江流经楚国，后又折入三湘，西起荆门，往东与九江相通。远望江水好像流到天地外，近看山色缥缈，若有若无。岸边都城仿佛在水面浮动，水天相接、波涛滚滚震荡云空。襄阳的风光的确迷人，多么令人陶醉！我想在此地陪山翁酣饮。

**[赏析]**

这首诗描绘了作者在远处眺望汉江的壮丽景色，强调了江水浩渺和山野辽阔的特点，展现了襄阳壮丽的自然景观。整首诗气势磅礴，意境开阔。

# 终南别业

王 维

中岁①颇好②道，晚③家南山陲④。

兴来每独往，胜事⑤空自知。

行到水穷处，坐看云起时。

偶然值林叟⑥，谈笑无还期⑦。

[注释]

① 中岁：人到中年。② 好：爱好，喜爱。③ 晚：近日。④ 陲：边缘，边地。⑤ 胜事：令人快乐的事情。⑥ 林叟：山林中的老者。⑦ 无还期：忘记了回家。

[译文]

中年的时候我已经有了好道的心理，因此近日将家搬到南山下面居住。每每兴致高昂的时候就常常一个人外出游玩，这种令人愉快的事情只有我自己才能感受得到。随意漫步一直走到江水穷尽的地方，静静地坐下来看那白云在空中飘荡。和林中的老者相遇，双方谈笑间竟然忘记了回家的时间。

[赏析]

这首诗描绘了作者在山水间的悠然自得，犹如超脱世俗，遗世独立。在游览山川的过程中，诗人展现了其恬淡、隐逸的性格以及乐观的人生态度。

# 望洞庭湖赠张丞相①

孟浩然

八月湖水平，涵虚②混太清③。

气蒸④云梦泽⑤，波撼岳阳城。

欲济⑥无舟楫，端居耻圣明。

坐观垂钓者，徒有羡鱼情。

**[注释]**

① 张丞相：唐朝宰相张九龄。② 涵虚：水映天空。③ 太清：苍穹，天空。④ 蒸：覆盖，笼罩。⑤ 云梦泽：古代的大湖，在洞庭湖北。⑥ 济：渡。

**[译文]**

八月的时候，秋水泛滥，湖水几乎和岸齐平，滔滔的江水和天空浑然一体，形成水天一色的景象。云梦泽里水雾弥漫蒸腾，波涛汹涌，阵势仿佛要撼动岳阳城一般。想要横渡太湖又没有舟楫可以使用，闲居无事的时候又感觉非常愧对贤明的君王。坐在岸边静静观望垂钓的人，内心深处不由得升起羡慕之情。

**[赏析]**

这首诗以宏大的视角描绘了洞庭湖的壮丽景象，通过浩瀚的湖面、蒸腾的水汽、汹涌的波浪以及水天相接的景观，展现了洞庭湖的广阔无垠和波澜壮阔。整首诗充满了磅礴的气势。

# 与诸子登岘山①

孟浩然

人事有代谢，往来成古今。

江山留胜迹，我辈复②登临。

水落鱼梁③浅，天寒梦泽④深。

羊公碑尚在，读罢泪沾襟。

**[注释]**

① 岘(xiàn)山：又被称为"岘首山"，在今湖北襄阳境内。② 复：又一次。
③ 鱼梁：古地名，即鱼梁州，在今襄阳境内。④ 梦泽：云梦泽。

**[译文]**

世间万事万物都有新旧交替的变化，冬去春来时光流逝形成了古今。
万里江山遗留下这些名胜古迹，我们今天又前来登临观赏。水落了下来，
鱼梁州又露出了些许的浅滩，天寒地冻的季节，浩荡的云梦泽显得更深邃
无比。羊公的遗碑至今还存在着，我读罢碑文，泪湿衣襟。

**[赏析]**

这首诗是孟浩然与朋友一起游览岘山，缅怀古代遗迹的作品。作者在
这里引用了羊祜登上岘山时的感慨，以此来表达自己对年龄增长却未能有
所成就的遗憾，以及对羊祜为江山留下美好回忆和造福后世的敬仰之情。
同时，他也为自己在世间默默无闻、一生潦倒而感到悲哀。

# 宴梅道士<sup>①</sup>山房

孟浩然

林卧愁春尽，搴<sup>②</sup>帷<sup>③</sup>览物华。

忽逢青鸟使，邀入赤松家。

金灶<sup>④</sup>初开火，仙桃正发花。

童颜若可驻，何惜醉流霞<sup>⑤</sup>。

**[注释]**

① 梅道士：诗人孟浩然好友。② 搴：揭开，拉开。③ 帷：帘帐。④ 金灶：
道家炼丹时候所使用的丹炉。⑤ 流霞：古代一种仙酒名。

**[译文]**

　　我静卧在林间小屋内，想到春色将要消散而升起无限的忧愁，拉开帘帐观看外面美丽的世界。忽然天上派遣使者来和我相见，邀请我前往仙人赤松子的家中做客。仙人房内的炼丹炉刚刚燃起炉火，屋外的一株株仙桃花也正开得鲜艳无比。如果能够留住这美好的青春，何必吝惜这流霞美酒啊，不如一醉方休吧！

**[赏析]**

　　这首诗描绘了春天里诗人被邀请参观梅道士的山房。诗的前半部分描述了诗人欣赏美景时的愉悦心情以及突然被邀请到梅道士家的惊喜。后半部分则表达了对梅道士生活的赞美，诗人通过使用道教的典故和语言表达了对道家的向往。

# 岁暮<sup>①</sup>归南山<sup>②</sup>

孟浩然

北阙<sup>③</sup>休上书，南山归敝庐<sup>④</sup>。
不才<sup>⑤</sup>明主<sup>⑥</sup>弃，多病故人<sup>⑦</sup>疏<sup>⑧</sup>。
白发催年老，青阳<sup>⑨</sup>逼<sup>⑩</sup>岁除<sup>⑪</sup>。
永怀<sup>⑫</sup>愁不寐<sup>⑬</sup>，松月夜窗虚<sup>⑭</sup>。

**[注释]**

　　①岁暮：年终。②南山，唐人诗歌中常以南山代指隐居处，此处指作者家乡的岘山。③北阙：皇帝的居处。④敝庐：称自己破落的家园。⑤不才：不成材，自谦之词。⑥明主：圣明的国君。⑦故人：老朋友。⑧疏：疏远。⑨青阳：春天。⑩逼：催迫。⑪岁除：年末，年终。⑫永怀：悠悠的思怀。⑬愁不寐：因忧愁而睡不着觉。⑭虚：空寂。

**[译文]**

不再在朝廷宫门前陈述己见，我要返回岘山那破旧的茅屋。因为我没有才能使君主重用，又因为我多染病痛，朋友都与我疏离。白发渐渐增多，岁月催人慢慢老去，岁暮已至，新春已经快要临近。我心怀愁绪万千，夜不能寐，松影月光映照窗户一片空寂。

**[赏析]**

这首诗是作者在京城寻求官职未果，年底回到家乡后创作的抒情诗。诗中充满了悲伤和愤怒的情绪，表达了他因年老多病而失去生活目标的痛苦。

# 过<sup>①</sup>故人<sup>②</sup>庄

孟浩然

故人具<sup>③</sup>鸡黍，邀我至田家。

绿树村边合，青山郭外<sup>④</sup>斜。

开轩<sup>⑤</sup>面场圃，把酒话桑麻<sup>⑥</sup>。

待到重阳日，还来就<sup>⑦</sup>菊花。

**[注释]**

①过：拜访，探访。②故人：好友，老朋友。③具：操办，准备。④郭外：郊外，城外。⑤轩：窗户。⑥桑麻，泛指农业生产活动。⑦就：靠近，亲近。此处是观赏的意思。

**[译文]**

我的好朋友准备了一桌丰盛的饭菜，热情地邀请我前往他郊外的农家做客。这里的村庄被浓密的绿树所环绕，远处那苍翠的小山连绵起伏没有尽头。轻轻地推开窗户，面对着外面的谷场、菜圃，宾主举杯饮酒，闲谈一些采桑种麻的农事。我们约定等到九月初九重阳佳节来临的时候再来这里相聚，一起饮酒观赏菊花。

**[赏析]**

这首诗是田园诗的经典之作。它以朴实的语言描绘了山村聚会和宁静的风景，展现了诗人恬静的心境和对生活的热爱。这首诗充满了生活气息，传达了诗人对乡村生活的向往与热爱。

# 秦中感秋寄远上人<sup>①</sup>

孟浩然

一丘<sup>②</sup>常欲卧，三径<sup>③</sup>苦无资<sup>④</sup>。

北土非吾愿，东林<sup>⑤</sup>怀我师。

黄金燃桂尽，壮志逐年衰。

日夕凉风至，闻蝉但益<sup>⑥</sup>悲。

**[注释]**

①上人：古时对僧人的一种敬称。②一丘：一丘一壑，意指隐居山林。③三径：归隐后的住所。④资：钱物，钱财。⑤东林：庐山东林寺。⑥益：更加，越发。

**[译文]**

我经常渴望能够在山林中隐居避世，然而一直缺乏钱财去修筑我的家园。在秦中为官，并非我的本愿。东林寺中，有我仰慕的高僧。长安城中米珠薪桂的生活花费巨大，雄心壮志也逐年消退，前程事业和我早已没有了缘分。日暮时分吹来阵阵凉风，蝉鸣的声音更让我心中升起无限的悲苦之情。

188/

**[赏析]**

这首诗表达了作者在隐居和做官之间徘徊的痛苦情绪，以及他与远上人的深厚友谊和他在生活中的困境。

# 宿桐庐江 ① 寄广陵 ② 旧游 ③

孟浩然

山暝④听猿愁，沧江⑤急夜流。

风鸣两岸叶，月照一孤舟。

建德⑥非吾土⑦，维扬忆旧游。

还将两行泪，遥寄⑧海西头⑨。

**[注释]**

① 桐庐江：桐江，在今浙江桐庐境内。② 广陵：今江苏扬州。③ 旧游：故交。④ 暝：黄昏。⑤ 沧江：桐庐江暗绿色的江水。沧，同"苍"。⑥ 建德：唐时郡名，今浙江建德一带。⑦ 非吾土：不是我的故乡。⑧ 遥寄：远寄。⑨ 海西头：扬州。

**[译文]**

山色昏暗，猿啼声声，听来忧愁。夜色之中，大江急流，令人思归。晚风吹来，两岸树叶萧萧；月光之下，一叶孤舟飘摇。建德不是我的家乡，遥想扬州旧友。思乡伤感，无可奈何，只好将两行热泪，遥寄到我的家乡。

**[赏析]**

这首诗是孟浩然在游历吴、越时创作的，描绘了他在桐庐江边的夜晚，感叹孤独漂泊，思念家乡和亲朋的心情。诗中以昏暗的山峦、哀伤的猿啼、苍茫的江水和孤独的旅船，展现了诗人内心的忧伤。他想起远方的广陵的

朋友们，不禁泪流满面，想把泪水寄给他们以表思念。这首诗真实地反映了孟浩然的心情，为其少有的伤感之作。

# 留别王维

孟浩然

寂寂①竟何待②？朝朝③空自④归。

欲寻芳草⑤去，惜与故人⑥违⑦。

当路⑧谁相假⑨？知音⑩世所稀。

只应守寂寞，还掩故园⑪扉⑫。

**[注释]**

①寂寂：落寞。②竟何待：要等什么。③朝朝：天天，每天。④空自：独自。⑤芳草：本义为香草，古诗中常比喻为美好的品德。此处指美好的处所，暗喻隐逸生活。⑥故人：旧交，老友。⑦违：分离。⑧当路：身居要职的当权者。⑨假：相助的意思。⑩知音：知己。⑪故园：故乡。⑫扉：门。

**[译文]**

这样寂寞的我还在等待什么？天天出门求仕却一无所获。我本打算归隐山林寻找佳境，与故友离别又深感惋惜。身居高位者谁能保荐我呢？可惜世上知音稀若晨星。我这寒士只应该甘守寂寞，还是回到故园闭门隐居吧！

**[赏析]**

孟浩然在科举考试中失败，他深感社会的冷漠和人情的冷暖，于是产生了回家的念头。在离开之前，他写了一首诗送给好友王维。这首诗充满了对当权者的愤怒和对朋友的依依不舍。

整首诗语言平淡而意味深长，就像日常对话一样。它既没有美丽的画面，

也没有华丽的词汇，对偶也不追求工整，没有任何雕琢的痕迹。然而，它却将落榜后的痛苦、辛酸、失望和愤怒表达得淋漓尽致。

# 早寒江上有怀

孟浩然

木落①雁南渡②，北风江上寒。
我家襄水③曲，遥隔楚云端。
乡泪客中尽，孤帆天际看。
迷津④欲有问，平海⑤夕漫漫⑥。

**【注释】**

① 木落：树上的叶子纷纷落下来。② 雁南渡：大雁飞回南方。③ 襄水：汉水流经襄阳，故有此称。④ 迷津：迷失了道路。⑤ 平海：宽广平静的水面。⑥ 漫漫：形容水势浩大的样子。

**【译文】**

草木凋零枯萎，大雁也纷纷飞回南方。北风呼啸，江水冰冷彻骨。我的家乡位于蜿蜒绵长的襄水边上，远隔楚天云海朦胧。客居他乡，思念家乡的泪水早已流尽，家中的亲人也天天望着江上的孤帆，等待我的归来。不知道风烟迷离的渡口在什么地方，苍茫无际的江水在夕阳下悠悠地荡漾着。

**【赏析】**

这首诗是诗人离开长安向东游历吴越地区，停留在江上时创作的思乡诗。诗人真切地描绘了江上清晨寒冷的凄清景色，以及在船上思念家乡的忧愁心情。这首诗表达了诗人对家乡的深切思念，渴望归乡，追寻过去的美好回忆。生活中的挫折和失意，使他郁闷不已，心灵受创。

**导读**

刘长卿（？—约790），字文房，宣城（今属安徽）人。代表作有《逢雪宿芙蓉山主人》《送灵澈上人》等。

# 秋日登吴公台① 上寺远眺

刘长卿

古台摇落②后，秋入望乡心。

野寺来人少，云峰隔水深。

夕阳依旧垒③，寒磬④满空林。

惆怅南朝⑤事，长江独至今。

**[注释]**

①吴公台：古地名，在今江苏江都境内。②摇落：凋零，零落。③旧垒：吴公台。④寒磬：清寒的磬声。⑤南朝：我国古代宋、齐、梁、陈四个朝代。

**[译文]**

在秋风萧瑟、花草凋落的季节，我登上了吴公台，深秋的景色又让我内心升起思乡之情。郊外的寺院很少有人来，隔水眺望，山峦云峰显得更高大幽深。夕阳沿着旧日的堡垒缓缓落下，寺院中的钟磬声缓缓传遍林间。南朝多少旧事令人无限惆怅，唯有长江之水滔滔不绝从古奔流到今。

**[赏析]**

这是一首咏怀古迹的诗。第二联分别描绘了近景和远景，第三联则以夕阳映衬古老的堡垒，以寒磬映衬空旷的森林。昔日繁华的地方现在已是寒烟衰草，十分凄凉。当时的人们都在争夺名利，但随着时间的流逝，他

们都归于尘土。诗人的诗句中，有一种对过去的选择感到遗憾的叹息。

这首诗将凭吊古迹、描述景色与思念故乡巧妙结合，对过往时代的盛衰发出深沉而悲凉的感慨。

# 送李中丞归汉阳别业

刘长卿

流落<sup>①</sup>征南将，曾驱十万师。
罢归无旧业<sup>②</sup>，老去恋明时。
独立三边<sup>③</sup>静，轻生<sup>④</sup>一剑知。
茫茫江汉<sup>⑤</sup>上，日暮<sup>⑥</sup>欲何之？

【注释】

①流落：漂泊在外，居无定所。②旧业：家乡的产业。③三边：唐州边疆有三州即为三边，分别为幽州、并州、凉州，本诗中的"三边"代指边疆。④轻生：不惧怕死亡。⑤江汉：汉水在汉阳之地流入长江。⑥日暮：太阳落山，此处暗示朝廷不公平。

【译文】

李中丞这位老将军征南闯北，如今却漂泊在外，居无定所，想当年大将军可是手握大军十万啊！大将军辞官后返回家乡，却没有一点其他产业。现在年纪越来越大，你却还在怀念年轻时那个贤明的朝廷。你年轻时率领大军立下赫赫战功，为朝廷带来安稳的边疆。边疆之地的战争中你那不畏牺牲、勇往直前的英雄风范，陪你征战的佩剑最清楚。如今你漂荡在茫茫一片的汉江上，太阳落山的时候你想去何方？

[赏析]

这首诗只有四十个字，却足以媲美王维的《老将行》。这两首诗的情感是相似的。李中丞曾经是一位功勋卓著的将军，他曾率领十万雄师挥戈南下。当他被罢免职务回到家乡时，他的原籍并没有田园和房屋，这表明李中丞是一个清廉的官员。尽管年纪越来越大，但他仍然怀念那个政治清明的时代。

当年，李中丞在边塞的时候，边塞燃起了烽火。他为了国家，与敌人作战，不怕牺牲，只有他身上的佩剑知道这一切。现在，李中丞要回到汉阳的别业去居住，诗人在茫茫的汉江边为他送别，不知道李中丞的未来将会如何。

这首诗以李中丞的流离失所开始，也以他的流离失所结束。中间部分讲述了李中丞的赫赫战功。"明时"这个词包含了对当时的讽刺。既然是一个光明的时代，为什么战功卓著的老将还要被罢免职务呢？诗的最后一联写得非常悲伤和苍茫，对李中丞的遭遇表达了深深的同情。

# 饯别① 王十一② 南游

刘长卿

望君烟水③阔，挥手泪沾巾。

飞鸟④没⑤何处，青山空向人。

长江一帆远，落日五湖⑥春。

谁见汀洲⑦上，相思愁白蘋⑧。

[注释]

①饯别：摆好酒食送别。②王十一：不知其名，只知排行第十一。③烟水：水面雾霭茫茫。④飞鸟：空中飞翔的鸟，此处指代离家远行的人。⑤没：未曾存在，消失。⑥五湖，特指太湖。⑦汀洲：水中沙土堆成的平地。⑧白蘋：浮在水中的草，开白色小花。

王十一啊，我看着你乘坐的小船向雾霭茫茫的水中行进，不断挥手向你告别，流下的滚烫泪水，浸湿了毛巾。你像鸟儿飞翔在天空一样，此去不知何处，来来往往的行人只能面对这一片青绿色的山。孤帆顺着浩荡的江水行进，驶向远处不见踪影。在夕阳的笼罩下，你乘着小船尽享五湖美景。谁能看见站在江边怀念着你的我啊？望着水中那一片水草久久失神，愁绪充满我的内心！

这首诗也是一首送别诗，但它完全从别后的风景和情感出发。

诗人的朋友的船已经消失在烟雾弥漫的远方，但诗人还在向他挥手告别，并流下了离别的泪水。渐渐地，诗人看不见朋友的船了，江面上鸟儿在飞翔，不知道它们要去哪里，远处只有沉默的青山与人类相对。朋友的船沿着长江向远方驶去，诗人在夕阳中站立，想象着朋友即将游览五湖的场景。就这样，他们分开了，又有谁知道诗人对朋友的思念之情呢？

诗人通过描述眼前的景象，为送别增添了悲伤，正如王国维所言："一切景语皆情语。"

# 寻南溪常道士

刘长卿

一路经行①处，莓苔②见屐痕③。
白云依静渚④，芳草闭闲门。
过雨⑤看松色，随山⑥到水源。
溪花与禅意⑦，相对亦忘言。

【注释】

①经行：路过。②莓苔：雨后青苔。③屐痕：脚踩木屐留下的痕迹。④渚：水中的一小块陆地。⑤过雨：雨停后。⑥随山：顺着山中土地。⑦禅意：禅心。禅：清空安宁的内心。

【译文】

我路过很多地方都没有见到道士，但在布满青苔的路上发现了道士脚踩木屐经过的痕迹。飘浮在天上的白云围绕着沙洲，道士居住的柴门周围全是繁茂的春草。雨后的山中青翠盎然，我顺着弯弯曲曲的山路到达溪水源头。野花在这里盛开，看到如此景象我心中充满禅意，聚精会神地望着不发出声响。

【赏析】

这首诗是诗人在寻找道士但没有遇到的情况下创作的。诗中描绘了山中宁静的景色，包括白云、静水、芳草和青松。这些景色给人一种清新自然的感觉，让人从中领悟到禅心的美妙。阅读这首诗，会让人感受到大自然的宁静和美好。

# 新年作

刘长卿

乡心新岁切，天畔①独潸然②。

老至居人下③，春归在客先。

岭④猿同旦暮，江柳共风烟。

已似长沙傅⑤，从今又几年。

**【注 释】**

① 天畔：天边，此处指今广东茂名。② 潸然：止不住地流眼泪。
③ 居人下：位于别人之下。④ 岭：五岭。诗人被贬至广东茂名时路过此山岭。
⑤ 长沙傅：贾谊，因遭谗言被贬至长沙。作者借此事比喻自己。

**【译 文】**

马上迎来新年，我已止不住对家乡的思念，想到自己只身远在他乡就
忍不住流下眼泪。人到老年却被贬在别人之下，我远远落在春归后头。我
和这山林中的猿猴一起度过黄昏，竖立在江边的柳树与我分担愁绪。我的
遭遇和长沙傅一模一样，真不知道这样的日子我还要过多久啊！

**【赏 析】**

这首诗表达了作者在被贬到岭南地区时节日里的悲痛和感慨。在新年，
他想家的心情更加强烈，寄居在别人家里的屈辱感和孤独感让他感到更加
痛苦。这些沉重的情绪让他想起了贾谊的遭遇，他难以抑制地表达了对远
离故土和京城的强烈愤怒与不满。

这首诗的对仗非常精巧，词语简单但含义深远。虽然作者试图用巧妙
的方式来表达他的情感，但他的技巧并没有破坏诗歌的优雅。因为这是真
情的自然流露，所以它具有很强的艺术感染力。

**导读**

钱起（710—782），字仲文，湖州（今属浙江）人，被誉为"大
历十才子之冠"。代表作有《省试湘灵鼓瑟》《过温逸人旧居》等。

# 送僧归日本

钱　起

上国<sup>①</sup>随缘<sup>②</sup>住，来途<sup>③</sup>若梦行。

浮天<sup>④</sup>沧海<sup>⑤</sup>远，去世法舟轻。

水月<sup>⑥</sup>通禅寂<sup>⑦</sup>，鱼龙听梵声<sup>⑧</sup>。

惟怜<sup>⑨</sup>一灯<sup>⑩</sup>影，万里眼中明。

【注 释】

①上国：唐朝在古代被称为上国。②随缘：佛教中的语言，意指佛应众生之施缘而教化。③来途：来此处的路。④浮天：形容小船如同漂浮于天际。⑤沧海：大海，大海的水很深，颜色是青绿色。⑥水月：佛教专用语言，喻指一切事物虚幻得仿佛水中的月亮。⑦禅寂：安宁清寂的内心。⑧梵声：诵经发出的声音。⑨惟怜：最怜爱。⑩一灯，佛教中指代智慧。

【译 文】

一位僧人由于机缘只身一人从日本来到中国。帆船航行在茫茫大海中，好似梦境一般。天与海交接，小船好像在天边航行。如此超脱，深感船只轻盈。内心安静清寂，眼前一切景象虚幻得像水中的月亮。海中的鱼儿也争相聆听诵经声。最让人怜爱的是心中那一盏佛灯，向着光明航行万里。

【赏 析】

在唐朝时期，邻国的日本僧侣来到中国学习，这首诗是诗人在日本僧侣准备返回日本时创作的，目的是送别。诗人使用佛教的用语来表达这首诗的主题，这对于写给日本僧侣来说是非常合适的。这首诗的主题表达得非常清晰。

# 谷口①书斋寄杨补阙②

钱 起

泉壑③带茅茨④，云霞生薜帷。

竹怜新雨后，山⑤爱夕阳时。

闲鹭栖常早，秋花落更迟⑥。

家僮⑦扫萝径，昨⑧与故人期。

## 【注释】

①谷口：古代地名，在今陕西泾阳西北。②补阙：向皇帝进谏的官职。③泉壑：山山水水。④茅茨：茅屋。⑤山：谷口。⑥迟：晚，迟到。⑦家僮：未成年的家仆。⑧昨：之前，先前。

## 【译文】

我这间茅屋被宁静的山水环绕，天上的云霞映照在墙上像是五颜六色的帷幔。山中细雨浇灌后新长出的竹子令人喜爱。山中美景在夕阳的笼罩下愈发美丽。白鹭悠闲，很早就回去休息了，野花在秋天绽放，充满生机，它们的美丽持续了很长时间才渐渐凋谢。小路上长满了松萝，家仆辛勤打扫，我昨天与老朋友约定了会面日期。

## 【赏析】

这首诗是诗人在邀请杨补阙来他的书斋交谈时创作的。诗的开头描述了书斋的位置，它位于山谷中的山泉旁，那里的云霞缓缓升起，给人一种宁静的感觉。接下来的两联描绘了雨后新竹的生机勃勃和夕阳照射下的落霞的美丽。然后，诗人描述了闲鹭早早地找到了栖息的地方，而秋天的花朵还没有凋谢，仍然在绽放。最后，诗人的目光转向了他的家仆，他正在打扫小路，期待着友人的到来，同时也传达了他的邀请之意。

# 淮上<sup>①</sup>喜会梁州<sup>②</sup>故人

韦应物

江汉<sup>③</sup>曾为客，相逢每醉还。

浮云一别后，流水十年间。

欢笑情如旧，萧疏<sup>④</sup>鬓已斑<sup>⑤</sup>。

何因不归去？淮上有秋山。

【注释】

　①淮上：淮河旁，位于今江苏淮阴。②梁州：唐州的别名，在今陕西南郑。③江汉：汉江。④萧疏：稀疏。⑤斑：花白的头发。

【译文】

　以前我们在汉江的朋友那里做客，大家一见面就忍不住畅饮，不到酩酊大醉决不罢休，总是带着痛饮后的满足和欢乐而归。后来大家像天上的白云一样分开，漂泊在外十多年。今天再次相见，我们高高兴兴，友情依旧坚定，唯一遗憾的是我们头发已苍白。为什么我不和好友一起离开一起回来呢？因为我爱淮上这美丽的秋山！

【赏析】

　这首诗表达了诗人在淮水与十年未见的故人突然重逢的喜悦之情，同时也抒发了诗人在他乡滞留已久的感慨。诗人描述了他们相聚、畅饮和欢笑的场景，同时也描绘了他们的处境、外貌和内心世界。这首诗既表达了他们重逢的喜悦，也表达了对时间流逝和头发斑白的悲伤以及对生活无奈的感受。

# 赋得暮雨①送李胄②

韦应物

楚江③微雨里，建业④暮钟时⑤。

漠漠⑥帆来重，冥冥⑦鸟去迟。

海门⑧深不见，浦树远含滋⑨。

相送情无限，沾襟⑩比散丝⑪。

**[注释]**

①赋得暮雨：分题目作诗。本诗被分到"暮雨"的题目，所以称为"赋得暮雨"。②李胄：友人名。③楚江：长江。长江流经三峡后属于楚国，所以称为楚江。④建业：今江苏南京。在战国时期属于楚国领地，照应前句中的楚江。⑤暮钟时：傍晚敲钟。⑥漠漠：水面上雾霭茫茫。⑦冥冥：天色昏暗阴沉。⑧海门：长江奔流入海处，今江苏海门。⑨含滋：潮湿，氤氲着水汽。⑩沾襟：打湿衣服，双关时指代泪水或雨水打湿衣服。⑪散丝：毛毛雨，指代流眼泪。出处为晋代张协《杂诗》中的"密雨如散丝"。

**[译文]**

雨丝密密麻麻将长江笼罩起来，我来到江边送李胄离开，此时傍晚的钟声已经响起。雨越下越密，船上扬起的帆被雨打湿；天色越来越暗，鸟儿也飞得笨重。长江流啊流，直到海门，再远就看不到了，长江边的树木被湿润的水汽包裹。怀着深深情谊送别老友，泪水洒在衣服上就像雨丝落在江面上。

**[赏析]**

这是诗人在雨中送别友人所写的作品，通过描绘暮雨来表达离别的情感。整首诗都围绕着暮雨展开，描绘了暮雨中的一切景象，仿佛是一幅朦胧的雨景画。近处，帆被雨水打湿，变得沉重，小鸟也难以飞翔。远处，

天色昏暗，看不到海门的踪影，浦树被烟雾笼罩。诗人通过描绘景物，将动态和静态的元素结合在一起，近处的景象和远处的景象相互映衬。凄凉的景色增强了离别的情感，表达了诗人送别李胄的深厚感情。在诗的结尾，诗人用一个"比"字将离别的泪水和雨丝融合在一起，将离别的情感和暮雨的景象完美地展现出来。

**导读**

韩翃（生卒年不详），字君平，南阳（今属河南）人。天宝十三年（754年）中进士，曾经担任淄青节度使的幕僚。建中初年，他所写的《寒食》被唐德宗欣赏，被赐为驾部郎中、知制诰、中书舍人。韩翃被誉为"大历十才子"之一，擅长七绝。他著有八卷《韩君平集》，《全唐诗》编其诗三卷。

# 酬程近①秋夜即事见赠

韩　翃

长簟②迎风早，空③城澹月华。
星河秋一雁，砧杵④夜千家。
节候⑤看应晚，心期⑥卧已赊⑦。
向来吟秀句⑧，不觉已鸣鸦。

①程近：人名，诗人好友。②簟：一种竹子。《说郛》中记载，"簟竹，叶疏而大，一节相去六七尺"。③空：形容秋天空荡之景。④砧杵：一种工具，古人常用来在夜晚捣衣。砧：捣衣的石头。杵：捣衣的棒子。⑤节候：节令气候。⑥心期：心中的愿望。⑦赊：落空。⑧秀句：好诗句。

202/

**[译文]**

　　竹子的枝丫迎风招展直面秋天的冷冽气息，淡淡的月色洒满空城。一只鸿雁在天空中匆匆忙忙地飞走，秋天的夜十分寂静，远处传来百姓家里捣衣的声音。时间一晃而过，季节变换，已然到了冬季。闲着没事的时候我就怀揣着心中未完成的心愿，反反复复诵读你写出的好诗句，不知不觉中天色大亮，寒鸦在屋外不停地啼叫。

**[赏析]**

　　这首《酬程近秋夜即事见赠》通过丰富的意象和细腻的描绘，展现了一幅秋夜静谧的城市景象。长簟迎风、月华洒满空城、星河孤雁、砧杵声中千家万户，这些画面既表现出秋夜的萧瑟，又展示了城市的繁华，相互映衬，构成了一幅宁静的画卷。在意境之外，诗人还表达了对秋夜的感慨和对友人的思念。诗中"节候看应晚，心期卧已赊"揭示了诗人对时光流逝的感叹，而"向来吟秀句，不觉已鸣鸦"则表达了诗人对友人馈赠的感激。结构紧凑、语言生动，诗人还运用了对仗、拟人、比喻等修辞手法，使整首诗更具艺术价值。这首诗如同一场秋夜的梦，诗人借景抒发内心情感，展现了秋夜的美丽和诗人对友人的深深思念。

　　**导读**

　　刘眘（shèn）虚（生卒年不详），字全乙，洪州新吴（今江西奉新）人。开元间中进士，曾经担任弘文馆校书郎。他为人淡泊，是王昌龄和孟浩然的好友。《全唐诗》存其诗一卷。

# 阙　题 <sup>①</sup>

刘眘虚

道由白云尽，春<sup>②</sup>与青溪长。

时有落花至，远随流水香。

闲门向山路，深柳③读书堂。

幽映④每白日，清辉照衣裳。

**【注释】**

① 阙题：缺题，无题。② 春：大好的春光。③ 深柳：柳树茂密的样子。
④ 幽映：柳树在阳光映照下所形成的浓荫。

**【译文】**

弯弯曲曲的山路从白云的尽头延伸出来，清澈明净的溪水紧紧伴随着大好的春光。不时有落花飘落下来，随着潺潺的溪水漂流而来，远远地就可以闻到水中那股芳香的味道。柴门面对着山路，浓密的柳荫将我读书的地方完全遮挡住了。阳光穿透幽深的树林，我的衣衫上洒满了清辉。

**【赏析】**

阙题即为缺少题目。诗的开头描绘了一幅美丽的画面。山路蜿蜒而上，白云在天空中飘荡，春天的气息在空气中弥漫，清澈的小溪静静地流淌。接下来的两联继续描绘了这个场景，从远到近、从大到小，展现了落花流水的美景，让人仿佛身临其境。

诗的中间两联描述了读书堂的位置，虽然偏僻，但有柳树遮挡，门前清静，即使在白天，也有清幽的光线照射在衣服上，给人一种宁静的感觉。

整首诗的意境淡雅，情感随着景色的变化而变化，情景交融，展现了诗人高尚的志趣和从悠闲的生活中体验到的自然之美。

**导读**

戴叔伦（732—789），字次公，润州金坛（今属江苏）人，曾经担任湖南转运留后、东阳令、抚州刺史、容州刺史等官职，晚年成为道士。《全唐诗》编其诗两卷。

# 江乡故人偶集<sup>①</sup>客舍

戴叔伦

天秋月又满，城阙<sup>②</sup>夜千重<sup>③</sup>。

还作江南会，翻疑梦里逢。

风枝<sup>④</sup>惊暗鹊，露草泣寒虫<sup>⑤</sup>。

羁旅<sup>⑥</sup>长堪醉，相留畏晓钟<sup>⑦</sup>。

## 【注释】

① 偶集：偶尔和朋友相聚。② 城阙：长安。阙，皇宫大门前供瞭望的楼。③ 千重：千层，夜色十分浓重。④ 风枝：树枝被风吹动。⑤ 泣寒虫：秋天在草里不停啼叫哭泣的虫子。⑥ 羁旅：在他乡滞留。⑦ 晓钟：报晓的钟声。

## 【译文】

深秋已到，月亮变得圆满，宫里洒满了月光，夜色浓重如墨。我在旅馆中和老朋友相聚，他从江南来，这让我高兴得仿佛置身梦里。树枝被夜晚的风吹动，栖宿在树上的乌鹊都被吵醒了。寒虫在草丛里哭泣，秋草被露水打湿。你和我都借宿在他乡，唯有畅快痛饮才能缓解心中愁绪。我们依依不舍，不愿听到早晨的钟声响起。

## 【赏析】

这首《江乡故人偶集客舍》描绘了诗人在中秋佳节之际，在京师客舍与江南故人相聚的场景。首联点明时间和地点，表达了诗人与故人相遇的惊喜。颔联以流水对抒情，表达了诗人对意外相遇的喜悦和不真实感。颈联通过寓言手法，展现了诗人与故人在客舍中的困境，同时借寒虫鸣声表达求告无门的哀怨。尾联直抒胸臆，描绘了夜深将晓时，诗人与故人相聚的喜悦，以及羁旅生活的孤独、寂寞和愁苦。整首诗以即事即景的方式，展现了诗人客居他乡时与故人相聚的喜悦之情，以及对故土的思念之情。

**导读**

卢纶（748—799），字允言，河中蒲（今山西永济）人，"大历十才子"之一。其作品收录于《卢户部诗集》中。

# 送李端

卢 纶

故关①衰草②遍，离别正堪悲。

路出寒云外，人归暮雪时。

少孤③为客④早，多难识君迟。

掩泣空相向⑤，风尘⑥何所期⑦。

**【注释】**

①故关：家乡。②衰草：冬天小草枯黄。③少孤：少年丧父。④为客：离开家乡谋取生活。⑤空相向：徒然面朝友人离去的方向。⑥风尘：社会动乱。⑦期：相会。

**【译文】**

冬天，枯黄的野草遍布在家乡的原野上，今天与你分离使我十分伤心。你去的道路伸向云天之外，我归来时已是大雪纷飞的傍晚。我幼时失去父亲，很早就在外地谋取生活，与你相识前受尽了苦难。我呆呆地看着你离去，忍不住痛哭出声。如今时代动荡不安，不知道下次见你是什么时候。

**【赏析】**

这首诗是一首送别诗，创作于战乱的时期。在冬季的落雪时刻，诗中

的凄冷和萧瑟的景色与作者送别客人的悲凉心情完美地融合在一起。这种意境深沉而凄美，是一首感人至深的好诗。

**导读**

李益(748—约827)，字君虞，祖籍陇西姑臧（今甘肃武威），后迁至郑州（今属河南）。代表作有《从军有苦乐行》《夜上受降城闻笛》等。

# 喜见外弟①又言别②

李 益

十年离乱后，长大一相逢。

问姓惊初见，称名忆旧容。

别来③沧海事④，语罢⑤暮天钟⑥。

明日巴陵⑦道，秋山又几重。

**[注释]**

①外弟：表弟。②言别：说分别。③别来：自分开以来。④沧海事：变化很大的世事，如沧海变桑田，桑田变沧海。⑤语罢：停止谈话。⑥暮天钟：黄昏时寺院的敲钟声。⑦巴陵：唐郡名，在今湖南岳阳。

**[译文]**

时局动荡，我们已经分开十年了。年少时分离，成人后才偶然相聚。刚才见你第一面时询问了你的名字，当你告诉我后，我才想起十年前你的样子。分别十年我们都经历诸多变故，似沧海桑田。此次相见，我们有说不完的话，直到寺庙夜晚的钟声响起我们才结束交谈。明天你又要去巴陵了，阻隔我们的秋山一重又一重。

【赏析】

　　这首诗描绘了在战乱中久别重逢的情景。经过十年的离乱，诗人在异乡偶然遇到了他的表弟。他们在确认彼此的姓名后才相认，回忆起儿时的容貌。他们相见后，欢谈别后的事情，直到天色已晚。这首诗真实而动人地表现了重逢的喜悦，让我们深深体会到了诗人的情感。

**导读**

　　司空曙（生卒年不详），字文明，广平（今河北永年）人。代表作有《贼平后送人北归》《江村即事》《云阳馆与韩绅宿别》等。

# 云阳①馆与韩绅宿别

司空曙

故人江海②别，几度③隔山川。

乍④见翻⑤疑梦，相悲各问年⑥。

孤灯寒照雨，深竹暗浮烟。

更有明朝恨，离杯⑦惜共传⑧。

【注释】

　　①云阳：县名，今陕西泾阳。②江海：分别的地点，也泛指天涯，距离遥远。③几度：几次，几年。④乍：突然。⑤翻：反。⑥年：年时光景。⑦离杯：饯别之酒。⑧共传：传杯共饮。

【译文】

　　上次与你分别后，我们之间相隔山海，很多年没有相见。今天在这里突然见到你，感觉像做梦一样。我们在叹息与悲伤中关心对方这些年过得怎么样。摆在眼前的孤灯暗淡，窗外下着冷雨。远处有一片竹林十分幽深，

有云烟在那里飘浮。明天又要和你分开，愁绪上头。今夜相聚十分难得，让我们高举酒杯开怀痛饮吧！

【赏析】

　　这首诗以离别为主题，表达了诗人与故人重逢又别离的伤感情怀。诗中通过描述江海相隔、山川阻隔的情景，展现了诗人与故人长时间未能相见的遗憾。

　　诗人运用对仗、拟人等修辞手法，使诗句韵律优美、生动形象。例如"孤灯寒照雨，深竹暗浮烟"，通过孤灯与寒雨、深竹与暗烟的相互映衬，展现了离别之夜的孤寂与幽暗。

# 喜外弟卢纶见宿

司空曙

　　静夜四无邻，荒居旧业①贫。

　　雨中黄叶树，灯下白头人。

　　以②我独沉久，愧君相见频。

　　平生自有分③，况是蔡家亲④。

【注释】

　　①旧业：原有的家产。②以：因为。③分：缘分。④蔡家亲，也写作"霍家亲"，本诗指表亲。

【译文】

　　深夜十分寂静，我一个人在郊外居住，周围一个邻居也没有，家里十分贫穷，什么家业也没有。雨滴击打着树上的枯叶，掉落的枯叶像白发苍苍的老人的命运。我孤独太久了，你经常来陪我让我感到十分惭愧。我们两家有情谊和缘分在，况且咱们是有血缘的表亲呀！

**[赏析]**

这首诗的主题是诗人在贫困中遇到了他的外弟，并向他描述了自己的近况。卢纶和诗人是表兄弟，他们都处于困境中，环境使他们能够互相理解和体恤。"雨中黄叶树，灯下白头人"这句诗表达了诗人自身的辛酸和悲哀。在悲凉的情境中遇到亲友，诗人自然而然地感到欣喜若狂，这也表达了他对自己贫困处境和悲苦寂寞心境的深深感叹。

# 贼平后送人北归①

司空曙

世乱同南去，时清②独北还。

他乡生白发，旧国③见青山。

晓月过残垒④，繁星宿故关。

寒禽与衰草，处处伴愁颜。

**[注释]**

①北归：从南方回到北方故乡。②时清：太平盛世。③旧国：故乡。④残垒：残垣断壁，废弃的营垒。

**[译文]**

时局动荡时，咱俩一起逃难到南方，如今太平盛世，你却要一个人回到北方故乡。我们在外流落多年，你已白发苍苍，你回到故乡应该还能看见当年的青山。回乡途中日夜兼程路过很多断壁残垣，晚上你只能栖息在野外。回乡之路，只有地上枯黄的野草和天上无家可归的鸟陪伴你的愁绪。

**[赏析]**

这首诗是在安史之乱平定后创作的。诗中描绘了离乱后的荒凉景象，想象了友人北归途中的悲苦情景。在世事纷乱的时期，友人与诗人一同南

下避难，如今已经白发苍苍，独自北归，内心充满了无尽的辛酸。诗人想象了友人回归故里的旅程中，早出晚归，看到的故乡却只有寒鸟和衰草。这首诗表达了诗人对友人的深深牵挂。

**导读**

刘禹锡（772—842），字梦得，洛阳（今属河南）人，有"诗豪"之称，与柳宗元并称"刘柳"，与韦应物、白居易合称"三杰"。代表作有《陋室铭》《竹枝词》《杨柳枝词》《乌衣巷》等。

# 蜀先主①庙

刘禹锡

天下英雄②气，千秋尚凛然。
势分三足鼎，③业复五铢钱。④
得相⑤能开国，生儿不象贤⑥。
凄凉蜀故妓，来舞魏宫前。⑦

**【注释】**

① 蜀先主：刘备。② 天下英雄：出自《三国志·蜀书·先主传》记载，曹操对刘备说"天下英雄，惟使君与操耳"。③ "势分"句：蜀、魏、吴三分天下。④ "业复"句：自王莽起取消五铢钱，光武帝在东汉初年重新铸造发行五铢钱，百姓觉得五铢钱使用便利。此处借此例寓意刘备想要复兴汉室。五铢钱在汉武帝时期发行，此处代指汉朝帝王大业。⑤ 相：丞相诸葛亮。⑥ 不象贤：刘禅是刘备的儿子，他缺乏贤能才干。⑦ "凄凉"两句：刘禅被魏打败后，迁都到洛阳，被魏封为安乐公。司马昭是魏国太尉，他派原蜀国的女乐为刘禅演奏，在旁观看的其他人颇有感慨，但刘禅依然"喜笑自若，乐不思蜀"（《三国志·蜀书·后主传》裴注引《汉晋春秋》）。妓，女乐，蜀国俘虏。

**[译文]**

　　三国时期刘备光复汉室、建立蜀汉，一身英雄气概，蜀汉至大唐已经历了很多代，这份气概令人起敬。刘备建立蜀国，与魏、吴对峙，三分天下，其志向就如东汉的光武帝恢复五铢钱币一样。诸葛亮在茅庐中接受了刘备的请求出山，助刘备成就蜀汉大业，但刘禅作为刘备的儿子却缺乏贤能之才。被魏国降服后，面对蜀国歌女的表演奏乐内心毫无波动。

**[赏析]**

　　这是诗人在担任夔州刺史期间，游览蜀汉先主刘备的庙宇时创作的咏史诗。这首诗以深沉的情感和生动的描绘，展现了诗人对刘备的敬仰以及对蜀汉亡国的痛心疾首。

**导读**

　　张籍（766—830），字文昌，世称张水部或张司业，和州乌江（今安徽和县）人。代表作有《秋思》《节妇吟》《野老歌》等。

## 没①蕃②故人

张　籍

前年戌③月支④，城下没全师⑤。
蕃汉⑥断消息，死生长别离。
无人收废帐⑦，归马识残旗⑧。
欲祭疑君在，天涯哭此时。

**[注释]**

　　①没：沉没，消失。②蕃：吐蕃。③戌：征战。④月支，借指吐蕃。⑤没全师：全军覆没。⑥蕃汉：吐蕃和唐朝。⑦废帐：废弃的遗留在战场

的营帐。⑧ 残旗：遗留在战场上破败的军旗。

**[译文]**

　　你前年驾马征战边疆，在与敌人短兵相接时失败，全军覆没，无一生还。从那以后，吐蕃和唐王朝之间不再通信，而我也和你隔着生死，久久不能相见。战场上遗留着破败得没有人要的营帐，只有侥幸活下来的战马能看见遗留在战场上的旗帜。我想祭奠我的老朋友，又希望你还活着，因此我只能对着天空泪湿衣襟。

**[赏析]**

　　这首诗是张籍为悼念在月支之战中丧生的朋友而作。

　　诗的前两句描绘了战争的惨烈和唐军的惨重损失，为全诗奠定了悲壮的基调。诗的中间两联通过对战场的描绘，进一步深化了战争的残酷性和破坏性。这两句不仅表现了战场的荒凉，也暗示了战争的残酷。诗的尾联则表达了诗人对朋友的深切哀思。

　　整首诗以其深沉的情感和生动的描绘展现了诗人对战争的愤怒和对朋友的哀思，使得这首诗成为一首感人至深的悼亡诗。

# 赋得古原草送别

白居易

离离①原上草，一岁一枯荣。

野火烧不尽，春风吹又生。

远芳②侵古道，晴翠接荒城。

又送王孙③去，萋萋④满别情。

【注释】

① 离离：草木茂盛的样子。② 远芳：蔓延到远处的青草。③ 王孙，此处指代行人。④ 萋萋：形容草木长势旺盛的样子。

【译文】

广阔的原野上，青草郁郁葱葱，长势茂盛，春季的时候旺盛无比，秋季的时候又枯萎凋零，如此往来循环，年复一年。野火不能将其烧尽，每当春风再次吹来的时候，浓绿的青草又会重新长出来。远处的芳草将古老的驿道全部铺满了，明媚的阳光下，一片碧绿连接着荒城。我又送走了一位好朋友，生长茂盛的青草代表着我深深的别离之情。

【赏析】

这是一首描绘原野上草的生命力，同时又包含了送别主题的诗。整首诗以草为载体，既传达了生命的顽强和坚韧，又寓言了人生的离别和无常。诗人在描绘自然景象的同时，道出了人生际遇的变幻无常，表达了离别时的忧伤和不舍以及对生命的感慨和思考。这首诗既是诗人对大自然的赞美，也是对人生的深刻感悟，为后人传颂不衰。

导读

杜牧（803—853），字牧之，号樊川居士，因晚年居长安南樊川别墅，故后世称其为"杜樊川"。代表作有《阿房宫赋》《遣怀》《清明》等。

# 旅 宿

杜 牧

旅馆无良伴①，凝情②自悄然③。

寒灯④思旧事，断雁⑤警愁眠。

远梦归侵晓⑥，家书到隔年。

沧江⑦好烟月⑧，门⑨系钓鱼船。

**[注释]**

① 良伴：志同道合的伙伴。② 凝情：情意专注。③ 悄然：悲伤忧郁的样子。④ 寒灯：寒冷昏暗的灯火，此处指靠在寒灯下。⑤ 断雁：失群之雁，此处指孤雁的悲鸣。⑥ 远梦归侵晓：这句诗的意思是做梦到天亮的梦才是归家的梦，离家远做的梦就久。与下句描写家书时遥相呼应。侵晓，天亮，天色破晓。⑦ 沧江：通"苍江"。⑧ 好烟月：来年春天的美景。⑨ 门：门前。

**[译文]**

旅馆里只有我一个人住，没有亲人、没有朋友，整天心事很多，高兴不起来。寒冷昏暗的灯光下，脑海中想起很多以前的事，像是离开族群的大雁孤单难眠。晚上做梦回到家乡，但天色将晓，好梦不长。延迟了一年才收到家里来的书信。江上春天美景依旧，我却艳美江上可以出海的船。

**[赏析]**

这首诗是诗人旅居在外，对家乡的深切思念。

诗的开头部分，诗人描绘了他的孤独和寂寞。他独自住在旅馆，没有人和他说话，只能在寂静中思考。虽然灯光照亮了房间，但是给人一种寒冷的感觉。

诗的中间部分，诗人描述了他的梦境。他被归雁的叫声惊醒，发现自己已经进入了梦境。他想到自己离家很远，即使在梦中回家，也需要在黎明时分才能到达。

诗的结尾部分，诗人描绘了他看到的景色。他看到江上的烟雾和月光，

看到门口的江边停泊着钓鱼船。虽然这些景色很美、很宁静，但他仍然无法摆脱对家乡的思念。

总的来说，这首诗以深沉的情感和生动的描绘，展现了作者对家乡的深深思念。

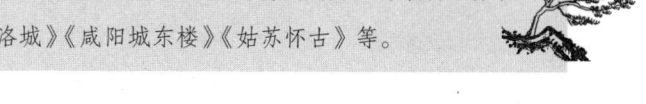

导读 许浑（生卒年不详），字用晦（一作仲晦），润州丹阳（今属江苏）人。代表作有《故洛城》《咸阳城东楼》《姑苏怀古》等。

## 秋日赴阙①题潼关驿楼

许　浑

红叶晚萧萧，长亭②酒一瓢。
残云归太华③，疏雨过中条④。
树色随山迥⑤，河声入海遥。
帝乡⑥明日到，犹自梦⑦渔樵。

【注释】

①阙：帝王住所，此处指代唐朝都城长安。②长亭：古代设置在路旁的亭子，供行人歇脚用。此处指代潼关驿楼。③太华：西岳华山，位于今陕西华阴境内。④中条：山名，位于今山西永济东南。⑤迥：远远的。⑥帝乡：京都，此处指代长安。⑦梦：向往，期盼。

【译文】

深秋已到，晚风迎面吹来，红色的枫叶被秋风吹得哗哗响，我在潼关驿楼上坐着畅饮美酒。偶然抬头，发现了几朵飘向太华山的云，雨点被风吹得稀稀拉拉地落在中条山上。中条山绵延千里，青葱的山色顺着山脉直

至远方。黄河奔腾流向大海。到达长安城估计得明天了，渔人、樵夫自由自在，我很向往他们这种悠闲的生活。

【赏析】

这是诗人创作的一首描绘秋天自然景色与表达离情别绪的佳作。整首诗以秋日的潼关驿楼为背景，通过丰富的意象和优美的诗句，展现了潼关驿楼的壮美景色。在描绘自然景象的同时，诗人抒发了人生的离别和离别时的无奈与惆怅。

# 早 秋

许 浑

遥夜<sup>①</sup>泛<sup>②</sup>清瑟，西风生翠萝。
残萤栖玉露，早雁拂金河<sup>③</sup>。
高树晓还密，远山晴更多。
淮南一叶下，自觉洞庭波。

【注释】

① 遥夜：漫漫长夜。② 泛：弹奏。③ 金河：秋天的银河。

【译文】

漫漫长夜中荡漾着凄楚清冷的瑟音，又有阵阵西风吹拂着碧绿的萝蔓。疲惫不堪的萤火虫栖息在沾满露水的青草上，南飞的群雁掠过初秋的银河。旭日东升，高大碧绿的树木郁郁葱葱，晴空下层层叠叠的远山显得格外清晰。淮南那里的林木飘落一片黄叶，在洞庭湖这里便可以感受到凉凉的秋意了。

【赏析】

诗中描绘了早秋的景色和感触，西风吹过，落叶纷飞。这些景象虽然

常见，但每次看到都会有新的感触。最后一句化用屈原《九歌·湘夫人》中的"袅袅兮秋风，洞庭波兮木叶下"，与前句相接，同样天衣无缝。

# 蝉

李商隐

本以<sup>①</sup>高难饱，徒劳恨费声<sup>②</sup>。

五更疏欲断，一树碧无情。

薄宦<sup>③</sup>梗犹泛<sup>④</sup>，故园芜已平。

烦君最相警<sup>⑤</sup>，我亦举家清。

**[注释]**

①以：因为。②恨费声：心中不满而不断嘶鸣。③薄宦：官职极其低微。④梗犹泛：身不由己，不得不四处流浪的样子。⑤警：警示，提醒。

**[译文]**

你栖身在高高的枝头本来就难以饱腹，不论如何嘶鸣都是徒劳。五更时分你已经声嘶力竭了，但大树依然碧绿一片，不为所动。我官职卑微，四处流浪，想来故乡的家园也早已荒芜了吧！烦劳你用鸣叫声让我能够保持警醒，像你一样在高枝上栖息，甘守清贫的生活。

**[赏析]**

这首诗名为《蝉》，但实际上是在表达诗人自己的情感。首段描绘了蝉因为生活在高处而难以找到食物，尽管它在哀鸣抱怨，但没有人会同情它。第三句描述了蝉整夜哀鸣，直到天明声音才消失，这与前文的"恨"字相呼应。第四句也与前文的"恨"字相呼应，蝉栖息在树上，抱着树枝哀鸣，而树木却"冷漠"得独自繁茂。诗人以蝉自比，以树木比喻他所期望的帮

助者。第三联直接写出了诗人漂泊不定的生涯，官职卑微，年年漂泊在外，故园荒芜，不如早日辞官归去。第四联将诗人的遭遇与蝉联系起来，多亏蝉鸣使诗人警醒，诗人也与蝉一样清高、清苦。如此一来，全诗首尾呼应，展现了诗人对社会不公的感慨与抗议，同时也表达了他高尚的志向。

# 风 雨

李商隐

凄凉《宝剑篇》①，羁泊②欲穷年。

黄叶仍风雨，青楼自管弦。

新知遭薄俗，旧好隔良缘。

心断③新丰④酒，销愁斗几千⑤？

[注释]

①《宝剑篇》：唐朝有位将军名叫郭震，年少时就胸怀大志。曾被武则天召见，要看他写的文章，即《宝剑篇》。②羁泊：羁旅漂泊。③心断：心碎绝望。④新丰：地名，故址在今陕西境内。⑤几千：酒的价格极贵。

[译文]

阅读《宝剑篇》后，我感到十分凄凉悲伤。我常年漂泊在旅途中，虚度一年又一年。我像在狂风暴雨中摇曳的枯叶，至今飘零不止，而青楼里那些富豪名门却在享受舞蹈和乐曲。薄俗阻断，以至于新交的朋友不持久，以前的老朋友们啊，也因为很久不联系情缘已断。在我心中，这些苦恼必须用新丰酒才能消解，管它要多少钱呢！

[赏析]

这首诗是作者通过风雨的比喻，来表达自己的生活境遇。诗人描绘了自己多年的流浪生活，就像风雨中的黄叶，孤独无依。整首诗充满了悲伤和凄凉，表达了诗人因才华未被世人认可而感到悲愤。

# 落 花

李商隐

高阁客竟去，小园花乱飞。

参差①连曲陌②，迢递送斜晖。

肠断未忍扫，眼穿仍欲归。

芳心③向春尽，所得是沾衣④。

**[注释]**

① 参差：不一致、不整齐。花瓣乱飞，花影迷离。② 曲陌：弯曲的小路。③ 芳心：花，也指惜花之心。④ 沾衣：眼泪。

**[译文]**

高高的阁楼上，游客们一个接一个离去，春花在这小小的园子里随风飘落。花瓣落在弯曲的小路上，在夕阳的映照下纷纷扬扬。我实在不忍心扫掉这些多情的花瓣，我期盼着春天，春天却来去匆匆。我满心赏花的情怀不复存在，只有留下泪水沾湿的衣襟。

**[赏析]**

李商隐的《落花》诗在唐诗中独树一帜，他巧妙地将咏物与个人情感相结合。虽然诗题为落花，但实际上是借花的凋零，来表达对人生伤感和悲哀的感慨。诗人通过落花抒发了自己哀愁和对生活的不满。这种情感的表达深深打动了人们，特别是最后两句，低回而凄婉，虽然是咏落花，但并没有流于纤细，整首诗没有任何呆板雕琢的痕迹。

# 凉　思

李商隐

客去波平槛①，蝉休露满枝。

永怀②当此节，倚立自移时。

北斗③兼春④远，南陵⑤寓使⑥迟。

天涯占梦数，疑误有新知⑦。

## [注释]

①槛：栏杆。②永怀：长久思念。③北斗：北斗星，共有七星，在北方聚成斗形，故称"北斗"。北斗在古代被比喻为君主，此处指京城长安。④兼春：与逝去的春天一样。⑤南陵：今安徽南陵，唐朝属宣城。此处指作者想念友人的地方。⑥寓使：传书的使者。寓，寄托。⑦新知：新结交的朋友。

## [译文]

当年在春潮刚涨上来的时候与你分开，那时栏杆都漫上了水。现在到了秋天，树枝上挂满了露水，蝉声已消失。那时候多么美好啊，令人怀念！我靠在栏杆上思考良久。你住在北方，离我像离春天一样远；我住在南陵，总觉得传信者来得太慢。咱俩相隔这么远，我总是梦到你忘记我又交了新朋友。

## [赏析]

这首诗是一首在秋夜怀念朋友的作品。作者对朋友有着深厚的感情，因为不知道朋友的消息而产生了疑虑，甚至进行了占卜以消除疑虑，并怀疑朋友已经有了新的朋友。这首诗表达了对朋友真挚的情谊。

# 北青萝①

李商隐

残阳西入崦②，茅屋访孤僧。

落叶人何在，寒云路几层。

独敲初夜③磬，闲倚一枝藤。

世界微尘里④，吾宁⑤爱与憎⑥。

**[注释]**

① 青萝：山名。② 崦："崦嵫"，山名，位于今甘肃。古代常用来指太阳落山的地方。③ 初夜：夜之初。④ 世界微尘里：出自《法华经》中的"书写三千大千世界事，全在微生中。"意思是大千世界都是微生。⑤ 宁：为什么。⑥ 爱与憎：《楞严经》曰"人在世间，直微尘耳。何必拘于憎爱而苦此心也。"

**[译文]**

夕阳在崦嵫山一点一点没入，我一个人探访住在茅屋的僧人。山中落叶满地，却没看到僧人在哪里。我四处张望，山路周围秋云围绕，还要走多久才能看到他？直到傍晚听到他在敲磬，走近后看到他靠在青藤上，十分悠闲。世界万物都在微小之中，人世间的爱憎于我而言又何必如此执着呢？

**[赏析]**

诗人在黄昏时分去拜访一位生活在山中的僧人，通过欣赏山中清淡而美丽的景色，体验僧人宁静而自在的生活，诗人领悟到了"整个宇宙，都包含在一粒微尘中"的佛教境界。然而，这只是李商隐在失意时的感慨，并不是他的基本思想。

**导读**　温庭筠（约801—约870），本名岐，字飞卿，太原祁（今山西祁县）人。代表作有《商山早行》《杏花》《西游书怀》等。

# 送人东游

温庭筠

荒戍<sup>①</sup>落黄叶，浩然<sup>②</sup>离故关。

高风汉阳渡<sup>③</sup>，初日郢门山<sup>④</sup>。

江上几人在，天涯孤棹<sup>⑤</sup>还。

何当重相见，樽酒<sup>⑥</sup>慰离颜。

**[注释]**

① 荒戍：荒废破败的营垒。② 浩然：广阔、盛大的景象，也指正直的人，本诗指远游的想法坚定。《孟子·公孙丑下》中有"予然后浩然有归志"。③ 汉阳渡：长江渡口，位于今湖北汉阳。④ 郢门山：地名，位于今湖北宜都北，即荆门山。⑤ 孤棹：孤舟。⑥ 樽酒：酒杯。樽，古代盛酒的容器。

**[译文]**

在荒弃破败的营垒处，空中飘落着枯叶，你怀着坚定的信念离开家乡。家乡的秋风护送你至汉阳渡口，在郢门山欢迎你的是早上的太阳。在江东有好几个亲朋好友每天盼着你从远方归家。不知下一次见面是何时，下次相见时，我们一定要畅快饮酒，消解离家的忧愁情绪。

**[赏析]**

这首诗是在战乱之后，送朋友回东方故乡的作品。诗人想象了朋友一路跋涉的情景，并期待着未来的重逢。全诗充满了悲凉的情调，这反映了战乱留下的创伤还未平复。诗表达了真挚的友情和无限的伤感。

**导读**

马戴（生卒年不详），字虞臣，唐定州曲阳（江苏东海）人。代表作有《落日怅望》《楚江怀古》《送人游蜀》《灞上秋居》等。

# 灞上秋居

马　戴

灞原①风雨定，晚见雁行频②。

落叶他乡树，寒灯独夜人。

空园白露③滴，孤壁野僧④邻。

寄卧⑤郊扉⑥久，何年致此身。

**〖注释〗**

①灞原：灞上。位于今陕西省西安市东，唐朝时住在此处的大多是考取功名的学子。②频：多次。③白露：秋天的露水，出自《诗经》中的《秦风·蒹葭》中的"蒹葭苍苍，白露为霜"。④野僧：山野中生活的僧人。⑤寄卧：寄居。⑥郊扉：郊外茅屋。

**〖译文〗**

傍晚的灞原上风雨停止，抬头望向天空可以看到赶路的大雁群。树上的枯叶纷纷扬扬地落在地上，灯火寒冷而孤寂。此时园中寂静只能听到秋天露水的滴答声，旁边只有一间茅草屋，里面住着我的邻居——一个僧人。我在荒凉的郊外待了很久了，却不知道何时才能报效国家。

**〖赏析〗**

这首诗就像一幅生动且层次分明的画卷。你可以看到灞原的寒雨、南归的暮雁、飘落的黄叶、孤独的夜灯，无处不显示出秋天的孤寂。即使在这样的环境下，诗人仍然未忘记报国之志。这首诗的景物，都是诗人亲眼

所见，没有刻意的雕饰。写情，都是感情的自然流露，没有虚假做作，立意高尚，全无俗气。

# 楚江①怀古

马　戴

露气寒光集，微阳②下楚丘。
猿啼洞庭树，人在木兰舟。
广泽③生明月，苍山夹乱流。
云中君④不见，竟夕自悲秋。

**[注释]**

①楚江，此处指湘江。②微阳：残照的夕阳。③广泽：水域面积浩大，此处指代洞庭湖。④云中君：天上的云神。

**[译文]**

露水上面凝结着的丝丝寒气直侵肌肤，光线微弱的夕阳慢慢落下了楚丘。猿猴在洞庭湖畔的树上不停地啼叫着，湖面上人们乘坐木兰舟随水漂流。浩瀚无边的湖面上明月冉冉升起，苍茫的青山中夹杂着沸腾欢快的水流。为什么一直看不到云神呢？此情此景让我不由得整夜独自悲秋。

**[赏析]**

这首诗表达了一种深沉的情感，诗人因为直言被贬，心中充满了愤懑之情。他以怀古为主题，实际上是在抒发自己的情感。在诗中，他描绘了泛舟洞庭湖所见的景色，这些凄迷的景物让他想起了屈原。他提到了"云中君"，这是屈原《九歌》中的一篇，通过"云中君不见"，他表达了对屈原的怀念之情。最后，他写道"竟夕自悲秋"，实际上是在感叹自己的才华得不到赏识，充满了悲伤和无奈。

导读

　　张乔（不知其生卒年），字伯迁，池州（今安徽贵池）人。咸通年间，张乔得中进士，为"咸通十哲"之一。黄巢起兵后，他在九华山隐居。著有《张乔诗集》二卷，收录于《全唐诗》。

# 书边事

张　乔

调角①断②清秋，征人倚戍楼。
春风对青冢③，白日落梁州④。
大漠无兵阻，穷边⑤有客游。
蕃⑥情似此水⑦，长愿向南流。

【注释】

　　① 调角：吹响号角。角类似于军号，运用在古代军队中。② 断：尽，占尽。③ 青冢：坟墓，此处指王昭君的墓地。④ 梁州：凉州，此处指代边塞。唐朝时的梁州位于今陕西南郑一带，乐曲《凉州》有时写作《梁州》。⑤ 穷边：偏远的边疆之地。⑥ 蕃：吐蕃。⑦ 此水：黄河。

【译文】

　　响彻边疆的号角声在秋天停止，边疆防城楼边是驻守边疆的战士。王昭君的墓被和煦的春风吹拂着，傍晚的太阳慢慢从西边落下。大漠一片荒凉，阻拦的军队消失不见。这边塞之地如此偏僻，却依然吸引大批游客前来。吐蕃归顺大唐的心意像江水流入大海一般。

【赏析】

　　这首《书边事》以边塞风光为背景，通过对戍楼、青冢、大漠等元素

的描绘，展现了边疆安宁、百姓安居乐业的景象。诗人表达了对民族团结、国家富强的美好愿景，展现了一幅和谐繁荣的边疆画卷。在艺术表现上，这首诗画面生动、意境优美，字里行间流露出诗人对边疆的热爱与期许，堪称佳作。

**导读**　崔涂(生卒年不详)，字礼山，浙江桐庐人。代表作有《除夜有怀》《孤雁》等。

# 除夜有怀

崔　涂

迢递①三巴路，羁危②万里身③。

乱山残雪夜，孤烛④异乡人。

渐与骨肉⑤远，转于僮仆⑥亲。

那堪正飘泊，明日岁华⑦新。

**[注释]**

①迢递：思虑悠远，连绵不绝。②羁危：在危险的地方漂泊。羁，滞留他乡。危，危险艰难。③万里身：距离家乡万里之外的身体，表示路途遥远。④孤烛：一支蜡烛。⑤骨肉：有血缘的亲人。⑥僮仆：幼仆。⑦岁华：青春岁月。

**[译文]**

我一个人越过离家万里的危险之地，度过漫漫的旅途。山影错乱，在黑夜中闪光的是皑皑白雪，我离家万里之外，陪伴我的只有一支蜡烛。僮仆和我的感情随着离家的时间慢慢加深。这除夕夜我又要在漂泊的旅途中度过了，明天开始新的一年。

**[赏 析]**

　　这首诗描绘了诗人在外乡的孤独感和思乡之情。在除夕这个特殊的日子里，他身处乱山之中，更加深了他的乡愁。第五、第六句写道，他由于无法与家人团聚，反而与家中的僮仆更加亲近，这一细节展现了他细腻的情感，也使诗人的形象变得更加生动和真实。

# 孤 雁

崔 涂

　　几行①归塞②尽，念尔独何之？

　　暮雨相呼失，寒塘欲下迟。

　　渚③云低暗度，关月冷相随。

　　未必逢矰缴④，孤飞自可疑。

**[注 释]**

　　①几行，指代和孤雁一起飞翔的其他几行雁阵。②塞：塞上，塞外。③渚：水中的小块陆地。④矰缴，此处指猎取飞鸟的工具。

**[译 文]**

　　几行归雁消失在遥远的塞外，你这只孤雁又该去往什么地方呢？暮雨中你凄楚地呼唤，寻找着走散的伙伴，你想降落寒塘处但又迟疑不定。从水中小洲上那片低矮的浓云中穿过，只有关山的冷月与你相随。也许你未必会遭到暗箭的攻击，你独自飞行却让人疑惧恐慌。

**[赏 析]**

　　这是崔涂的一首描绘孤雁飞翔的诗篇。诗人以孤雁为主题，借物抒怀，

寓意着人生的孤独与坚韧。在这首诗中，诗人巧妙地运用了丰富的意象和细腻的描绘手法，让人陶醉于那美妙的诗境之中。

**导读**

　　杜荀鹤（846—904），字彦之，自号九华山人，池州石埭（今安徽石台）人。代表作有《闽中秋思》《冬末同友人泛潇湘》《春宫怨》等。

## 春宫怨

杜荀鹤

　　早被婵娟①误，欲妆临镜慵②。

　　承恩不在貌，教妾若为容③。

　　风暖鸟声碎④，日高花影重。

　　年年越溪女⑤，相忆采芙蓉⑥。

**[注释]**

　　① 婵娟：姿态美好，形容女子。② 慵：懒。③ 若为容：怎样梳妆打扮。出自《诗经》中的《卫风·伯兮》中的"岂无膏沐，谁适为容？"④ 碎：杂乱，不整齐。⑤ 越溪女：西施在河边浣纱的女伴。⑥ 芙蓉：莲花。

**[译文]**

　　宫里选中我是因为我年轻时美丽的容貌。心里也很愿意对着镜子打扮自己，但是又因为慵懒搁置下来。从古至今由于君王不因美貌分配宠爱，所以我没有心思打扮自己。在和煦的春风的吹拂下，响起动听的鸟鸣声。中午，宫里的花在太阳的照射下投下层层叠叠的影子。我想念年少时的同伴，怀念与同伴采摘莲花的快乐情景。

**[赏析]**

　　这是一首杰出的宫怨诗，描绘了一位美丽的宫女因为未能得到宠爱，被困在深宫之中，虚度了美好的春光。诗中突出了宫女的寂寞和凄凉，谴责了封建君王的薄情寡恩，同时也借此表达了诗人怀才不遇的悲怨。

**导读**

　　韦庄（836—910），字端己，京兆杜陵（今陕西西安）人，与温庭筠同为"花间派"代表作家，并称"温韦"。代表作有《思归》《江外思乡》《古离别》《台城》《金陵图》《上元县》等。

# 章台①夜思

韦　庄

　　清瑟怨遥②夜，绕弦风雨哀。

　　孤灯闻楚角，残月下章台。

　　芳草已云暮，故人③殊未来。

　　乡书④不可寄，秋雁又南回⑤。

**[注释]**

　　①章台：章华台，楚灵王时期修建。②遥：长久，漫长。③故人：老朋友。④乡书：家书，家信。⑤秋雁又南回：古人认为秋雁南飞，可以捎回家信，所以有鸿雁传书的传说。

**[译文]**

　　清脆的琴瑟之音仿佛也在埋怨这漫漫长夜，外面风雨的声响绕着琴弦的清音，更增添了许多悲凉的味道。一个人在清冷的孤灯下，听着楚角的哀鸣声，静静地看着清冷的残月渐渐从章台那里沉落。芳草早已枯萎凋零，走到了生命的尽头，而心中一直苦苦思念的老朋友，依然没有到来。写好的家书没有办法寄出去，南飞的秋雁又都从长空迅速掠过不见了踪影。

[赏析]

这是一首秋夜怀乡的诗。当时，作者正在躲避江南的战乱，流寓在湖北一带。他怀念着长安，在萧瑟的秋夜，凄凉的楚角引发了他无尽的思乡之情。诗人感伤时序，抒发了自己满怀的悲凉。

**导读**

皎然（约720—约800），俗姓谢，字清昼，湖州长城（今浙江长兴）人。代表作有《早春书怀寄李少府仲宣》《顾渚行寄裴方舟》《饮茶歌诮崔石使君》等。

# 寻陆鸿渐①不遇

皎　然

移家虽带②郭③，野径入桑麻。

近种篱边菊，秋来未著花。

扣门无犬吠，欲去问西家。

报道山中去，归来每日斜。

[注释]

①陆鸿渐：陆羽，唐代著名文学家，字鸿渐，竟陵（今湖北天门）人。曾在苕溪一带隐居，著有《茶经》一书。②带：距离近。③郭，指代城墙。

[译文]

陆羽新的住所虽然距离城市不远，但前去拜访的时候需要沿着野径一直走到桑麻中间。他家的房前屋后的篱边种满了菊花，秋日来临的时候都还未开花。我上前敲门，连一声狗叫声也没有听到，于是就询问西面的邻家陆羽去了什么地方。对方告诉我陆羽已经去了山中，常常是在太阳西斜的时候才回来。

【赏析】

　　这是一首诗人访友不遇的诗。诗人兴致勃勃地来访，却发现友人不在，只能失望而归。诗篇主要描绘了友人的生活环境和生活情趣。尽管友人的居所靠近城郭，但周围却是桑麻丛生的小径。友人的生活情趣是在闲暇之余种植菊花，白天游览深山，夜晚才返回，完全是一位隐者。

# 七言律诗　五十三首

**导读**

崔颢（704—754），汴州（今河南开封）人。代表作有《黄鹤楼》《辽西作》《崔颢集》等。

## 黄鹤楼①

崔　颢

昔人②已乘黄鹤去，此地空余黄鹤楼。

黄鹤一去不复返，白云千载空悠悠③。

晴川历历④汉阳⑤树，芳草萋萋鹦鹉洲⑥。

日暮乡关⑦何处是？烟波⑧江上使人愁。

【注释】

① 黄鹤楼：位于湖北省武汉市长江南岸的黄鹤山西北黄鹤矶上，为国家 5A 级旅游景区，享有"天下江山第一楼""天下绝景"之称。传说仙人王子安曾在此驾鹤游玩。② 昔人：仙人。③ 悠悠：长久，遥远，闲适。④ 历历：清楚。⑤ 汉阳：位于湖北省武汉市汉阳区，隔长江与黄鹤楼相对。⑥ 鹦鹉洲：长江中的沙洲。位于湖北汉阳西南。相传东汉祢衡曾在此作《鹦鹉赋》，因而得名。相传当时江夏太守在此处设宴款待众人时收到一只鹦鹉，因此被称为"鹦鹉洲"。⑦ 乡关：家乡。⑧ 烟波：烟雾笼罩的江面。

【译文】

黄鹤楼空荡荡的，曾经驾鹤而来的仙人早已不知去向。黄鹤离开此地

千年未曾回来，这里只有白云悠悠飘浮。汉阳的树木被阳光照耀得十分清晰，繁茂的青草遍布在鹦鹉洲上。傍晚来临，我的家乡到底在哪里？江面上烟雾笼罩一片广阔，令我更加思念家乡。

## [赏析]

这首诗描绘了黄鹤楼的壮丽景观，通过黄鹤和悠悠白云的神话传说，表达了人生短暂而宇宙无限的思考。同时，也表达了诗人对家乡深深的思念之情。整首诗气势磅礴，寓意深远。

# 行经华阴①

崔　颢

岩峣②太华③俯咸京④，天外三峰⑤削不成。
武帝祠⑥前云欲散，仙人掌⑦上雨初晴。
河山北枕秦关⑧险，驿路⑨西连汉畤⑩平。
借问路旁名利客⑪，何如此地学长生⑫？

## [注释]

①华阴：地名，位于今陕西省华阴市。②岩峣：山高峻的样子。③太华：华山。④咸京：咸阳。⑤三峰：芙蓉、玉女、明星三座山，另一说是莲花、玉女、松桧三座山。⑥武帝祠：巨灵祠。汉武帝登华山顶后所建。⑦仙人掌：华山中最陡峭的山。⑧秦关：秦代的潼关，或是函谷关。⑨驿路：大道。⑩汉畤：汉朝祭祀天地五帝的地方。⑪名利客：追逐名利的人。⑫学长生：在山林中隐居，寻求长生不老的方法。

## [译文]

我站在高峻巍峨的华山上俯视京都咸阳，华山有三座伸向天外的山峰：芙蓉、玉女、明星，这三座山峰如鬼斧神工，非人力可为。大雨过后，华

山中的仙人掌（华山中最陡峭的山）放晴，云雾开始消散。秦关地势险要，北边是黄河和华山，经过长安的大路连着祭祀的地方空旷平坦。我想询问那些人为什么不到华山上去学习长生之道反而要去追逐名利呢？

[赏析]

这首诗的结构严谨，对仗工整，但也有些刻意追求完美的地方。虽然极力描绘华山的壮丽景色，但在气势上稍显不足。结尾的议论部分也有些不协调，与他的名作《黄鹤楼》相比确实稍逊一筹。然而，从格律的角度来看，这首诗是非常符合标准的。

导读

祖咏（生卒年不详），字、号均不详，河南洛阳人。代表作有《终南望余雪》《望蓟门》《七夕》等。

# 望蓟门①

祖　咏

燕台②一去客心惊，笳③鼓喧喧汉将营。

万里寒光生积雪，三边④曙色动危旌⑤。

沙场烽火⑥侵胡月，海畔云山拥蓟城。

少小虽非投笔吏⑦，论功⑧还欲请长缨⑨。

[注释]

①蓟门：蓟门关。唐朝时被范阳道管辖，是屯驻重兵的地方。②燕台：冀北一带，即幽州台。本来是个黄金台，但被燕昭王用来广纳贤能之人。③笳：一种乐器，像笛子一样。常被当作号角使用。④三边：古称幽州、并州、凉州为"三边"。⑤危旌：旗帜高高扬起。⑥烽火：报警时用的烟火，

燃烧后会升起高高的烟雾，以此为信号。⑦ 投笔吏：通过抄写书本谋取生活的官职。典出《汉书·终军传》，班固原为抄写文书的小吏，一天投笔叹曰："大丈夫无它志略，犹当效傅介子、张骞立功异域，以取封侯，安能久事笔砚间乎？"班超最后被封为定远侯。⑧ 论功：按照功绩行封。⑨ 请长缨：自愿加入军队上战场。起源于汉人终军曾自向汉武帝请求一事，"愿受长缨，必羁南越王而致之阙下。"他后来二十岁就死在了战场上。缨，绳。

 **译文**

当我站在燕台上望向远处汉军的营地，内心十分震惊。远处积雪绵延万里，闪烁着冷寂的光芒，在晨光的映照下，边塞上迎风飘动的旌旗数不胜数。在炮火接连的轰炸下，边塞的明月也看不太清晰了，渤海和云山从南到北护卫着蓟门城。班超投笔从戎是年轻时的我怎么也比不了的，可现在我愿意主动请缨上战场，建立军功，保卫国家。

**赏析**

唐代的蓟门地区，位于范阳道，负责统领幽云十六州，是唐朝东北边境的重要军事重镇，主要负责防御契丹的入侵。唐玄宗开元二年（714 年），薛纳率领军队抵御契丹；开元二十二年（734 年），张守珪斩杀契丹王。这首诗可能创作于这个时期，当时诗人正在这里任职。

整首诗紧紧围绕一个"望"字展开，描绘了蓟门地区的山川形势，意象雄伟壮观，字里行间充满了积极向上的精神和建功立业的盛唐之音。

**导读**　　崔曙（？—739），原籍博陵（今河北安平）人，后来搬到宋州（今河南商丘）。开元二十六年（738 年）中进士，担任河内尉一职。在写诗方面很有名气，著有《崔曙集》一卷，《全唐诗》存其诗一卷。

# 九日登望仙台呈刘明府①

崔　曙

汉文皇帝有高台②，此日登临曙色开③。

三晋④云山皆北向⑤，二陵⑥风雨自东来。

关门令尹谁能识⑦，河上仙翁⑧去不回。

且欲近寻彭泽宰⑨，陶然⑩共醉⑪菊花杯⑫。

## [注释]

①九日：重阳节。望仙台，地名，在今陕西境内。刘明府，其人不详。明府，唐代对县令的尊称。②高台：望仙台。③曙色开：早晨的太阳普照大地。④三晋：春秋末韩、魏、赵三家分晋。位于今山西、河南、河北一带。⑤北向，山脉向北绵延。⑥二陵：南北二陵，位于今河南洛宁附近。《左传》载，夏帝皋葬在崤山的南陵地带，北陵处周文王曾躲过风雨。⑦谁能识：关门令尹还有谁认识呢？⑧河上仙翁：河上公，据说功德圆满后可羽化升仙。⑨彭泽宰：晋陶渊明。陶渊明特别爱喝酒、赏菊。重阳节时菊花盛开，陶渊明就坐在菊花丛中等待友人王弘送酒来共饮，两个人你来我往，喝得痛快极了。此处借彭泽宰代指刘明府。⑩陶然：欣然陶醉。⑪共醉：又作"一醉"，一起喝醉的意思。⑫菊花杯：边赏菊边饮酒。

## [译文]

我登高望远的楼台是汉文帝建造的，在这里可以看到刚刚升起的太阳。三晋一带，山岭弯弯曲曲向北绵延，风雨从东方向崤山二陵飘落。尹喜曾在函谷关潜心修养向老子寻道。但河上功德圆满升仙后没回来这事谁又知道呢？仙人找不到，不如找陶渊明吧，我可以和他一边赏菊一边饮酒，盼着能喝个痛快！

**[赏析]**

　　这是一首描绘登高望远情景的诗篇，表达了诗人对友情的珍视和对美好生活的向往。

　　首联描述了望仙台的地理位置和天气状况，为下文铺垫了背景。颔联则通过描绘壮丽的景色，展现了望仙台的险要地势。

　　颈联开始转向虚幻的神仙世界，表达了诗人对神仙生活的怀疑和不屑。他建议人们不如在重阳节这天，与朋友一起欣赏菊花，畅饮美酒，享受现实生活的美好。

　　尾联则以陶渊明的形象比喻刘明府，既表达了对刘明府的赞美，也暗示了自己高洁的品质。

　　整首诗情感丰富，既有对友情的怀念，也有对神仙生活的质疑，以及对现实生活的热爱。同时，诗人还表达了自己怀才不遇的感慨，虽然才华横溢，却无人赏识，这也反映了古代文人普遍存在的忧虑。

# 送魏万① 之京

李 颀

　　朝闻游子唱离歌②，昨夜微霜初渡河③。
　　鸿雁不堪愁里听，云山况是客中④过。
　　关城⑤曙色催寒近⑥，御苑⑦砧声⑧向晚⑨多。
　　莫见长安行乐处，空令岁月易蹉跎⑩。

**[注释]**

　　① 魏万：又名颢，自号王屋山人，曾在王屋山隐居。② 离歌：离别时唱的歌。③ 初渡河：刚刚渡过黄河。④ 客中：客游四方的途中。⑤ 关城：潼关。⑥ 催寒近：寒气越来越重，天气越来越冷。⑦ 御苑：宫中庭院，此

处指代京城。⑧ 砧声：捣衣声。⑨ 向晚：黄昏时节。⑩ 蹉跎：浪费时间，虚度光阴。

【译文】

昨夜降了微霜，今天早上我为你送别，我听你唱着离别之歌渡河西去。我怀揣着满腹的忧愁不愿听到鸿雁的叫声，茫茫云山给我做客的旅途带来冷寂。这个地方早上越来越冷，晚上百姓洗衣服的捶打声越来越响。长安不是玩乐之地，不要在那里虚度光阴。

【赏析】

这首诗是李颀送给他的好友魏万的离别之作。诗中，李颀通过描绘深秋的景象和描绘长安的生活，表达了对魏万的不舍和对他的深切的祝福。

首句"朝闻游子唱离歌"，传达了魏万离去的消息。第二句的"昨夜微霜"四字描绘了前一夜的萧瑟氛围。诗中的"鸿雁不堪愁里听"和"云山况是客中过"两句，则表达了离别时的忧伤。

"关城曙色催寒近，御苑砧声向晚多"这两句诗中，诗人对远行的魏万进行了真挚的劝导，通过富有情感的描绘，表达了对长安生活的深切感受。结尾的两句"莫见长安行乐处，空令岁月易蹉跎"，则是诗人对魏万的深情劝诫，希望他在长安的生活能够充实，不要虚度岁月。

整首诗把叙事、写景、抒情融为一体，情感真挚，表达了诗人对朋友的深情厚谊和对生活的深切感受。诗中的意象生动、语言优美，展现了诗人深厚的艺术功底。

# 登金陵<sup>①</sup>凤凰台<sup>②</sup>

李白

凤凰台上凤凰游，凤去台空江自流。

吴宫<sup>③</sup>花草埋幽径，晋代衣冠<sup>④</sup>成古丘。

三山<sup>⑤</sup>半落青天外，二水中分白鹭洲<sup>⑥</sup>。

总为浮云能蔽日，长安不见使人愁。

**【注释】**

①金陵：今江苏南京。②凤凰台：古地名，旧址在今江苏南京凤台山一带。③吴宫：三国时期，吴国在金陵建都，修建有宫殿。④衣冠：此处比喻那些名门望族。⑤三山：金陵西南临长江的三座山峰。⑥白鹭洲：长江中的沙洲，因多聚白鹭而得名。

**【译文】**

凤凰台上曾经有凤凰在这里翩翩起舞，后来凤凰飞走了，只剩下空空的楼台和独自东流的江水。野花杂草遍布的地方原是吴国旧时的宫殿，晋朝的时候多少王族大户如今已成荒冢古丘。巍峨高耸的三座山峰，有半截露出青天之外，白鹭洲从秦淮河穿越而过中，将它分为两条水流。奸臣当道如浮云遮日，我看不见长安，心中无比忧愁。

**【赏析】**

诗人站在绝对的高度，观察古今，感叹荣华富贵的短暂和世事的无常。其诗气势磅礴，语言优美，自然流畅。同时，诗人运用象征手法，表达了自己壮志难酬、报国无门、忧国忧民的情怀，使诗的内涵更为丰富与深刻。

# 送李少府贬峡中<sup>①</sup> 王少府贬长沙

高 适

嗟君此别意何如，驻马衔杯问谪居<sup>②</sup>。

巫峡<sup>③</sup>啼猿数行泪，衡阳<sup>④</sup>归雁几封书。

青枫江<sup>⑤</sup>上秋帆远，白帝城边古木疏。

圣代即今多雨露，暂时分手莫踌躇<sup>⑥</sup>。

**[注释]**

① 峡中，此处泛指今四川东部。② 谪居：古代官吏被贬官降职到边远的地方居住。③ 巫峡：长江三峡之一，位于今重庆。④ 衡阳：地名，位于今湖南。从北方往南方飞的大雁每到秋天都会在衡阳落脚。⑤ 青枫江：位于今湖南长沙。⑥ 踌躇：拿不定主意。

**[译文]**

咱们三个即将分别，不知道你们是否和我一样感到十分难过，从马上下来一起喝点酒吧！敞开心扉聊聊被贬的事。巫峡最有名的是两岸会啼叫的猿猴，大雁在衡阳飞往北边可以为我们传递书信。若想观赏江面上张开的大片白帆可以去长沙，若想体验白帝城的荒凉可以去巴东。如今太平盛世，朝廷一定会恢复你们的职位，所以大胆前行吧，不要拿不定主意不知该干什么！

**[赏析]**

这首诗是诗人为了送别被贬谪的两位朋友而创作的，描述了他们即将面临的艰苦旅程。诗人表达了对他们的深切同情和关心，同时也给予他们安慰和鼓励。这首诗充满了深厚的感情和真挚的关怀。

# 奉和中书贾至舍人早朝大明宫

岑　参

鸡鸣紫陌①曙光寒，莺啭皇州②春色阑。

金阙③晓钟开万户，玉阶仙仗④拥千官。

花迎剑佩⑤星初落，柳拂旌旗露未干。

独有凤凰池⑥上客，《阳春》⑦一曲和皆难。

【注释】

①紫陌：京师的街道。②皇州：京城长安。③金阙：金殿。④仙仗：皇帝的仪仗。⑤剑佩：官员佩戴的剑。⑥凤凰池：中书省。⑦《阳春》：与《白雪》齐名的一首歌，春秋时期流传下来的。

【译文】

早上天还没亮，鸡叫声响起，京师的街道上带着寒气，这个季节黄莺开始鸣啭，春意布满整个长安城。金殿早上响起的钟声打开了千家万户之门，准备上朝的人立在玉阶前，被仪仗队簇拥着。天上的启明星刚刚消失，侍卫就出现在小路上，飘扬的旌旗拂着柳枝，露珠立在枝头上颤颤巍巍。到了中书省官员贾至赋诗赞歌的时候了，风格像《阳春》曲一样，具有高雅的格调，一般人和不了。

【赏析】

这首诗是回应贾至的作品。诗中描绘了京城的壮丽景色以及早朝的庄严氛围。首联以鸡鸣、曙光、莺啭和春色为引子，展现了春天的气息。颔联通过钟声和皇帝的仪仗队，描绘了早朝的盛况。颈联则以花和柳作为点缀，使得朝仪更加生动活泼。尾联则对贾至的诗才表示敬意，表达了作者对他的赞赏之情。

# 和贾至舍人《早朝大明宫》之作

王　维

绛帻①鸡人②报晓筹③，尚衣④方进翠云裘⑤。

九天阊阖开宫殿，万国衣冠⑥拜冕旒⑦。

日色才临仙掌⑧动，香烟欲傍衮龙⑨浮⑩。

朝罢须裁五色诏⑪，珮声归到凤池头。

## 【注释】

①绛帻：红色头巾。② 鸡人：天还没亮时，宫中会派专人系上红色头巾用声音警示百官，像公鸡一样，因此称其为"鸡人"。③ 晓筹：拂晓时刻，夜间计时工具。④ 尚衣：唐时有尚衣局。负责管理皇帝和后宫嫔妃的衣服。⑤翠云裘：皮衣上装饰着绿色云纹。⑥ 衣冠，指代文武百官。⑦ 冕旒，此处指天子。⑧ 仙掌：皇帝的仪仗队举着的障扇，用来遮风蔽日。⑨ 衮龙：龙袍。⑩ 浮：烟雾在龙袍周围浮动。⑪ 五色诏：用五色纸写的诏书。

## 【译文】

天还没亮，宫中的侍卫就戴着红色头巾大声报时，表示天要亮了。紧接着尚衣局的官员为皇上献上用绿色云纹装饰的皮衣。金红色的宫门打开后，弓着身子的文武百官向皇帝朝拜，等候旨令。太阳刚冒头，负责掌扇遮阳的官员就把大扇子准备好了，青烟在香炉中袅袅升起，围绕着龙袍向上升腾。结束早朝后，皇帝颁布五彩诏书，每当他离开皇宫去办公时玉佩的碰撞声就会响起。

## 【赏析】

这首诗与岑参创作的《奉和中书贾至舍人早朝大明宫》相类似，旨在描绘朝拜的庄严和华贵。整首诗分为早朝前、早朝中和早朝后三个阶段，

展现了大明宫早朝的氛围和皇帝的威严。同时，也对贾至给予了赞美，体现了唐朝繁荣时期的威严。这首诗的语言华丽，气象宏伟，风格和谐。

# 奉和圣制从蓬莱向兴庆阁道中留春雨中春望之作应制

王　维

渭水①自萦秦塞曲，黄山②旧绕汉宫斜。
銮舆③迥出千门柳，阁道回看上苑④花。
云里帝城双凤阙⑤，雨中春树万人家。
为乘阳气⑥行时令，不是宸游⑦玩物华⑧。

【注释】

①渭水：黄河最大分支——渭河。②黄山：黄麓山，在今陕西境内。③銮舆：皇帝的交通工具。④上苑：皇家园林。⑤双凤阙：汉武帝时期建造的建筑。翔鸾、栖凤分布在东西方位。阙：宫门前的望楼。⑥阳气：春天的气息。⑦宸游：皇帝出宫游玩。宸：皇帝居住的地方，也可以代指皇帝。⑧物华：景物美好华丽。

【译文】

秦塞被弯弯曲曲流淌的渭水包围着，黄麓山坐落在河边，横斜着围住了以前的老汉宫。皇帝坐的车好像在空中飘浮前进一样，比杨柳高出一大截。若想欣赏皇家宫苑里花草树木繁茂生长的美景，只需要爬上高高的阁道向宫苑望去。东西两侧翔鸾、栖凤两楼高高耸立、直插云霄，树木在春雨的滋润下生长旺盛，遮盖了百姓居住的房子。趁着天气好，皇帝顾不上欣赏春景，他马不停蹄地发布关于农事的命令，指导百姓耕种。

244/

**[赏析]**

这是王维在唐玄宗出游时所作的一首和诗。诗中的"望"字是诗眼，通过广阔的视野，展示了长安宫阙的壮丽景色。同时，通过"万人家"等细节，描绘了出游的热闹场景。

# 积雨辋川庄作

王　维

积雨空林①烟火迟②，蒸藜③炊黍④饷东菑⑤。
漠漠⑥水田飞白鹭，阴阴⑦夏木⑧啭黄鹂。
山中习静观朝槿⑨，松下清斋⑩折露葵⑪。
野老⑫与人争席罢⑬，海鸥何事更相疑。

**[注释]**

① 空林：稀疏的树林。② 烟火迟：雨下得久，空气潮湿水汽大，烟火引燃慢。③ 藜：一年生草本植物，嫩叶可食。④ 黍：一种谷物，可作为主食。⑤ 饷东菑：给干活的人送中午饭。饷，把饭送到地头。菑，田地开始耕种。⑥ 漠漠：开阔，一望无际。⑦ 阴阴：幽深黑暗。⑧ 夏木：夏天树木高大。⑨ 槿：一种植物。早开夕谢。⑩ 清斋：素食。支遁在《五月长斋诗》中写道："令月肇清斋，德泽润无疆。"⑪ 露葵：葵菜沾满朝露，此处指新鲜蔬菜。⑫ 野老：乡村老人，特指作者自己。⑬ 争席罢：隐居在山野之中不再与世人争抢。争席的典故出自《庄子·寓言》，杨朱学道的路上受到别人的欢迎，大家都很尊重他，当他学成归来后，大家反而与他争席，此事表明他已获得自然大道，与人们相处无隔阂。

**[译文]**

山林中雨下个不停，空气潮湿，导致烟火燃烧得很慢。家里的妇人做好饭就赶紧送去地头给在地里劳作的家人吃。一眼望去，水田十分平坦，可以看见飞舞的白鹭。林间大树枝丫繁茂，郁郁葱葱，黄鹂在树上婉转歌唱。我一个人待在山中修习自己的道，木槿花早上开晚上谢。我只身在茅屋里吃素，有时会采摘绿葵吃。我隐姓埋名居住在这里，不想再参与人世纷争，但有些人像海鸥一样不停地猜疑我。

**[赏析]**

　　这首诗是诗人田园诗的代表作，生动地描绘了夏末田园的美景。诗中描述了湿润的田野、白鹭的飞翔和黄莺的啼鸣，展现了乡村的自然风光。同时，诗人也表达了自己在乡野中安居乐业的悠闲心情，以及对田园生活的热爱和向往。

# 赠郭给事①

王　维

洞门②高阁霭③余晖，桃李④阴阴柳絮飞。

禁里⑤疏钟官舍晚，省中啼鸟吏人稀。

晨摇玉佩⑥趋⑦金殿，夕奉天书拜琐闱⑧。

强欲从君无那⑨老，将因卧病解朝衣⑩。

**[注释]**

　　①给事：省称，唐朝时属于门下省，正五品。②洞门：一层层的宫门。③霭：形容盛、多。④桃李：学生。⑤禁里：皇宫内院。⑥玉佩：挂在身上的玉质装饰品。⑦趋：小跑急走，以示恭敬。⑧琐闱：有雕饰的门，此处指宫门。⑨无那：无奈。⑩解朝衣：脱下上朝时的衣服，辞官回家。

**[译文]**

余晖可以在东边阁楼上看到，宫里的桃李生长茂盛，漫天飞舞的全是柳絮。晚上响起的钟声听起来稀稀落落的，门下省中安静得可以听见鸟鸣，来这里的官员越来越少了。我一大早上戴着玉佩去上朝，带着皇帝给的诏书回到家中。我年纪太大，无法再追随你了，请允许我告老还乡吧！

**[赏析]**

这首诗通过描绘诗人在朝廷中的生活，表达了他对于朝廷生活的厌倦、对未来的期待以及对老去的恐惧。这首诗的语言优美，意境深远，给人留下了深刻的印象。

# 蜀 相

杜 甫

丞相祠堂①何处寻？锦官城②外柏森森③。

映阶碧草自春色，隔叶黄鹂空④好音。

三顾频烦天下计，两朝开济⑤老臣心。

出师⑥未捷身先死，长使英雄泪满襟！

**[注释]**

① 丞相祠堂：诸葛亮的祠堂，位于今四川成都。② 锦官城：成都。③ 柏森森：繁茂生长的柏树。④ 空：啥也没有，白白的。⑤ 两朝开济：诸葛亮劳苦功高，辅佐两代人。⑥ 出师：出兵。

**[译文]**

武侯诸葛亮的祠堂位于锦官城外繁茂生长的柏树林里。这片柏树林非常安静，很少有人来，绿草趴伏在祠堂台阶上，独自歌唱的黄鹂在柏树枝

头栖息。刘备三顾茅庐请来诸葛亮，建立蜀国，诸葛亮鞠躬尽瘁，尽力辅佐刘备和刘禅。但是很可惜，诸葛亮在伐魏途中生病去世，天底下所有忠心的英雄无一不为此事伤心流泪。

**[赏析]**

在这首七言律诗中，诗人通过对诸葛武侯的赞美，巧妙地表达了自己的理想和追求。他描绘了诸葛武侯为国家建立功勋、尽心尽力的忠诚和爱国情怀，从而间接地表达了自己的理想和向往。

最后一句既表达了诗人对诸葛亮未能完成理想的遗憾，也抒发了自己才华未得到充分利用的忧虑。这不仅增强了诗的感染力，也让读者对诗人的情感有了更深的理解。

# 客　至

杜　甫

舍①南舍北皆春水，但见群鸥日日来。

花径②不曾缘客扫，蓬门今始为君开。

盘飧③市远④无兼味⑤，樽⑥酒家贫只旧醅⑦。

肯⑧与邻翁相对饮，隔篱呼取⑨尽余杯⑩。

**[注释]**

①舍：草堂。②花径：小路上长满野花。③飧：可以直接吃的熟食。④市远：距离集市远。⑤兼味：佳肴种类多。⑥樽：酒杯。⑦旧醅：陈酒。⑧肯：询问客人意见，表能否之意。⑨呼取：招呼客人。⑩余杯：剩下的酒。

【译文】

我住在自己的草堂里可以看见成群结队的海鸥群，春水积聚在草屋的南面和北面。门前的小路上长满了野花，今天，如果不是你来，我不可能打扫这小路，我草屋的门今天也为你敞开。集市离我住的地方很远，中午没有好菜招待你，我家里清贫，能招待你的只有去年的酒。隔壁篱笆后面住着一个老头，如果你想三个人一起喝我可以叫他一声。

【赏析】

整首诗语言质朴，情感真挚，充满了浓厚的生活气息和人情味。杜甫以其独特的艺术手法，表达了自己对客人到来的欣喜，展现了乡村生活的美好与和谐。

# 野　望

杜　甫

西山①白雪三城戍②，南浦清江③万里桥④。

海内风尘⑤诸弟隔，天涯涕泪一身遥。

惟将迟暮⑥供多病，未有涓埃⑦答圣朝。

跨马出郊时极目⑧，不堪人事日萧条。

【注释】

①西山：在今成都西部一带，主峰雪岭上面终年有积雪。②戍：守卫，防守。③清江：锦江，在今成都城外南郊。④万里桥：在今成都城南一带。⑤风尘：战火连绵不绝的样子。⑥迟暮：形容很老。⑦涓埃：细流和尘埃，形容很细小。⑧极目：放眼远望。

**【注释】**

常年积雪的西山守卫着三城重镇，南浦那里万里桥横跨浩浩荡荡的清江。海内战火不熄，兄弟们相隔千里之遥，独自流浪天涯的我想起这些后更觉长路漫漫，不禁涕泪涟涟。迟暮的我疾病缠身，没有任何的功劳报答朝廷，让我感到无比羞愧。骑马来到郊外向远处极目眺望，人间的情景让我倍感凄凉和萧条。

**【赏析】**

这是一首描绘战乱之后的沉痛之作，充满了对家乡和亲人的思念之情。

首句"西山白雪三城戍"，描绘了战乱之后的荒凉景象，西山的白雪象征着冷酷和死亡，三城戍则暗示了战争的残酷。接下来的"南浦清江万里桥"则描绘了江河的宽广和桥梁的遥远，象征着作者与家乡的距离。

"海内风尘诸弟隔，天涯涕泪一身遥"，这两句表达了作者对于家乡和亲人的深深思念。他感到自己像是在天涯海角，与亲人隔着万水千山。

"惟将迟暮供多病，未有涓埃答圣朝"，这两句表达了作者对于自己无法为国家做出贡献的无奈和悲哀。他感到自己年老体弱，无法为国家做出贡献。

最后两句"跨马出郊时极目，不堪人事日萧条"，则表达了作者对于世事的悲观和失望。他看着世界，感到无法忍受人间的苦难和混乱。

# 闻官军收河南河北

杜 甫

剑外<sup>①</sup>忽传收<sup>②</sup>蓟北<sup>③</sup>，初闻涕泪满衣裳。

却看<sup>④</sup>妻子<sup>⑤</sup>愁何在？漫卷诗书喜欲狂。

白日放歌须纵酒，青春作伴好还乡。

即从巴峡<sup>⑥</sup>穿巫峡，便下襄阳向洛阳。

**【注释】**

　　① 剑外：剑门以南的地区，此处指代蜀地。② 收：收回，收复。③ 蓟北：古地名，今河北北部一带。④ 却看：回头看。⑤ 妻子：妻子和儿女。⑥ 巴峡：地名，在今重庆嘉陵江之巴峡，俗称"小三峡"。

**【注释】**

　　蜀地那里忽然传来了官军收复蓟北的好消息，初听到这个惊喜的信息后，我不由得热泪沾湿了衣裳。赶忙回头看妻子和儿女，她们脸上的忧愁也早已不知去向。我高兴得将要发狂，胡乱地卷起诗书准备起身返程。在阳光明媚中我放声高歌，又能够无拘无束地痛饮美酒，在美好春光的陪伴下愉快地返回家乡。我的心儿像是插上了翅膀一般，从巴峡穿过巫峡，回到襄阳又急忙直奔洛阳。

**【赏析】**

　　这首诗是在广德元年（763 年）春天创作的，作者在梓州听说唐朝军队收复了河南和河北后，无比兴奋，于是写下了这首诗。诗中通过描绘人物的神态、动作和心理，生动地表达了作者无尽的喜悦和激动。整首诗情感奔放，一气呵成。

# 登 高①

杜 甫

风急天高猿啸哀，渚清沙白鸟飞回②。

无边落木萧萧③下，不尽长江滚滚来。

万里悲秋常作客④，百年⑤多病独登台。

艰难苦恨繁霜鬓，潦倒⑥新停⑦浊酒杯。

**[注释]**

① 登高：古人在农历重阳节的时候，有出门登高的风俗。② 回：盘旋，回旋。③ 萧萧：风吹落叶发出的响声。④ 作客：客居在异乡。⑤ 百年：形容人的一生。⑥ 潦倒：困顿，困苦不堪。⑦ 新停：诗文的背景是杜甫因为患病，只好停酒不喝。

**[注释]**

猛烈的秋风，辽阔的天空，猿猴的叫声也格外凄厉。清水洲上，白沙岸边，鸥鸟在那里不停地回旋翔飞。无边无际的枯叶落木在秋风中萧萧地飘落下来，奔腾不息的长江水从远方滚滚而来。作为身在他乡的旅客，常常会触景生情，暮年的我抱着残躯独自登上高台。生活中的艰难困苦让我的两鬓早早染上了霜雪，困顿潦倒的时候想要借酒消愁，却又因为有病在身而不得不停酒伤怀。

**[赏析]**

这首诗是作者在重阳节这一天登高远望，看到秋天的景色而引发的感慨。他以丰富的色彩描绘了深秋旷野的壮丽景象，让人感受到大自然的壮美。然而，在这美丽的景色中，诗人却感受到了深深的哀愁。他感叹时光的流逝、国家的动荡以及个人的困境。这首诗展示了诗人对国家命运的忧虑，以及

对个人生活的无奈。他的情感深沉而悲壮，使这首诗成为中国古典诗歌的经典之作。

# 登 楼

杜 甫

花近高楼伤客心①，万方多难此登临②。
锦江③春色来天地④，玉垒⑤浮云变古今。
北极朝廷终不改，西山寇盗莫相侵。
可怜后主⑥还⑦祠庙，日暮聊为⑧《梁甫吟》⑨。

## [注释]

①客心：旅人的心情。②登临：登山临水，游览名胜古迹。③锦江：濯锦江，是岷江的一条支流，经过成都。成都盛产锦缎，锦缎经过漂洗后颜色更加鲜亮，于是被命名为"濯锦江"。④来天地：同天地一起。⑤玉垒：山名，位于今四川都江堰与成都交界处。⑥后主：刘禅，蜀国皇帝刘备的儿子。刘备为先主，刘禅为后主。后蜀国被魏国打败，刘禅归降魏国。⑦还：仍然，依旧。⑧聊为：暂时这么做，但心里很不满。⑨《梁甫吟》：葬歌的名字，出自古乐府。《三国志》中提到诸葛亮在陇亩耕种土地，喜欢吟唱《梁甫吟》。诗人通过此诗抒发自己的感情，排遣自己的愁绪。

## [译文]

离家万里的我看到高楼上的繁花感到十分难受。此刻我的国家正在经历磨难和摧残，而我却在登高望远饱览风景。我望向远方，看到天地间涌来的盎然春意铺在濯锦江两岸。浮云在玉垒山上飘来飘去，从古至今变幻自己的形状，令人捉摸不透。像高高地挂在天上的北极星一样不可动摇的是唐朝的江山。那些盗寇从西山侵犯我朝领土，一定会被我军将士打败。

可惜啊，被供奉在祠庙享受香火的刘禅是个昏君，只有傍晚吟诵《梁甫吟》才能舒缓我不甘的内心啊！

## 【赏析】

这首诗是作者在登上高楼时，眺望远方，心中涌起对国家命运的担忧和感慨。他看到战火纷飞，国家正处于动荡之中，不禁感到悲伤和愤怒。同时，他也意识到历史的变迁如同浮云般无常，让人感叹世事的无常。

尽管面对如此严峻的形势，诗人仍然坚信大唐政权不会被乱军摧毁。他在结尾处感慨，如今的国家正缺少像诸葛亮那样有能力挽救国家危机的人才。整首诗充满了爱国激情，表达了诗人对国家深深的关爱和担忧。

# 宿 府

杜 甫

清秋幕府①井梧②寒，独宿江城蜡炬残。

永夜③角声悲自语，中庭④月色好谁看。

风尘荏苒⑤音书断，关塞⑥萧条⑦行路难。

已忍伶俜⑧十年事，强移⑨栖息一枝安⑩。

## 【注释】

①幕府：古代将帅办公的地方。严武幕府里有杜甫的位置。②井梧：井边的梧桐树。③永夜：整晚。④中庭：庭院。⑤荏苒：光阴流逝。⑥关塞：边疆，塞外。⑦萧条：清冷孤寂。⑧伶俜：孤身在外。⑨强移：移开得十分勉强。⑩一枝安：杜甫在将帅办公之地担任的职位——参谋。

## 【译文】

梧桐树生长在幕府井侧，在这萧瑟的秋天散发着寒意。蜡烛在安静的

晚上烧尽，我一个人住在江城。隐隐约约听到号角声响彻整晚。庭院的月色皎洁明亮，谁愿意抬头看。我孤苦无依，飘荡至今没有与亲朋联系。边疆荒芜萧条，我这一路走来十分辛苦，在外颠沛流离已忍受十年，暂时在幕府里谋得一职，短暂地过上了安稳的生活。

**[赏析]**

　　这首诗是诗人在严武的幕府中创作的。通过描绘秋夜的凄清景色，表达了他对国家动荡不安的忧虑，以及自己流离失所的痛苦。

# 阁　夜

杜　甫

　　岁暮①阴阳②催短景③，天涯霜雪霁④寒宵。
　　五更鼓角声悲壮，三峡⑤星河⑥影动摇。
　　野哭⑦几家闻战伐，夷歌⑧数处起渔樵。
　　卧龙⑨跃马⑩终黄土，人事音书⑪漫⑫寂寥。

**[注释]**

　　①岁暮：一年的末尾，人的晚年。②阴阳：日月运转。③短景：冬天白日短暂。④霁：雨后天晴。⑤三峡：瞿塘峡、巫峡、西陵峡。⑥星河：银河。⑦野哭：空旷的野外传来悲痛的哭泣。⑧夷歌：少数民族盛行的歌谣。⑨卧龙：诸葛亮。⑩跃马：公孙述，字子阳，扶风人。西汉末年战乱纷纷，公孙述占据有利地区称帝。⑪音书：书信联系。⑫漫：到处都是，不受约束的。

**[译文]**

　　一年的结尾是冬天，白昼越来越短。在外漂泊的我被大雪过后的寒

冷折磨。半夜时分，战场上独有的声音（悲壮的号角）将我吵醒。天上的星星照在三峡，光芒摇曳。百姓听到打仗的消息都在野外悲伤地哭泣，我听到很多民歌，是渔人、樵夫们排解心中愁意之歌。想起历史上响当当的诸葛亮和公孙述，不论其是否有才能、是否蠢笨都已化为黄土。虽然我孤身一人漂泊，诸事不顺，但这又何妨呢？我呆呆地坐在这里感受漫天的寂寥。

**[赏析]**

这首诗是在诗人居住在夔州西阁时创作的。那时，国家仍然处于动荡之中，诗人的生活也充满了流离失所的困苦。诗中通过描绘雪后寒夜的凄凉景象，表达了诗人忧国忧民的情感。

# 咏怀古迹① 五首

杜 甫

## 其 一

支离②东北风尘际，飘泊西南天地间。
三峡楼台淹③日月，五溪④衣服共云山。
羯胡⑤事主终无赖，词客⑥哀时且未还。
庾信⑦平生最萧瑟，暮年诗赋动江关⑧。

**[注释]**

①咏怀古迹：是一组诗，内含五首，这是第一首。杜甫借这五首诗表达对古人庾信、宋玉、王昭君、刘备、诸葛亮的怀念，表达了自己同古人一样对家国的担忧。②支离：流离之意。③淹：滞留。④五溪：五条溪流，此处指雄溪、樠溪、沅溪、酉溪、辰溪。⑤羯胡：少数民族，

此处指北方安禄山。⑥ 词客：诗人对自己的称呼。⑦ 庾信：一名诗人，生于南朝梁。梁元帝当政时，派其出使北周，但不幸被扣下，因此写下《哀江南赋》怀念祖国。⑧ 江关：古关名，位于荆州。

【译文】

关中的百姓饱受战乱之苦，家破人亡不得已孤身漂泊至外地。三峡附近有很多楼屋，我在那里待了很久，五溪的百姓穿着特有的服饰陪我住在云山。羯胡叛军十分狡猾，朝廷不可以信赖他们，他们只是表面上归顺。我漂泊在外思虑国家大事，寂寞凄凉的庾信晚年写的诗却备受追捧。

【赏析】

这是一首深情的自述诗。诗人以庾信自比，凸显他感受到的漂泊、孤独、悲凉之感。

# 其 二

摇落①深知宋玉②悲，风流儒雅③亦吾师。

怅望千秋一洒泪，萧条异代不同时。

江山故宅④空⑤文藻，云雨荒台⑥岂梦思。

最是楚宫⑦俱泯灭，舟人指点到今疑。

【注释】

① 摇落：凋落。出自宋玉所写的《楚辞·九辩》第一句，"悲哉！秋之为气也！萧瑟兮，草木摇落而变衰。" ② 宋玉：楚国人，擅长写赋。③ 风流儒雅：英俊潇洒有才学。④ 故宅：老宅，以前居住的地方。⑤ 空：仅仅。⑥ 云雨荒台：出自《高唐赋》，"先王"在高唐游玩时，梦见巫山神化，她离别时对先王说："妾在巫山之阳，高丘之阻，朝为行云，暮为

行雨。朝朝暮暮，阳台之下。"阳台是一座位于重庆市的山的名字。⑦ 楚宫：楚王的宫殿。

 【译文】

枯叶从树上落下，我明白了宋玉为什么会悲秋。宋玉知识渊博，修养极好，文采斐然，是能教导我的人啊！泪水在我回顾往事时流下，我与宋玉虽不在同一时空，但我的遭遇和他相似，所以对此感到同情。山水依然在，宋玉以前居住的房屋也在，他的作品依旧被传颂，可是早已没了宋玉这个人，也许云雨荒台只是宋玉做的梦吧！消失在人世间的不只宋玉，还有楚王当年居住的宫殿，但船夫路过这里对遗迹指点的样子非常可疑。

【赏析】

这首诗是赞美宋玉的。诗的开头从宋玉的悲秋情绪出发，表达了对他"风流儒雅"的敬仰。"摇落"二字源自宋玉的《九辩》，"深知"二字则表明诗人与宋玉的心灵相通。"亦吾师"三字暗示了杜甫希望能继承和发扬宋玉的文化精神。下联接上联的"深知"，表达了宋玉在前代的萧条，杜甫在当时的萧条与宋玉一样，深知宋玉的悲伤就是倾诉自己内心的悲伤。颈联感叹宋玉的故居已经消失，但他的文化遗产却传承至今。尾联则以楚宫的消亡来反衬宋玉的文藻永存。杜甫对于后人对宋玉的文章价值理解不足感到遗憾——"云雨荒台"原本是宋玉的虚构，目的是讽刺楚襄王，后世人不理解宋玉作赋的意图，竟然附会出"云雨荒台"的古迹。这对宋玉来说是一种悲哀。

# 其 三

群山万壑赴荆门<sup>①</sup>，生长明妃<sup>②</sup>尚有村。

一去紫台连朔漠<sup>③</sup>，独留青冢<sup>④</sup>向黄昏。

画图省识<sup>⑤</sup>春风面，环佩空归月夜魂。

千载琵琶作胡语，分明怨恨曲中论。

【注释】

①荆门：一座山的名字，位于今湖北省。②明妃：王昭君，今湖北宜昌人，她是在汉元帝时被送去边塞和亲的宫女，中国古代的"四大美女"之一。后改名为明君，因此被称为"明妃"。③朔漠：北方沙漠地带。④青冢：坟墓，此处特指王昭君之墓。⑤省识：认识。

【译文】

　　无数的山峰峻岭向荆门奔涌，好似海水一般，在这个小乡村里，王昭君幼时居住的地方还未被损坏。她因和亲被送往西北沙漠，傍晚的夕阳照着她孤零零的坟墓，坟墓上的小草肆意生长。汉元帝派王昭君和亲西北时并不知道王昭君的美丽，月色笼罩下似乎听到叮当的玉佩声，也许是昭君回来了。她创作的琵琶曲已流传千年，曲子细细听来满是她的怨恨与不满啊！

【赏析】

　　这首诗对王昭君的遭遇深感痛心，对汉王的昏庸无能表示愤慨，诗人认为这是导致王昭君悲剧的原因。同时，诗人也借此表达了自己的身世之感。这首诗的笔力雄健、寓意含蓄、情感沉郁，充满了幽愤。

# 其 四

蜀主①窥吴幸②三峡，崩年③亦在永安宫④。

翠华⑤想像空山里，玉殿虚无野寺中。

古庙杉松巢水鹤，岁时伏腊⑥走村翁。

武侯祠屋常邻近，一体君臣祭祀同。

**[注释]**

① 蜀主：蜀国皇帝刘备。② 幸，古代指皇帝的到来。③ 崩年：皇帝去世那一年。④ 永安宫：一座行宫，位于白帝城。刘备曾在白帝城把刘禅托付给诸葛亮。⑤ 翠华：一种旗帜，常出现在仪仗队中，旗帜上全是翠鸟的羽毛。⑥ 伏腊：古代两种祭祀的名称。

**[译文]**

三峡是刘备与东吴交战的必经之地，永安宫位于白帝城，也是刘备驾崩的地方。他当年率领军队路过空山，山里有一座寺庙，这是永安宫的好地方。古庙旁的杉树和松树上栖息着水鹤。每年夏天或者冬天，附近的村民会来这里祭祀。诸葛亮和刘备的祠庙相距很近，他们活着的时候是君臣，死后人们也一起祭祀他们。

**[赏析]**

这首诗是对永安宫的怀念，赞美了刘备和诸葛亮之间深厚的君臣关系，同时也表达了诗人自己被朝廷忽视而才华无法施展的悲哀。整首诗通过古代的故事来表达诗人怀才不遇的心情。

# 其 五

诸葛大名垂①宇宙②，宗臣③遗像肃清高。

三分割据④纡筹策⑤，万古云霄一羽毛。

伯仲之间见伊吕⑥，指挥若定⑦失萧曹⑧。

运移汉祚终难复，志决⑨身歼⑩军务劳。

## [注 释]

①垂，本诗指流传。②宇宙：古今中外全世界。③宗臣：与君主同宗的臣子，被后人敬仰。④三分割据：魏、蜀、吴三国鼎立的局面。⑤纡筹策：筹划策略十分周密严谨。⑥伊吕：辅佐君主的伊尹和吕尚。⑦指挥若定：军队统帅指挥作战从容冷静。⑧萧曹：萧何和曹参二人。⑨志决：坚定的志向，《出师表》中诸葛亮表心志——"鞠躬尽瘁，死而后已"。⑩身歼：身死。歼：消灭。

## [译 文]

后人都敬仰名臣诸葛亮，他的威名在天地间流传。诸葛亮最令人敬佩的是他高尚的品德。他具有高明的策略和严谨的布战计谋，魏、蜀、吴三国鼎立就是诸葛亮促成的。至今千百年，诸葛亮是无人可比的在天上翱翔的鸾凤。伊尹和吕尚与诸葛亮不分上下，诸葛亮带兵时的从容比萧何、曹参还要厉害。但诸葛亮空有坚强的意志，因繁忙的军务身体累出问题，最终不治身亡，汉室难兴。

## [赏 析]

在中国历史上的众多名臣中，杜甫最为敬仰的就是诸葛亮。杜甫一生中创作了许多以诸葛亮为主题的诗篇，无论是赞美、悲叹、回忆，还是感慨，都深深地体现了他对诸葛亮的敬仰和钦佩。"出师未捷身先死，长使英雄泪满襟"，这句诗被广大读者所熟知。这首诗的主题十分鲜明，每一个字、每一句诗都表达了诗人对诸葛亮无比的敬仰之情，感人至深。其中，"垂宇宙""纡筹策""失萧曹"，简洁明快，生动地描绘了诸葛亮高大的形象和超凡的才华。

# 江州<sup>①</sup>重别薛六柳八二员外

刘长卿

生涯<sup>②</sup>岂料承优诏，世事空知学醉歌<sup>③</sup>。

江上月明胡雁<sup>④</sup>过，淮南木落楚山多。

寄身且喜沧洲<sup>⑤</sup>近，顾影无如<sup>⑥</sup>白发何。

今日龙钟<sup>⑦</sup>人共老，愧君犹遣慎风波。

**[注释]**

① 江州：今江西九江。② 生涯：从事某种活动或职业。③ 醉歌：喝醉酒后高歌。④ 胡雁：雁从北方飞来，称为胡雁。⑤ 沧洲：靠近水的地方。⑥ 无如：无可奈何。⑦ 龙钟：年老体衰，行动不便。

**[译文]**

我为官多年从没想过天子的恩典会落在我身上。我已看透这人世间的一切，满心希望如古人一样喝醉后大声歌唱。今晚的月色笼罩在江面上，大雁沐浴着月色从北方飞来。淮南的秋风吹过，树木凋零，枯叶满地。幸好我如今在沧海旁边有了一处暂住地，看到镜子里的白发感到十分难过。你们跟我一样年老体衰，却依然因江上的风波而关心我，我深受感动。

**[赏析]**

这首诗是刘长卿在被贬谪到南巴（今属广东）时，向薛、柳两位朋友

告别的作品。诗的开头就运用了反语，虽然表面上看起来温和，但实际上充满了愤激的情绪。原本就已经多年流离失所，现在竟然还要受到天子的"厚恩"！被贬谪的日子，正好是大雁从胡地飞回、淮南的树叶凋落的时候，这更加深了被贬谪者的伤感。诗的颔联描绘了凄美的景色，衬托出诗人内心的忧郁。颈联的上句说"寄身且喜沧洲近"，下句接着说"顾影无如白发何"，否定了上句的观点，清楚地表达了诗人对被贬谪到蛮荒之地的怨恨。诗的尾联表达了诗人对两位朋友叮嘱之情的感激。

# 长沙过贾谊①宅

刘长卿

三年谪宦②此栖迟③，万古惟留楚客④悲。

秋草独寻人去后，寒林空见日斜时。

汉文⑤有道恩犹薄，湘水无情吊岂知。

寂寂江山摇落处，怜君何事到天涯。

## [注释]

①贾谊：既是政治家又是文学家。曾经担任博士，后来去长沙担任太傅一职。②谪宦：因为获罪被降职。③栖迟：在一处逗留不走。④楚客：居住在楚国的外地人，此处指贾谊。在古代，长沙是楚国的地方。⑤汉文：此处指汉文帝。

## [译文]

贾谊自获罪降职后在长沙住了三年，每想起贾谊的遭遇我就感到十分难过。这是贾谊居住过的地方，荒草丛生，其留下的痕迹早已消失不见，傍晚的太阳缓缓从寒林落下。世人都说汉文帝注重收揽贤能之辈，唯独贾谊没有得到恩典，没人知道我在湘江水边对贾谊的悼念。山林深处枯叶满地，清冷寂寥，我和你到底为什么流落漂泊在天涯呢？

## [赏析]

    这首七律是诗人在被贬谪的途中经过长沙凭吊贾谊故宅后创作的。尽管刘长卿和贾谊生活在不同的时代，但他们有着相似的遭遇。他们的人生都充满了坎坷、曲折，都经历了被贬谪的命运。这种不幸的命运，正是诗人深感悲叹和感慨的原因。诗人深受感动，一方面对古人的不幸遭遇感到悲怜，另一方面也对自己的命运感到悲悯，这是理所当然的。这首诗的情感深沉而悲凉，字里行间充满了诗人无比的痛苦与不平，足以让人流泪。

# 自夏口至鹦鹉洲夕望岳阳寄源中丞

刘长卿

汀洲①无浪复无烟，楚客相思益渺然②。

汉口③夕阳斜渡鸟，洞庭④秋水远连天。

孤城⑤背岭寒吹角⑥，独树临江夜泊船。

贾谊上书⑦忧汉室，长沙谪去古今怜。

## [注释]

    ①汀洲：水中沙土积成的平地。②渺然：缥缈，遥远。③汉口：汉江水汇入长江处。④洞庭：洞庭湖。⑤孤城：孤零零的城池，此处指汉阳城。⑥角：一种乐器，用来指挥军队。⑦贾谊上书：贾谊写《治安策》呈给帝王。

## [译文]

    晴朗平静的鹦鹉洲上没有一丝烟雾，我是来楚国旅游的客人，眼前一望无际的江水正如我无尽的相思。在夕阳的照射下，汉水汇入长江，鸟儿陆续返巢，秋天的洞庭湖远远望去像和天空连接在一起。号角从汉阳城后

传来，我的小船停在江边那棵树下。贾谊为了国家的安定、百姓的幸福上书帝王，却被贬谪长沙，令人唏嘘不已。

【赏析】

这首诗是刘长卿在被贬谪途中创作的。诗中通过怀念他人来描绘景色，表达了诗人在旅途中的孤独和寂寞感。第三联既描绘了听到的声音，也描绘了看到的景象。诗的尾联则以贾谊忧国忧民、直言不讳而被贬谪长沙的经历自我安慰。这样，前六句的写景就完全成了末联抒情的背景，沿途所见的景色都融入诗人的离愁别绪和被贬谪的忧愤心情中了。

# 赠阙下裴舍人

钱　起

二月黄鹂飞上林①，春城紫禁②晓阴阴。
长乐③钟声花外尽，龙池柳色雨中深。
阳和④不散穷途恨，霄汉⑤常悬捧日心。
献赋⑥十年犹未遇⑦，羞将白发对华簪⑧。

【注释】

①上林：宫苑，皇帝居住的地方。②紫禁：皇宫。③长乐：长乐宫，此处指代唐朝的长安宫殿。④阳和：春天的暖气，借指春天。⑤霄汉：高高的天空。⑥献赋：汉武帝时期，司马相如主动写赋并被赏识，因此后人多加效仿。⑦遇：遇到，此处指被赏识。⑧华簪：将帽子固定在头发上的簪子。华簪代表簪子上有装饰物，是贵人的象征。

【译文】

二月，春意来到宫苑，黄鹂开始唱歌。天刚亮时的紫禁城树枝发芽，

春意盎然。钟声在长乐宫中响起，春雨滋润了池边的柳树。我落魄的人生无法被这盎然春意感染，我那一颗滚烫的心还悬在天边，没有一位知己能懂我写了十年不断上呈的诗赋。那些达官贵人戴着华美的簪子，我却顶着一头白发难以施展抱负，我实在太羞愧了！

这首诗创作的目的是希望得到裴舍人的帮助和推荐。虽然前半部分是描绘景色，但是上林的黄鹂、紫禁的钟声、龙池的柳色都让人看到了裴舍人作为近臣的影子。后半部分则直接写到了请求帮助的主题。整首诗表达了一种恭维和求助的意愿，但又写得含蓄而厚重、婉转而圆通，大量的景物作为铺垫，使得诗歌并未落入俗套，充分展现了诗人娴熟的写作技巧。

# 寄李儋<sup>①</sup>元锡

韦应物

去年花里逢君别，今日花开又一年。

世事茫茫难自料，春愁黯黯<sup>②</sup>独成眠。

身多疾病思田里<sup>③</sup>，邑有流亡愧俸钱<sup>④</sup>。

闻道欲来相问讯<sup>⑤</sup>，西楼望月几回圆。

**【注释】**

①李儋：人名，武威（今甘肃）人，曾经担任殿中侍御史一职。②黯黯：低沉暗淡，心情沮丧的样子。③思田里：想要归隐田园，不问世事。④愧俸钱：为自己拿着朝廷的俸禄而感到惭愧。⑤问讯：打听，问候。

**【译文】**

与你分别已一年之久，当年也是鲜花盛开的季节。我没想到人间世事变化得这么快。春天来临，我却陷入愁绪中无法自拔，整夜睡不着。我拖

着病体想念着家乡，我为拿着朝廷俸禄却没解决辖区灾民的事而感到惭愧。我登上西楼看了一夜又一夜的月亮，怎么还没等到你来呢？

[赏析]

　　这首诗是作者在任苏州刺史期间寄给朋友的作品。诗中表达了对朋友的思念之情，同时也向朋友抒发了自己的心情，感叹世事的变迁，疾病的折磨，以及自己在任职期间未能尽责，领取了无功之禄的惭愧。这首诗被范仲淹赞誉为"仁人之言"，显示了其深沉而真挚的情感。

# 同题仙游观①

韩 翃

　　仙台②初见五城楼③，风物凄凄宿雨④收。
　　山色遥连秦树晚，砧声近报汉宫秋。
　　疏松影落空坛⑤静，细草香生小洞幽。
　　何用别寻方外⑥去，人间亦自有丹丘⑦。

[注释]

　　① 仙游观：道观名，位于今河南嵩山，唐高宗时期建造。② 仙台：建在高处用来赏景的台子。③ 五城楼：道观里的房屋，出自《史记·封禅书》中的"黄帝时为五城十二楼，以候神人于执期，命曰迎年"。此处指代仙游观。④ 宿雨：下了一整夜的雨。⑤ 空坛：道观内的设施。⑥ 方外：世俗之外，偏远地区。此处指仙人隐居之地。⑦ 丹丘：神仙住的没有夜晚的地方。

[译文]

　　我登上观景台看向五城楼，昨天下了一整夜的雨，景色萧条。我望向远处，地上的树丛连接着远处青翠的山。听到百姓捣衣的声音我就知道到

晚上了。道观很安静，神坛上洒落树木的倒影，鼻子闻到小草的清香，深幽的小路通往山洞。这就是我要寻找的丹丘之地啊！

**[赏析]**

这首诗描绘了一位道士的仙游观，是一首赞美游览之美的作品。诗人以细致入微的笔触，描绘了仙游观的自然风光，展现了宁静而秀美的景色，赞扬这个地方是神仙的家园，如丹丘般奇妙之地，无需再去寻找其他地方。整首诗的音韵优美，语言精致。

**导读**　皇甫冉（717—770），字茂政，祖籍郡王安定（今甘肃泾州），出生于润州丹阳（今属江苏）。代表作有《春思》《巫山峡》等。

# 春　思

皇甫冉

莺啼燕语报新年，马邑龙堆①路几千。
家住层城②临汉苑，心随明月到胡天。
机③中锦字论长恨，楼上花枝笑独眠。
为问元戎窦车骑，何时返旆④勒燕然？

**[注释]**

①马邑龙堆：马邑为边城名，龙堆即白龙堆。②层城：京城。③机：织机。④返旆：胜利之后班师回朝。

**[译文]**

在莺歌燕舞的声音中迎来了新年，思念的人儿在边疆地区戍守，和家乡相距遥遥数千里。家住在长安城内，和汉宫紧紧相邻，但是心儿却随着

明月飞向了胡天。织锦回文一字字诉说着内心无尽的思念，楼上的花枝还在取笑我依然独眠。想要问一问出征边塞的窦大将军，什么时候才能停止战事在燕然山那里刻石留念班师回朝呢？

## [赏析]

这首诗是一首闺怨诗的杰作，描绘了新春时节，一位少妇思念着远在战场的丈夫。诗人以春天的景色，如莺鸟的啼鸣、燕子的叽叽喳喳声、楼上的花枝等，来反衬少妇的孤独和忧郁，动情地表现出少妇对和平生活的渴望。诗中的情感深沉而缠绵，寓意含蓄而深远。

# 晚次鄂州①

卢　纶

云开远见汉阳城②，犹是孤帆一日程。
估客③昼眠知浪静，舟人④夜语觉潮生。
三湘⑤愁鬓逢秋色，万里归心对月明。
旧业已随征战尽，更堪⑥江上鼓鼙⑦声。

## [注释]

①鄂州：地名，位于今湖北武汉。②汉阳城：地名，位于今湖北汉阳。③估客：贩卖商品的人。④舟人：船夫。⑤三湘：位于湖南省湘江的三条支流。⑥更堪：哪里忍受得了。⑦鼓鼙：号令军队的大鼓、小鼓，此处指代战争。

## [译文]

我透过散开的浓雾看见远处的汉阳城，我坐的这条小船再过一天就能到达家乡了。商人在平静的白天睡觉，船夫在涨潮的夜晚聊天。只有我顶

着花白的头发在寒冷的秋天与月亮做伴急急忙忙赶往家乡。多年战争摧毁了我的产业，谁还能忍受造成家乡战火连天的鼓声呢？

**[赏析]**

　　据史书记载，卢纶在至德年间写下了这首七言律诗。当时，正处于安史之乱的初期，为了躲避战乱，卢纶离开了他的家乡，开始了他的流浪生活。在向南逃亡的路上，他经过了鄂州，并在那里写下了这首诗。诗中，诗人只描述了他流浪生活中的一小部分，却反映出整个社会的现状，以此展现战争的残酷。这首诗的结构清晰、情感深沉、语言简洁，令人回味无穷。

# 登柳州①城楼寄漳汀②封连③四州刺史④

柳宗元

　　城上高楼接⑤大荒⑥，海天愁思正茫茫。

　　惊风⑦乱飐⑧芙蓉水，密雨斜侵薜荔⑨墙。

　　岭树重遮⑩千里目⑪，江⑫流曲似九回肠。

　　共来百越文身地，犹自⑬音书滞⑭一乡。

**[注释]**

　　① 柳州：地名，位于广西壮族自治区。② 漳汀：漳州和汀州，位于福建省。③ 封连：封州和连州，位于广东省。④ 刺史：官职，相当于知府一职。一州之长。⑤ 接：相连。⑥ 大荒：非常偏远荒芜的地方。⑦ 惊风：突然刮起的大风。⑧ 乱飐：吹动。⑨ 薜荔：木莲，可食用。⑩ 重遮：一层一层包裹。⑪ 千里目：向千里之外望去。⑫ 江：柳江。⑬ 犹自：尚且，仍然。⑭ 滞：不流通，阻隔。

**[译文]**

我站在高楼上向远处望去，一片荒芜映入眼帘，我心中的愁绪连绵不绝。大风狂吹水面上的荷花，密密麻麻的雨打在墙上。茂密的树木挡住了我望向被贬朋友的视线，我的愁闷好像那曲曲折折的江水绵延不绝。我和我朋友一起被贬到偏僻荒凉、没有人烟的地方，想要取得联络实在是太困难了！

**[赏析]**

据史书记载，唐宪宗元和十年（815年），柳宗元因参与政治改革失败，与韩泰、韩晔、陈谏、刘禹锡等人一同遭受贬谪。柳宗元的这首诗是寄给这四位远在天边的朋友，表达了他对他们的思念之情，展示了他与朋友之间真挚感人的友情。此外，诗中的"海天愁思"，我们可以理解为对身世坎坷、世事莫测、仕途险恶的感叹。诗人描绘了风雨侵蚀、山树遮挡的景象，借景抒情，不仅表现了艰苦的自然环境，也表达了诗人突然被贬谪后的忧虑和困扰。

# 西塞山① 怀古

刘禹锡

王濬②楼船下益州，金陵王气③黯然收。
千寻④铁锁沉江底，一片降幡出石头⑤。
人世几回伤往事，山形依旧枕寒流。
从今四海为家⑥日，故垒⑦萧萧⑧芦荻秋。

**[注释]**

① 西塞山：又名道士山。在今湖北黄石。② 王濬：人名，曾在益州担任刺史一职。晋武帝出兵征战吴国时使用王濬造的木制大船可运输两千名将士。③ 王气：代表帝王运数的祥瑞之气。④ 寻：古代八尺叫一寻。

⑤ 石头：石头城。⑥ 四海为家：人漂泊无定，把全国各地都当成自己的家。⑦ 故垒：古代的堡垒。⑧ 萧萧，此处指芦荻在风中发出的凄清之音。

【译文】

帝王的祥瑞之气在大将军率领战船离开益州后暗淡了。他们在长江上设置的阻挡大将军的军队的铁链长达数千丈，但被大将军识破沉入江底，石头城上飘扬的白旗代表金陵的战败。回想往事，如今靠着长江水的西塞山依旧地势险要，没有变化。如今战事销声匿迹，天下太平，秋末冬初，芦花飞扬遮盖了荒废的西塞山。

【赏析】

这是一首怀古诗。前四句写西晋灭吴的历史故事；后四句写西塞山。全诗将史、景、情完美糅合，营造出一种苍凉意境，极为动人。

导读

元稹（779—831），字微之，河内（今河南洛阳）人，与白居易并称为"元白"。代表作有《莺莺传》《菊花》《离思》《遣悲怀》等。

# 遣悲怀① 三首

## 其 一

元 稹

谢公②最小偏怜女，自嫁黔娄③百事乖④。

顾我无衣搜荩箧⑤，泥⑥他沽酒拔金钗。

野蔬充膳甘长藿⑦，落叶添薪仰古槐。

今日俸钱过十万，与君营奠⑧复营斋。

**[注释]**

　　① 遣悲怀：排遣悲伤的情绪。元稹因思念故去的妻子而写了三首诗，这是第一首。② 谢公：谢安，东晋时期担任宰相一职。才女谢道韫是谢安的侄女。③ 黔娄：春秋时齐国有名的贫士。④ 乖：违背，有差异。⑤ 荩箧：草编的箱子。⑥ 泥：软语，央求。⑦ 藿：可以食用的鲜嫩豆叶。⑧ 奠：陈设祭品举行仪式向死者致祭。

**[译文]**

　　你跟谢道韫一样有才华，谢安最疼爱她，你嫁给我后事事不顺。我家境清贫，缺衣蔽体，是你翻箱倒柜为我找衣服穿，我喝的酒是用你的金钗换的。你跟着我每天靠吃野菜填饱肚子，烧饭用的是院子里槐树的叶子，你对那些困苦的日子毫无怨言。如今朝廷给我的俸禄十万多，可这晚来的钱财却没法让你过上好日子了，只能买些祭品祭奠你。

**[赏析]**

　　这是一首纪念已故妻子的诗。诗中描述了夫妇之间深厚的感情，以及诗人对失去她的深深哀痛。诗的开头，诗人将自己比作战国时期贫穷的黔娄，以此来暗示他与妻子婚后的艰辛生活。接下来，诗人通过描述妻子为他寻找衣物蔽体、卖掉首饰换取酒食等细节，展示了她对他无微不至的关心和她善良贤淑的品质。在诗的中间部分，诗人进一步描绘了妻子甘愿吃野菜、用槐树叶当柴火等情景，体现了她勤劳节俭的美德。最后，诗人直接表达了他对妻子的无尽哀思。

# 其　二

昔日戏言①身后意②，今朝都到眼前来。

衣裳已施行看尽③，针线犹存未忍开。

尚想旧情怜④婢仆，也曾因梦送钱财。

诚知⑤此恨人人有，贫贱夫妻百事哀。

【注释】

① 戏言：随便说出的话。② 身后意：死后的安排和想法。③ 行看尽：马上要死了。行：马上。④ 怜：怜惜。⑤ 诚知：明知。

【译文】

以前随便说自己死后该怎么样，并没想过现在真的有这一天来临。除了那没打开的针线盒外，那些旧衣服都被我送给邻居了，因为我看到衣服就想起了你。每次晚上梦见你，第二天都赶紧给你烧纸钱，甚至因你的缘故对仆从稍有怜惜。人人都有遗憾，但没让你在生前过上好日子最让我难受。

【赏析】

这首诗继续上一首诗的悲伤情绪，主要描述了妻子去世后诗人的悲痛。过去他们之间的随意交谈，如今却成了悼念的凭证，这让诗人更加痛苦。妻子虽然已经离去，但她的遗物仍然被留在身边。看到她的衣物，诗人不禁泪流满面，而对于她留下的针线活，诗人则选择保留，不愿去触碰。这种矛盾的心情，恰恰证明了诗人对妻子的思念无法释怀。每当看到妻子的婢女，诗人也会陷入深深的哀思。白天尚且如此，夜晚更是在梦中与妻子相会，甚至在梦醒时会为她烧纸钱。这两句既是诗人情感的总结，也是他内心的真实写照。他知道这种悲痛是人人都可能经历的，但是对于像他们这样曾经共同度过贫苦日子的夫妻来说，这种分离更加痛苦。这首诗虽然语言朴实，但是充满了真挚的情感，将诗人对妻子的深切怀念表现得淋漓尽致。

## 其 三

闲坐悲君亦自悲，百年多是几多时。

邓攸①无子寻知命，潘岳②悼亡犹费词。

同穴窅冥③何所望，他生缘会更难期。

唯将终夜长开眼，报答平生未展眉。

### 【注释】

① 邓攸：人名，西晋人。出自《晋书·邓攸传》，永嘉末年战争纷纷，他为保护侄子牺牲了儿子。② 潘岳：人名，西晋人。其为死去的妻子写了三首《悼亡诗》。③ 窅冥：幽暗遥远。

### 【译文】

我坐着没事干的时候总是为我和你感到悲伤，就算我能活到一百岁，也没有多久了。西晋的邓攸命中注定没有儿子，潘岳为死去的妻子写的悼亡词再深情，妻子也不会回来了。我死后葬在你旁边，那时我们啥也不知道，没有什么可期望的了。不确定下辈子还能不能在一起，我想你想得整夜睡不着，我想以此纪念你生前为我的忙碌生活和为我受的苦。

### 【赏析】

这首诗开始于对前两首诗的悲伤情绪的总结，并以"自悲"为主题引导出接下来的内容。为什么会感到自悲呢？因为即使人能活到一百岁，又能有多少时间呢？接下来的两联，诗人引用了邓攸和潘岳的典故。邓攸在战乱中舍弃自己的儿子保护了侄子，他的善良却没有得到回报，后面一直没有孩子，这难道是命运的安排吗？潘岳在悼念亡妻的诗中写得再好，对于已经去世的人来说，这些诗句又有什么意义呢？这只是浪费笔墨罢了。然而，诗人并没有完全陷入绝望，他在颈联中提出了希望，希望死后能和妻子一同埋葬，来世再做夫妻。然而，他很快就意识到这是一个虚幻的梦想，因此更加绝望。死者已经永远离开了，过去的时光永远无法弥补。诗人在尾联中表达了自己的决心，他将整夜不眠，以此来报答妻子一生的辛劳。这是《遣悲怀》的第三首诗，它通过现在、未来和虚幻的梦想来表达诗人悲伤的情绪，以及他对妻子的深情厚谊。

# 望月有感

白居易

自河南①经乱，关内②阻饥，兄弟离散，各在一处。因望月有感，聊书所怀，寄上浮梁大兄③、於潜七兄④、乌江十五兄⑤，兼示符离⑥及下邽⑦弟妹。

时难年荒世业⑧空，弟兄羁旅⑨各西东。

田园寥落⑩干戈⑪后，骨肉流离道路中。

吊影⑫分为千里雁，辞根⑬散作九秋蓬⑭。

共看明月应垂泪，一夜乡心五处⑮同。

**[注释]**

① 河南：唐朝时的辖区涵盖了今河南以及山东、江苏、安徽部分地区。② 关内：唐朝时的辖区关内道，包括今陕西大部分地区和甘肃、宁夏、内蒙古小部分地区。③ 浮梁大兄：白居易的大哥叫白幼文，在浮梁担任主簿一职。④ 於潜七兄：白居易的堂哥，在於潜担任县尉一职。⑤ 乌江十五兄：白居易的表兄，在乌江担任主簿一职。⑥ 符离：地名，位于今安徽省宿州市。白居易把家安在自己任职的符离。⑦ 下邽：地名，唐朝时的一个县，位于今陕西，白居易的祖先在此处生活。⑧ 世业：祖上传下来的家业。起源于唐朝的一项分田地的制度，该制度规定子孙可以继承死去祖先的田地，称为"世业田"。⑨ 羁旅：在他乡流浪漂泊。⑩ 寥落：稀少零落。⑪ 干戈：

古代兵器，后指战争。⑫ 吊影：只有一个影子，形容人很孤独，无人陪伴。⑬ 根：兄弟。⑭ 九秋蓬：秋天的随风飘转的蓬草，形容漂泊在外孤苦无依的游子。⑮ 五处：题目中的五个地点。

【译文】

　　祖上传下的产业在战火纷飞的年代消失，兄弟们背着包袱各奔东西。战争结束无家可归，兄弟们难以相见。我怜惜自己孤单的影子，像失去族群的大雁漂泊在异乡，又像无根的蓬草不留痕迹。月圆之时，兄弟之间不能相聚，可因同样的思乡之情，我在这合家团圆的日子里落下了伤心的眼泪。

【赏析】

　　这首诗以战乱为背景，叙述了诗人对家乡和亲人的思念之情。诗的开头就直接表达了对战争的不满以及家园被毁、亲人离散的痛心。接下来的两联，诗人描绘了战后的荒凉景象，以及家人离散、各自漂泊的悲惨情况。他用草木离根来比喻兄弟们的离散，表达了他们对家乡的思念和对战争的愤怒。在诗的结尾，诗人不仅想到了自己的家人，还想到了所有因为战争而无法团聚的百姓。这首诗的语言简单明了，通过描绘战后的景象和家人的离散，表达了诗人对战争的厌恶和对家乡亲人的深切思念。

# 锦　瑟①

李商隐

锦瑟无端②五十弦，一弦一柱③思华年。

庄生晓梦迷蝴蝶，望帝春心托杜鹃。

沧海月明珠有泪④，蓝田⑤日暖玉生烟。

此情可待成追忆，只是当时已惘然。

【注释】

① 锦瑟：装饰得精致华美的瑟。② 无端：没有来由。③ 一弦一柱：一个音调一个音阶。④ 珠有泪：神话传说中，海中的鲛人流下的眼泪能够化为珍珠。⑤ 蓝田：古地名，在今陕西蓝田，山中盛产玉石。

【译文】

华丽的锦瑟为什么竟有五十根弦，它上面的每一弦、每一柱都令我追忆青春年华。庄生在梦中翩翩起舞，感觉自己已经化为蝴蝶，望帝无比思念家乡，把这份情感寄托在杜鹃身上。沧海中有明月的影子在来回摇荡着，好似那眼泪化成的珍珠一般。在阳光的照耀下，蓝田山中所蕴藏的玉气又冉冉升腾起来。此情此景为何今天才去追忆，只因为当年心中一片茫然。

【赏析】

李商隐这首诗的主题和含义一直是学术界争论的焦点。有人认为这是诗人对自己身世的感慨，有人认为是悼念亡妻的作品，也有人认为这首诗有着更深的象征意义。这首诗的语言含蓄，意象丰富，给读者留下了广阔的想象空间。对于诗中的某些句子，如颈联两句，由于文字表达的模糊性，不同的人可能会有不同的理解和感受。这也是诗歌的魅力所在，它允许读者根据自己的经历和感悟去理解和解读。

# 无　题

李商隐

昨夜星辰昨夜风，画楼①西畔桂堂②东。

身无彩凤双飞翼，心有灵犀③一点通。

隔座送钩春酒暖，分曹射覆蜡灯红。

嗟④余听鼓应官⑤去，走马兰台类转蓬。

**【注释】**

① 画楼：彩绘华丽、精美的楼阁。② 桂堂：装饰华美的厅堂。③ 灵犀：犀牛角，在古人眼里，这是一种灵物。④ 嗟：哀叹，叹息。⑤ 应官：上班当差。

**【译文】**

昨夜繁星满天，凉风宜人，我们在画楼西畔、桂堂东面相聚。虽然身上没有彩凤的双翅可以飞到一起，然而内心却有一点灵犀彼此相通。席间相互猜钩玩闹，对饮春酒让心里变暖，红红的烛光下还可以做一些行酒令、猜谜语的游戏。怎奈美景不常在，我还要上班办公，身躯好似飘转的飞蓬一样飞临到官府的兰台处。

**【赏析】**

这首诗是一首描绘深沉爱情的佳作。诗中深情地描绘了深爱的情侣分别后的痛苦思念和生死相随的承诺，情感深沉，令人心动。

# 隋　宫

李商隐

紫泉①宫殿锁烟霞②，欲取芜城③作帝家。

玉玺④不缘归日角⑤，锦帆⑥应是到天涯⑦。

于今腐草无萤火，终古垂杨有暮鸦。

地下若逢陈后主，岂宜重问《后庭花》！

**【注释】**

① 紫泉：紫色深渊，即长安河。唐高祖李渊忌讳此名，遂改为紫泉。② 锁烟霞：烟云围绕。③ 芜城：地名，位于今扬州市。④ 玉玺：皇帝发号

施令的玉印。⑤日角：额头中间突起的地方，古代认为这是贵人的象征。
⑥锦帆：用宫锦制作的船帆，供隋炀帝专用。⑦天涯：非常远的地方。

[译文]

　　隋宫的名声响彻整个长安城，然后消失在烟雾中，扬州作为帝王之地
过于遥远。扬州的行宫又热闹又豪华，若没有李渊横插一脚夺走了杨广的
江山，使用宫锦制作船帆的龙舟已游遍天下。如今宫苑遍地腐烂的野草，
没有生灵栖息，不复往日荣光。隋堤荒芜萧瑟，乌鸦在低垂的柳树上筑巢，
不复往日繁华。杨广荒淫无道，若他遇见地下的陈后主，难道还有心思沉
醉在《玉树后庭花》中吗？

[赏析]

　　这首诗通过咏史的方式，揭示了隋炀帝的奢侈浪费和暴政。诗中的讽
刺含蓄而深刻。隋宫，指隋炀帝在江都（今江苏扬州）建立的江都、显福、
临江等多个行宫。

# 无题　二首

李商隐

## 其　一

来是空言去绝踪，月斜楼上五更钟。
梦为远别啼难唤，书被催成墨未浓。
蜡照半笼①金翡翠，麝②熏微度③绣芙蓉。
刘郎④已恨蓬山远，更隔蓬山一万重。

[注释]

　　①半笼：烛光朦胧隐约的样子。②麝：麝香，其香味独特浓郁。③度：
穿透，透过。④刘郎，泛指，此处指代情郎。

【译文】

你曾经许诺要回来，但一去无踪影。斜月的光辉映照着空空的楼阁，此时已是五更了。睡梦中因为分别的痛苦而拼命呼喊，却怎么也发不出声音来。想要奋笔疾书，将内心的思念和孤单书写下来，但发现墨的印痕无比轻淡。朦胧的烛光照着绣有翡翠鸟的屏风，炉中浓郁的麝香味轻轻飘进你的芙蓉帐中。蓬山是如此遥远，让我像刘郎一样怅恨长叹，那千万重的蓬山，仍阻隔在你我之间。

【赏析】

这是一首关于思念、悲伤和孤独的诗歌，它描绘了一个女子对远方恋人的深深思念，以及她因为分别而感到凄凉和孤寂。这首诗歌的情感深沉而绵延，像是一条没有尽头的河流，流淌在读者的心中。

# 其 二

飒飒东风细雨来，芙蓉塘外有轻雷。
金蟾①啮②锁烧香入，玉虎③牵丝④汲井回。
贾氏窥帘韩掾少，宓妃留枕⑤魏王才。
春心莫共花争发，一寸相思一寸灰。

【注释】

①金蟾：古代一种装饰品，古人常用其装饰门锁。②啮：咬的动作。③玉虎：辘轳，汲水的工具。④丝：井索，井绳。⑤留枕：约会，幽会。

【译文】

清爽的东风伴随着丝丝细雨而来，荷花塘外有轻雷阵阵。装饰有金蟾咬锁的香炉，因为放入了香料而升腾起袅袅的香烟。辘轳牢牢地牵引着井中的绳索，将井水汲取上来。贾氏从窗帘中窥探，爱慕那英俊年少的韩寿。

宓妃送来玉枕，仰慕才华出众的曹植。我这颗春心从此不再和春花相互竞发、争奇斗艳了，那寸寸的相思只会化成一片灰烬。

## 【赏析】

这首诗描述了一位独居女子深切的思恋之苦。在阴雨连绵的日子里，她感到无尽的空虚和无聊，无法排解的思念之情如同沉重的枷锁，将她紧紧束缚。她的心情无法像春天的花朵一样绽放，反而在心中化为灰烬，展现了她思念之情的深沉与痛苦。

# 筹笔驿

李商隐

猿鸟犹疑畏简书<sup>①</sup>，风云常为护储胥<sup>②</sup>。

徒令上将<sup>③</sup>挥神笔，终见降王<sup>④</sup>走传车<sup>⑤</sup>。

管<sup>⑥</sup>乐<sup>⑦</sup>有才真不忝<sup>⑧</sup>，关张无命欲何如。

他年锦里<sup>⑨</sup>经祠庙，《梁父吟》<sup>⑩</sup>成恨有余。

## 【注释】

①简书：用竹简制作的书。②储胥：栅栏，此处指军营。③上将，特指诸葛亮。④降王，特指刘禅。⑤传车：古代驿站的专用车辆。讽刺刘禅作为皇帝却坐普通的车。⑥管：管仲，在春秋时期担任齐国的丞相，齐桓公因他辅佐成就霸业。⑦乐：乐毅，战国时期担任燕国的将领，十分有名。⑧真不忝：真不愧。⑨锦里：地名，位于成都城南。⑩《梁父吟》：又称《梁甫吟》，古乐府名。

## 【译文】

诸葛亮颁发的军令连猿鸟都不敢违抗。军营堡垒由天空中的风云保护着。诸葛亮徒然在这里，就算诸葛亮耗尽自己的运筹谋划都无法阻止刘禅

的亡国。诸葛亮的才干不输管仲和乐毅，但没了关羽、张飞的辅佐，他也无能为力。我路过武侯祠，想起诸葛亮在《梁父吟》中书写没有施展开的远大抱负，实在太遗憾了！

【赏析】

这首诗是李商隐在游览筹笔驿时，为了纪念诸葛亮而创作的。诗中赞美了诸葛亮的雄才大略，同时也对他的功败垂成表示了惋惜。

首联"猿鸟犹疑畏简书，风云常为护储胥"，诗人以拟人化的手法描绘了筹笔驿的景象。在这里，猿猴和飞鸟似乎还在畏惧诸葛亮的军令文书，而风云依然守护着他的军营。这些景象象征着诸葛亮的余威，以及他对蜀军的深远影响。

颔联"徒令上将挥神笔，终见降王走传车"，诗人感叹诸葛亮虽然才智出众，但最终仍未能挽救蜀汉的灭亡。他的神机妙算和运筹帷幄，最终只看到了投降的刘禅被送进囚车。这一联表达了对诸葛亮功败垂成的惋惜。

颈联"管乐有才真不忝,关张无命欲何如"，诗人认为诸葛亮虽然有管仲、乐毅的才干，但由于关羽、张飞等大将的早逝，他独木难支，无法改变历史的进程。这一联进一步揭示了诸葛亮的悲剧命运。

尾联"他年锦里经祠庙，《梁父吟》成恨有余"，诗人回忆自己在成都时曾去过武侯祠，那时他唱起了《梁父吟》，表达对诸葛亮壮志未酬的遗憾。这一联点明了诗的主题，抒发了对诸葛亮的敬仰和惋惜之情。

总的来说，这首诗通过对诸葛亮的赞美和惋惜，表达了诗人对个人命运和历史进程的思考。

# 无　题

李商隐

相见时难别亦难，东风无力百花残。

春蚕到死丝①方尽，蜡炬②成灰泪③始干。

晓镜但愁云鬓改，夜吟应觉④月光寒。

蓬山此去无多路，青鸟殷勤为探看。

**[注释]**

①丝，是"思"谐音，指代诗人的思念情感。② 蜡炬：蜡烛。③泪：蜡烛燃烧时淌下的烛泪。④ 应觉：此处为设想之词。

**[译文]**

相见的时候很难，分别的时候也令人倍感痛苦。柔弱的东风缺乏力气，百花纷纷凋残。春蚕直到死的一刻才会停止吐丝，红烛燃烧殆尽的时候，一腔热泪方才流尽。清晨的时候在镜子中看到自己的鬓发改变了颜色，在月光下吟诵诗歌也会感到寒气袭来。好在从这里到达蓬莱的山路还不是太远，还请青鸟代我传递信息将你探视。

**[赏析]**

这首诗是一首对爱情思念的热烈赞美。诗中深情地描绘了深爱的恋人分别后，倾尽心血的思念和生死相依的忠诚。整首诗情感深沉，令人动容。其中，颔联被誉为千古名联。

# 春　雨

李商隐

怅卧新春白袷衣①，白门②寥落意多违。

红楼③隔雨相望冷，珠箔飘灯独自归。

远路应悲春晼晚④，残宵犹得梦依稀。

玉珰缄札⑤何由达？万里云罗⑥一雁飞。

**[注释]**

①白袷衣：白色的衣衫，常作居家便服使用。②白门：南京，出自南朝民歌《杨叛儿》中的"暂出白门前，杨柳可藏乌。欢作沉水香，侬作博山炉"。这首民歌讲述男女约会，男女幽会之地被称为"白门"。③红楼：漂亮温馨的女子闺房。④晼晚：傍晚的太阳。预示人到暮年，年迈衰老。⑤缄札：书信。⑥云罗：如罗纹般的云彩。

**[译文]**

我在新春的时候穿着居家的衣衫躺在床上满腹惆怅，看到以前聚会的地方现在变得荒芜，我感到很悲伤。雨丝密密麻麻遮住了我的视线，十分萧条。细雨像珠帘一样打在我头上，灯光闪烁，我冒着雨回到家中。你远去的背影萧条凄凉，令人难过，短暂的夜里我梦见美丽的你。我怎么才能把定情之物送给你呢？刚才飞过去的鸿雁也许可以帮助我。

**[赏析]**

《春雨》这首诗巧妙地利用了春雨的象征，将诗人迷茫的心境融入其中，营造出一种离别的孤寂和思念的空虚，形成了一个完整的艺术世界。诗歌通过隐喻来表达诗人无法言说的情感，释放出诗人的悲伤和痛苦，这种美的感觉使得整首诗在意境、色彩、气氛等方面显得协调自然。

# 无题 二首

## 其 一

李商隐

凤尾香罗①薄几重，碧文圆顶②夜深缝。

扇裁月魄羞难掩③，车走雷声语未通。

曾是寂寥金烬暗④，断无消息石榴红⑤。

斑骓⑥只系垂杨岸，何处西南⑦待好风？

[注释]

① 凤尾香罗：一种丝织品，出自《白帖》中的"凤文、蝉翼，并罗名"。② 碧文圆顶：纹了碧青色图案的罗帐。③ 扇裁月魄：出自班婕妤写的《怨歌行》中的"裁为合欢扇，团团似明月"。羞难掩，出自谢芳姿写的《团扇郎歌》中的"憔悴非昔容，羞与郎相见"。④ 金烬暗：蜡烛烧完后重新陷入黑暗。⑤ 石榴红：石榴花开一片火红。⑥ 斑骓：黑白花纹的马。⑦ 西南：方位，东川位于西南。

[译文]

我织着重重叠叠的凤尾纹的绫罗，又连夜缝制纹有碧青色图案的罗帐。上次见面忘了用团扇遮脸，你驱车路过一定知道我的心意。晚上寂寞，直到蜡烛燃尽也睡不着，火红的石榴花已经盛开，我还没收到来信。你在杨柳下拴黑白花纹的马，你能等到带着我思念的西南风吗？

[赏析]

这首诗以其独特的艺术手法和深沉的情感，成功地描绘出了一幅生动的画面。诗人通过对凤尾香罗的描绘，表达了自己对爱情的深深思念和无尽的期待。

# 其　二

重帏深下莫愁堂，卧后清宵细细长。
神女①生涯原是梦，小姑居处本无郎②。
风波不信菱枝弱③，月露谁教桂叶香。
直道相思了无益，未妨惆怅是清狂。④

**[注释]**

① 神女：古代神话中的女神。② "小姑"句：古乐府《青溪小姑曲》中载有"小姑所居，独处无郎"。③ "风波"句：菱枝柔弱但不惧风波的欺负。④ "直道"两句：痴情就是饱受相思之苦，连带着内心的惆怅。直道：即使。了：完全。清狂：痴情。

**[译文]**

夜色渐深，我一个人住在帏幕重重的莫愁堂，躺在床上很久怎么也睡不着，感觉安静的夜晚是如此的漫长。楚王是在梦里遇到了神话里的仙女，我一个人住在青溪小姑的房子里，没有其他人在。我如同不怕被风波欺负的柔弱菱枝，我如同不得月露滋润的铃芳桂叶。我知道痴迷相思没有益处，但是依然控制不住内心的惆怅，这就是痴情吧！

**[赏析]**

这是一首描绘女子闺怨的诗。诗人通过细腻的笔触展现了女子内心深处的忧虑和哀愁。

# 利州①南渡

温庭筠

澹然②空水带斜晖，曲岛苍茫接翠微。
波上马嘶看棹③去，柳边人歇待船归。

数丛沙草群鸥散，万顷江田一鹭飞。

谁解乘舟寻范蠡④，五湖烟水独忘机⑤。

## 【注释】

① 利州：地名，位于今四川广元。② 澹然：水波荡漾的样子。③ 棹：船桨，代指船。④ 范蠡：字少伯，楚国人。在春秋时期担任越国大夫一职，帮助勾践灭吴国，然后辞官出游，不知去了哪里。⑤ 忘机：宁静无争的状态。出自寓言"鸥鹭忘机"。有一人常在海边玩耍，鸥鸟皆从他游，其父命其取鸥鸟来玩，他答应了。第二天到海上，鸥鸟舞而不下。裴松之注《三国志·高柔传》称引说："机心内萌，则鸥鸟不下。"

## 【译文】

傍晚，太阳的光辉洒在平静的江面上，远处山峦青翠，与岛屿连接。渡船携带人马离去，依然有很多人站在柳树下等待渡船归来。江中有一小块平地，平地上布满了青草，栖息在其中的鸥鸟被船只惊动四散开来。我寻找范蠡是想像他一样抛去杂念，寄情于五湖四海的氤氲景色。

## 【赏析】

这首诗通过远近交替的手法描绘了渡口的美景。首先，诗人从远处落笔。夕阳洒在江面上，波光粼粼，水光接天。江中的岛屿蜿蜒曲折，与岸边的青山遥相呼应，形成一幅深远辽阔的画面。接下来，诗人转向近处。马匹在嘶鸣，行人正乘船离开，柳树下的旅人在等待归乡的船只。这些景象生动活泼，动静相宜。

然后，诗人描述了南渡时的情景：群鸥在草丛中栖息，突然被惊起，四散飞离。一只白鹭在广阔无垠的江面上翩翩起舞。这一联将渺小的人物置于宏大的自然之中，展现了天地间的辽阔。

最后，诗人表达了对此美景的向往和隐逸之情。整首诗以写景为主，寓情于景，自然淡雅、韵味无穷。

# 苏武庙

温庭筠

苏武①魂销汉使前，古祠高树两茫然。
云边雁断②胡天月，陇上羊归塞草烟。
回日楼台非甲帐，去时冠剑③是丁年④。
茂陵⑤不见封侯印，空向秋波哭逝川⑥！

【注释】

① 苏武：人名，匈奴扣押其多年，依旧坚定心志，直到回到自己的国家。② 雁断：传递消息的大雁消失不见，表示苏武无法与朝廷取得联系。③ 冠剑：官员戴冠佩剑装饰自己。④ 丁年：壮丁。在唐朝，二十岁到五十九岁的男性都是壮丁。⑤ 茂陵：汉武帝的坟墓。⑥ 逝川：江水一去不复返，比喻时间流逝。

【译文】

苏武见到汉朝使者的时候又悲又喜，颇多感想。如今古庙里树木高大，气氛庄严不容放肆。苏武被扣押在匈奴领地，与朝廷失去了联系，在炊烟袅袅时放羊归来。后来苏武返回故国，发现物是人非，楼台阁宇变化巨大。年轻时佩剑出使异国，现在安全归来已不见当年的帝王。朝着河水悼念先皇，可惜时间飞逝，青春不在。

【赏析】

这首诗是作者在参观苏武庙时创作的，旨在赞美民族英雄苏武坚定的信念和不屈不挠的爱国精神，同时也批评了汉朝对功臣的不公待遇。这首诗以其深沉的情感和强烈的批判精神，展现了一幅悲壮的历史画卷。

导读

薛逢（生卒年不详），字陶臣，蒲州河东（今山西永济）人。在会昌元年（841年）中进士，担任秘书省校书郎一职，后来又担任万年尉、侍御史、尚书郎、给事中等官职。薛逢非常有名气，《全唐诗》存其诗一卷。

# 宫 词

薛 逢

十二楼中尽晓妆①，望仙楼上望君王。

锁衔金兽②连环冷，水滴铜龙昼漏长。

云髻③罢梳还对镜，罗衣④欲换更添香。

遥窥正殿帘开处，袍袴宫人⑤扫御床。

【注释】

①晓妆：清晨打扮自己。②金兽：金色的兽形花纹。③云髻：发髻高耸，此处指美女。④罗衣：针织的衣裳。⑤袍袴宫人：穿裤子的低等粗使宫女。

【译文】

十二楼的宫女们清晨起来就打扮自己，在望仙楼等着君王的到来，希望获得宠幸。紧闭的宫门上兽形门环闪着金色光芒，漫长的白日里铜龙不停滴水。宫女们对着镜子仔细梳理自己高高的发髻，更换加了香味的衣裳。正殿的门打开了一个缝，可以看到穿着裤子的粗使宫女在卖力整理床铺。

【赏析】

这首诗描绘了一位失宠宫女的内心世界。她彻夜未眠，期待君王的临幸，却只等到失望。前殿的歌声提醒她，君王正在寻欢作乐，她的心情从失望跌落到绝望。诗中通过六层描绘了宫女的怨怅，既有现实的泪湿罗巾，也有幻想中的好梦难成。她曾受君王的恩宠，但如今却无端断绝，使她的心情在希望与失望间反复。最后，宫女斜倚熏笼，等待君王的召幸，然而天明时分，幻想破灭，她再次陷入绝望。这首诗通过细腻的笔触，展现了宫女复杂矛盾的内心以及诗人对她深深的同情。

导读　秦韬玉（生卒年不详），字中明，京兆长安（今陕西西安）人。代表作有《投知小录》《贫女》《长安书怀》《桧树》等。

# 贫 女

秦韬玉

蓬门①未识绮罗香，拟托良媒亦自伤。

谁爱风流②高格调，共怜时世俭③梳妆。

敢将十指夸针巧，不把双眉斗画长。

苦恨年年压金线④，为他人作嫁衣裳。

**【注释】**

①蓬门：古时使用蓬草编织的门，形容寒酸简陋。②风流：优雅从容的样子。③俭：俭朴的打扮。④压金线：刺绣。

**【译文】**

家境贫寒的女子从没见过那些绫罗绸缎，想托好的媒婆说亲却添加了许多烦恼。不知道谁会爱慕我这高尚的品行和情调，又能够爱恋我这朴素大方的妆容。不愿将双眉修饰得又细又长，只愿一双巧手绣出精美的花纹。苦恼的是年复一年辛勤地从事着刺绣的工作，却总是为别人赶制出嫁的衣裳。

**【赏析】**

这首诗是秦韬玉最为知名的作品之一。它通过描绘一个出身低微但品格高尚的贫穷女子，表达了作者对社会不公的愤慨。同时，这首诗也反映了作者自身的处境——他才华横溢，却在现实生活中无法得到应有的认可。

# 乐 府 一首

## 独不见 ①

沈佺期

卢家少妇郁金堂②，海燕③双栖玳瑁④梁。

九月寒砧⑤催木叶，十年征戍忆辽阳⑥。

白狼河⑦北音书断，丹凤城⑧南秋夜长。

谁为含愁独不见，更教明月照流黄⑨。

[注释]

　　① 独不见：乐府歌名，又题作《古意呈补阙乔知之》。② 郁金堂：堂上点着郁金苏合香。③ 海燕：一种燕。常出现在南方海边，因此称为海燕。④ 玳瑁：用来装饰的龟壳。⑤ 寒砧：妇女捶打衣服的声音。在古代，只有捶打过的衣料才能缝制衣服。为了应对冬天的寒冷，妇女一般在秋天的晚上捶打衣服。寓意思念之情。⑥ 辽阳：辽东地区，位于辽河的北边。⑦ 白狼河：位于辽宁省内的一条河。⑧ 丹凤城：长安城。相传，秦穆公的女儿擅长乐器，凤凰因此停居咸阳。后人用丹凤城指代京城。长安宫廷在唐朝时位于城北，城南是住宅区。丹凤门是大明宫正南方向的门。⑨ 流黄：一种丝织品，黄紫色，也称帷帐。

[译文]

　　华丽的房屋里充满了香味，住着卢家的美貌少妇。华丽房屋的梁上住着飞来的海燕，它们成双成对。寒秋来临，伴随着枯叶的凋零，百姓家中

响起了捶打衣服的声音。妇女在家里思念征兵在外十年的丈夫，就在白狼河以北失去了丈夫的消息。她在深秋孤单地住在长安城南的住宅里忍受漫长的孤独，低声叹息道："是谁让我每天孤独挂念出征的丈夫？"皎洁的月色笼罩在帷帐上。

【赏析】

　　这是一首模仿古代乐府的作品，描绘了一位年轻妇女怀念她长期战斗不归的丈夫。诗人以温柔而深情的笔调，描述了这位年轻妇女在寒冷的秋夜，虽然身处华丽的房屋，但心却在远方，夜晚无法入睡的孤独和痛苦。

# 五言绝句　二十九首

## 鹿　柴

王　维

空山不见人，但①闻人语响。
返影②入深林，复③照青苔上。

[注释]

①但：只。②返影：夕阳返照。③复：又，再次。

[译文]

　　寂静空旷的深山中只听到人的声音却看不到人。夕阳西下，映照在天空中的霞光笼罩着寂静的森林，森林深处的青苔也被树叶反射的霞光照射着。

[赏析]

　　这首诗是王维山水诗的杰作，描绘了日落时分深林中的宁静景色。诗的前半部分主要描绘了周围环境的宁静。诗的后半部分则描绘了山林深处的幽静。通过听觉和视觉的结合，诗人描绘出了鹿柴的美丽风景，展现了其寂静之美。

# 竹里馆

王　维

独坐幽篁①里，弹琴复长啸②。

深林人不知，明月来相照。

【注释】

①幽篁：幽深的竹林。②啸：大声喊，此处指唱歌吟诗。

【译文】

独自坐在幽深的竹林里，一边弹琴一边吟唱。没有人知道我在竹林深处，只有天上的明月静静地照着我，与我做伴。

【赏析】

这首诗描绘了在山林中弹奏乐器，高歌一曲，享受闲适生活的情趣。它展示了一种清静、雅致而超脱世俗的生活境界。诗人将静态的景象通过动态的笔触来呈现。

# 送　别

王　维

山中相送罢①，日暮掩柴扉②。

春草明年绿，王孙③归不归？

【注释】

①罢：完了。②柴扉：柴门。③王孙，本意是贵公子，此处指送别的友人。

【译文】

在山中送别了老朋友，到黄昏时才回到家，关上柴门，更觉孤独了。等明年春天小草再绿时，老朋友你能不能回来啊？

**[赏析]**

这首诗的创作手法独特，没有描绘离别的忧郁和孤独的悲伤，而是通过描绘朋友的行为和心理状态来表达对离别的惋惜。最后两句是在送别时突然问及归期，这反映出诗人不愿意与朋友分别的心情，从而描绘出深厚的友情，也体现了这首诗的独特之处。

# 相　思

王　维

红豆①生南国，春来发几枝。

愿君多采撷②，此物最相思。

**[注释]**

①红豆：又名相思子，多生在岭南地区，结出的籽像豌豆，稍扁，呈鲜红色。②采撷：采摘。

**[译文]**

红豆树生长在岭南，在春天长出繁茂的枝条。愿你多多采摘它作为饰物，这是最能寄托相思的东西。

**[赏析]**

这首诗通过象征性的"相思豆"的吟唱，深深地传达了作者对朋友的深厚友情，并期待在友情上得到朋友的回馈。全诗以物抒情，较为含蓄，具有强烈的感染力，属于唐朝五言绝句中的珍宝。

# 杂 诗

王 维

君①自故乡来，应知故乡事。

来日绮窗②前，寒梅著花③未？

① 君：对别人的尊称。② 绮窗：有雕饰的窗户。③ 著花：开花。

您刚刚从我的家乡来，应该了解那里的事情。我想问一下，您来的那天，我家窗前的梅花开了没有？

【赏析】

这首诗以问话的形式，表达了诗人对故乡的深深思念。诗人没有过多地描绘故乡的风物，而是选择了寒梅这一象征孤傲的意象，作为故乡的代表和象征。这种选择既体现了诗人的独特视角，也揭示了他对故乡的深情。

诗人在诗中没有询问家乡的其他事物，单单问起了寒梅是否开花。这是因为，对于诗人来说，家乡不仅是一个地理概念，更是一个充满情感的地方。他与家乡的联系往往通过一些具体的人和事来体现，而寒梅正是这些联系中最为重要的一环。它是诗人最熟悉、最喜爱、最关心的事物，也是他与家乡的情感纽带。

这首诗的语言简洁明了，没有过多的修饰和华丽的辞藻，却能深深地打动人心。

 **导读**　　裴迪（生卒年不详），是盛唐山水田园诗人之一。代表作有《送崔九》《游感化寺昙兴上人山院》等。

# 送崔九①

裴　迪

归山深浅去，须尽丘壑②美。
莫学武陵人③，暂游桃源里。

**[注释]**

①崔九，人名，指崔兴宗，王维与裴迪的好朋友。②丘壑，思虑深远之意或指代隐居的山谷。在此引用典故，表达了作者对朋友隐居山谷的劝告。出自《世说新语·品藻》。明帝问谢鲲："君自谓何如庾亮？"答曰："端委庙堂，使百僚准则，臣不如亮。一丘一壑，自谓过之。"③武陵人：出自《桃花源记》，武陵打鱼人。

**[译文]**

我的朋友崔九啊，我建议你在隐居山谷前先去游览一下山林美景，去秀美寂静的山峦里游玩吧！武陵人在桃花源玩了很短时间就离开了，以后想再回到此地是不可能了。

**[赏析]**

诗人鼓励朋友去山中隐居，欣赏大自然的美丽，不要半途而废，这寓含了"做事情不可半途而废"的哲理。诗歌通过比兴的手法，从反面阐述主题，起伏跌宕，引人深思。

# 终南①望余雪

祖　咏

终南阴岭②秀，积雪浮云端。
林表③明霁色④，城中增暮寒。

**[注释]**

①终南：终南山，在今陕西西安南部一带。②阴岭：北面的山岭。
③林表：林梢。④霁色：雪后天晴的景象。

**[译文]**

终南山的北面风景优美迷人，山顶的积雪也好像在云端上飘浮。雪后初晴的阳光照耀在林梢，给人一片明亮的感觉。暮色中，边城的气候让人倍觉寒冷。

**[赏析]**

这首诗是作者在长安参加进士考试时创作的。虽然应试诗的要求是五言六韵十二句，但他只写了四句就交卷了。当被问及原因时，他回答说"意已尽"。作者力求简洁，仅用四句诗，就展现了雪后景色的秀美。

# 宿建德江①

孟浩然

移舟泊烟渚②，日暮客愁新。
野旷③天低树，江清月近人。

**[注释]**

①建德江，江水名，指代新安江在流经浙江建德境内的一段。②烟渚：日暮时分的烟雾所笼罩的小沙洲。③旷：空旷，远大。

**[译文]**

将船只停靠在暮烟笼罩的沙洲附近，周围朦胧的夜色又让游子新添了几缕乡愁。山野空旷寂寥，云天似乎比树还要低一些，江水是多么清澈明净啊！水中玲珑的月亮就在我小船的旁边。

**[赏析]**

这首诗描绘了诗人在江边暮宿时的感受。诗中的小舟、烟雾、日暮、江月和人等一系列的意象构建了一个和谐的画面。前两句诗描绘了景色和情感，后两句则在景色中寓含了情感。整首诗的情感真挚，意境完整，语调淡雅。

# 春　晓 <sup>①</sup>

孟浩然

春眠不觉晓，处处闻啼鸟。
夜来风雨声，花落知多少。

**[注释]**

① 春晓：春天的早晨。

**[译文]**

春天睡醒不知不觉已到天亮，到处都可以听到鸟儿在鸣唱。昨夜渐渐沥沥的风雨声中，不知道又会有多少花儿被吹落。

**[赏析]**

这首诗描写了诗人清晨刚刚睡醒时的思想活动，诗人从听觉入手，写了春天的声音，表现了他内心的愉悦以及对春天的喜爱之情。整首诗的语

言平易浅近、明白晓畅，特别贴近生活，就像是一股清新的泉水缓缓流过读者的心间，让人不禁陶醉。

# 静夜思

李　白

床前明月光，疑<sup>①</sup>是地上霜。
举头<sup>②</sup>望明月，低头思故乡。

① 疑：好像。② 举头：抬头。

【译文】

　　明亮的月光洒在窗户纸上，地上好像泛起了一层霜。我禁不住抬起头来，看那窗外空中的一轮明月，不由得低头沉思，想起远方的家乡。

【赏析】

　　这是一首思乡诗。诗人李白一个人客居异乡，在一个秋天的夜晚，他望着天上的明月，不禁想起了自己的故乡。诗歌用三个动词"疑""举头""低头"巧妙地揭示了诗人内心的变化过程，生动形象地为我们描绘了一幅秋夜月下思乡图。

# 怨 情

李　白

美人卷珠帘①，深坐②颦③蛾眉④。

但见泪痕湿，不知心恨谁。

**[注释]**

①珠帘：贯穿珍珠的帘子。②深坐：坐了很长时间。③颦：皱眉。④蛾眉：美女的细长而弯的眉毛。

**[译文]**

珍珠贯穿的帘子被美丽的女人掀起，她皱着眉头坐在那里很久。不知是因怨谁才泪流满面的。

**[赏析]**

这是一首描绘孤独女子深情思念的诗。在春天或秋天，甚至夏天，一位美丽的女子坐在珠帘后的窗边，静静地坐了很久。她静静地坐着，不时皱起她美丽的眉头，偶尔有几行泪水滑落。她是否在思念远离家乡、久未归来的爱人？她是否在怨恨无情的情郎？诗人并不知道，我们也不知道。我们所看到的，只是一幅动人的画卷，画中的女子充满了深情和怨恨，但她无法向人诉说这些情感。她只能静静地坐着，默默地忍受。我们无需深究，只需欣赏这幅画就足够了。

# 八阵图

杜 甫

功盖①三分国②，名成八阵图③。

江流石不转④，遗恨失吞吴⑤。

## 【注释】

① 盖：覆盖。② 三分国：魏国、蜀国、吴国。③ 八阵图：是一种用于军队作战的图，分天、地、风、云、龙、虎、鸟、蛇八种阵势，首创者诸葛亮。④ 石不转：水位上涨也无法使石头转动。⑤ 失吞吴：因失误没有吞并吴国。

## 【译文】

诸葛亮促进了魏、蜀、吴三国鼎立，最有名的是诸葛亮首创的作战用的八卦图。八阵图由石头摆成，在江水的冲击下岿然不动。刘备出征东吴失败也许是诸葛亮这一辈子最遗憾的事情吧！

## 【赏析】

这首诗巧妙地将对古迹的凭吊与对历史的抒怀融为一体，表面上看似在对古迹的凭吊，实际上是在描绘人物，在描绘人物的同时，又寄托了自己的理解、评价、情感和对人生的感慨。这首诗的语言生动形象，抒情的色彩浓厚，给人一种余音绕梁的感觉。

导读

王之涣（688—742），字季凌，晋阳（今山西太原）人。代表作有《登鹳雀楼》《凉州词》等。

# 登鹳雀楼①

王之涣

白日②依山尽③，黄河入海流。
欲穷千里目④，更⑤上一层楼。

【注释】

①鹳雀楼：楼名，常有鹳雀在楼上栖息，位于今山西省永济市蒲州古城外的黄河边。出自《蒲州府志》，（鹳雀楼）旧在郡城西南黄河中高阜处，时有鹳雀栖其上，遂得名。②白日：太阳。③尽：用尽，消失。④千里目：能看得非常远的眼睛。⑤更：更加。

【译文】

傍晚的太阳在西山处缓慢下降，黄河在夕阳笼罩下奔向东海。若想看遍千里之外的美景，就必须再往上攀登高楼。

【赏析】

这首诗描绘了诗人在鹳雀楼上欣赏日落的壮丽景色。在遥远的地平线上，太阳缓缓落下，余晖洒满大地。与此同时，滔滔不绝的黄河水滚滚东流，汇入大海。这景象如同一幅宏伟的画卷，展现了诗人宽广的胸怀和豪放的性格。

"欲穷千里目，更上一层楼"则传达了诗人对于人生哲学的独特见解。他告诉我们，要想看得更远，就必须站得更高。这种深刻的道理，以简洁明了的文字表达出来，给人留下了深刻的印象，并引发了无尽的思考。

# 送灵澈上人①

刘长卿

苍苍②竹林寺③，杳杳④钟声晚。

荷笠带夕阳，青山独归远。

【注释】

① 灵澈上人：唐代一位著名的高僧。② 苍苍：颜色深青。③ 竹林寺：古寺名，在今江苏镇江南部一带。④ 杳杳：幽深、深远的样子。

【译文】

竹林寺被掩映在了一片苍翠的色调之中，日暮时分，远处的寺庙中又传来幽幽的钟声。一个人背着斗笠，头上披着一抹夕阳，静静地沿着青山归来。

【赏析】

这首诗创作于唐代宗大历年间，当时诗人刘长卿与灵澈在润州相遇并告别。他们都曾经历过失意的岁月，这首诗正是他们之间深厚友谊的见证。同时，这首诗也反映了他们淡泊名利、追求内心宁静的处世态度。

这首诗的画面感极强，诗人将自己的情感融入景物之中，使画面充满了深远的意味。寺院的暮钟声，触发了诗人的思绪。灵澈离去的背影，引发了诗人对归隐生活的向往。这首诗的主题在于寄托，展现了诗人虽然失意但又不失闲适的情怀，营造了一种淡雅的意境。

# 听弹琴

刘长卿

泠泠①七弦②上，静听松风③寒④。

古调虽自爱，今人多不弹。

【注释】

① 泠泠：形容水声。② 七弦：相传神农氏曾制琴为五弦，到了周文王的时候，又增加到七弦。③ 松风：琴曲《风入松》，此处指代琴声。④ 寒：凄凉，冷清。

【译文】

凄清的声音来自七弦古琴，静静听来，那滚滚而来的琴声像是古调《风入松》。尤其喜爱那优美动听的古调，只可惜现在很少有人弹奏了。

【赏析】

这首诗描绘了琴这种传统乐器的优美音色，以及琴者在幽静环境中欣赏琴声的心境。首句以"七弦"代指琴，形象具体。"泠泠"和"松风寒"描绘出琴声的清幽优美。后两句则抒发了在时尚变革背景下，古调琴声遭受冷落的感慨。诗中通过"今人多不弹"的表达，强调了知音难寻的主题。作者刘长卿以此诗寄托孤芳自赏的情操，表达不合时宜的感慨。

# 送上人①

刘长卿

孤云②将③野鹤，岂向人间住。
莫买沃洲山④，时人⑤已知处。

【注释】

① 上人，此处指灵澈。② 孤云：客居他乡之人，此处指代世外僧人。③ 将：和，一起。④ 沃洲山：山名，位于今浙江新昌，高僧曾在此处放鹤养马。⑤ 时人：时俗之人。

【译文】

野鹤孤云般的高僧啊，你怎么能在凡间滞留呢？人们把沃洲山游览个遍，那里布满凡人的市井气息，高僧你千万别去那里啊！

【赏析】

这首送别僧人的诗通过"孤云""野鹤"的意象表达了对高僧的崇敬。有的注本认为诗中有调侃之意，讽刺高僧"入山不深"。但这种解读未能注意到诗中的主要意象。实际上，诗人借孤云野鹤的比喻，描绘了高僧四方云游、来去无踪的修行境界。诗中的"孤云将野鹤"表达了作者对高僧修炼成果的钦佩，认为他应居于离仙境最近、离人寰最远的深山之中。后两句则是对第二句的注释，表达了诗人对高僧的挽留之情。总之，这首诗较为接近诗人对高僧修行的赞美，而前述种种猜测则脱离了诗中所提供的形象。

# 秋夜寄丘员外①

韦应物

怀君属②秋夜，散步咏凉天。
空山松子落，幽人应未眠。

【注释】

①丘员外：名丹，诗人好友。②属：正好是，正当。

【译文】

无比深刻地怀念您啊，正逢这悲凉清冷的秋夜！我一边独自漫无目的地行走着，一边咏叹着这清凉的秋天。想到这个时候空山中松子正在掉落，幽居的好友一定还未入睡。

308/

**[赏析]**

这是一首表达对朋友深深怀念的诗。诗的前两句描绘了诗人因为怀念朋友丘丹，在秋夜里吟诗寄情，以至于无法入睡。后两句则设想丘丹也因为秋意而无法入睡，这展现了他们之间深厚的友情。"空山松子落"，生动地描绘了丘丹隐居之地的宁静。整首诗动静结合，韵味独特，意境清幽，如同一幅画。

**导读**

李端（生卒年不详），字正己，赵州（今河北赵县）人。大历五年（770年）中进士，担任秘书省校书郎一职。后来因为身体原因辞官回乡，在终南山的一个草堂寺中隐居。李端为"大历十才子"之一，著有三卷《李端诗集》，《全唐诗》编其诗三卷。

# 听筝

李 端

鸣筝金粟①柱②，素手③玉房④前。
欲得周郎⑤顾，时时误拂弦⑥。

**[注释]**

①金粟：钱和谷粮，比喻桂木精细美丽。②柱：乐器中的调音柱。③素手：干净漂亮的手。④玉房：女子的闺房。⑤周郎：二十四岁的周瑜担任吴国将领，被称为周郎。周瑜擅长音乐，即使喝醉也能听出奏乐者的错误。此处指代心上人。⑥拂弦：拨动琴弦。

**[译文]**

玉房前端坐着一位美丽的女人，她拨筝的手干净漂亮，精美的古筝是

金粟轴做成的，声音优美。她绞尽脑汁拨弄琴弦弹奏错误的曲子，这是为了吸引那个擅长乐器的心上人啊！

为了吸引爱人的注意，她故意弹错了琴弦，这个聪明可爱的弹筝女的形象就这样生动地呈现在我们面前。诗的美妙之处，往往就在于几个字就能创造出来。据说三国时期的周瑜，在二十四岁时担任建威中郎将，人们称他为"周郎"。他精通音乐，当别人演奏的曲子出错时，他会回头看一眼，当时的人们称之为"曲有误，周郎顾"。诗人显然也受到了这个故事的启发，但是其诗的意蕴却完全不同。

**导读**

王建(生卒年不详)，字仲初，颍川(今河南许昌)人。他在淄青、幽州幕工作过，后来担任荆南节度使幕一职，官至太府寺丞、秘书郎、陕州司马。王建是张籍的同学，后来因为诗风相类，成了好朋友，有"张王"之称，"张王乐府"是他们写的乐府古诗，十分有名。后著八卷《王建集》，其中六卷被《全唐诗》收录。

## 新嫁娘词

王 建

三日①入厨下，洗手作羹汤。

未谙②姑食性③，先遣④小姑⑤尝。

① 三日：新婚第三天，新媳妇回娘家的日子。② 谙：深知。③ 姑食性：婆婆爱吃的东西。④ 遣：派遣，让。⑤ 小姑：婆婆的女儿。

【译文】

　　新媳妇在结婚后要做饭给公公婆婆吃，只见她在做羹汤前小心翼翼地洗手。不知婆婆爱吃什么，先端给小姑子尝尝好不好喝，再端给婆婆喝。

【赏析】

　　这首诗描绘了一位新娘初次进入夫家，对如何处理事情感到担忧的心态。新娘在进入夫家的第三天，按照习俗需要进入厨房做饭。新娘洗净双手，做好了菜。但她不知道婆婆的口味，于是让丈夫的妹妹先尝一尝。在封建社会，婆婆对儿媳有很高的权威。这位新娘非常细心，希望给婆婆留下好的第一印象。有人认为，这首诗的含义更深，诗人实际上是在描述他写的诗文要给上司看，但由于不知道上司的欣赏口味，所以先请上司的同事过目。这种理解也是可以接受的。

　　导读

　　权德舆（761—818），字载之，天水略阳（今甘肃秦安）人，后来搬家到润州丹徒（今江苏镇江）。担任官职很多，有太常博士、司勋郎中、中书舍人、礼部诗郎、吏部诗郎、兵部诗郎、户部侍郎、礼部尚书、刑部尚书等职位，负责科举，官至卿相，非常有名。世人称其为"开宗之人"，是因为他写的文章博学高雅公正。他擅长五言，著有五十卷《权载之文集》五十卷，其中十卷收录于《全唐诗》。

# 玉台体

权德舆

　　昨夜裙带解①，今朝蟢子②飞。
　　铅华③不可弃，莫是④藁砧⑤归？

**【注释】**

①裙带解：女人的裙带松开为喜兆。②蟢子：长脚蜘蛛。③铅华：脂粉。
④莫是：难道是。⑤藁砧：妻子对丈夫的称呼。

**【译文】**

我裙子上的带子在昨天晚上松开，大早上在山里又看到蜘蛛乱爬。难
道今天是我丈夫回家的日子？我要赶紧打扮一下自己迎接丈夫的到来。

**【赏析】**

这首诗旨在描绘一位久居家中、期盼丈夫归来的思妇的心情。诗中通
过"裙带解"和"蟢子飞"等寻常小事，展现了思妇对丈夫的真挚感情和
她心中的喜悦。这首诗朴实无华，感情细腻，生动地表现了思妇心境，展
现了作者的语言风格和写作技巧。

# 江 雪

柳宗元

千山鸟飞绝，万径人踪①灭。
孤舟蓑笠翁②，独钓寒江雪。

**【注释】**

①踪：足迹。②蓑笠翁：披蓑衣、戴斗笠的渔翁。

**【译文】**

在连绵起伏的群山上，连一只飞鸟的影子都看不到，每一条小路上都
见不到人的踪迹。江面孤舟上的渔翁披着蓑衣，戴着斗笠，一个人在冰天
雪地里垂钓。

**[赏析]**

这首诗是柳宗元被贬为永州司马时所作。诗人通过刻画寒江上独钓渔翁的形象，抒发了自己被贬后孤寂而又不甘的情感。这首诗的用词精准，词组精练，通过动态展现静态，充满了诗意和画意。

# 行　宫

元　稹

寥落<sup>①</sup>古行宫<sup>②</sup>，宫花寂寞红。
白头宫女<sup>③</sup>在，闲坐说玄宗<sup>④</sup>。

**[注释]**

①寥落：孤寂落寞。②行宫：帝王体恤民情时的住所。③白头宫女：出自白居易写的《上阳白发人》。天宝末年上阳宫送来一批宫女，从黑发到白发，住在冷宫四十年直到死去。④玄宗：唐玄宗李隆基。

**[译文]**

孤寂落寞的花草开在以前空旷的宫殿里。这里的宫女年轻时被分配在这里，现在满头白发坐在院中谈论玄宗皇帝以前的事。

**[赏析]**

这首诗通过描绘行宫的冷清和宫花的孤独，来衬托白头宫女的痛苦经历。面对冷清的行宫和孤独的宫花，她在无聊中闲坐，谈论玄宗。从表面上看，这首诗表达了对宫女悲惨命运的同情，实际上，它还隐含了诗人对自己过去的辉煌和现在衰落的感慨。此诗虽然篇幅短小，但意味深长，给人留下深刻的印象。

# 问刘十九

白居易

绿蚁新醅①酒，红泥小火炉。

晚来天欲雪，能饮一杯无②？

**[注释]**

① 醅：酿造。② 无：表疑问的语气词，犹"否"。

**[译文]**

新酿的米酒，色绿香浓。红泥炉的小火苗，烧得殷红。天色阴沉，晚上恐怕要下雪，能否来与我共饮一杯？

**[赏析]**

这首诗是一首情感深沉的佳作，就像诗人待友的绿蚁新酒，品尝后口齿留香，让人回味无穷。诗采用实景写虚情、以景传情的手法，让读者通过朴实生动的形象，感受到一种亲切感和生活气息。这首诗的语言优雅，色彩丰富。细细品味，韵味悠长。

**导读**　张祜（约792—约854），字承吉，南阳（今河南邓县）人，有"海内名士"之誉。代表作有《题金陵渡》《官词》《游天台山》等。

# 何满子

张　祜

故国①三千里②，深宫二十年。

一声《何满子》③，双泪落君前！

**[注释]**

①故国，指代家乡、故乡。②三千里：形容距离遥远。③《何满子》：古代乐曲名。

**[译文]**

我的故乡在遥远的三千里之外，此时的我留在禁宫里面已经有二十年了吧！听到一声《何满子》的曲子，眼泪就忍不住地掉了下来。

**[赏析]**

这是一首描绘深宫中女子的宫怨诗。尽管诗只有二十字，却生动地描绘了宫女悲惨的一生，情感冲击力强烈，内容高度概括。每句诗都包含数字，既夸张又写实，产生了出人意料的效果。

# 登乐游原

李商隐

向①晚意不适，驱车登古原②。

夕阳无限好，只是近③黄昏。

**[注释]**

①向：快要，接近。②古原：乐游原，在长安（今西安）城南。③近：将要。

**[译文]**

临近傍晚的时候，心中升起无限的惆怅，于是就驾着马车，前去乐游原排遣内心的烦恼。这里的夕阳真是无限美好啊！然而已经是黄昏时分了。

**[赏析]**

这首诗描绘了诗人在黄昏时登上乐游原，欣赏夕阳下的景色。夕阳尽管美丽，但它已经接近黄昏，这引发了诗人对自己生命晚期的感慨，同时也表达了他对国家兴衰的悲观情绪。整首诗充满了沉郁和苍凉的气氛，意境深远。

**导读**

贾岛（779—843），字阆仙，港阳幽都（今北京）人，人称"诗奴"。代表作有《题李凝幽居》《送无可上人》《寻隐者不遇》等。

# 寻隐者不遇

贾 岛

松下问童子，言①师采药去。
只在此山中，云深不知处。

**[注释]**

① 言：说。

**[译文]**

我来到松树下询问小童他师父的去向，他回答说师父上山采药去了。只知道就在这座山中，可是云深雾浓不知他具体在什么地方。

**[赏析]**

这首诗语言质朴，但传达的情感却十分深沉。童子的简单回答，引领我们进入一幅充满神秘和浪漫气息的画卷。隐士的生活态度与自然和谐，蕴含着超越世俗的智慧，给我们留下了丰富的想象空间。作者对隐士生活的赞美之情愈发浓烈，表达得也愈发含蓄。

# 渡汉江 ①

宋之问

岭外②音书断，经冬复历春。

近乡情更怯，不敢问来人。

**【注释】**

①汉江：汉水。②岭外：岭南地区。

**【译文】**

冬天在岭南地区居住，和家里断绝了书信的往来。冬天刚刚过去，转眼又是新的春天。和家乡的距离越近，我的内心就越发胆怯，胆怯到不敢向路人探询家乡和亲人的消息。

**【赏析】**

这首诗是作者在从岭南返回故乡时，在路上创作的一首抒情杰作，描绘了他即将回到家乡时的复杂心境。前两句描述了离家时间之久、距离之远以及音信断绝的情况，为后两句的抒情做了铺垫。如果离家的时间不长、距离不远并且经常通信，那么诗人就不会担心家人，也不会感到"情更怯"和"不敢"。因此，前两句的叙述对于诗歌情感的深度至关重要，为后两句的抒情打下了基础。

后两句抒发了诗人在即将回到家乡时的矛盾心情。通常来说，当人们接近家乡时，他们会变得越来越兴奋，但是诗人因为三个原因而无法这样。他只能感受到紧张和恐惧，无法享受到回家的喜悦。这两句诗表达了诗人在特殊背景下的独特处境中的情感，如果读者有过类似的体验，他们就能产生共鸣。

随着时间的推移，人们开始忽略前两句的叙述内容，而是只引用后两句，

使得"近乡情更怯，不敢问来人"成为描绘归乡人心情的名句。这使得这首诗在唐诗中的地位得到了提高。这首诗与杜甫的《述怀》、岑参的《逢入京使》等诗一样，都描绘了人类普遍存在的心理现象。

**导读**　　　金昌绪（生卒年不详），余杭（今浙江杭州）人，不知其生平事迹。《全唐诗》只收录了其《春怨》。

# 春 怨

金昌绪

打起黄莺儿，莫教①枝上啼。
啼时惊妾②梦，不得到辽西③。

**[注释]**

①莫教：不要。②妾：女子。③辽西：唐朝时位于辽河西边（今辽宁锦州地区）。

**[译文]**

赶走枝头上乱叫的黄莺吧，它吵得我睡不着，我的亲人正在辽西打仗，我多想梦见他们呀！

**[赏析]**

这首诗描绘了一位女性对远征辽西的丈夫深切的思念。语言生动活泼，具有民间歌谣的特点。在结构上，整首诗由四句组成，每一句都紧密相连，形成一个完整的叙事链条。

第一句提出了一个疑问——为什么黄莺会被打？第二句给出了答案——为了不惊醒梦中的那个人。然而，这个答案又引发了新的疑问——

为什么如此害怕惊扰她的梦？第三句揭示了这个问题的答案——因为梦中思念的那个人正在辽西。最后一句进一步解释了这个答案——她的丈夫正在远征辽西。

这首诗采用了层层倒叙的手法，让读者在阅读过程中不断产生疑问，然后又不断地得到解答。这种手法使得诗歌充满了悬念和吸引力。尽管诗的结尾给出了答案，但仍然留下了许多未解之谜，比如女子为什么会梦见辽西，她在辽西有什么亲人，她的丈夫为什么要离开家乡等。这些未解之谜使得诗歌的主题更加丰富和深刻。

**导读**　西鄙人（生卒年不详），一般指唐朝西北边地之人，此处指《哥舒歌》的作者。

# 哥舒<sup>①</sup>歌

西鄙人

北斗七星高，哥舒夜带刀。
至今窥牧马<sup>②</sup>，不敢过临洮<sup>③</sup>。

**[注释]**

①哥舒：哥舒翰，哥舒翰作战本领高强。②牧马：放马。③临洮：今甘肃岷县。

**[译文]**

北斗七星在黑夜里高高悬在天上，将军哥舒翰驻扎在边境，守卫着营寨。吐蕃在将军的守卫下不敢再进入唐朝境地，甚至不敢在临洮放马。

【赏析】

　　这首诗赞美了唐代著名将领哥舒翰在边疆保卫国土、击退敌人的英勇事迹，表达了边疆百姓对他的敬仰之情。首句以北斗七星的高远形象比喻哥舒翰的崇高功勋，让边疆人民为之赞叹。同时，"七星"也暗示了夜晚的背景，为下一句"夜带刀"做了铺垫。此外，"北斗"也向读者传达了故事发生的地理位置。在这短短的五字开头中，包含了如此多的含义，实在难得。

　　第二句首先通过"哥舒"二字点明了主题，然后通过"夜带刀"承接了上一句的内容。同时，"刀"字也为下一句做了铺垫。正是因为有了这把锋利的刀（可以看作是唐朝政府的强大军力），才使得外敌不敢轻易侵犯边疆，只能在临洮以北的地区活动，无法对唐朝百姓构成威胁。

　　后两句中的"至今"和"不敢"，意味着由于哥舒翰的有效镇守，唐朝的疆土得以长期安宁，他的功绩是不可忽视的。这样一来，又呼应了首句的内容。因此，这四句诗一气呵成，首尾呼应，中间又充满了生机，读完让人感到畅快淋漓。

# 乐府 八首

## 长干行① 二首

崔 颢

### 其 一

君②家何处住？妾③住在横塘④。

停船暂借问，或恐是同乡。

**[注释]**

①长干行：古时一种乐府曲名。②君：人称代词，你。此处指女子对男子的称呼。③妾：人称代词，古时女子的自谦词。④横塘：古地名，在今南京西南。

**[译文]**

请问公子你在哪里居住呢？我在建康的横塘这里居住。停下船只暂且询问一声，从口音判断我们或许是同乡。

**[赏析]**

整首诗以对话的形式，展现了诗人与陌生人之间的互动，表达了诗人对偶遇的期待和对同乡的亲切感。同时，诗人以"君""妾"的称呼，展现了诗人对对方的尊重，体现了诗人的人生态度。

### 其 二

家临九江①水，来去九江侧。

同是长干人，生小不相识。

**[注 释]**

① 九江：长江下游。

**[译 文]**

我住在长江下游，靠着长江生活。虽然我们都是这里的人，但我们打小就没见过。

**[赏 析]**

整首诗以自己家的位置为背景，讲述了同乡之间的故事。诗人通过描述自己和同乡的共同点、同乡之间的亲密关系以及自己对同乡之间的遗憾和惋惜，表达了诗人对同乡之间情谊的珍视和怀念。

# 玉阶怨

李　白

玉阶①生白露，夜久侵罗袜②。
却下③水精帘，玲珑④望秋月。

**[注 释]**

① 玉阶：由玉石砌成的台阶。② 侵罗袜：露水将脚上的丝织袜子打湿。③ 却下：落下，放下。④ 玲珑：精巧秀美的样子。

**[译 文]**

玉石砌成的台阶上生出了晶莹的露水，夜深的时候在这里久久站立会浸湿脚上的罗袜。回到房中放下水晶帘以遮蔽秋寒，隔着帘子抬头观望皎洁的秋月。

**[赏析]**

这首诗描绘了一位深宫女子的孤独与哀愁。她站在玉石台阶上,露水打湿了她的鞋袜,她已经在这里站了很久。她是在等待皇帝的来临吗?可是皇帝的后宫佳丽三千,又怎么会注意到她呢?日复一日,年复一年,她都在这无尽的等待中度日如年。终于,她回到了屋内,放下了那透明的水晶帘。她抬头望向天空,那轮明月似乎也在同情她的遭遇。整首诗虽然没有直接表达出她的哀怨之情,但每一个字都充满了深深的无奈和悲伤。

# 塞下曲<sup>①</sup> 四首

## 其 一

卢 纶

鹫<sup>②</sup>翎<sup>③</sup>金仆姑<sup>④</sup>,燕尾<sup>⑤</sup>绣蝥弧<sup>⑥</sup>。
独立扬新令<sup>⑦</sup>,千营共一呼。

**[注释]**

①塞下曲:主题为边塞生活的歌名。卢纶著有四首《塞下曲》,描述了边塞军营中的日常生活。②鹫:野鹰。③翎:鸟毛。④金仆姑:箭名,速度快、威力惊人,外观好看。⑤燕尾:旗上飘带。⑥蝥弧:旗名。⑦扬新令:挥舞旗帜发布新的号令。

**[译文]**

金色的金仆姑箭佩戴在大将军的腰上,燕尾般的飘带在蝥弧旗上飞扬。大将军站在那里挥舞旗帜发布新的指令,千军万马都随之呼应,气势浩大。

**[赏析]**

这首写誓师的诗刻画了一位整肃、威严、艺高并深受兵士拥戴的将军

形象。诗人通过逐步拓展的手法，由小到大，由近而远，极具声威地描绘
了这位将军的形象。

# 其 二

林暗草惊风①，将军夜引弓。
平明寻白羽，没在石棱中。

**[注 释]**

① 草惊风：草突然被风吹动。

**[译文]**

夜里林深草密，忽然风吹草动，好像有猛虎潜伏。将军从容不迫地搭
箭引弓。天明狩猎时，竟发现整个箭头已深深地插进石头中。

**[赏析]**

这首诗赞美了边疆将领在夜晚狩猎的英勇行为。诗人通过紧张的氛围
和紧凑的节奏，生动地描绘了将军在夜间捕猎老虎的画面。第三句充满了
戏剧性，激发了读者的想象力。将军的形象威武而鲜明，他的威严和勇敢
令人敬畏。最后一句则为整首诗增添了浪漫的色彩。

# 其 三

月黑雁飞高，单于①夜遁②逃。
欲将③轻骑逐④，大雪满弓刀。

**[注释]**

① 单于：匈奴的首领之称。② 遁：逃走。③ 将：率领。④ 逐：追击。

**【译文】**

在一个月黑风高、雁飞无声的夜晚，敌军的首领带着队伍悄悄地逃跑了。我们察觉到敌人的行动，将领正要率轻骑兵前去追击，一场大雪纷纷扬扬下起来了，刹那间弓刀上落满了雪花。

**【赏析】**

这首诗因其独特的艺术风格和深刻的主题而广为人知。其优点不仅在于内容的丰富，更在于其文字的精练、节奏的明快、意境的生动以及整体的流畅。"月黑雁飞高"这一句画面感十足，仿佛一幅生动的画卷展现在眼前，而"大雪满弓刀"则给人一种豪放不羁的美感，令人陶醉。

# 其 四

野幕①敞琼筵②，羌戎③贺劳旋。

醉和金甲舞，雷鼓④动山川。

**【注释】**

① 野幕：帐篷。② 琼筵：丰盛的宴席。③ 羌戎：少数民族。④ 雷鼓：鼓声如雷。

**【译文】**

丰盛的宴席摆在野外的营帐里，大将军在犒劳士兵，少数民族为了祝贺我们的胜利宰杀猪羊款待我们。兄弟们穿着金色甲衣高兴地跳舞，鼓声如雷穿透群山。

**【赏析】**

这首诗描绘了庆祝胜利的热闹场景。丰盛的宴会，来自不同民族的祝贺，人们在酒精的作用下尽情舞蹈，伴随着咚咚的鼓声，形成了一幅生动的画面。

这组诗歌充满了慷慨和豪迈的情感，语言爽朗且明快，给人带来振奋人心的力量。

# 江南曲<sup>①</sup>

李 益

嫁得瞿塘<sup>②</sup>贾<sup>③</sup>，朝朝误妾期。
早知潮有信，嫁与弄潮儿。

**[注释]**

①江南曲：古代乐曲名。②瞿塘：瞿塘峡，位于长江三峡。③贾：做买卖的商人。

**[译文]**

嫁给了一个来自瞿塘的商人，但是他一再耽误我们彼此约定好的归期。早知道潮水涨落如此规律而从不会失信，当初还不如嫁给一个弄潮儿！

**[赏析]**

这首诗以商人妻子的口吻，表达了对嫁给商人的不满和对弄潮儿的羡慕。她抱怨说，嫁给商人还不如嫁给那些在海浪中拼搏的人。这种情感表达生动有趣，充满了民间歌谣的风味。

# 七言绝句 五十一首

**导读**

　　贺知章（659—744），字季真，会稽永兴（今浙江萧山）人，与张若虚、张旭、包融并称"吴中四士"，与李白、张旭等谓"饮中八仙"。代表作有《咏柳》《回乡偶书》《望人家桃李花》《晓发》等。

## 回乡偶书

贺知章

　　少小离家老大回，乡音无改鬓毛衰①。

　　儿童相见不相识，笑问客从何处来。

**[注释]**

　　① 衰：疏落。此处头发白了、少了。

**[译文]**

　　小时候离开家乡老了才返回，乡音未改，两鬓毛发已花白。孩子们看见个个都不认识，笑着问客人从什么地方来。

**[赏析]**

　　这首诗描绘了作者在晚年回到家乡时的所见所感。时光荏苒，世事如梦，作者的心情充满了喜悦与忧伤，感慨万千。诗歌通过描述作者的年纪和容颜的变化，表达了作者对家乡深深的眷恋之情。

　　在诗中，作者以儿童的口吻与自己对话，既幽默又富有哲理，使得诗

歌的情感更加丰富多样。这种对话方式不仅深化了作者对家乡的思念之情，还展现了作者对生活的热爱和对人生的深刻理解。

**导读**

张旭（生卒年不详），字伯高，吴郡（今江苏苏州）人。曾经担任金吾长史一职，因此被称为"张长史"。他最擅长草书。李白的诗歌、裴旻的舞剑、张旭的草书并称"三绝"。他和李白一样爱喝酒，是"饮中八仙"的成员，喝醉后爱大叫奔跑，拿起笔就能写出变化莫测的草书，因此世人称其为"张颠"。流传下来十首诗，其中六首被《全唐诗》收录。

# 桃花溪①

张　旭

隐隐飞桥②隔野烟，石矶③西畔问渔船。

桃花尽日随流水，洞④在清溪何处边？

**【注释】**

①桃花溪：溪流的名字，在今湖南桃源西南。②飞桥：高高的桥，像在空中一样。③石矶：由石头堆起来的高地，常位于水边。④洞：洞口。此处指武陵人在《桃花源记》中进入村里的入口。

**【译文】**

我在云烟缭绕的桃花溪中看到一座桥，那座桥高高挂在空中，时隐时现，好像在云雾里飞腾。渔船在岩石西畔来来往往，我问他们："桃花溪旁流水潺潺，到处桃花盛开，哪里才能找到进入桃花源的入口呢？"

陶渊明在《桃花源记》中构建了一个远离尘世喧嚣的桃花源，而张旭的《桃花溪》则是对这一理想世界的诗意化再现。在这首诗中，张旭描绘了一幅美丽的画卷。桃花溪畔，云雾缭绕，一座高桥横跨两岸，溪水潺潺，桃花随水飘零。诗人在这里遇到了一位行舟的渔夫，向他询问通往桃花源的入口。

这首诗表达了张旭对桃花源的向往和对美好生活的渴望。他以简练的文笔勾勒出了桃花溪的美景，同时也传达了陶渊明笔下的理想世界对他的吸引力。通过对桃花源的描绘，张旭展现了他对生活美学的独特见解和对理想生活的追求。

# 九月九日忆山东兄弟

王　维

独在异乡为异客，每逢佳节倍思亲。
遥知兄弟登高①处，遍插茱萸②少一人。

【注释】

①登高：农历九月初九重阳节，民间有登高的习俗。②茱萸：一种植物，相传重阳节插茱萸可避灾。

【译文】

我一个人在他乡漂泊，每逢节日就更加思念亲人。遥想今日兄弟们都在登高远望，插上了茱萸后发现就缺少了我一个人。

【赏析】

这首诗是王维在十七岁时创作的，与他后来的那些充满诗意、色彩丰

富的山水诗不同，这首抒情小诗写得非常朴实。千百年来，当人们在异乡为客时阅读这首诗，都能深深地感受到它的艺术魅力。这种艺术魅力首先来自它的朴实和深刻的概括力。这首诗是在重阳节时，作者思念家乡亲人之际创作的，因此，读来令人充满了对家乡的深切怀念之情。

# 芙蓉楼①送辛渐

王昌龄

寒雨连江②夜入吴③，平明④送客楚山孤。

洛阳亲友如相问，一片冰心⑤在玉壶。

**[注释]**

①芙蓉楼：润州（今江苏镇江）的城楼。②连江：连，满。江，长江。③吴，与下文的"楚"都指镇江一带的地方。④平明：早晨。⑤冰心：用此比喻君子之品格。

**[译文]**

在寒雨满江的夜晚来到吴地，天亮了送友人上路，只看到楚山孤影。洛阳的亲朋好友若问起我的情况，请说我的心如同玉壶中的冰一样纯洁透明。

**[赏析]**

这首诗描述了作者在雨夜的送别场景，通过描绘寒冷的夜晚和离别的氛围，表达了作者对朋友的深情厚谊。作者以自己的品质和行为来安慰和鼓励朋友，展示了他的高尚品质和独立人格。这首诗以简洁明了的语言，表达了深沉而含蓄的情感，而这些情感则是通过描绘景色和设置比喻来表达的。整首诗将情感融入景色之中，情感深沉而委婉，写作手法独特而有韵味，给人留下了深刻的印象和无尽的回味。

# 闺　怨①

王昌龄

闺中少妇不知愁，春日凝妆②上翠楼。

忽见陌头③杨柳色，悔教④夫婿觅封侯⑤。

## [注释]

①闺怨：妇人待在闺房无聊寂寞，想念自己离家在外的丈夫。表达这种相思之情的诗叫作闺怨诗。闺，指女子，一般是待在家里的少女。②凝妆：化上浓妆。③陌头：陌生不熟悉的小路边。④悔教：后悔做某事。⑤觅封侯：通过外出打仗建立军功来获得官职。

## [译文]

少妇住在闺阁中，没体会过相思分别之苦。春天阳光明媚，她化上浓妆独自一人登楼。路边杨柳依依，她感到非常惆怅，开始后悔让丈夫上战场守卫边塞建立军功了。

## [赏析]

这首诗的魅力在于描绘了一个年轻活泼、乐观开朗的少妇，她在登上高楼欣赏春天的美景时，内心的情感发生了微妙的变化。这种变化让读者能够从瞬间的变化联想到整个过程，从一刹那间看到全部。这是一种运用对立统一的艺术辩证法，通过先扬后抑的手法巧妙地表达出来的。因此，这首诗的主题显得模糊不清，让人难以捉摸，回味无穷。

# 春宫曲

王昌龄

昨夜风开露井桃，未央<sup>①</sup>前殿月轮高。
平阳歌舞<sup>②</sup>新承宠，帘外春寒赐锦袍。

① 未央：未央宫。② 平阳歌舞，指代宫中又添加了新的歌女。

露井桃花被昨天晚上的春风吹散，皎洁的月亮挂在未央宫上空。皇上又有了新宠，把华丽的袍子赐给她用来抵御冬天的寒冷。

这首诗描绘了宫中未受宠爱的女子的哀怨。在春天的黄昏，未央宫前的月光皎洁明亮，然而自己却无法得到皇帝的宠爱，只能在这明亮的月光下度过漫漫长夜。而那些新近得到皇帝宠爱的女子，则受到了无微不至的关怀，即使春天已经来临，皇帝仍然担心她们会感到寒冷，特意赐予她们华丽的锦袍。通过这样的对比，更加凸显未受宠女子处境的凄凉。

**导读** 王翰（生卒年不详），字子羽，晋阳（今山西太原）人。中进士后被大人物赏识，担任秘书正字、驾部员外郎、汝州长史、道州别驾等。王翰才华横溢，边塞生活描写得非常好。著有《凉州词》，其中一卷收录在《全唐诗》中。

# 凉州词①

王　翰

葡萄美酒夜光杯，欲饮琵琶马上催。
醉卧沙场②君③莫笑，古来征战④几人回。

**【注释】**

①凉州词：乐府曲名。②沙场：边疆。③君：你。④征战：战争激烈。

**【译文】**

美味的葡萄酒盛放在晶莹剔透的夜光杯中，正想畅快地大口喝下这葡萄酒，却突然听到战场上的琵琶声，赶紧放下酒杯向战场奔去。千万不要笑话醉倒在战场上的我，没有多少在战场上用自己生命保家卫国的人能活着回到家乡。

**【赏析】**

整首诗以豪放的语言描绘了边疆将士的生活与心态，表达了他们对战争的无奈。同时也展现了他们的豪情壮志和视死如归的精神。

# 黄鹤楼送孟浩然之①广陵②

李 白

故人③西辞黄鹤楼，烟花④三月下扬州。

孤帆远影碧空尽，惟见长江天际流。

**【注释】**

①之：往，到。②广陵：扬州的古称。③故人：老朋友，此处指孟浩然。④烟花：形容花柳迷人的春天的景色。

**【译文】**

老朋友向我频频挥手，告别了黄鹤楼，在这柳絮如烟、繁花似锦的阳春三月去扬州远游。友人的孤船帆影渐渐地远去，消失在碧空的尽头，只看见长江浩浩荡荡地向着天边奔流。

**【赏析】**

这首诗描绘了诗人在黄鹤楼与友人告别的场景，表达了他们之间深厚的感情。诗人站在楼顶，目送着友人乘坐的小船顺流而下，渐行渐远，直至消失在遥远的地平线。这种情感如同滔滔不绝的长江水，难以用言语来形容。

# 早发白帝城

李 白

朝①辞白帝彩云间，千里江陵②一日还。

两岸猿声啼不住，轻舟已过万重山。

**【注释】**

①朝：早晨。②江陵：今湖北荆州。

【译文】

清晨辞别云霞缭绕的白帝城，小舟日行千里，晚上就到了江陵。两岸的猿声不绝于耳，轻快的小船早已越过万重高山。

【赏析】

这首诗给人留下深刻的印象，它的语言锋利、结构紧凑，给人一种空灵的感觉。然而，如果只是欣赏它的气势豪迈和笔法流畅，还不能完全理解这首诗的内涵。

这首诗充满了诗人经过艰苦岁月后突然爆发出的激情。在雄壮而迅速的节奏中，又充满了豪情和愉悦。这首诗就像一艘快速行驶的船，带领读者进入一个令人神往的世界。

# 逢入京使

岑　参

故园①东望路漫漫②，双袖龙钟③泪不干。

马上相逢无纸笔，凭④君传语⑤报平安。

【注释】

①故园：以前居住的地方。②漫漫：无边无际，形容时间长或距离远。③龙钟：泪流满面。④凭：托。⑤传语：传消息。

【译文】

我的家乡在东边，离这里非常遥远，袖子被流下的泪水浸透，顺着袖子边落在地上。我着急来见你，却来不及让你给我的家人带封家书，只望你能帮忙传递我平安的讯息。

【赏析】

这是一首抒发思乡之情的诗。诗中包含了四层情感。向东望去，泪流满面，与朋友重逢，传递消息。这四层情感层层递进，跌宕起伏，构成了整首诗情感的波动，形象地展示了诗人心情的变化。

这首诗从日常生活的细节出发，用自然朴实的语言和虚实结合的手法进行描绘，表达了诗人真挚的感情。这首诗平易近人，没有过多的雕琢，却在平淡之中展现了深厚的情意。

# 江南逢李龟年

杜 甫

岐王①宅里寻常见，崔九堂前几度②闻。

正是江南好风景，落花时节③又逢君。

**[注释]**

① 岐王：唐玄宗的弟弟李范，被封为岐王。② 几度：几次，好多次。③ 落花时节：各种花凋谢的季节，指暮春三月。

**[译文]**

当年在岐王宅里常常看到你的演出，在崔九堂前也曾多次欣赏你的表演。没有想到在这风景一派大好的江南，正值落花时节，能巧遇你这位老相识！

**[赏析]**

这首诗创作于安史之乱后，诗人在江南漂泊时与老朋友李龟年重逢。诗人与李龟年是多年的好友，在这次重逢中，诗人回顾了过去，思考了现在，心中充满了感慨。这首诗深深地反映了诗人的内心世界，表达了他在动荡时期对生活的感悟和对友情的珍视。

# 滁州 ① 西涧 ②

韦应物

独怜③幽草④涧边生，上有黄鹂深树鸣。
春潮带雨晚来急，野渡无人舟自横⑤。

**【注释】**

① 滁州：今安徽滁州以西。② 西涧：滁州城西的一条小溪，俗称"上马河"。③ 独怜：怜爱。④ 幽草：小溪边上的小草。⑤ 横：随意漂浮，无人管理。

**【译文】**

我特别怜爱生长在山涧溪边的小草，山涧上空不时有黄鹂在深林中鸣叫。潮水加上夜雨，河水流得更急了，无人的渡口只有小船独自随波逐漂着。

**【赏析】**

这首诗是一篇描绘风景的杰作。诗人通过细腻的笔触，生动地描绘了滁州西涧的美景。在诗中，我们可以看到涧边的幽草，听到深树中的莺啼，感受到带着春雨的春潮，以及野渡上的横舟。这些有声有色的自然景象，共同构成了一幅优美而宁静的风景画，让人陶醉于其中。

**导读**　张继（生卒年不详），字懿孙，襄州（今湖北襄阳）人。代表作有《枫桥夜泊》《郧州西楼吟》《登丹阳楼》等。

# 枫桥①夜泊

张　继

月落乌啼霜满天，江枫②渔火③对愁眠。

姑苏④城外寒山寺⑤，夜半钟声⑥到客船。

**[注释]**

①枫桥：在今江苏苏州西郊。②江枫：江边的枫树。③渔火：渔船上的灯火。④姑苏：苏州的别称。⑤寒山寺：在枫桥的东边。⑥夜半钟声：唐代寺院有夜半撞钟的习惯。

**[译文]**

月儿西落，乌鸦在挂着秋霜的山林中啼鸣，寒霜满天。对着江边的枫树和江中的点点渔火，我的思乡愁绪油然而生，难以入睡。半夜里姑苏城外寒山寺沉闷的钟声划破寂静的夜空，悠悠地飘进了客船中。

**[赏析]**

这首诗描绘了一幅江南水乡秋夜的景象，以游子的视角展现了孤寂的夜宿客船和周围深邃、萧瑟的氛围。诗人通过视觉、听觉来描绘夜半景象，以及寒山寺悠远的钟声，勾勒出一个幽远的夜泊愁眠的艺术意境。

诗中以江枫、渔火、寒山寺等元素，展现了江南水乡的自然风光和深厚的人文底蕴。诗人以简洁而鲜明的形象、细致入微的感受，将自然景象与游子的内心情感巧妙地融合在一起，形成一个和谐而优美的艺术境界。

本诗语言优美简洁，物象选择动静结合，明暗相衬，对仗工整，情景交融，令人回味无穷。

# 寒 食

韩 翃

春城<sup>①</sup>无处不飞花，寒食东风御柳<sup>②</sup>斜。

日暮汉宫<sup>③</sup>传蜡烛<sup>④</sup>，轻烟散入五侯<sup>⑤</sup>家。

**[注释]**

① 春城：春天的城市。② 御柳：栽种在宫中的柳树。③ 汉宫：皇宫。④ 传蜡烛：寒食节有不点火的习俗，但公侯府可以点燃蜡烛。⑤ 五侯：五个侯爷，分别是汉成帝的舅舅王谭、王立、王商、王逢时、王根，极受天子恩宠。此处泛指帝王宠爱之人。

**[译文]**

春天即将结束之际，长安城遍地落花。东风在寒食节吹弯了栽种在宫中的柳树。皇宫里的宫人在傍晚分发蜡烛，受圣上宠爱的人家里在寒食节这天升起袅袅炊烟。

**[赏析]**

寒食节禁火的传统在我国已经延续了很多年。然而，那些享有特权的人却并不受这个规定的限制，他们因为皇帝的恩赐，家中依然灯火通明，烟雾缭绕。诗人看到了这种现象，用汉朝的故事来讽刺唐朝的现实，从而引发人们的思考。

这首诗以非常含蓄的方式批评了这种不公平的现象。虽然问题提得非常尖锐，但语言却非常委婉。诗人以犀利的眼光，揭示了问题的本质，却没有流露出任何情绪。这首诗将深奥的思想隐藏在浅显的语言中，通过具体的形象来表达讽刺的意味。诗人将想要表达的意思隐藏起来，让读者自己去体会，这种方式既微妙又明显，充分体现了讽刺的艺术。因此，这首诗被公认为唐诗中的佳作。

**导读**

刘方平（生卒年不详），河南（今河南洛阳）人。成年后参加科举考试未有名次。很有才华却得不到伯乐的赏识，因此在颍水隐居，此后一辈子未做官。著有一卷《刘方平诗》收录在《全唐诗》中。

# 月 夜

刘方平

更深①月色半人家，北斗阑干②南斗③斜。
今夜偏知④春气暖，虫声新透⑤绿窗纱⑥。

【注释】

①更深：深夜。更，古代计时的方式，五更为一夜。②阑干：纵横错落的样子。③南斗：星名，位于北斗星南面，由六颗星星组成。④偏知：没想到。⑤新透：初次透过。⑥窗纱：窗户上的薄纱。

【译文】

月光在深夜照亮一半房屋，黑夜隐藏了另一半房屋，南斗六星和北斗七星一样横斜在天空中。终于在今晚感受到春天的来临，虫子在外面草丛里发出"唧唧"声，透过纱窗传到我的耳边。

【赏析】

这首诗是诗人在一个春天的夜晚创作的，诗中描绘了春天夜晚的景象。

在春天的夜晚，昆虫开始鸣叫，春天的气息让人感到舒适。诗人通过对自然景物细致入微地观察，展现了春天夜晚气温逐渐升高的美好氛围，同时也表达了自己在面对这种美景时的喜悦之情。

# 春 怨

刘方平

纱窗日落渐黄昏，金屋①无人见泪痕。
寂寞空庭②春欲晚，梨花满地不开门。

## [注释]

①金屋：金子搭建的房屋。出自典故"金屋藏娇"，后用来描述藏着娇艳美人的房屋。②空庭：空荡安静的庭院。

## [译文]

纱窗外太阳慢慢落下，影子逐渐下沉，预示着傍晚的来临。我一人住在华丽的宫殿中，没人知道我早已泪流满面。这庭院如此空荡寂寞，梨花因为春天的离去落满一地，而我只能紧紧关上院门。

## [赏析]

这首宫怨诗通过描绘"金屋无人见泪痕"的情景，展现了深宫中少女的孤独与哀怨。诗中以日落黄昏、寂寞空庭、梨花满地等画面，层层烘托出宫女的孤寂与哀怨。同时，诗人运用重叠渲染、反复勾勒的手法，使诗篇意境更为深刻。

诗中以金屋、泪痕、寂寞空庭等元素，突显宫女身世的悲惨与青春的流逝。整首诗以暗淡的色调、细腻的情感描绘了宫女在孤寂环境中以泪洗面的情景，令读者感叹不已。

**导读** 柳中庸（？—775），名淡，字中庸，蒲州虞乡（今山西永济）人。代表作有《听筝》《征人怨》等。

# 征人怨

柳中庸

岁岁金河①复玉关，朝朝马策②与刀环③。

三春④白雪归青冢⑤，万里黄河绕黑山⑥。

**[注释]**

①金河：黑河，位于今内蒙古呼和浩特。②马策：马鞭。③刀环：位于刀柄末端的圆环。④三春：春天到来的那三个月，或春季将要结束的时候。⑤青冢：坟墓。王昭君去世后葬在呼和浩特。边塞的草是白色的，只有昭君墓有青色的草。⑥黑山：杀虎山，位于今内蒙古呼和浩特。

**[译文]**

我驻守玉门关一年一年又一年，每天都要攥紧刀剑，挥舞马鞭，与敌人战斗。三月白雪纷纷遮盖着昭君墓，滔滔黄河绕过黑山，又奔腾向前。

**[赏析]**

这首边塞诗以"征人"为主题，通过描绘金河、青冢、黑山等地，展现了征人岁岁朝朝劳累困苦的生活。诗中运用"岁岁""朝朝"相对，"金河""玉关""马策""刀环"并举的手法，传达出征人无尽的怨情。

诗人进一步通过描述青冢和黄河黑山的景象，强调了边塞环境的恶劣与荒凉，从而反映出征人转战跋涉的艰辛。虽然诗中并未直接表达怨语，但蕴藏在字里行间的怨恨情感却令人深感同情。整首诗寓情于景，情景交融，展现出征人内心无尽的愁苦与怨恨。

**导读**　　顾况(约727—约820),字逋翁,自号华阳山人,苏州(今属江苏)人。参加科举中进士,曾担任新亭、永嘉的监盐官和大理寺司直、秘书省著作佐郎等职位。晚年在茅山隐居。顾况为人幽默,著有三卷《顾华阳集》,《全唐诗》存其诗四卷。

# 宫　词

顾　况

玉楼①天半②起笙歌，风送宫嫔③笑语和④。
月殿影开闻夜漏⑤，水精⑥帘卷近秋河⑦。

**【注释】**

①玉楼：天帝和神仙住的楼。②天半：楼很高。③宫嫔：嫔妃。④和：融洽和谐。⑤漏：装满水的计时工具。⑥水精：水晶。⑦秋河：秋天的银河。

**【译文】**

神仙住的楼直插云霄，宫女嫔妃的欢声笑语从里面传出。月宫影移，深夜传来漏斗的滴答计时声。我起身掀开水晶制作的门帘，发现银河离我很近。

**【赏析】**

这首诗通过描绘玉楼的笙歌、宫嫔的笑语、月殿的影子和水晶帘的卷起，展现了皇宫的繁华和奢侈。

# 夜上受降城闻笛

李 益

回乐峰①前沙似雪，受降城外月如霜。

不知何处吹芦管②，一夜征人③尽望乡。

## [注释]

① 回乐峰：唐朝时候有回乐城，灵州治所，在今宁夏灵武西南一带，回乐峰就是当地山峰。② 芦管：一作"芦笛"，吹奏乐器。③ 征人：守卫边疆的将士。

## [译文]

回乐峰前飞沙弥漫，好似下起了一场大雪，受降城外的月色冰冷如寒霜。不知道什么地方突然响起了吹奏芦笛的声音，守卫边疆的战士们一整夜都在遥望着远处的家乡。

## [赏析]

这首诗通过描绘受降城的夜景，表达了戍边将士的思乡之情。诗人以回乐烽前的沙漠、月光、芦管声等元素，构成了一幅生动的画面，使人们切身地感受到戍边将士的思乡之情。

# 乌衣巷①

刘禹锡

朱雀桥②边野草花，乌衣巷口夕阳斜。

旧时王谢③堂前燕，飞入寻常④百姓家。

## [注释]

① 乌衣巷：今南京市的一条街道，位于秦淮河南岸。② 朱雀桥：秦

淮河上的桥名，在乌衣巷旁边。③ 王谢：东晋的宰相王导、谢安两大家族。④ 寻常：平常，普通。

【译文】

朱雀桥边长满了野草杂花，夕阳斜照着乌衣巷。从前在王、谢两大家族堂前屋檐下筑巢的燕子，找不到往日的繁华所在，如今都已飞进普通的百姓家里。

【赏析】

这首诗通过描绘乌衣巷的变迁，表达了诗人对历史变迁和豪门贵族兴衰的感慨。诗人以花草、朱雀桥、乌衣巷、飞燕等元素，构成了一幅生动的画面，使人们能够感受到乌衣巷的沧桑变化。

# 春 词

刘禹锡

新妆宜面①下朱楼②，深锁春光一院愁。
行到中庭③数花朵，蜻蜓飞上玉搔头④。

【注释】

①宜面：化妆时在脸上均匀涂抹脂粉，使自己漂漂亮亮有气质。②朱楼：红色的楼房，此处指有钱人的房子。③ 中庭：庭院。④ 玉搔头：玉簪，头皮痒的时候用玉簪挠。

【译文】

缓缓走下楼的宫女把自己装扮得很漂亮，庭院中春意盎然，但因为被限制在宫中而感到忧郁。她数着庭院中盛开的花朵，此时玉簪上停留了一只蜻蜓。

[赏析]

　　这首诗通过对宫女们的生活描绘，表达了诗人对她们孤独生活的同情，以及对美好时光的留恋。同时，诗人也通过对宫女们形象地刻画，展示了她们内心的矛盾和挣扎，使这首诗具有了深刻的思想内涵和艺术价值。

# 宫　词

白居易

　　泪尽罗巾①梦不成，夜深前殿按歌声②。
　　红颜③未老恩④先断，斜倚熏笼⑤坐到明。

[注释]

　　①罗巾：丝帕，蚕丝编织。②按歌声：唱歌时打节拍。③红颜：美丽容颜。④恩：圣上的宠爱。⑤熏笼：古代时为使衣服好闻，会用熏炉熏衣服。熏炉上罩着灯笼。

[译文]

　　丝帕在深夜被泪水湿透，辗转难眠，更别提做个好梦了。听到前殿人们跟随节拍唱歌，她感到更加悲伤。她容颜依在，却无恩宠。靠着熏笼睁眼到天明。

[赏析]

　　这首诗描绘了一位失宠宫女的内心世界，她一心期盼君王的宠幸却未果，深感怨恨。诗中通过六层怨怅的描绘，展现了宫女复杂的心理变化，从希望到失望，再到绝望。诗人运用细腻的笔触将宫女的现实生活与幻想世界相互交织，展现了她痴痴等待的悲苦心境。

　　全诗虽篇幅短小，却情感丰富，一气呵成，如春笋破土，幽怨之情不

绝如缕。诗中通过泪湿罗巾、求宠梦境、恩断痴望等细腻的描绘，传达了宫女所经历的现实与幻想的交织，表达了诗人对她的同情。

# 赠内人<sup>①</sup>

张　祜

禁门<sup>②</sup>宫树月痕过，媚眼惟看宿鹭<sup>③</sup>窠。

斜拔玉钗灯影畔，剔开红焰<sup>④</sup>救飞蛾。

**【注释】**

　　① 内人：皇宫里的宫女。② 禁门：宫殿的大门。③ 宿鹭：成双成对的水鸟栖息在一起。④ 红焰：灯芯。

**【译文】**

　　宫殿大门和宫中树木的影子随着月亮移动，你媚眼含情注视着一对鸳鸯的窝。你用玉钗拨开灯芯，放出了在其中挣扎的飞蛾。

**【赏析】**

　　这是一首描绘宫中女子寂寞无聊的宫怨诗。诗中的宫女，带着羡慕的眼神看着水鸟自由自在地在空中飞翔，然后又拔出玉簪去救一只飞蛾。这两个形象化的动作，生动地表现了她内心的无聊情绪。

　　然而，这种无聊情绪的根源，是因为她被冷落而无人陪伴。这首诗以一种含蓄的方式，表达了宫女对自由生活的向往，以及对被冷落的无奈。

# 集灵台<sup>①</sup> 二首

张　祜

## 其　一

日光斜照集灵台，红树花迎晓露开。

昨夜上皇<sup>②</sup>新授箓<sup>③</sup>，太真<sup>④</sup>含笑入帘来。

**[注释]**

　　① 集灵台：位于华清宫的长生殿，此殿用于祭祀。② 上皇：唐玄宗。
③ 箓：道教秘文。④ 太真：杨贵妃当女道士时的号。

**[译文]**

　　集灵台被温暖的阳光笼罩着，鲜花和青葱树木在晨露的滋润下生长。
杨玉环在昨天晚上接受了唐玄宗赠送的道箓，眼带笑意走上前来。

**[赏析]**

　　这首诗充满了对唐玄宗和杨贵妃的讽刺。杨贵妃原本是唐玄宗的儿子
寿王的妃子，后来被唐玄宗看中，先是被任命为女道士，然后被封为太真，
最后被纳入后宫，成为贵妃。了解了这一背景，这首诗的嘲讽和贬低之意
就非常明显了。

## 其　二

虢国夫人<sup>①</sup>承主恩，平明骑马入宫门。

却嫌脂粉污颜色，淡扫蛾眉朝至尊<sup>②</sup>。

**[注释]**

　　① 虢国夫人：杨贵妃的姐姐。② 至尊：唐玄宗。

348/

**[译文]**

皇上要赏赐虢国夫人，于是她早早策马入宫面圣。她的美艳不需脂粉装饰，浅浅画个眉毛就进宫领赏去了。

**[赏析]**

这首诗通过对虢国夫人行为的描绘，深刻地讽刺了她的狂妄自大、无视礼法、虚伪做作等特点，同时也揭示了她在宫廷中的特权地位，以及对权力的贪婪。这首诗的语言简练、形象生动，具有很强的艺术感染力。

# 题金陵①渡

张　祜

金陵津渡②小山楼，一宿行人自可愁。
潮落夜江斜月里，两三星火是瓜洲③。

**[注释]**

①金陵：南京的别称。②津渡：河道渡口。③瓜洲：古地名，在今江苏扬州长江边。

**[译文]**

我在镇江附近金陵渡口的小山楼里休息，寒灯下，感觉自己就好像是失群的孤雁，无尽的忧愁让我难以入眠。温柔的月光西斜下来，此时江水也刚刚退潮，远处那几艘渔船上的灯火就是瓜洲的所在地吧！

**[赏析]**

这首诗描绘了诗人在旅途中度过的一个夜晚以及他在这个夜晚中所感受到的忧愁。诗的前两句描述了诗人的羁旅之愁。他在金陵津渡口的一座小楼上过夜，因为离家遥远，心中涌起了一股淡淡的乡愁。后两句描绘了夜景。因为诗人满怀羁旅之愁，无法入睡，所以他看到了江潮在沉沉的斜月下退去，渡口对岸的瓜洲闪烁着两三点的火光。

在异乡停留时，看到异乡的风景和风俗，往往会引发对故乡的思念之情。更何况诗人深夜无法入睡，看到的又是两三点冷清的火光，这使得他的思乡之情更加强烈。诗的后两句看似在描绘景色，但实际上是完全抒情的语句。

**导读**

朱庆馀（生卒年不详），名可久，越州（今浙江绍兴）人。宝历二年（826年）进士，担任秘书省校书郎一职。张籍非常喜爱他写的诗，贾岛、姚合、顾非熊等人也很喜欢他的诗。著有一卷《朱庆馀诗》，收录于《全唐诗》中。

# 宫中词

朱庆馀

寂寂①花时②闭院门，美人相并立琼轩③。

含情欲说宫中事，鹦鹉前头不敢言。

**【注释】**

①寂寂：宁静。②花时：花朵盛开的时候，一般指春天。③琼轩：长廊，走廊。

**【译文】**

花朵盛开时节，宫中的门紧闭着，一片寂寥落寞。长廊装饰得很华丽，两位美人并排站着，想谈论一下宫中的事，抒发一下内心的怨恨，但那会学舌的该死的鹦鹉就在旁边，只好闭口不言。

**【赏析】**

这首宫怨诗具有独特的风格和构思。它描绘了两位宫女在春天花朵盛开的时候，一起站在庭院门口，带着心事欣赏美丽的风景。诗中的"寂寂"一词，暗示了这两位宫女在宫中没有受到宠爱，同时也揭示出了她们内心的忧伤。

"含情欲说宫中事"这一句，表达了宫女们被压抑的情绪，她们想要互相倾诉自己在宫中的遭遇，却因为担心而被迫保持沉默。诗中的鹦鹉形象，既象征着宫女们在宫中的生活如同鹦鹉学舌，没有自由，也暗示了宫中存在着监视和告密的现象，使得宫女们的怨恨情绪更加沉重。

这首诗的独特之处在于，它从宫女们的角度出发，展现了宫中的怨恨情绪，而不是直接描述。诗人通过细腻的描绘和寓意丰富的意象，使得这首诗具有深刻的内涵，让人回味无穷。

# 近试上张水部<sup>①</sup>

朱庆馀

洞房<sup>②</sup>昨夜停红烛，待晓堂前拜舅姑<sup>③</sup>。
妆罢低声问夫婿，画眉深浅<sup>④</sup>入时无<sup>⑤</sup>？

**【注释】**

① 本诗别名《闺意献张水部》。张籍非常欣赏朱庆馀这个人，并为他写的这首诗给了建议。张水部，本名张籍，字文昌，是唐代诗人。② 洞房：新婚夫妻的住所。③ 舅姑：公公婆婆。④ 深浅：浓淡。⑤ 入时无：合适不。无：语气词，放在句末表示疑问。

**【译文】**

新婚当天房间里的蜡烛燃烧了一整夜，为了第二天早上能拜见公婆时

得到夸奖，我一夜未睡。我对着镜子仔细打扮自己，温柔地询问丈夫："今天我画的眉毛得体不？"

**[赏析]**

　　这是一首用于科举考试的行卷诗，唐朝的文人通常在参加科举考试前，会向地位较高的官员赠送自己的诗文，希望能得到他们的推荐。这首诗的独特之处在于，它通过一个生动且恰当的比喻，表达了朱庆馀的信心与期待。

　　诗中描绘了一位新婚女子的内心世界，她对自己的美丽充满信心，但同时又担心是否符合时尚和公婆的期望。这个形象实际上是朱庆馀向张籍发出的"自我推荐信"，表达了他对自己诗歌才华的信心，同时也透露出了他的不安和期待。

　　张籍在回应的诗《酬朱庆馀》中，他用越女来比喻朱庆馀，表示朱庆馀的才华比齐地的精美绸缎更为珍贵，一曲歌的价值抵得上千金。这表达了张籍对朱庆馀才华的肯定，暗示他不必担心这次考试。

　　这种通过表面上写男女之事，实际上寻求理解和帮助的表达方式，被称为"香草美人"法，在中国古代文学史上有着悠久的历史。朱庆馀的诗通过生动的形象和细腻的情感，成功地传达了他的期待和信心，成为一首广受欢迎的佳作。

# 将赴吴兴<sup>①</sup>登乐游原

杜 牧

清时<sup>②</sup>有味是无能，闲爱孤云静爱僧。

欲把一麾<sup>③</sup>江海去，乐游原上望昭陵<sup>④</sup>。

**[注释]**

　　① 吴兴：古地名，今浙江吴兴。② 清时：政治清明、社会安定的时期。③ 一麾：旗帜，旌旗。④ 昭陵：唐太宗李世民的陵墓。

**[注释]**

　　社会安定的时候，有着闲情逸致的人就是我等无能之辈啊！我喜爱悠闲自在的孤云，也向往高僧清静无为的生活。我愿手持旌旗前往吴兴上任，乐游原上再回首凝望那风雨中的昭陵。

**[赏析]**

　　这首诗以反语和自我嘲讽的方式讽刺了统治者对人才的忽视。诗的前两句说，现在是一个繁荣昌盛的时代，"我"却有着闲适的心情，喜欢独自欣赏白云的悠闲和孤独僧侣的宁静，这足以说明"我"的无能。诗的后两句说，"我"将要去湖州担任刺史，即将离开长安城。于是，"我"登上了乐游原，远远地望着唐太宗李世民的陵墓，心中怀念的是他辉煌的文治武功。阅读了诗的后两句，我们就可以理解诗的前两句是对当时朝政的讽刺。作者向往太宗时代的太平盛世，也渴望有机会帮助朝廷，重现太平盛世，但这是不可能的，"我"只能离开长安，去担任刺史，因此，"我"对朝政充满了失望。

# 赤 壁

杜 牧

折戟沉沙铁未销①，自将②磨洗③认前朝④。

东风不与周郎⑤便，铜雀⑥春深锁二乔⑦。

## [注释]

①销：销蚀。②将：拿起，拾起。③磨洗：打磨冲洗。④认前朝：辨别物品的朝代。⑤周郎：周瑜，字公瑾，年纪轻轻就当上东吴大将军，因此得"周郎"之称，官至大都督，是赤壁之战的重要领军人物。⑥铜雀：铜雀台。相传曹操在邺城建了一座住满歌女的楼台，楼顶的大铜雀是其标志物。曹操晚年在这座楼台里享乐。⑦二乔：大乔和小乔，二人容貌美丽，十分有名。后来孙策娶了大乔，周瑜娶了小乔。

## [译文]

泥沙中沉没着一支铁戟，已被销蚀了一半。我把它捞出来打磨清洗，发现这是来自赤壁之战的古老物品。如果周瑜当年没有借到东风，曹操胜利后会把大乔和小乔关在晚年行乐的地方吧！

## [赏析]

这首诗是一首著名的咏史诗。诗中，作者通过观看赤壁遗址中的断戟，回顾了当年周瑜的成功，认为他的成功很大程度上是因为幸运地遇到了东风，否则连二乔都可能成为曹操的俘虏。这种看待周瑜的方式，是作者对自己自信的表现，即他认为周瑜并不值得效仿，他自己也同样精通兵法，胸有韬略，只是空有抱负而无法施展。这首诗以其独特的构思和隐含的情感，深刻地表达出了作者怀才不遇的愤懑和苦恼。

# 泊秦淮①

杜　牧

烟笼寒水月笼沙，夜泊秦淮近酒家。

商女②不知亡国恨，隔江犹唱《后庭花》③。

**[注释]**

①秦淮：秦淮河，在今江苏境内。②商女：古代那些依靠卖唱为生的歌女。③后庭花：古代歌曲名，即南朝陈后主曾创作《玉树后庭花》，后人称其为"亡国之音"。

**[译文]**

朦胧的雾气笼罩着冰凉的秋水，皎洁的月光照耀着河边的沙滩。夜晚时分，小船静静地停泊在秦淮河两岸的酒家旁。那些以卖唱为生的歌女又怎么能够懂得亡国之恨啊，隔着江岸依然高唱着《后庭花》的曲子！

**[赏析]**

这首诗通过对在秦淮河边所见所闻的描绘，展示了晚唐时期社会沉迷于声色犬马的堕落风气，表达了作者对国家日益衰败的关切和忧虑。整首诗情感深沉，讽刺意味强烈。

# 寄扬州韩绰①判官

杜　牧

青山隐隐水迢迢②，秋尽江南草未③凋。

二十四桥明月夜，玉人④何处教吹箫？

# [注释]

①韩绰：诗人朋友，生平事迹不详。②迢迢：路途遥远。③未：一作"木"。④玉人：美丽的女子。

# [译文]

远处的青山婉约朦胧，近处的绿水荡荡悠悠，深秋时节已经来到，江南地区的草木还未凋零。孤单的小桥，只有一轮皎洁的明月照耀着，我的好友你在哪里教授美人练习吹箫呢？

# [赏析]

杜牧曾担任扬州淮南节度使府的推官。这首诗是在离开扬州后创作的。诗的前两句描绘了江南深秋的美景，如同一幅画卷，引人遐想。后两句则询问韩绰在明亮的月光下，在哪里聆听歌女的吹箫之声，实际上表达了诗人对友人的思念之情。

# 遣 怀

杜 牧

落魄①江湖载酒行，楚腰②纤细掌中轻③。

十年一觉扬州梦④，赢得青楼⑤薄幸⑥名。

# [注释]

①落魄：失魂落魄，处境不好。②楚腰：美女腰肢纤细。楚灵王特别喜欢腰细的美女，为此宫中女子大力束腰，忍饥挨饿就为了获得楚灵王的宠爱和欢心。③掌中轻：体重轻的能在手心跳舞，如美女皇后赵飞燕。此处指代住在扬州的歌女身段苗条轻盈。④扬州梦：梦境一场，比如"黄粱一梦"。三十二岁的杜牧在扬州度过了一段快活的日子，后来感觉那段日子像梦一样虚幻。⑤青楼：涂了青漆的楼房，此处指妓院。⑥薄幸：薄情寡义。

**【译文】**

　　以前我落魄的时候来到扬州放纵自己，沉溺于轻歌曼舞和美女的软腰香怀中。现在想来，我那十年扬州生活像一场虚幻的梦，人们都说我薄情寡义，我因此名声尽毁。

**【赏析】**

　　这首诗是杜牧对自己在扬州时期的生活记录。他在淮南节度使的幕府中工作，这首诗描述了他在扬州时沉迷于青楼生活，追求声色犬马的乐趣。然而，他也对自己的这种行为感到悔恨和自责。

# 秋　夕①

杜　牧

　　银烛②秋光冷画屏③，轻罗小扇扑流萤。
　　天阶④夜色凉如水，坐看牵牛⑤织女星⑥。

**【注释】**

　　①秋夕：农历七月初七的晚上。②银烛：白色的蜡烛。③画屏：上面有画的屏风。④天阶：皇宫的石台阶。⑤牵牛：牵牛星，又名牛郎星，隔着银河与织女星相对。⑥织女星：天琴座中最亮的一颗星。

**【译文】**

　　银色的蜡烛发出微弱的光，在秋夜的月光照射下，画屏上一片清冷，宫女们手拿轻罗扇扑打着飞来飞去的流萤。夜深了，寒气袭人，宫女们仍然坐在皇宫的石台阶上，仰望夜空里的牛郎星和织女星。

**【赏析】**

　　这首诗描绘了秋天夜晚，一位宫女百无聊赖地用扇子扑打萤火虫，以及在深夜无法入睡，抬头仰望星空的场景。这些画面含蓄地展示了宫女在深宫中的孤独和寂寞，以及她心中无法言说的思绪。这首诗的意境充满了忧伤和无奈，让人感受到宫女内心的痛苦与挣扎。

# 赠 别 二首

## 其 一

杜 牧

娉娉袅袅①十三余，豆蔻②梢头二月初。

春风十里扬州路，卷上珠帘总不如。③

**[注释]**

①娉娉袅袅：苗条俊美，体态轻盈。常用来形容女子身段。②豆蔻：一种植物，可用来比喻未出阁的少女。有"豆蔻年华"一词。③"春风"二句：扬州城如此繁华，街道两侧的游乐场所数也数不清。到处是身段轻盈、苗条俊美的女子，却没有一位能与这位少女相比。

**[译文]**

该女子芳龄十三，苗条俊美又体态轻盈，正值十三绝妙年华，宛若豆蔻花在二月盛开。扬州城所有美人都比不上她。

**[赏析]**

诗中以"娉娉袅袅十三余"来形容少女的青春貌美，如同早春二月枝头的花蕾，充满生机和活力。接着，诗人又以"春风十里扬州路，卷上珠帘总不如"来形容扬州城的繁华景象，以及那些珠帘后的美人，都无法与这位少女相比。这首诗以其生动的描绘和深情的赞美，展现了诗人对青春美人的热爱和对生活的热情，给人深刻的印象。

# 其 二

多情①却似总无情，唯觉樽②前笑不成。

蜡烛有心还惜别，替人垂泪到天明。

**[注释]**

　①多情：满怀情感。②樽：酒杯，古代盛酒的容器。

**[注释]**

　多情的人一时无法表达自我内心的情感，就像是一位无情的人一样。端起那离别的酒，却难以笑得出来。纵然是案头上燃烧的蜡烛，它有心还会表达依依惜别的情感，一直替我们的分别感到难过，静静地流泪到天亮。

**[赏析]**

　这首诗通过蜡烛的泪滴，生动地表达了离别时的伤感之情。这种表达方式自然而贴切，充满了真挚和深沉的情感。这首诗意味深远，韵味悠长，勾起了有过类似经历的人的共鸣，成为流传千古的名句，被世人广为传颂。

# 金谷园①

杜 牧

繁华事散逐香尘②，流水无情草自春。

日暮东风怨啼鸟，落花犹似堕楼人③。

**[注释]**

　①金谷园：地名，位于河南洛阳，曾经有个叫石崇的富豪就住在这

美丽繁华的金谷园里。② 香尘：沉香磨成的粉末。富豪石崇在象牙床上铺满昂贵的沉香末，让舞女在上面练习舞蹈，不留下痕迹的可以得到奖赏。③ 堕楼人：绿珠，得石崇宠爱的美人。

**[译文]**

以前这是个繁华的地方，如今随着时光流逝早已变了模样。无情的潺潺流水，野草冬天凋零，春天复苏。傍晚的东风引来鸟儿悲啼，花朵像堕楼美人一样凋零。

**[赏析]**

本诗是吊古抒怀之作。通过对金谷园衰败的景象、悲伤的鸟鸣以及花瓣飘落的描绘，表达了诗人对绿珠这个美丽女子的悲剧命运的同情和悲痛。这首诗充满了深深的伤感和对过去的怀念。

# 夜雨寄北 ①

李商隐

君问归期未有期，巴山②夜雨涨秋池。

何当③共剪西窗烛，却话巴山夜雨时。

**[注释]**

① 寄北：写诗寄给北方的人。本诗是身居巴蜀之地的诗人写给长安的妻子的。② 巴山：大巴山，在陕西南部和四川东北交界处。此处泛指巴蜀一带。③ 何当：什么时候。

**[译文]**

你询问我归家的日期，可我还没有定下来。巴山连绵不断的夜雨涨满

了整个池塘。什么时候可以返回家乡，我们能够在西窗下一起剪烛谈心聊天啊！相逢之时让我当面向你倾诉巴山雨夜时对你的相思之情。

**[赏析]**

这首诗是写给妻子的著名诗篇。在巴山的雨夜中，诗人深深地想念着他的妻子，渴望早日回到她身边，一起剪掉蜡烛的燃烧成烬的烛芯，让它保持明亮，在西窗下向她讲述今晚的情景。这首诗用简单而真实的语言表达了对妻子深深的思念之情。

# 寄令狐郎中

李商隐

嵩①云秦树久离居，双鲤②迢迢一纸书。

休问梁园③旧宾客，茂陵④秋雨病相如。

**[注释]**

① 嵩：嵩山，五岳之一，在河南登封境内。② 双鲤：古时对书信的一种别称。③ 梁园：汉代时期梁孝王在梁地修建的一处风景园林，非常有名气，后人称之为梁园。④ 茂陵：古地名，在今陕西兴平东北处。当时司马相如因患病，被免职后就住在此处。

**[译文]**

我们两个就像嵩山的云彩和秦川的树木那样一直长久分离，你不远千里给我寄来慰问的信件。不要问我这个梁园旧客的境遇，现在的我好比是昔年茂陵秋雨中疾病缠身的司马相如一样！

**[赏析]**

这是唐代诗人李商隐的一首抒情诗。在这首诗中，作者以自己与友人

令狐郎中的离别之情为主题，通过丰富的意象和深沉的笔触，表达了诗人对友情的珍视和对自身命运的感慨。

# 为 有

李商隐

为有云屏①无限娇，凤城②寒尽怕春宵。

无端③嫁得金龟婿④，辜负香衾⑤事早朝。

**[注释]**

①云屏：屏风用云母装饰。云母是一种有光泽的矿物质。因其质地透明，可以用来装饰房间或者屏风。②凤城：秦穆公的女儿可以通过吹奏的箫声吸引凤凰在京城停留，因此常用"丹凤城"指代京城。③无端：没有任何理由和征兆。④金龟婿：高贵的有钱有身份的女婿。⑤衾：被子。

**[译文]**

少妇待在云母装饰的屏风后，容貌娇艳美丽。百姓熬过寒冷的冬天，温暖的春风拂面，少妇却在担心春天过得太快。她的丈夫身份尊贵是大官，却因公务繁忙不能陪伴她，也从不留恋暖和的被窝，只留她一人孤独地睡在房中，难过不已。

**[赏析]**

这首诗的题目"为有"并没有具体的含义，而是以一种抽象的方式来表达主题。这首诗的主题是强调内在的情感价值，认为与夫妻之间的恩爱相比，外在的荣华富贵并不重要。

# 隋　宫

李商隐

乘兴南游不戒严，九重①谁省②谏书函？
春风举国裁宫锦，半作障泥③半作帆。

**[注释]**

①九重，指代朝廷。②省：明察，懂得。③障泥：古时一种可以披在马身上，用以遮盖泥土的毡子。

**[译文]**

隋炀帝巡游的时候江都疏于防范，九重宫中又有谁会重视那些劝谏的书函、奏章呢？在暖融融的春风中，全国上下都加紧赶制绫罗锦缎，这些绫罗锦缎一半用作御马障泥的毛毡，一半用作船帆。

**[赏析]**

这是一首咏史诗。它讲述了隋炀帝不顾大臣的劝谏，执意进行奢侈的南巡之旅。诗人通过对隋炀帝在江都建造的豪华宫殿的描绘，揭示了隋炀帝的奢侈和昏庸。

在这首诗中，诗人以委婉而讽刺的方式批评了隋炀帝的荒淫无度。

# 瑶　池

李商隐

瑶池①阿母②绮窗③开，黄竹歌声动地哀。
八骏日行三万里，穆王何事不重来？

**[注释]**

①瑶池：神话传说中西王母居住的地方。②阿母：西王母。③绮窗：雕画有精美花纹的窗子。

**[译文]**

    在美如仙境般的昆仑山居住的西王母，打开了雕画着精美花纹的窗子。耳边的歌声哀怨凄楚，卷起漫天尘埃。周穆王的宝马能够日行万里啊，为什么他再也不到我这里来了呢？

**[赏析]**

    这首诗通过神话传说，表达了两个地方相隔遥远，即使有八骏神马也难以消弭相见的哀愁。

# 嫦　娥①

李商隐

    云母屏风烛影深，长河②渐落晓星③沉。

    嫦娥应悔偷灵药④，碧海青天⑤夜夜心⑥。

**[注释]**

    ① 嫦娥：神话人物，后羿之妻，吃了不死药后飞升入月宫中。② 长河：星星汇成的河。③ 晓星：启明星，天色破晓时在东方显现。④ 灵药：不死药，吃了可长生。⑤ 碧海青天：像大海一样苍碧的蓝天，表示生活枯燥。⑥ 夜夜心：每天都被孤单折磨的心。

**[译文]**

    烛影在云母装饰的屏风上留下渐渐变暗的影子。天上的银河逐渐消失，启明星变得暗淡。偷吃不死药的嫦娥肯定后悔了吧，现在一个人在月亮上对着浩渺天空，日夜忍受孤寂的折磨！

**[赏析]**

就内容而论，这是一首咏嫦娥的诗。不过，关于这首诗的具体所指，各家看法并不一致。有人认为是描写主人公孤寂的处境的，有的人认为是借嫦娥的处境另有所指，也有人认为是指女人求仙学道的。各家都有道理，其实，将诗歌朦胧化、概括化，恰恰是李商隐的特长。

# 贾　生①

李商隐

宣室②求贤访逐臣，贾生才调③更无伦。

可怜夜半虚④前席⑤，不问苍生⑥问鬼神。

**[注释]**

①贾生：贾谊，西汉著名文学家、政治家。②宣室：西汉未央宫前面的正室。③才调：才华，才气。④虚：白白地，徒然。⑤前席：将座席向前挪动一定距离。⑥苍生：百姓。

**[译文]**

汉文帝求贤若渴大力接见那些被放逐的臣子，贾谊的才华、风度令人倾慕，无人能够超越。谈到兴起的时候，汉文帝向前挪动双膝靠近他，一直交谈到深夜，但遗憾的是汉文帝所询问的不是百姓生活的情况，而是鬼神方面的事情。

**[赏析]**

汉文帝被公认为一代明君，而贾谊则是一位年轻有为、才华横溢的政治评论家。这首诗描述了汉文帝寻求贤才，探访被放逐的大臣，表面上看起来是在赞美汉文帝，但实际上并非如此。因为最后一句"不问苍

生问鬼神"揭示了汉文帝"求贤"的真正动机，所以这首诗实际上带有讽刺的意味。

# 瑶瑟① 怨

温庭筠

冰簟②银床③梦不成，碧天如水夜云轻。

雁声远过潇湘④去，十二楼⑤中月自明。

**[注释]**

① 瑶瑟：瑟的美称。② 冰簟：清爽的凉席。③ 银床：床上洒满月光。④ 潇湘：位于今湖南，古代时是楚国地盘。⑤ 十二楼：高层楼阁，一般住有神仙。此处指女子房间。

**[译文]**

我一个人在洒满月光的凉席上辗转反侧睡不着。天空碧绿如水，夜晚的云朵轻得像细纱。准备飞越潇湘的大雁的啼叫声从远处传到我耳边，我待在自己的房间里，陪伴我的只有安静的明月。

**[赏析]**

这首诗的主题是女主人公因无法入睡而产生的怨情。整首诗除了"梦不成"这三个字，其余部分都是描绘景色的。这首诗就像是一系列精心组合的写景画面，通过雁声和月色来表达女主人公对远方的思念之情。诗人的笔触轻盈跳跃，意境清新明亮，仿佛天籁在诗中回荡。

**导读**

郑畋（825—883），字台文，荥阳（今属河南）人。会昌二年（842年）中进士，曾经担任秘书省校书郎、刑部员外郎、中书舍人等官职。也曾担任兵部侍郎、中书侍郎、兼礼部尚书、集贤殿大学士等职位。著有五卷《玉堂集》、三十卷《凤池稿草》和三十卷《续凤池稿草》，《全唐诗》收录其诗十六首。

# 马嵬坡①

郑　畋

玄宗回马②杨妃死，云雨③难忘日月新。

终是圣明天子事，景阳宫井④又何人。

**[注释]**

①马嵬坡：地名，因大将军马嵬而得此名，位于陕西兴平，杨贵妃就是在此自杀。②回马：掉转马头，原路返回。③云雨：宋玉在《高唐赋》中曾说"且为朝云，暮为行雨"，也代指男欢女爱。④景阳宫井：地名，位于江苏南京。当年隋兵突破金陵防线，在景阳宫的枯井中抓住了陈后主和其心上人张丽华。

**[译文]**

杨贵妃在唐玄宗原路返回的时候自杀而死。日月更替，山水依旧，却始终忘不了两人之间的恩爱时光。杨贵妃被唐玄宗赐死是他不愿意却不得不做的事。否则在枯井中被俘虏的就说不好是谁了！

**[赏析]**

历代以来，许多诗人都在马嵬坡这一主题上进行过创作，大多数作品都是对唐玄宗无情的讽刺或者对杨贵妃红颜薄命的哀叹。然而，这首诗却立意高远，超越了普通文人墨客对男女情感的纠缠，诗人从国家兴衰的角度来看待马嵬坡事件，对唐玄宗进行了委婉批评，也给予了他一定的理解。

**导读**

韩偓（约842—约915），字致尧，自号玉山樵人。龙纪元年（889年）中进士，担任过左拾遗、翰林学士、中书舍人、兵部侍郎等职位，深受唐昭宗的信任。后来与朱全忠不和，被贬为濮州司马。著有《韩翰林诗集》（世人也称为《玉山樵人集》），《全唐诗》收录其诗四卷。

# 已 凉

韩 偓

碧阑干外绣帘垂，猩色①屏风②画折枝。

八尺龙须③方锦褥，已凉天气未寒时。

**[注释]**

①猩色：像猩猩血一样的红色。②屏风：古时家具，放在屋内用来挡风。③龙须：一种植物，可以用来编织草席。

**[译文]**

栏杆立在门外碧绿碧绿的，绣帘儿垂下遮挡大门，屏风底色鲜红如血，绘有花花草草。席子是用龙须草编织的，床上还铺着被子褥子，虽有冷意但还没到严寒之时。

**[赏析]**

韩偓的这首诗描绘了一位高贵且充满生活情趣少妇的居住环境。诗中通过对栏杆、绣帘、屏风以及八尺大床的描绘，展示了少妇生活的优雅和

精致。同时，诗中颜色的运用，如绿色的栏杆、红色的画屏，进一步强调了少妇的身份，并暗示了她生活的氛围。

尽管少妇并没有直接出现在诗中，但从诗中可以感受到她对时间流逝和青春易逝的感慨，以及她在追求生活乐趣时对孤独生活的悲哀。诗的最后两句"八尺龙须方锦褥，已凉天气未寒时"，以平静的语气描绘了床上华丽的床单和被褥，以及舒适的气候，却难以掩盖主人公内心的忧伤。这首诗以含蓄的方式，展示了少妇生活的美好和她内心情感的波动。

# 金陵图

韦　庄

江雨霏霏①江草齐，六朝②如梦鸟空啼。

无情最是台城③柳，依旧烟笼十里堤。

[注释]

①霏霏：细雨蒙蒙的样子。②六朝：历史上先后在南京建都的六个王朝。③台城：古地名，在今江苏南京一带。

[译文]

细细密密的雨飘落在茂密的江草上，曾经六朝的盛世繁华早已逝去，只留下鸟雀在悲鸣。最无情的是那台城外的柳树，依旧如轻烟般笼罩着十里长堤。

[赏析]

这首诗描绘了暮春时分金陵城的烟雨景象，感叹在金陵建立的都城已经化为烟云，如同一场春梦。而山河景色却依然如故，这首诗表达了诗人对历史兴衰深深的感慨。

**导读**

陈陶(约803—约879),字嵩伯,自号三教布衣。其诗作多散失,后人辑有《陈嵩伯诗集》。

# 陇西行

陈　陶

誓扫匈奴①不顾身,五千貂锦丧胡尘。
可怜无定河②边骨,犹是③春闺梦里人。

**【注释】**

①匈奴:古时位于我国西北边地的少数民族,曾是我国封建王朝的重要隐患。②无定河:河流名,发源于内蒙古鄂尔多斯。③犹是:仍是,还是。

**【译文】**

暗暗立下雄心壮志,一定要扫灭匈奴,不去顾惜自己的生命。多达五千名将士,都倒在了匈奴的铁骑之下。可怜那一具具堆积在无定河边的累累白骨啊,依然是千里之外那些闺中少妇梦中思念的人!

**【赏析】**

《陇西行》是一首描绘战争悲剧的绝句。诗中以汉喻唐,展现了出征将士的勇敢和战争给人民带来的巨大悲剧。

"誓扫匈奴不顾身"一句,借指唐代北方的突厥、契丹等少数民族,写出了将士们英勇赴战的场面。然而,接下来的"五千貂锦丧胡尘"却揭示了一场悲剧,五千多名将士在与敌人的战斗中全部壮烈牺牲。

诗的结尾"可怜无定河边骨,犹是春闺梦里人"更是深沉的悲剧。无定河边的白骨,与家中春闺里仍梦想着丈夫归来的妻子形成鲜明对比。诗

人用这种方式抒发了对牺牲将士的缅怀之情，以及对这些英勇士兵家人的深切同情，从而透彻地展示了战争的残酷。

**导读**

　　张泌（生卒年不详），字子澄，淮南（今安徽寿县）人。南唐时期，曾经担任句容尉、监察御史、内史舍人等职位。其诗收录在《全唐诗》中。

# 寄　人

张　泌

别梦依依到谢家①，小廊回合曲阑斜②。
多情只有春庭月③，犹为离人④照落花。

**[注释]**

　　① 谢家，此处指情人所居之处。②"小廊"句：梦中场景。回合：回绕。阑：栏杆。③"多情"句：梦醒后。④ 离人：找寻梦的人。

**[译文]**

　　我和你分开后因为相思而梦到你家的样子。庭院里没什么变化，栏杆被回廊围绕。在梦里怎么也找不到你，都说明月多情，落花也被它照亮。

**[赏析]**

　　这是一首由诗人写给爱人的情书，通过描述梦境来表达他深深的思念之情。这首诗创造的艺术形象十分鲜明、准确，同时又充满了含蓄的情感。诗人只是将他的整个梦境描绘出来，无需更多的言语，却比直接表达心中的千言万语更能打动人心。

# 杂 诗

无名氏

近寒食雨草萋萋，著①麦苗风柳映堤。

等是有家归未得，杜鹃②休向耳边啼。

**[注释]**

①著：吹动。②杜鹃：一种鸟的名字，又名"子规"。

**[译文]**

绵绵春雨浇灌着青青小草，眼看着到寒食节了。麦苗在春风的吹拂下摇个不停，河堤旁的柳树也抽出新芽。为什么我想回家却回不了？杜鹃的啼叫令人感到悲伤。

**[赏析]**

这首诗描绘了游子离家谋求功名财富的离愁别绪。诗中通过独特的句式和意象，如"寒食""草""柳"等，表达了作者思念家乡亲人的情感。同时，作者通过杜鹃的啼叫，寓意自己和杜鹃一样，都是有家归不得的沦落之人。这首诗虽然简短，但情感深沉，意蕴丰富，展现了游子的情感世界。

# 乐 府 九首

## 渭城曲

王　维

渭城①朝雨浥②轻尘，客舍③青青柳色新。
劝君更尽一杯酒，西出阳关④无故人。

【注释】

　　① 渭城：地名，在今陕西咸阳。② 浥：润湿的样子。③ 客舍：游人居住的旅馆。④ 阳关：地名，位于甘肃敦煌，是古代人去西北的必经之路。

【译文】

　　渭城的早上迎来了一场春日细雨，尘埃被洗净，我居住的旅馆旁有一棵大柳树，在春雨的净化下青葱翠绿。我的老朋友啊，再陪我喝杯酒吧，等你过了阳关就再也没有老朋友了啊！

【赏析】

　　诗用"渭城朝雨"点名饯别的地点与时间，用"青青柳色新"唤起折柳相赠的黯然别离之感，用"更尽一杯酒"的相劝加重惜别感情的分量，用"西出阳关无故人"的结句展现含蕴无穷的旧交厚谊。"后之咏别者，千言万语，殆不出其意之外。"（李东阳《怀麓堂诗话》）

　　通篇文字描述简明、情感深沉，在不断递进的过程中展现了高远之意境。这首诗语言朴实，形象生动，道出了依依惜别之情。唐时即被谱成《阳关三叠》，历代广为流传。"相逢且莫推迟醉，听唱《阳关》第四声"（白居易《对酒》）；"红绽樱桃含白雪，断肠声里唱《阳关》"（李商隐《赠歌妓》）。《阳关三叠》，被人们唱到千遍万遍，成为唐代最流行的送别歌曲。

# 秋夜曲①

王　维

桂魄②初生秋露微，轻罗③已薄④未更衣。
银筝⑤夜久殷勤弄⑥，心怯空房⑦不忍归。

**[注释]**

①秋夜曲：此为乐府《杂曲歌辞》，用于表达闺中怨意，既婉转又含蓄。②桂魄：月亮。刚刚升起的月亮，透过月亮上的桂树，散发着微弱的光芒。③轻罗：丝织品，材质柔软轻盈，可以做夏天穿得十分凉爽的衣服。④已薄：感觉很单薄。⑤筝：有十三根弦的乐器。⑥殷勤弄：一直拨弄。⑦空房：一个人住的房间。

**[译文]**

秋天的露水在月亮刚刚升起的时候就在慢慢形成，这个夜晚我穿着夏天的衣服感觉很冷，但还没来得及换厚衣服。长夜漫漫，我一直拨弄手里的乐器，一想到要一个人睡觉就不想回屋。

**[赏析]**

这是一首描绘闺怨的诗篇，诗中的女主角是一位高贵的女性，由于她的丈夫离家未归，她独自居住在空无一人的房间内，心中充满了忧虑。诗的最后一句"心怯空房不忍归"是整首诗情感的核心。这位高贵的女性在思念丈夫的心情下，甚至害怕踏入那间空房。这是一个全新的抒情视角，在王维之前的闺怨诗中，没有出现过这种害怕进入空房间的意象。因此，这首诗独树一帜，成为一首具有创新性的佳作。

# 长信怨①

王昌龄

奉帚②平明金殿开，且将团扇③共徘徊。
玉颜④不及寒鸦色，犹带昭阳⑤日影来。

## 【注释】

① 长信怨：又称《长信秋词》。皇帝不再宠爱班婕妤后，从此躲着长信宫。长信，宫殿的名字。② 奉帚：用扫帚扫地。③ 团扇：比喻失宠。④ 玉颜：像玉一样美丽的容貌，本诗指代班婕妤。⑤ 昭阳：宫殿的名字，即昭阳宫，在长信宫东。

## 【译文】

金殿在天刚蒙蒙亮的时候开门，我一个人拿扫帚扫地。有时候没事干，我就拿着扇子消遣时光。寒鸦虽丑，我却觉得自己美丽的脸蛋还不如它。它从昭阳宫那边飞过来，背上还带着阳光，而我却早已失去君王的恩宠。

## 【赏析】

这首诗描绘了班婕妤的悲伤和怨恨。班婕妤是一个贤良且有才华的女子，她曾受到汉成帝的宠爱。然而，后来汉成帝开始宠爱赵飞燕和她的妹妹，班婕妤为了避免她们的嫉妒和陷害，自愿请求到长信宫去侍奉太后。这首诗构思独特，想象丰富，寓意深远，展现了作者的创新才能。

# 出　塞①

王昌龄

秦时明月汉时关，万里长征人未还。
但使②龙城飞将③在，不教胡马④度阴山⑤。

**[注释]**

①出塞：乐府古题。②但使：倘若。③龙城飞将：汉武帝时的镇关大将李广。④胡马：敌人的军队。⑤阴山：在今内蒙古中部。

**[译文]**

明月是秦汉时的明月，边关是秦汉时的边关。由于连年战乱，离家万里征战的将士还没有回乡。倘若像李广那样的将领还在人间，决不会让胡人的骑兵越过阴山。

**[赏析]**

这首诗被誉为唐代七绝的巅峰之作。从意境的深远、思想的深度、感情的深沉以及独特的创意等方面来看，它确实当之无愧。诗中通过对汉朝名将李广的怀念，表达了作者希望唐朝能够任用有能力的大将，以保卫边疆地区的和平与安宁。诗歌的语言激昂热烈，气势豪迈奔放，音韵高亢响亮，让人百读不厌。

# 清平调① 三首

## 其 一

李 白

云想②衣裳花想容，春风拂槛露华浓。
若非群玉③山头见，会向瑶台月下逢。

**[注释]**

①清平调：古时乐府曲牌名，为大诗人李白所创。②想：仿佛，如同。③群玉：神话传说中的山名，和后文中的瑶台都是西王母的住处。

**【译文】**

天上的彩云像她的衣裳，娇艳的花儿像她的面容。春风轻轻地吹拂着栏杆，晨露闪耀着晶莹的亮光。如果没有在群玉山头和她相见，那么必定会在瑶台月下与她相逢。

**【赏析】**

《清平调》三首是李白为唐玄宗和杨贵妃在沉香亭赏牡丹而创作的诗篇。在这组诗中，李白以云彩和鲜花来比喻杨贵妃的绝世容颜，美艳不可方物。开篇的"云想衣裳花想容"一句，将杨贵妃的衣饰比作云彩，面容比作花朵，形象生动。紧接着的"春风拂槛露华浓"则通过春风轻拂，露水晶莹，使得牡丹花更加娇艳欲滴，以此映衬出杨贵妃的美丽。

随后，李白将杨贵妃的美貌与仙境相提并论，用群玉山、瑶台、月色等仙境元素来衬托她的美丽。这样的比喻既自然又巧妙，让杨贵妃犹如仙女下凡，形象更加美丽动人。整组诗以丰富的想象力和细腻的描绘，展示了杨贵妃的倾城之貌，堪称唐代赞美美女的杰出代表诗作。

# 其 二

一枝红艳露凝香，云雨巫山枉断肠。①
借问②汉宫谁得似？可怜③飞燕④倚⑤新妆。

**【注释】**

①"一枝"二句：意谓楚王、神女巫山云雨的传说终是虚幻，根本比不上杨贵妃受唐玄宗的宠爱，如牡丹花承雨露滋润，让人羡慕。②借问：请问。③可怜：可爱。④飞燕：汉代美女赵飞燕。⑤倚：依靠。

**【译文】**

像一枝红牡丹沐浴雨露后散发着芳香，有杨贵妃便不再思慕神女徒生

悲伤。请问汉宫佳丽谁能和她媲美？就连可爱无比的赵飞燕也要靠精心梳妆。

## [赏析]

这首诗以花拟人，通过对比巫山神女和赵飞燕的故事，强调了杨贵妃的受宠与美丽。开篇"一枝红艳露凝香"，不仅描绘了花的颜色，还展现了其香气以及露水滋润下的美感，相较于前一首的"露华浓"，更显生动。

"云雨巫山枉断肠"一句，运用楚襄王的故事，将花朵赋予了人的情感，暗示即使楚襄王为神女断肠，也无法与眼前的杨贵妃相比。接下来，诗人提到赵飞燕虽然美艳动人，但还需要依赖化妆，而杨贵妃则是天生丽质，无需任何装饰。

这首诗通过贬低神女和赵飞燕，来突显杨贵妃的美丽，同时也寓含着对杨贵妃的赞美。

# 其 三

名花倾国①两相欢，长得②君王带笑看。

解释春风无限恨，沉香亭北倚阑干。

## [注释]

①倾国：举国，形容女子极其美丽。②得：让。

## [译文]

红彤彤的牡丹映衬着女子绝美的容颜，皇帝一向最喜欢名贵的花朵与娇艳的美女。怨恨被春风般的美貌消去，亭子旁的栏杆正被贵妃和皇帝倚靠着。

**[赏析]**

第三首诗将视角从虚幻的仙境转向现实，以杨贵妃与牡丹花的交相辉映为主题。诗中"名花倾国两相欢，长得君王带笑看"赞美了杨贵妃和牡丹的美丽，将她们视为一体。诗人用"解释春风无限恨"表达了春风吹散了君王的烦恼，意味着杨贵妃的美丽让君王忘却了世间的忧虑。

诗的结尾提到了赏花的地点"沉香亭北"，描绘了杨贵妃倚靠栏杆欣赏花的优雅姿态。整首诗将花与人紧密相连，展示了杨贵妃的魅力。同时，诗中还融入了神话传说和古人的故事，将白云和春风融入诗歌，使杨贵妃的魅力从人间扩展到神仙世界和自然世界。

这首诗以其独特的风格和优美的语言，赢得了唐玄宗的喜爱。清代诗人沈德潜评价："三章合花与人言之，风流旖旎，绝世丰神。"这是对这组诗最准确的评价。

# 出　塞①

王之涣

黄河远上白云间，一片孤城万仞②山。

羌笛③何须怨杨柳④，春风不度玉门关⑤。

**[注释]**

①题又作《凉州词》，流行曲《凉州》的唱词。②万仞：仞，古代的长度单位，形容极高。③羌笛：古代羌族人的一种乐器。④杨柳：《折杨柳》曲。⑤玉门关：在今甘肃敦煌西北。

**[译文]**

远望黄河之水与白云相接，一座孤城依傍于万丈高山之间。羌笛吹奏凄婉的《折杨柳》曲，好像是在埋怨春光迟迟不到这荒凉的边陲，那春风本来就吹不到玉门关！

【赏析】

这首诗描绘了一幅壮丽的西北边疆风光图，同时也表达了对出征将士的深深同情。这四句诗将两个主题完美地结合在一起，激发了人们的想象，让人深思，使人们更全面、更深入地了解了盛唐时期的边疆景色。整首诗字字珠玑，情景交融，堪称千古绝唱。

**导读**

杜秋娘（生卒年不详），金陵（今江苏南京）人。她最擅长唱《金缕衣》，节度使李锜很喜欢她。后来被皇帝看中成了妃子，养育一皇子，后被遣出宫，孤苦一生。

# 金缕衣①

杜秋娘

劝君莫惜金缕衣，劝君惜取少年时。

花开堪②折直须③折，莫待④无花空折枝。

【注释】

①题又作《劝少年》。②堪：可以，值得。③直须：应当。④莫待：别等到。

【译文】

金缕衣固然奢华，但我希望你更要重视年少时光。抓紧时间采摘盛开的花朵吧！等花朵开败凋落时，你想摘也摘不到了。

【赏析】

这是一首唤醒我们珍视时光的诗歌，其情感虽朴素却深入人心。诗人通过描绘一个充满说服力的意象世界，唤醒人们对时间的珍视并让人们认

识到学习的重要性。这种思想感情是人类共有的，但在这首诗中，它以一种独特的方式呈现出来，使读者深受感动。全诗构思巧妙，先从情感出发，然后通过对景物的描绘，使诗的主题更加鲜明。